ハヤカワ・ミステリ

MICHAEL Z. LEWIN

# 探偵学入門

THE RELUCTANT DETECTIVE

マイクル・Z・リューイン
田口俊樹・他訳

TOKYO
HAYAKAWA
BOOKS

A HAYAKAWA
POCKET MYSTERY BOOK

THE RELUCTANT DETECTIVE
AND OTHER STORIES
by
*MICHAEL Z. LEWIN*



Translated by
*TOSHIKI TAGUCHI and others*
First published 2004 in Japan by
HAYAKAWA PUBLISHING, INC.
This book is published in Japan by
arrangement with
THE WALLACE LITERARY AGENCY, INC.
through TUTTLE-MORI AGENCY, INC., TOKYO.

装幀　勝呂　忠

すべてを始めたアラン・リーボウィッツに本書を捧ぐ

# 目　次

# 探偵学入門

# はじめに物語ありき……

初めて書いたミステリは、ロスアンジェルスを訪問中に思いついたもので、身内に愉しんでもらうための話だった。一九六九年、母は年寄りにありがちな不眠に悩まされるようになっていた。子供の頃、私はあまりミステリを読まなかったのだが、一九六九年当時私が結婚していたイギリス人女性は、高校の英語教師《マスター》にこう言われたという。どうせ駄本を読むなら、優れた駄本を読め。その教師は彼女にレイモンド・チャンドラーを勧め、その趣味は彼女から私へと受け継がれた。一九六五年、スクーターで海岸に向かう道すがら、後部座席で彼女が大声で『かわいい女』を読んでくれた夏の日々が懐かしく思い出される。

チャンドラーからダシール・ハメット、初期のディック・フランシス、ジョン・D・マクドナルドのトラヴィス・マッギーのシリーズへ——何人かの理論家に従えば、それはアスピリンからヘロイン中毒に至る道ということになる。そして一九六九年、私の症状はロス・マクドナルド中毒に進んでいた。

その頃、私はすでに〝作家〟として、（編集者の仕事をやめる直前のエドガー・L・ドクトロウから）ノンフィクション作品の執筆を依頼されていた。だから、たとえ身内を愉しませるために書いたものだとしても、それもまた作品のひとつに数えなければいけないのかもしれないが、私としては冗談まじりのミステリもどきが二十ページも書ければ上等だと思っていた。

ところが、ロサンジェルスを引き上げる頃になっても物語は完結していなかった。私はそれをニューヨークに持ち帰った。どんな話になるのか気になってしかたがなかった。今とちがって、さきのことは何も決めずに書いていたのだ。主人公のアルバート・サムスンが次にすべきことを考えているときには、私も考えていた。サムスンが次にすべきことはなんだろう、と。

執筆にはコロンビア大学の図書室を使った。利用資格があるわけではなかった。住まいがその近くにあり（ドクトロウの『ダニエル書』に登場するダニエル・リューインが暮らしていたあたりでもある。作家というのはどうしてこう廃品回収が好きなのだろう……）人の流れにまぎれてはいっていけば、いかにも関係者らしく見えることがわかっていたのだ。

いちばんの気に入りは哲学科の図書室だった。本の谷間に木製のテーブルが並んでおり、そこで『A型の女』はゆっくりと形になっていった。


私は子供の頃から文章を書いていた人間ではない。初めてフィクションを書いてみようと思ったときには、すでに大学三年になっていた。

大学での専攻は自然科学――化学と物理だった（私の名前が活字になった最初の文章は、なんと、化学熱力学に関するものだ）。

大学にはいって最初の二年半は選択科目をろくに履修せず、一九六二年から六三年にかけてのクリスマス休暇にはいると、春から始まる講座のパンフレットを父に見せて、意見を求めた。父は私に文芸創作のクラスを勧めた。自分ひとりで選んでいたら、そんなクラスがあることにさえ気づかなかっただろう。おまえは面白い手紙を書く、と父は言った。それで、私にはその講座が向いていると思ったのだそうだ。自分が両親に手紙を書くような子供だったのかと思うと鳥肌が立つ。あまつさえ、こちらから尋ねたこととはいえ、親の勧めに生真面目に従うような子供だったのかと思うと。二月、受講希望者が提出しなければならないトライアル作品の準備に取りかかっていたところを見ると、どうやらそういう子供だったようだ。選に洩れた場合に登録する講座は決めてあった。しかし、私は受け容れられた。

あとになって、それもかなりあとになって、私はその真相を知ることになる。講師のアラン・リーボヴィッツは、自分が教えたくない学生を門前払いする口実を作るために、トライアル作品を書かせていたのだ。つまり、彼は私のことを何も知らなかっただけのことだったのだ。

初めての講義のことは今でもよく覚えている。当時のアランは――今もそうだが――鋭いジョークを連発して、魅力を振りまいていた。そのとき、彼が繰り返し言っていたことのひとつが、フィクションを書く理由はいくらでもあり、出版されることはその中のひとつにすぎない、というものだった。彼の説がいかに正しいかということは、書きつづけるうちに私にもわかってきた。たとえ作品を発表できないことがわかっていたとしても、私は書くことをやめなかったと思う。

というと、私が教師の話を素直に聞き入れるタイプの学生だったかのようだが、決してそうではない。講座の修了が近づいたある日、私はオフィスに呼ばれてアランと話をした。私の眼の輝きに何かを感じたのだろう、彼は私の最新作を置くと、身を乗り出してこう言った。「マイク、もの書きになるために科学の道をあきらめるなんてことは、絶対にやめなさい」

本人は覚えていないという。だから、私はアランに会うと今でも必ずその話をする。しっかり思い出してもらわなければ。

初めて一応の完成に漕ぎつけた短篇のことを思い出しているのだが、それはおそらく、初めて活字になった作品でもあったように思う。イギリス版の《ペントハウス》に The Loss Factor というタイトルで掲載された話で、性描写が皆無であるという点では、ひょっとすると《ペントハウス》の誌上でかなり異彩を放っていたのではないあろうか（今も昔も、私は自分が知っていることしか書かない）。一九七〇年代に書いたもので、本書には収録されていない。

その次に（英語で）発表された短編は『まちがい電話』という作品で、ありがたいことに、一九八一年、国際ミステリ作家協会の協賛でスウェーデンの〈アカデミー・オヴ・ディテクション〉がストックホルムで開催した世界短篇コンテストで、賞金五百ドルを獲得した。実を言うと、この物語には下敷きがある。一九七八年にBBCラジオのために書き下ろした非犯罪ドラマで、Not Now, I'm Listening という作品だ。コンテストの話を聞いたとき、私は長篇に取りかかっていたので、すでに完成しているものの中から、ミステリに仕立て直せそうなものを探すことにして、『まちがい電話』――美しい愛の物語だ――のアイディアが閃き……（作家というのはどうしてこう廃品回収が好きなのだろう……）

私が携わるありとあらゆる活動の中核――長篇小説、戯曲、詩、歌、批評、手紙、父親たること、恋人たること、あるいは、〝短篇小説〟というストーリーテリングの形式の中核に物語《ストーリー》がある。

私の短篇作品は、ひとつの思いつきから生まれることが多い。誰かと話をする。他人の会話を立ち聞きする。あるいは、新聞を読む。次の瞬間、頭の中のどこかで、それらが新しいリアリティを持つようになる。この手の閃きは思いもよらないときに起きる。だから、たいていはその概略を紙切れに書きとめて、引き出しの中に放り込んでおくことになる。

数時間後、数日後、あるいは数ヵ月後、短篇を書きたくなると、その上に何かを書きたくなるような紙と、それを使って何かを書きたくなるような筆記具を持って、坐り心地のいい椅子に腰を落ち着ける。そして、紙に向かってひとりごとをつぶやく。まずはこんなふうに――〝さて、今日はタンクに何を仕込もうか?〟。例の紙切れにひととおり眼を通し、（判読できるものの中から）心に訴えかけてくるもの、それと併用できそうなものを選び出す。このような手順で話をふくらませていくと、少なくともひとつは短篇が出来上がる。

短篇の場合、草稿に数日以上費やすことはあまりない。が、そこから完成までにかかる時間となると、それはまた別の話だ。長さの問題でもない。たとえば『風変わりな遺言』は、短い話ながら何週間もかかった。しかし、何度書き直しをしたところで、長篇より時間がかかることはない。長篇とちがって時間的な制約が少ない短篇では、登場人物の性格や状況設定を変えて書き直すことができる。また、短篇を書いていると、同じ登場人物の話をもっと書きたい、あるいは、同じ登場人物のもっと長い話を書きたい、という気分になることがある。

その代表的な例が、ルンギ家の物語だ。本書には、バースに探偵事務所を構えるその一家の話が六篇収録されている。この一家については、すでに長篇も二作書いている。その誕生までの経緯を紹介しよう。

ヒラリー・ヘールが編者を務めるアンソロジーに作品を書かせてもらったことは、私にとって大きな励みになった。ブリティッシュ・クライム・ノヴェルの偉大な編集者のひとりとして今なお活躍をつづけるヒラリー・ヘールは、〈マクミラン〉時代、年一回刊行される《ウィンターズ・クライムズ》の編集に携わっていた。『探偵をやってみたら』は、その年の初冬にはもう出来上がっていた。

一九八七年一月五日、私は万年筆を持って、剝ぎ取り式のノートのまえに坐った。「さあ、みなさん、始めるとしましょう。今日は短篇を――ヒラリー・ヘールに頼まれた短篇を書かなければなりません。たった今、最初のアイディアが浮かびました。老人が万引きの現場を目撃する話です。老人は万引きをした少女を外へ連れ出して、自分の身に起きた万引きにまつわる悲しい出来事を話して聞かせます……」(この話はのちに『少女と老人のおはなし』になった)。

一月十日、私はノートのまえに戻った。今、使っているのと同じノートのまえに。「さあ、みなさん、また始めることにしましょう」私は頭の中で考えていた。「私立探偵の話は昔から書かれている。なのに、代々営まれている探偵事務所の話がひとつもないという事実をどうにかすべきです。つまり、父親が息子に跡を継がせる、といったようなことです。私が書きたいのは、家族の関心事、家族の絆、家族の問題、家族の事件、家族の事業といった話です。私立探偵といえば、警備会社や警察の出身者ばかり、探偵の家に生まれて、事務所で依頼人の話を聞く父親、尾行に出かける父親の背中を見ながら育った探偵はひとりも見あたりません。そこで、自身父親である二代目(ことによると、三代目)探偵の出番です。張り込み――なんであれ――の現場ではなく、家族が集まる食卓で、仕事のことが話題になる。そういう一家の物語です。妻も手伝っています。いかにも身内だけでささやかに営まれている商売という風情で」

そのようにして、「ファミリー・ビジネス」という最初の短篇が発表されたのだった（そのタイトルはシリーズ最初の長篇にも使った〔長篇の邦題は『探偵家族』〕）。作中、父親が自分の息子を尾行に連れていくシーンが出てくる。

シリーズがここまで続いたことを思うと不思議な気もするが、一九八七年に設定を決めたとき、バースのことは念頭になかった。私立探偵を世業とする一家という思いつきに夢中で、舞台となる町をどこにするかといった基本的なことに考えが及ばなかったのかもしれない。あるいは、場所を特定しないでおけばイギリスでもアメリカでもいいので、楽だと思っただけのことかもしれない。もはやわかりようのないことだ。しかし、昨今のルンギ家の人々の生活習慣や文化基盤を、バース抜きで語ることはできない。興味深いこと——というより、奇妙なことというべきかもしれない——に、私は最近バースで暮らしている。私のアパートメントからは、ルンギ家があるウォルコット・ストリートと、そこに建ち並ぶ家々のドアを見渡すことができる。いずれにしろ、バースの雰囲気を色濃くすることで、彼らの物語はさらによくなるものと確信している。

最後に言いたいことがひとつ。どの作品にも全力で取り組んでいるつもりだが、発表された作品を読み直すと、必ず、書き直しをしたくなる。この短篇集も例外ではない。本を返してくれ。時間をくれ。もっといいものにしてみせるから。

マイクル・Z・リューイン
二〇〇一年七月、バースにて

探偵をやってみたら
The Reluctant Detective

## 1

　ことの起こりは税金対策だった。いや、ちょっぴり言葉の綾をつけて言えば、脱税構造化といったところだ。エドワード伯父さんが生きていたら、こっちの呼び方のほうが気に入っていたことだろう。

　そもそも、わたしがイギリスに渡って来たのも、母の兄だったエドワード伯父さんの差し金みたいなものだった。わたしはアメリカ生まれのアメリカ育ちで、伯父さんもそうだったが、かなり若かった時分に、こちらに移って来て、そのまま居ついてしまったのだ。今のわたしは二十六歳。伯父とは会ったことはないのだが、郵便でチェスの勝負をやっていたものだ。それも十年以上つづけたので、顔見知りでもないのに、よくよく知っている人のような気がしていた。チェスの差し方ひとつで当人の人柄がわかるものなのだ。

　エドワード伯父さんが死ぬと、わたしは悲しかった。伯父さんは、わたしにとってわずかしかない〝定点〟のひとつだったのだ。わたしがチェス以外のことではどんなに滅茶苦茶な人生を送っていて、どこに行っていようと、伯父さんはチェスをしているあいだのささやかな瞑想の時間の焦点を成していたわけだ。

　エドワード伯父さんの遺言に、わたしに遺贈したいものがあると書かれているのを知ったときには仰天した。

　わたしが伯父さんから相続したのは、ここイギリスにある一軒の屋敷だった。そのほか、アメリカから毎月送金される少額の定期収入も伯父さんは遺贈してくれた。食ってゆくのに必要な、かすかすの金額だったが。

　初めのうちはどうしたらよいものかわからなかった。屋敷を売ってよいものやら、とんと判断がつかなかったのだ。が、よくよく考えてみると、チェスの勝負の仕方から伯父さんという人間がわかったとこちらが思ったからには、伯父さんのほうだってやはりわたしという人間がわかっていたはずだと気づいた。ひょっとすると伯父さんは、わたしにあの屋敷を遺して行くことで、おまえはしばらくイギリスに住むのがいいのだと言い聞かせようとしていたのかもしれない。

　エドワード伯父さんがなぜイギリスに住んでいるのか、その理由について母が教えてくれたことは一つしかなかった。それは、英国こそ、現在まだ残っているものの中で、英語を使っている文明国に最も近い存在なのだ、と伯父さんは言っていた、ということだった。「あの人は、どこの国の言葉だろうと、言葉を使うのがあんまり得意じゃなかったんですよ」と。

　そういうわけで、考えてみればみるほど、ますます渡英するのは名案だと思えてきた。そこでわたしはとにかくものはためしということで、海を渡ったのである。

## 2

税金対策……つまり脱税構造化の問題が起こったのは、わたしがこちらにやって来てから一年ほどたってからのことだった。実を言うと、それはドーンが考え出したことだったので、ある意味では、何もかもが彼女のおかげなのだ。

　ドーンはわたしが知り合って親しくなった女友達《レディー・フレンド》である。とても〝文明的〟なところのある女性なので、エドワード伯父さんの言う文明とは彼女のような人のことだったとすると、なぜ伯父さんがここイギリスで生涯を過ごしたのか、その理由がいっそうよくわかる。わたしも伯父さんと同じようにイギリスに永住する結果になったとしてもおかしくないのだが、そういうことはあんまり考えないことにしている。

　ドーンがわたしのところに引越して来てもいいと言った

のは、わたしがイギリスへ渡って来てから半年ほどたってからだった。わたしたちはわたしの屋敷で、わたしの収入を頼りに暮らしている。おかげで人生を楽しむ時間がたっぷりあるというものだ。あれこれとものを考える時間も、充分にある。わたしたちは、アメリカで言う例の〝落伍《ドロップ・》者《アウト》〟とはいささか違う。と言うのも、二人とも、何をしたいのかはっきり自覚できるようになったら職に就くつもりでいたからだ。けど、何もあわてて決心する必要などないのだとしたら……とにかく、この世の規則はわたしたちが作ったものではないのだ。

　こんなふうに書くと、わたしがいつまでも今のままでいつづけようとしているみたいに思われるだろうぐらいのことは自分にもわかっている。とにかく、もっとひどい定めを背負っている人もいるではないか。

　それに、実をいうと、わたしたちはもう、まったく偶然にせよとにかく定職を得る方向に一歩を踏み出しているのだ。その一歩について語るのがこの物語の目的にほかならない。

　少し復習してみよう。わたしはここイギリスへ渡って自分の屋敷に住みつき、不労所得の収入を得ている。半年するとドーンとわたしは同棲するほど親しくなり、さらに半年後には、わたしの収入はまずまずのものだけど、もう少しお金があれば、もっと楽しいことがいろいろできるのではないかと気づく。

　たとえば、車を手に入れるというのもそのひとつだ。別に上等なやつでなくてもよいが、とにかく四つほど車輪がついていて、それに乗ればイギリスの他の地方も少しは見物できるという代物。それがほしい。

　ところで、わたしの現住所がどこなのか、もうお話ししたろうか。サマセットにあるフルームという小さな町がそれだ。(Frome は普通〝フローム〟と発音されるのだが、この場合は例外なのである)。けっこうきれいな町で、周囲の自然環境も美しい。けど、ほかにも見るべき土地はいくらでもあるのだ。そう、まさにそういう土地を見物しに行ける車を手に入れることを考えるようになったからこそ、そもそもわたしたちはあれこれと思いをめぐらし始めたのだ。
〝わたしたちは〟というよりは、〝ドーンは〟と言ったほうが正しい。彼女こそ一切合財を考え出した発案者なのだから。

彼女が考え出した名案とは、次のようなものだった。もしわたしが何か事業を始めれば、自家営業主としてわたしは、二人が使うお金を必要経費としてたっぷり落とすことで税金を節約することができる。屋敷の一部だって事務所にすれば不動産税が減るし、地方税や光熱費、修理費や保険料も経費に加えられる上に、ドーンをわたしの秘書ということにすれば、その給料も税金から差っぴける。それに、営業用の車の経費だって落とせるのだ。

ドーンはすっかり計算しつくし、こうすれば車を買うのに必要なお金が必ず浮く、ということになった。それどころか、続けてゆくうちには、それ以上の金額さえ浮くだろう……

さて、次の問題は、どういう事業をしていることにするか、を決めることだった。これもドーンが解決案を考え出した。断わっておくが、案《アイディア》というものは必ずしも名案であるとは限らないのである。

## 3

わたしは私立探偵業を始めたのである。イギリスでは、私立探偵になるのに認可を受ける必要はない。それに、白状しなくてはならないが、こういう考えにつきものの愉快な馬鹿らしさにもわたしたちはぞっこんいかれていたのである。この場合、こういう考えとは、ほかでもない、私立探偵を開業することだ――それもこのフルームという田舎町で！　おまけに、誰かが何かの調査を依頼しにやってくる確率もむろん零《ゼロ》ときている。

　そこがこのアイディアのみそだったのだ。探偵業が繁昌することをわたしたちは望んでいなかった。そもそも、依頼の仕事がひとつでも飛びこんできたのでは困るのだ。わたしたちの狙いは、もっぱら経費を落とすことにあった。要するに税金対策が目的なのだ。ということはもうお話ししておいたとおりである。

　というわけで、わたしは手帳とペンを買い、屋敷の前に出す小さな看板も発注した。看板にはわたしの名前が書かれ、その下に私設調査員という五文字が記された。イギリスでは私立探偵のことをこう呼んでいるのである。

　さて、これで準備万端が整った。広告も出さなければ、職業別電話帳に電話番号も載せなかった。

　依頼人もひとりとしてやってこなかった。わたしたちは小さな黄塗りのミニを一台買った。希望どおりの生活が実現したのだ。計画はまんまと図に当たったのである。しばらくのあいだは。

# 4

忘れもしない、火曜日のことだった。と言うのも、その日の朝、わたしは《ザ・ガーディアン》のバスケットボール欄を読んでいたからである。わたしはアメリカにいたとき興味を寄せていたことのうちいくつかを、イギリスに来てからも忘れないようにしようと努めているのだ——というわけで、火曜日のバスケットボール・ニュース欄を読んでいたちょうどそのとき、玄関のベルが鳴ったのだった。時刻は十時頃だった。てっきりガスの検針人かとわたしは思った。ドーンは母親のところへ里帰りしていた。イギリスにはわたしの親類縁者はひとりもいないのに、ドーンのほうにはいわばその分だけ大勢、親類縁者がいたというわけだ。

玄関に出てみると、血色の悪い小柄な男が立っていた。いや、小柄と言ってもだいたい人並みの背丈だったのだが、わたしのほうは不格好なほどのっぽで、二メートルもあるのだから、つい、人様を見てもその大きさなどが〝歪んで〟見えてしまう。男は上着を着てネクタイをしめていたが、何やら浮かない顔つきだった。

これはガスの検針人ではなく、町役場のお役人かもしれないぞ、とわたしは思った。

「あなたがヘリングさんですか」と男は訊いた。

「そうですけど」

「お話ししてもよろしいでしょうか」

「ご用件は？」とわたしは訊いた。

男は玄関の横に出ている看板をちらっと見た。あんまり小さな看板なので、そこに出ているとわかっていても、ろくに目に入らないくらいなのだ。「あなたが私設調査員のヘリングさんなんですか」

ここで急にわかった。この男は調査の依頼にやって来たのだ！　わたしは呆然となった。相手に気づかれたかどうかはわからないが、がたがたふるえだしていた。

「ええ、ええ、もちろんですとも」とわたしは言った。

「フレデリック・ヘリングと申します。お入り下さい」

わたしは男を居間に案内した。そこはあまり見栄えのする部屋ではなかった——探偵事務所としては。なにしろ居間なのだから仕方がない。おまけに毎日の生活に使っている居間だときてもいたのだ。

わたしは男を坐らせた。何と言えばよいものやらわからずにいると、男のほうから切り出してきた。

「わたしはグッドリッチという者なんです」と言ってくれたのだ。

「はい」

「ここへ伺ってよかったものかどうかもわからない始末なんです」

「軽はずみに探偵事務所へやってくる人はおりませんからね」とわたし。

「軽はずみな人間ではないんですよ」と男は言った。「わたしはね」

「はあ」

「わたしはマリー＝ホームズ＝アスクィス社の弁護士なんですけど、ある個人《プライヴェイト》的な問題で調査をしてくれる人が必要なんです」

「なるほど」

「そういうお仕事をおやりになっているんでしょ、あなたは？」

グッドリッチはこう言ってわたしの顔を見た。その目つきには何やら陰険そうなところがあった。わたしは急に疑いの念にとり憑かれ、ぞっとした。

何を隠そう、万が一誰かが仕事を依頼しにやって来た場合にはどうしたらいいか、ドーンとわたしは話しあっていたのである。その結果、目下多忙なのでお引き受けするわけにはいかないと断わればいい、ということに話が決まっていた。ところが、このグッドリッチとかいう男には何か特別なところがあった。それは、こいつはお役人なのではないかとわたしに思わせたのと同じ何かだった。わたしとしては、この男は税務署員で、うちのことを調べに来たのかもしれないと思っていたのだ。

なぜかと言うと、税務署に送っていた納税申告書には、いつだって経費は全部記入しておいたものの、収入のほうは一回なりとも一ペンスなりとも計上したことがなかったからだ。もちろん、こんなのは変だと思われるのが普通なのだが、なにせ、世の中が不景気ときていて、申告する必要経費にしたところで、世間の中小企業にくらべれば誰の目にもとまらないほど少額なのだ、とわたしたちは思っていたのだ。

だが、そうは言っても、税務署員に調べられているのだと思うと、急にあの冷たい隙間風が肌に感じられるものなのだ——自分は今、糾弾され、告発されているのだというあの、骨の髄まで凍りそうな不安。

「もちろん、やっておりますよ」とわたしはつい言ってしまった。

## 5

ドーンが帰宅して、わたしが依頼を引き受けたことを知ると機嫌を悪くした。が、心配していた点を説明してやると、ま、仕方がないわねと言って許してくれた。

「チッパーワースっていう悪どい義理の弟のことを調べてくれって言うんだ」とわたしは依頼内容を説明した。

「チッパーワースね……」とドーンは言った。しきりに頭をめぐらしている。生まれてからずっとフルームに住んでいた彼女は大勢の人を知っているのだ。

「その弟はベッドの製作会社をやっているんだ。会社は工業団地にあって、ベッドのブランド名は〈レスト・イージー〉っていうんだそうだ」ベッドの銘柄が〝楽にお休み《レスト・イージー》〟とは、よくぞつけたものだ。

「ああ、あれなのね」

「知っているのかい」

「レスト・イージーでしょ、知ってるわ」

「で、依頼しに来たグッドリッチっていうお方の話だと、チッパーワースは自分の工場に付属している倉庫に放火して保険金をせしめたんだよ」

「その火事のことは新聞で読んだわ。でも、わざと火をつけたなんてことは出ていなかった。どうしてグッドリッチにそれがわかったのかしら」

「きのう、チッパーワースがおれは三十万ポンドの小切手を手に入れたばかりなんだが、それはどうしても売れなかったベッドでかせいだ金なんだって威張っていたそうなんだ」

「まあ！」とドーンは言った。「でも、どうして警察へ行かないのかしら、グッドリッチさん」

「その放火の疑いをはっきりさせようとしてるわけじゃないからだよ」

「へえ」

「あの人が心配しているのは妹のことなんだ。チッパーワースは悪どい奴で、物騒な男だということが心配なんだよ。妹をチッパーワースと離婚させたいのさ」

ドーンは頭をかしげた。

「ところが、妹は保険金詐欺のことを信じようとしないっていう話なんだ」

「そのことでわたしたちにどうしてもらいたいと言うの」

「チッパーワースがほかに女をこしらえているっていうことを証明してもらいたいんだってさ。そうしてもらえたら、妹も離婚する気になって身の安全をはかることができるんだ。そうしなくても、どのみち離婚はするだろうけど、ことを急いだほうが金銭的に好都合なはずだとグッドリッチは思っているんだよ。チッパーワースが何かでどじを踏むまで待っていた日には、妹まで破産しかねない、っていうわけなのさ」

「まあ」とドーンは言った。

「やってみましょうって約束したんだよ、ぼくは」

ドーンはうなずいた。そしてわたしの顔を見た。

わたしもドーンの顔を見た。二人とも同じことを考えていたのだ。

わたしは言った。「いったいこれからどうすりゃいいんだい」

## 6

とにかく、まねごとだけでもしないことにはしようがないのだ。まずは、チッパーワースを見つけ、それが本人であることを確認する必要があった。

それなら難しいことではなかった。グッドリッチ氏から顔写真を渡されていたので、退社時間にレスト・イージー・ベッド社の門前で待つことにした。レスト・イージーは大会社ではなく、五時半を過ぎてから出て来た人の数は二十名ほどだった。最後にチッパーワースが出て来て、一級登録のシエラに乗りこんだ。

「確認」とドーンが言った。「あれがそうだわ。お次はどうするの」

「あとを尾《つ》けて行けばいいんじゃないかな」とわたし。

そのとおり、車で尾行し、プラウティングス高級団地の、とある一軒の家の前まで行った。チッパーワースはその私道に車を乗り入れていて、車から降りると玄関まで行き、午後五時四十六分に女の人に出迎えられた。すぐにチッパーワースは家の中に入ってドアを閉めた。

これで事件は落着ということになっていたろう——もしもその女の人が彼の細君ではなかったとしたならば。

ドーンとわたしは黙々と坐りつづけていた。

「少なくともこれで奴の車の登録番号はわかったわけだ」とわたしは十分たってから言った。

だけど、二人ともどんどん気分が落ちこんできた。

三十分たつとこんどはドーンが言った。「こんなことをしていても埒が明かないわ。どうするつもりなの、食べる物も何もなしにひと晩じゅうこうして待ってるつもり?」

結局、状況判断の結果、パングスの店からフィッシュ・アンド・チップスを買ってくることにした。探偵と言えども食わねばならぬのである。

戻ってくると、チッパーワースの車が見えなくなっていた。

# 7

翌朝九時に弁護士のグッドリッチ氏が電話をかけてきた。わたしから報告することが何もないとわかると、氏は当惑したようだった。

調査はいつもとんとん拍子に捗《はかど》るものではないし、この仕事にとりかかってからまだ丸一日もたっていないのだとわたしは説明した。

ところが、グッドリッチ氏は、ゆうべチッパーワースが外出したことを知っていた。妹に電話をかけたところ、その旨、妹が教えてくれたと言うのだ。

「ご自分で張りこみをなさりたいんなら」とわたしは言った。「ご遠慮なくそうおっしゃって下さい。そうでなかったら、わたしどもにおまかせ下さい」

グッドリッチ氏は息を吸いこんでから失礼しましたと詫

びた。あまり申し訳なさそうな口ぶりではないな、とわたしは思った。それきりで通話は終わった。

電話があったことをわたしはドーンに伝えた。「早いとこ片づけてしまわないと」ドーンは言った。「何週間もわたしたちの生活が滅茶苦茶になってしまうわ」

「わかってるよ」

「従兄たちと会ってくるわ、わたし」

わたしは怪訝な顔つきをした。

「ナイジェルは電話技師なのよ」とドーンは説明してくれた。「変わり者だから、チッパーワースの電話を盗聴する方法を考え出してくれるはずだわ、きっと。ポールのほうは、B&Tの写真課で働いているのよ」B&Tとは地元の印刷会社バレット&タナーの略称なのだ。「カメラ・マニアでね。望遠レンズつきのカメラを貸してくれるでしょうよ」

「いいね」とわたし。「車をもう一台、借りる必要があるかもしれないわ、そうすれば一日じゅうチッパーワースを見張れるでしょ。長びくようだったら、交替で見張らなくちゃ。アデレのリライアントを使わせてもらわなくちゃならないわ。憶えてる、アデレのこと？」

「憶えてないよ」

「小柄のくせに大きい――」

「それで想い出したよ」とわたし。

女としては、わたしが一度も見たことがないほど大きな足をしているのだ、アデレは。

「無線通話器を貸してくれる人を知ってればよかったのに、残念だわ」

「マイク伯父さんがいるじゃないか」とわたし。

「あ、そうね」とドーンは言ってから顔をしかめた。「でも、あの人ったら、わたしが傍へ行くと、いつだってつねったり、つっついたりするんですもの、何か頼みごとをしようものなら、何をしかけてくることやら……」

わたしの心が大きくぐらついた。「それじゃあ、伯父さんに頼むのはやめだ」とわたしはきっぱり言った。

# 8

結局、わずか一日で済んだ。

交替制でまずわたしが見張っていた午後のこと。魔法瓶にサンドウィッチ、それにラジオという装備でわたしは身を固めていた。尿瓶《しびん》まで、ドーンの友達で看護婦をやっているエレインから借りて持って行った。時間がないのに自然の要求が強かった場合に備えてだ。

ドーンとわたしがいよいよ本腰を据えてかかると、どうしてなかなか堂に入ったものだった。

わたしが午後の見張り役になったのは、ドーンがウェンディ伯母さんの相談相手をしに出かけなくてはならなかったからだ。ウェンディ伯母は、息子のエドガーが隣りの男の子にいじめられて困っているところだったのだ。

借り物のカメラは、インスタント・カメラだった。ポールと相談した結果、これが一番いいだろうとポールがすすめてくれたのだ。現像所からフィルムが戻ってくるまで待つ時間の余裕はないのだ。「それに」とポールは言ったものだ。「どういう写真を撮ることになるかを考えてみると、普通の現像所では焼きつけしてくれないかもしれないしね」こう言ってポールはにやっと意味深長に笑った。そういう男なのだ、ポールという奴は。

長さ三十センチほどの望遠レンズも付属品として貸してくれた。「これがありゃ、先方さんたちのポケットにももぐりこめるのさ——ポケットのついているものをお召しになっていてくれればね」

従兄のナイジェルは、チッパーワース宅の電話を盗聴するためのテープ・レコーダーを電柱の上にとりつけるという話にとびついてきた。会社のほうの電話にも同じことをしてやろうと、これは自分のほうから進んで申し出た。こういう申し出を断わる手はない。

ドーンの一族ときたら、全員がこういう具合いにちょっぴり怪しげなのだ。と言っても誤解しないでほしい。わたしはこれを不満としてではなく、事実として述べているだけなのだから。

　とにかく、チッパーワースは、自宅で一時間がかりの昼《ひる》飯《めし》を済ませたあと、会社へは戻らなかった。そのかわり、マーストン街道へ出て、速度制限の限度をちょっぴり超えるスピードで一戸建ての煉瓦づくりの家の私道に入った。わたしはそこを通りこしてしまったが、すぐに車を駐めた。降りてカメラを構え、焦点《ピント》を合わせると、ちょうどチッパーワースが鍵を使って家のドアをあけるのが見えた。

　その写真のうつり具合いは上出来だった。わたしは道路につっ立ったまま写真を眺めた。そして、お次はどうすればよいのかと首をひねった。

　でも、ドーンとわたしはこういう場合のことをちゃんと話し合っていた。まず、現在の時刻と日付と場所を写真の裏にメモした。そうしてから、あの家には誰が住んでいるのかを探り出す仕事にとりかかった。

　お隣りの家へ行ってベルを鳴らしてみると、返事があった。ついていたのだ。

　大きな褐色の目をした小づくりのお婆さんが出て来たので、「失礼ですが、お隣りの人に届ける書留めを持って来たのに、ベルを鳴らしても、返事がないんです」と告げた。

「それはね、ミセス・エルミットがいい人をお迎えしているからですよ」とお婆さんは教えてくれた。「人に邪魔されたくないんですよ。なにしろ、すごいところをわたしは見てるんですからね！　あの二人ときたら、カーテンも閉めないんですよ」

　お婆さんと言えども、その気になれば、結構うまくにゅっと意味深な笑いをうかべることができるものなのだ。

# 9

ドーンはこの話を聞くと、よくやったと言わんばかりに喜んでくれた。わたしだってしごくご満悦だった。これで、このわずらわしい一件もまもなく落着し、またいつもの生活に戻れることになるはずだった。わたしは、アメリカから送られてくる収入を調査料金の一種として計上して、それが探偵業の収益金だと思われるように細工する決心をした。そうしておけば、税務署の人に調べられるのではないかと心配しなくても済むのだ。心配とか気苦労というのはまったくお呼びではないのだ。

ところが、わたしたちがお互いに気をよくして褒め合おうとしかかっていた折りも折り、従兄のナイジェルが玄関に姿を現わした。

入ってくるなり彼は、わたしの肩をぽんと突き、ドーンに大きなキスをした。気のいい奴なのだ、ナイジェルという男は。

「第一回分のテープを持って来たよ」とナイジェルは朗らかに言った。「取り替える必要があるんじゃないかと思って電柱に昇ってみたら、あるわ、あるわ、それこそ何十本も電話がかかっていたんだよ。どうせ聞いてみるんなら早いほうがいいだろうと思ってさ、装置には別のカセットをセットして、最初のやつは外《はず》して持って来たんだよ。ビールでもないのかい？　飲みながら聞こうじゃないか」こう言ってナイジェルはわが家でいちばん楽ちんな安楽椅子に坐りこんだ。

「ドーンちゃん、食い物はどうなんだい。卵とポテト・フライとかさ。腹のすく仕事なんだよ、電話の盗聴は」

そのテープはまさしく啓示だった。

そもそもの初めから、男のほうが「ダーリン、今度会うまで待ちきれそうもないくらいなんだ」と言うような、ときわどい言葉が通話にとび出してくる始末。

女のほうも「あなたと年じゅういっしょにいられない今の状態をいつまで我慢できるか、自分にもわからないほどなのよ」ときた。

「もうすぐだよ。いっしょに暮らせるんだ、いつまでもいつまでも。どこかすてきなところでね。きみのあの鼻もちならないご亭主から離れて暮らせるのさ」

「もしあの計画がうまくいかなかったら、あたし、どうなってしまうか、自分にもわからないのよ」

「うまく行くさ。うまく行くように二人で頑張るんだ」

「ほんとね、ダーリン、そうなってくれるといいと思うわ」

この調子で延々と続く甘ったるい会話。おろおろ、しくしく啜り泣くような音も聞こえた。わたしは、もしあんなにたまげていなかったら、人ごとながら恥ずかしくなっていたことだろう。

「すげえな！」ナイジェルが言った。「唇をすり寄せんばかりのあの親しさ、それもお午前《ひるまえ》だって言うのにさ。よっぽどあつあつにちがいないよ」

ドーンが言った。「大成功じゃない！ これで必要な証拠は全部手に入ったのよ、フレディー、そう思わない？」

だが、わたしは有頂天にはなれなかった。いい気持ちでさえなかった。

と言うのも、わが二人の協力者とは違って、わたしには二つの声のうちのひとつが誰のものなのかわかったからだ。男のほうの声のことをわたしは言っているのである。つまり、問題の会話はチッパーワースとミセス・エルミットとが交《か》わしているのではなく、電話をかけている男のほうは、誰あろう、わたしたちの依頼人グッドリッチ氏で、氏が愛情を注いでいる相手は、おそらくミセス・チッパーワース、すなわち氏の〝妹〟なのだときていたのである。

## 10

わたしたちはナイジェルを厄介払いしてからこの問題を話し合った。

「これでわかったと思うわ――あの依頼人がわたしたちに何もかもざっくばらんに打ち明けてくれてはいない、っていうことが」ドーンは言った。

依頼人がありのままの真実をわたしたちに話さなくてはいけないなどという法はない。とは言うものの、二人とも、これが面白くなかった。

「でも、どうすりゃいいんだい」

そのことを二人は長時間、話し合った。

わたしたちがしたのは、次の日の朝、ドーンの伯父さんで巡査部長をやっているスティーヴのところへ出かけて行くことだった。会うとすぐ、レスト・イージー・ベッド社の倉庫の火事のことを訊いてみた。

「あれが放火だってことはわかってたよ」とスティーヴ伯父さんは言った。「でも、誰が犯人なのか証明できなかったんだ。所有主だけがあの火災で得をする立場にあったんだが、奴には鉄壁のアリバイがあったのさ。そりゃ、署長さんと夕食に出かけていたなんていうほど完璧なアリバイじゃなかったけど、市長さんといっしょにある催しに出席していて、ひと晩じゅう、衆目にさらされてテーブルに就いていたんだ」

「なるほど」ドーンが言った。

「チッパーワースにはわたしが直接《じか》に会って事情を聴取したよ」とスティーヴ伯父さんは言った。「奴は、あの火事のことを喜んでいるのをちっとも隠そうとしなかったね。商売のほうはあまり順調じゃなく、焼けちまったベッドの在庫品を運び出すのに苦労していたっけ。わたし個人の考えでは、奴がからんでいたとは思えないね。この仕事をやるようになってからずいぶん年季を積んでいるから勘で相手がどういう人間なのかわかるのさ。ていうわけで奴は白になったんだよ」

「なるほど」とドーンは言った。

「だけど、ほかには容疑者らしきものの影も形もつかめなかったんだ。現在はおろか過去の従業員まで全部洗って、怨恨《えんこん》を抱いている者はいないかと調べてもみた。警察のもとに届いている情報も虱《しらみ》つぶしに調べ、金で雇われて放火をやったかもしれない人物か、放火の話を聞いた人物のことが何かひとことでも出てこないかと捜してみたんだが、噂話ひとつ出てこなかった。もし本当に悪事が行なわれていたならば、わしらがそれほど熱心に調べても手がかりがひとつもつかめないなんていうことはきわめて異例のことなので、結局は、餓鬼どもの仕業なんだろうどいうことにして捜査を打ち切ったんだよ。きょう日は、何にもすることがなくてうろつき回っている餓鬼がうようよしてるんだから、放火に限らず、ありとあらゆる種類の破壊行動が跡を断たないのさ」

「ありがとう、スティーヴ伯父さん」とドーンが言った。

「役に立つかね」と伯父さんは訊いた。

「立つと思うわ」

「何かつかんだら、知らせてくれなきゃ駄目だぞ。わかってるな?」

「ええ、スティーヴ伯父さん」

伯父さんはドーンの顔を見て、かぶりを振った。そうしてから、今度はわたしに向かって「お若いの、この娘《こ》の目つきがどうも気にくわないんだよ。この娘の一族は、どいつもこいつも何かひと癖ありそうなんだ。きみだって気をつけたほうがいいよ」

もちろん、伯父さんの言うとおりだった。ドーンは何かを企んでいるところだったのだ。しかも、それはちょっとやそっとの企みではないときていたのである。

家に帰ると、わたしたちはおいしい紅茶を前にして腰をおろした。帰る途中の車内でドーンはひとことも口をきかなかったのだ。

これ以上もう我慢ができなくなったわたしはこう言った。

「さあ、聞かせてくれ。さっきのあのおかしな目つきはどういう意味だったんだ」

「決めたのよ、わたし——あの依頼人がお望みになっているミセス・チッパーワースの離婚をわたしたち、やっぱり実現させてあげることにしよう、って」

「へえ？」

「そのために雇われているんでしょ、二人とも」

## 11

わたしは弁護士のグッドリッチ氏に電話をかけ、こう告げた。調べがうまく行ったんですけど、報告をお聞きになりたいですか、と。

氏は聞きたいと答え、二十分もたたぬうちにやって来た。わたしは前日の午後にこの目で見たことを氏に説明し、チッパーワースが鍵を使ってミセス・エルミットの家に入ってゆくあの写真と、それから、同じチッパーワースが今度はズボンのボタンをはめながらその家から出てくるところをわたしが撮った写真も、氏に渡し、隣りのお婆さんから聞いた話も伝えた。

「そのお婆さんは自分の見たことを法廷で証言してもいいし、供述書にサインしてもいいと言ってくれているんです」とわたしは氏に言った。「でも、そうする代償として少々お金がほしいんだそうです」

「それなら工面できると思いますよ」とグッドリッチ氏は言った。

少々現ナマが手に入れば、あのお婆さん、自分の家の窓にカーテンをかけることもできるわけだ。

グッドリッチ氏は調査料金と実費をその場で即座に小切手で支払った。

「言うまでもありませんが、わたしどもが証言することになったら」とわたしは言った――「追加料金をいただきます」

「そういうことにはならんと思いますけど」と氏は言った。

氏が帰ると、わたしはレスト・イージー・ベッド社に電話をかけた。

そして、チッパーワース氏に、話があるので伺いたい、と告げた。

「そんなに急に、一体何の用なんですか、ヘリングさん」と氏は訊いた。


「奥さんがあなたと離婚する訴訟を起こそうとしていることをお知らせしたいんですよ」とわたしは言った。

わたしとドーンは、ベッド製作会社につくとすぐチッパーワース氏の社長室に案内された。

「ですけどね、妻はマドレインのことをもう何年も前から知っているんですよ」と氏は言った。わたしがどういう依頼を受けているかを説明しおえてからのことである。「これは三人で話が一応ついていることなんでしてね。妻はこの取り決めがお気に召さないんですけど。そういうわけで、マドレインも遠慮して、わたしが……そのう……要求を持ち出すのを手控えさせているくらいなんです」

「当の奥さんのほうはご自分の愛人の要求なら平気で受け入れているみたいですけど」とドーンが言った。

「妻の何ですって？」

「近頃、奥さんのところにかかってくる電話のことをご本人にお訊きになってみたらいかが」とドーンはすすめた。

「わたしたち、これでもう失礼しなくちゃ。では、せいぜいお気をつけて」

わたしたちはナイジェルのところに立ち寄ってから家に戻った。

長く待つ必要はなかった。

正午を過ぎてまもなく、玄関のベルが鳴った。わたしが出てゆく間《ま》もないうちにドアを激しく叩く音が聞こえてきた。ドアをあけてやると、弁護士のグッドリッチ氏が血相を変えて立っていた。わたしに向かって拳《こぶし》を振り回している。だいたいのところ、わたしみたいに背が高いのは、不便なものである。とは言っても、腕も長いので、わたしはグッドリッチ氏の拳骨を遠ざけておくことができた。氏は手を振りまわすのをやめると今度は悪態をつき始めた。そのぞんざいな言葉づかいときたら、どう見ても法曹界の人にふさわしくないものだった。こんなにひどい言葉、いや、もっとひどい言葉がドーンの一族の人たちの口から出るのを聞いていなかったら、わたしは、ドーンの手前、とても恥ずかしく思って迷惑していたことだろう。とは言っても、ドーンの親戚の人たちの口汚なさは親しみのこもったものなのだ。グッドリッチの場合はそれが悪意に満ちていて、いい。

おまけに中傷的だともきていた。おまえらはチッパーワースに情報を売りこんだのだ、と息まいたのだ。

そんなことはありませんとわたしが否定しようとしたとき、ドーンが「そうだとしたら、どうなさるおつもりなの」と言った。

「訴えてやる」とグッドリッチは言った。「不法行為なんだからな。刑務所にぶちこんでやる」

「ずいぶんご立派な口を利《き》くじゃありませんか、倉庫に火をつけた張本人にしては」

グッドリッチは急に静かになって聞き耳を立てた。「何のことを言ってるんだ」

「レスト・イージー・ベッド社のあの火事を起こした放火犯人はあなたたなんですのよ」

「馬鹿を言え」とグッドリッチ。だが、笑い声ではなかった。

「こういう魂胆だったのね。チッパーワースさんが保険金を手に入れたら、ミセス・チッパーワースが離婚訴訟を起こし、それで保険金の半分を要求できる資格を得る。あなたの力添えでミセス・チッパーワースは勝訴し、保険金と、それ以外の共有財産の半分とを使って、あなたとミセス・チッパーワースはこぢんまりとした愛の巣をこしらえて、そこへ逃げこむ。そういう肚だったんだわ」

「証明してみろ」とグッドリッチ。

「そりゃあ、とっても頭のいい計画だったとわたしも思うわ」とドーンはいかにも感心したように言った。「あの火事が起きた晩のアリバイ、おありになるんでしょうね」

「そんなアリバイがどうして必要なんだ」

「なぜって、もしわたしたちが警察に行ってこのことを知らせたとしたら、当然……」

「一体全体なぜおまえらがそんなことをしなくちゃならんのだ」グッドリッチは憤然と言った。

「そうこなくちゃ」とドーン。「これで肝腎かなめの問題を話し合えるわけですものね」睫《まつげ》をぱちくりさせる。「おわかりでしょ、わたしたち、つかんだ証拠をチッパーワースさんに知らせてはいないんですのよ。ですから、ミセス・チッパーワースが一切を否定している限りは……」

「金がほしいんだな、おまえたち――そうなんだろ」とグッドリッチ。

「まあね。フレディーときたらかわいそうにひどいのっぽなんで、もっと大きな車があれば乗り降りがずっと楽になるんですもの」

「わかったよ」とグッドリッチ。「車なんだな」

「それに、この家だってあっちこっち改装しなくちゃなりませんし」

「全部でいくらほしいのか、その金額を言ったらどうなんだ」

「三万ポンドぐらいがちょうど適当なんじゃないかしら、ねえ、フレディー?」

「そうとも、それだけあれば充分、間に合うよ」

「三万だと!」とグッドリッチは言った。

「そうですわ」とドーンはけろっと言った。「わたしたち、何て聞き分けがいいんでしょ!」

## 12

裁判が始まると、地元の新聞にそのことがでかでかと報道された。フルームというのはあまり大きな町ではないので、地元の人たちがかかわり合うような大きな裁判はそうざらには行なわれないのだ。

とりわけ、弁護士と放火事件がからんでいて、おまけにちょっぴりあちらの方の好奇心もくすぐる事件となったら、なおさら稀少価値がある。グッドリッチは有罪を認めたが、地元紙の記者スクープ（特ダネ）・ウォールがミセス・エルミット宅のお隣りに住むお婆さんをつきとめて、口に出すのも憚られるような光景をいや応なく見せつけられてしまったあのカーテンも閉めてない窓をお婆さんが指さしている写真を掲載してしまった。とは言っても、お婆さんがことこまかに説明した内容までは、さすがに紙面には載らなかった。

スティーヴ伯父さんは、わたしたちがやったことを聞くと、初めはおかんむりだった。今、〝知る〟と書かずに〝聞く〟という表現を使ったのは、まったく当を得たことなのである。なぜって、わたしたちがグッドリッチとした話し合いの内容を全部、従兄のナイジェルから借りたレコーダーでテープ録音しておいたのだから。

伯父さんはご機嫌ななめだったが、そこでドーンが説明した。あれだけの時間をかけたあとでも、グッドリッチが放火犯人だということを証明できる方法は、当人が自白する以外になかった。でも、警察だったら、わたしたちがやったみたいにミセス・チッパーワースとの関係を公けにすっぱぬいてやるぞと脅迫することは、違法行為なのでやるわけにはいかなかったはず。「だから、フレディーとわたしがそれをかわりにしてあげたというわけなのよ」とドーンは言ったのだった。

最後にはスティーヴ伯父さんも笑い出した。「この娘《こ》のことはきみにも注意しておいたよな」と伯父さんはわたしに言った。

けど、結局はうまく行ったのだ。

ひとつのことを除けば、である。スクープ・ウォールがあのお婆さんばかりか、ドーンとわたしまでつきとめてしまったのだ。

わたしたちは頼んだ。どうか新聞にわたしたちのことは何も出さないでくれ、と。ところが、この女性記者はこの頼みに応じてくれず、わたしたちは、危険人物である弁護士を裁きの場に立たせた功労者となった。これは大変なニュースだった。おまけに、ドーンは脚がきれいで、写真うつりがよいときていた。

そうは言っても、わたしたちがしたこと――いや、いさぎよく認めよう――ドーンがしたことをわたしたちが誇りに思ってはいなかったなどと言ったのでは嘘になる。けど、このおかげでフレデリック・ヘリング私設調査所が、わざと人目に触れぬようにしてあった静かな状態から一躍、社会の脚光を浴びることになってしまったのである。わたしたちのところへじゃんじゃん電話がかかってくるようになった。訪問客も押しかけてくるようになった。手紙も続々と舞いこむようになった。これを見つけて下さい、あれを捜していただきたい、この謎を解いてほしい……といった具合いに依頼が殺到したのだ。実を言うと、こうして世間の注目の的になっているということが問題なのではないのである。

問題なのは、二人ともこれがすっかり気に入ってしまった、ということなのだ。なにしろ、依頼された事件のなかには結構面白いものもあったのだから。ちょっとチェスの難問に似ていなくもない……という次第で、もうひとつくらい引き受けてもいいんじゃないかしら、ということになり、それで味をしめると、じゃあ、もうひとつ……

（中村保男訳）

## イギリスは嫌だ
## Rainey Shines

# 1

アレックス・レイニーは、腕いっぱいに食料品を抱え込み、〈ホームリー・ゲスト・ハウス〉の玄関のドアを肩で押しあけて抜けた。そして、中にはいると、靴の踵でドアを押して閉め、大荷物を抱えたままロビーを通り抜け、オフィスのまえを通り過ぎ、厨房に向かった。いくつかの袋をテーブルに置いていると、声がした。その声はかぐわしい香りのように漂って、彼の鼓膜をくすぐった。少なくとも、彼にはそう感じられた。その声は尋ねていた。「どなた？　アレックス？　あなたなの？」

「そう、ぼくだ」

「請求書はもうすぐ書き上げられそう」

重労働から逃れられる言いわけができたことを歓迎して、レイニーはまた戻る恰好で、〈ゲスト・ハウス〉のオフィスに向かった。「予想外だったよ、あんなにたくさんの——」と言いながら部屋にはいろうとして、ドアフレームに頭をぶつけた。

「またぶつけたなんて言わないで」プルーは顔を上げもせず言った。

「このくそイギリスが！　国が小さくて、車も小型で、人間もチビばかりで、野心もちっぽけだからといって、ドアまで狭くすることはないだろうが」

「あなたって急にアメリカ人っぽくなる。今みたいなことがあると——」

「おつにすまして、ひとりよがりで、小さくて、ちっぽけな島国のくせして、グレート・ブリテンだって？　ふん、ぼくに言わせれば、窮屈不自由ブリテンだ。ぼくが今言ったことはきみの先祖の七代目の子爵に伝えてくれてもいい。この国は何もかもが小さすぎる」

「おでこをこすっちゃ駄目。またてかてかになっちゃうわよ。みんながあなたのおでこを鏡がわりにして、ネクタイが曲がってないか確かめたりするのなんて、いやでしょ？」

「きみたちイギリス人は小さいのは体だけじゃなくて、同情心まで小人サイズというわけだ」

「あなた、この五日で六回もぶつけてるのよ。いったい何回わたしはあなたのために涙を流さなくちゃならないの？」

「思い出させてくれるなり、声をかけるなり、助けてくれるなりしてくれればいいんじゃないのか」レイニーは額をさすった。「でも、まだ五日？」

「ええ、そう。あとたったの二日ってこと」

「永遠のように思える」とレイニーは言った。「今日という日もまだ半分残ってるし」

「わたしが覚えてるかぎり、がっくりしてたウェンディとテリーのためにここの仕事を引き受けようって言ったのはあなたよ。あなたがわたしを説得したのよ」

「ああ、ウェンディはとても悲しそうだったからね」


「やさしくて、情に厚くて、思いやりのある男。それがあなた」

「ううん」レイニーはプルーのハンドバッグを取り上げると、中身を物色しはじめた。

「ちょっと！　何をしてるの？」

「きみのバッグの中身を漁ってる」

「その中にはわたしがもらったラヴレターが全部はいってるんだけど」

レイニーは探していたものを見つけると、取り出した。それは鏡で、手に持ち、禿げた頭を映して見た。

「ただのかすり傷じゃないの」とプルーは言った。

「かすり傷だって！　頭から血が出てるんだぞ」

「止血用の包帯を巻いてほしい？　首に？」

「無慈悲、無慈悲、無慈悲」

「息を引き取るまえに、食料品をしまって、バーのストックを確かめてもらえると、とっても助かるんだけど」

「食料品はキッチンに置いた。それに、客はたった三人だ。バーのほうのストックもあれだけあれば充分だ。満月になるると、彼らもまたここではアル中に変身するっていうのなら話は別だけど」

「お客さまは五人だけど、アレックス」

「三人だと思ってた」

「ご夫婦が一組見えるのよ。あなたの同国人」

「あのフランス人たちはもう帰るんじゃなかったのか」

「もう一晩泊まる」

「すばらしい」

「言ったじゃないの。あなたが買いものに出かけるまえに。五人分の朝食に足りるだけの食料をちゃんと買ってきてって」

「ううん」

「天才であるべき人物にしては、あなたって人を苛々させるくらい途方もない馬鹿なのね！」

「もう一度街中まですぐに出撃してこいってわけか。傷に新鮮な空気をあてるのも悪くないしって」

「シャツにメモを留めてあげましょうか？　それとも自分でできる？」

「できるでしょう、たぶん」彼はそう言って続けた。「傷痕、残るかな？」

「残らないようなら」とプルーデンス・レイニーは言った。「わたしがつけてあげてもいいけど」

## 2

「八年です」とアレックス・レイニーはカウンターの中からぼやいた。「長き八年もの年月」

「イギリスはお好きじゃないんですね、ミスター・レイニー？」とムッシュ・イルーは言った。

「ええ。ひどいところですよ。こんなところでどうすれば人間的な生活が成り立つのか、ぼくにはどうにもわからない」

「食べもののことをおっしゃってるの？」とマダム・イルーが尋ねた。「それとも、気候のこと？　あるいは、もっと微妙な問題？」

「心の霧の問題です」とレイニーは言って、ものうげなポーズで視線を上にやった。

夫のほうをちらりと見てから、マダム・イルーは言った。

「でも、美しい場所ですわ。特にここ西部地方は」

レイニーは肩をすくめた。

「でも、ミスター・レイニー、お訊きしますが」とムッシュ・イルーが横から言った。「そんなにお嫌いだというのに、どうして住んでるんです？」

「ああ」レイニーはまた芝居がかった身振りを交えて言った。「堕落です。ある美しい女性に対する、抑えがたい情熱のせいです。その女性はほかの土地に住むのはどうしてもいやだと言うんです。はい、わかりました《ダコール》。ほかにぼくに何ができます？」

ムッシュー・イルーはなるほどというふうにうなずいた。

そこへまるで計ったかのようにプルーが現れた。ロビーから小さなバーにはいってきた。イルー夫妻もレイニーも注意深く彼女を見つめていた。「何か？」と彼女は言った。

「ああ。いや、なんでもない」とレイニーは言って、ため息をついた。

「それが実はなんでもあるの」とプルーは言った。「七号室のベイツさんが、彼のところの排水管《プラミング》の具合がよくないっておっしゃってる」

「彼の排水管ねえ（〝プラミング〟には〝性器〟の意味もある）」わかりながら、マダム・イルーがわざとふざけて言った。

「手術が必要？」とレイニーは尋ねた。

「行って、診断してくれない？」

　アレックスとベッドにはいって一時間ほど過ぎるまで、プルーはベイツ氏の排水管の問題がどうなったか訊くのを忘れていた。

「ああ、ちょっと突いてやったら直った」とレイニーは言った。「才能があるんだね、きっと。見事なほどの腕が」

「プロの配管工になったほうがいいのかも」

「思うに」とレイニーは自分の考えを言った。「配管の設計そのものにかなり改善の余地がある」

　建物内のどこかから、ドアが勢いよく閉まる音が聞こえてきた。

「きっとマクスウェル夫妻だわ」とプルーが言った。「帰りは遅くなるということだったんで、鍵はさきに渡しておいたのよ」

「どれくらいいるのかな？」

「奥さんはまだはっきり決めてないって言ってたけど。今晩だけになるかもしれないし、もう一晩か二晩泊まることになるかもしれないって。ご主人はブリストルでお仕事があったみたいで、チェックインしたあと、奥さんはご主人とブリストルで落ち合ったのね。今夜はお芝居でも見ることになってたんじゃないかしら」

「芝居か……」とレイニーはものほしげに言った。「思い出すよ、きみと夜の公演を見にいったときのことを」

「はいはい、わかった、わかった。あと二日、それでおしまい。あとたったの二日じゃないの」

　プルーが朝食で使った皿を洗っていると、レイニーがキッチンにはいってきてドアを閉めた。そして、深刻な声で言った。「もう誰か出ていった？」

「出ていく？」とプルーは顔も上げずに尋ねた。

「チェックアウトという意味で。出発したかってことだ」

「ベイッさんだけだけど」

「それじゃ、ほかの人たちは出ていかせないように」

「どうしたの、アレックス？」

「いずれ、警察がぼくたちの小さな指を叩きにくるから。このいたずら坊主めって」

「アレックス？」

「二十三号室で女性が死んでるんだ」

「なんですって！　女性っていったい誰？」

「見たこともない女性」とレイニーは言った。

## 3

「あなたはアメリカのお生まれなんですね、ミスター・レイニー」

「ええ、マザーソウル警部。幸運なことに」

「どれくらいこちらに？」

「家内ともう八年住んでます」

「ご夫婦でホテルの経営をなさってるんですね？」

「とんでもない」と言って、アレックス・レイニーは背すじを伸ばした。かなり背が高くなった。ゲスト・ハウスの経営者の人生など考えるのもおぞましい、とでも言いたげだった。

プルーが横から言った。「わたしたちは休暇を取って旅行してる友達の——ウェンディ・ペヴェロールとテリー・ペヴェロールのかわりに一時的にやってるんです、警部」

「ああ、そうそう、ペヴェロール夫妻。ミセス・レイニー、ふたりはどこへ行かれたんですか？」

「オーストリア。一週間の予定でスキーをしに」

「なるほど。でも、ホテル経営がご本職でないとすると、普段のお仕事は？」

「アレックスには不労所得があるんです」

「それはさぞご快適なことでしょうな」

「このご時世に？」マザーソウルはレイニーを見やった。

「いくつかの会社で電子機器やコンピューター関係のコンサルタントもしてます。趣味でそれ以外のこともやってます。その中には趣味にとどまらないような、仕事にしてもいいようなものもあります」

「趣味ですか。大いに快適な暮らしぶりと拝察しました。いや、ほんとうに」とマザーソウル警部は言った。「私のほうは、私と家内で十代の子供を三人抱えて汲々としています。しかし、それまた人生というものですな」

「運用資産の明細を見せていただければ」とアレックス・レイニーはもったいぶって言った。「適切な変更の提案ができるかもしれない」

「ふうん」とマザーソウル警部は言った。

「警部？」

「はい、ミセス・レイニー？」

「彼女はミセス・レイニーではありません」とアレックス・レイニーが横から口をはさんだ。「レイディ・プルーデンス・エリザベス・スコット・レイニーです。だから、ぼくとしては――」

「アレックス！　黙ってて！　警部、どうか主人の不作法を許してください。無神経で不愉快な田舎者になることが主人には時々ありまして。インテリでありさえすれば特別待遇が受けられると思ってるんです」

「どうかお気になさらずに、レイディ・プルーデンス、変わったご仁の相手には慣れてますから」とマザーソウル警部はきっぱりと言った。

そう言って、何かことばを期待するようにレイニーを見やった。が、レイニーは何も言わなかった。

「ミスター・レイニーも女性の死体を発見したときの様子

をきっと快く話してくださることでしょう」

「部屋の中を見たら、ベッドにいる女性が見えたんです」

「どうして部屋の中を見たんです？」

「朝食で使った皿を妻が洗ってるあいだに、毎朝のお定まりの仕事をすませてしまおうと思って、階上《うえ》に行ったんです。シーツやタオル、グラスの交換、石鹸やトイレットペーパーの補充、紅茶をいれるための用具のセッティング。毎日取り替えたり、確認したりする通常の仕事です」

「それを全部ひとりでやってるんですか？」

「ペヴェロール夫妻が雇ってる女性がひとりいますが、彼女が来るのは忙しい時期だけです。今は一年の中では暇な時期ですから」とプルーが言った。

「その女性の名前はわかります？」

「ミセス・ウィットコム」

「ああ、そうでした。ポーラ・ランドールとダレン・ランドールの娘で、アンディ・ウィットコムのところの長男と結婚した女性ですね」マザーソウルはレイニーに視線を戻して言った。「あなたが部屋の中を見たら、ベッドに女性がいた」

「その部屋は空室のはずでしたから、ぼくは中にはいって——」

「失礼ですが、ミスター・レイニー。空き部屋に鍵はかけないんですか？」

「ペヴェロール夫妻からそのように言われてるもので」

「続けてください」

「部屋の奥まではいって、その女性が死んでることがわかったんです。それから、キッチンに行って、この建物にまだ残ってる客はひとりも帰さないように、レイディ・プルーデンスに言い、それから警察に連絡したんです」

「ただ見るだけで、あなたには人が死んでることがわかるんですね、ミスター・レイニー？」

「窒息した人は見ればわかります、マザーソウル警部」

「そういう人を実際に見たことがあるんですか？」

「妹がコネティカット州ハートフォードで検死医をしてましてね。妹とのおしゃべりの中で、妹の仕事が話題になることもありますからね。本も一冊か二冊読みました。何回か検死解剖に立ち会ったこともあります」

「趣味の一環として？」

「趣味の一環として」

「アレックスはわたしたちが住んでる地区の検視官と仲がいいんですよ」とプルーが言った。「それで、検死解剖によく呼ばれて、ふたりでちょっとしたゲームをするんです、どちらかが見落としてることにもうひとりが気づくかどうかというゲームを」

「そのちょっとしたゲームではよく勝つんですか、ミスター・レイニー？」

「まあ、健闘はしてます」

「いやいや、あなたはなかなかの人だ」とマザーソウル警部は言った。「小さな町の一介の警察官としては、私はこの謎めいた事件についてあなたのご助力を仰いだほうがいいのかな」

「そうかもしれません」とレイニーは言った。

「もっとも、あなたがなぜこの女性を殺したのか今すぐ説明してくだされば、大いに時間の節約になるわけですが」

レイニーはここ何分かで初めて笑みを浮かべ、興味を惹かれた顔つきになって言った。

「それにはちょっとお答えしかねます」

プルーのほうはそれほど面白がってはいなかった。「もちろん、真面目に言っておられるわけでは……」

「彼は死体の第一発見者です、レイディ・プルーデンス。もしかしたら、どの空き部屋を見ればいいか初めから知っていたのかもしれない。使われた部屋に物品を補充するために階上《うえ》にいたというなら、なぜ予約されてもいない部屋までのぞいたんです？」

「確かに」とアレックス・レイニー自身が認めて言った。

「ミスター・レイニー、あなたが私なら次にどんなことをしします？」

「現場検証がすんでるようなら、階上《うえ》に死体を見にいくでしょうね」

「では、どんな様子かダンに訊いてきましょう」

## 4

マザーソウル警部は二十三号室のドアのまえで少しためらい、振り返ってブルーに言った。「とても美しい光景とは言えないと思いますが、レイディ・プルーデンス」

「大丈夫です」とプルーは答えた。

マザーソウルがドアを開けて押さえ、三人は中にはいった。

「死体はあなたが発見したときのままですか、ミスター・レイニー？」

「いえ。上掛けが肩まできちんとかかってたし、ネグリジェを着てました。そのテーブルの上にのってるやつです。と思います」レイニーはゆっくりと部屋の中を見まわした。「見るかぎり、ほかには変わったところはないようです」

「わかりました」


「死体を見てもいいですか、警部？」

「どうぞ」とマザーソウルは答えた。

レイニーはベッドの裾のほうに歩いて言った。「足から始めて上にあがっていくのが好きなんです」

「足から始めるのが好きなんですか、ご主人は？」とマザーソウルはプルーに尋ねた。

プルーは何も言わなかった。ふたりともレイニーが女性の死体をじっくりと調べるのをしばらく眺めた。

数分後、レイニーが言った。「ひっくり返してもいいですか、警部？」

「どうぞ」

ほどなく彼は観察ペアを振り返り、むしろ軽い調子で言った。

「検死完了。メスとのこぎりを使わずにできることは全部終わりました」

「その女性は誰なのか、わかりました？」

「まさか。生きてるのを見たのは一度もない女性ですからね」

「それは残念。いったいこの女性は誰なのか。それがわかれば大いに助かるのだけれど。でしょ？」

「まあ」レイニーはおもむろに言った。「そうでしょうね」

ドアをノックする鋭い音がした。マザーソウル警部が「はいりたまえ」と応じた。長身瘦軀の若い巡査が中にはいってきた。

「なんだ、ハウエル？」

「ミセス・ウィットコムが見えました。見えたら、知らせるようにということでしたので」

「連れてきてくれ」

マザーソウル警部はレイニーとプルーのほうを振り返って言った。「ちょっと思ったんです、死んだ女性が以前にもここに泊まったことがあるかどうかを知るには、ミセス・ウィットコムはすぐに役立ってくれる最良の情報源ではないかとね。どう思います、ミスター・レイニー？」

## 5

ハウエル巡査は三十代半ばぐらいのほっそりとした女性を部屋に連れてきた。マザーソウル警部は彼女の手を取って言った。「わざわざ来てもらって悪かったね、ジャネット」

「気にしないで……」と言いかけて、そこで彼女は死体に気づいた。「まあ、なんてこと！」

「見てのとおり、ちょっとした問題が持ち上がった」

「なんてこと、トニー。こんなきれいな女の人が。でも、彼女には——わたしったら今、彼女には何か掛けてあげたほうがいいんじゃないかって言おうとしたのよ。風邪をひくかもしれないからなんて」

「もうそれはなさそうだ、ジャネット」

ミセス・ウィットコムはもう一度死体を見て、それから深く息を吸い込み、マザーソウル警部のほうを振り返って尋ねた。「クリスティーンは元気？」

「ああ。ありがとう」

「息子さんたちは？」

「相変わらずだ。きみのお母さんは？」

「変わりないわ。ありがとう」

　マザーソウル警部は少しためらってから言った。「もしかしたら、きみはこの女性を見たことがあるかもしれないと思ってね」

　ミセス・ウィットコムは怪訝な顔をした。「お客として？」

「どこででも」

　ミセス・ウィットコムはレイニー夫妻を見た。

　マザーソウルは言った。「レイニーご夫妻は、ペヴェロール夫妻が休暇を取ってるあいだ、彼らのかわりにここにおられるんだが、ふたりともまえにこの女性を見たことはないそうだ」

「ホテルの中で死んでるのに、見たことがない？」ミセス・ウィットコムはまたレイニーたちのほうを見やった。「それってなんだか変な気もするけど」そう言って、体の向きを変えてもう一度死体を見た。が、今度はちらっと見ただけだった。「でも、トニー、わたしも見たことないわね。町の人間でないことは確かだけど、ここのお客さんとしても一度も見たことがないわ。それは誓ってもいい」

「わかった、ジャネット。わざわざ来てくれてありがとう」

「気にしないで」と彼女は言った。

　マザーソウルはハウエルに向かって言った。「ミセス・ウィットコムを階下《した》にお連れして、アッシュウェルに家まで送るように言ってくれ。それから、アメリカ人夫婦を連れてきてくれ」

「わかりました。警部？」

「なんだ、ハウエル？」

「ディッキーから警部に伝えるよう言われたんですが、例の会計士を捕まえたそうです。仕事場から引っぱってきて、フランス人のカエル夫婦とアメリカ人のメリケン夫婦と一緒に階下《した》で待たせてるそうです」

「よろしい。彼にはアメリカ人夫婦のあとで会うとしよう」

ハウエル巡査とミセス・ウィットコムが出ていき、ドアが閉まると、マザーソウル警部はレイニー夫妻のほうに向き直って言った。「しごくもっともな疑問です。でしょ？」

「なんのことです、警部？」とプルーが尋ねた。

「思うに」とレイニーがプルーに言った。「ミセス・ウィットコムが抱いた疑問について言っておられるんだろう。ひとりの女性がどうやって使われていない部屋にはいり込み、ホテルの一室で殺されたりしたのか。しかも彼女が建物の中にいることを責任者たちが知りもしないなんて。そういうことでしょ、警部？」

「玄関の鍵は開けておくように、などと言われてたわけじゃないんでしょ？」

「もちろん」とプルーが答えた。「戸締まりに関しては細心の注意を払ってます。鍵をかけずにここをあけたことなんて、一度もありません」

「人がホテルを出はいりする音は聞こえますか？」

「たいてい聞こえます」

「では、昨夜は何時にベッドに？」

「十一時ちょっとすぎです」

「何か物音がしました？」

「マクスウェルご夫妻が十二時十五分すぎにいらしたときに。そのときだけです」

「到着がそんなに遅くなるというのはまえもってわかってたのですか？」

「ええ」とプルーは言った。「ほかのお客さまも夜間外出用の鍵は持っていらっしゃいます。でも、わたしたちが戸締まりをしたあとにいらしたのはマクスウェルご夫妻だけです」

「なるほど」とマザーソウル警部は言った。「ところで、ミスター・レイニー、あなた方ふたりに知られることもなく、この女性にはどうやってここで殺されるなどという真似ができたのか――そのことについて何かお考えはありませんか?」

　レイニーは、ほかのことを考えていたので、自分に向けられた質問に注意を戻すのにいささか時間を要した。「考え?　この女性はどこか別の場所で殺されてからこのベッドに運び込まれた、ということがいずれわかるでしょう——ぼくに言えるのはそれぐらいかな」

「なるほど。でも、どうしてそう言えるんです?」

「絞殺された場合、死んだ人は、通常、膀胱や腸からいくらか出てしまうものです。ここにはそれが見られない。同じ理由から、殺されたときに彼女があのネグリジェを着ていたとも思えない」

「ホテルに連れてこられたときには、すでに死んでいたと言うんですね?」

「あるいは、ホテル内のどこか別の場所で殺されて、この部屋に運び込まれたか」

「でも、なんのために?」

　ノックした音がドアから聞こえ、ハウエル巡査がはいってきた。四十五歳前後の屈強そうな男性と、二十代後半と思しい、身なりのいい女性もそのあとからはいってきた。

# 6

「こちらがマクスウェル夫妻です、警部」とハウエルは言った。

「はじめまして、警部」握手をしようと、チェスター・マクスウェルが手を差し出しながらまえに進み出てきて言った。「チェス・マクスウェルです。こちらはキャンディ」

「ミスター・マクスウェル」マザーソウルは弱々しい握手を返した。そして、キャンディを見やって言った。「ミセス・マクスウェル」

「ひどい事件が起こったものですね。ほんとうに。キャンディとぼくに何か手伝えることはありませんか？」

　マザーソウルは言った。「ご気分でもお悪いのですか、ミセス・マクスウェル？」

「いえ、ただ……死体を見るのは初めてなもので。でも、大丈夫」

「しっかりしてくれよ、キャンディ。ぼくたちもできるだけこの人たちの役に立てるようにしようよ」

「そうね、チェス」

　マザーソウルが言った。「おふたりとも亡くなった女性をよく見て、まえに会ったことがあるかどうか言ってもらえますか？」

「あんな恰好で会ったことはないですね。もしあんな恰好で会ってたら、まあ、忘れないでしょうから」とマクスウェルは死体が裸であることに関して軽口を叩いた。が、そういった軽口は場ちがいなことにすぐに気づいて言った。「すみません」

　夫婦は少しのあいだ死体を眺め、マザーソウルのほうを振り返った。

　マクスウェルが肩をすくめてさきに言った。「お役に立てなくて悪いけれど、見たことのない人です」

「ミセス・マクスウェル？」

「知らない人です。覚えているかぎり、会ったことはあり

「おふたりともそれは確かですね？」

ふたりは互いに顔を見合わせ、うなずいた。「確かです」とマクスウェルが答えた。

「ゆうべはどちらの部屋に？」

「この廊下の一番奥、道路に面した側の部屋です」とマクスウェルは言った。

「十一時半以降に何か不審な物音とか、いや、どんな音にしろ、何か聞いたりしませんでしたか？」

「ぼくたちがブリストルから戻ったのは十二時ちょっとすぎでしたけど、ぼくは何も聞かなかったな。キャンディ、きみは？」

「わたしも。聞こえたのはあなたのいびきだけ」とミセス・マクスウェルは言った。

「ぼくたちは音を立てないよう気をつけてました。とてもね。ここみたいな小さな町の人たちは、あんまり夜ふかしはしないと思って」

「おふたりとも眠りは深いほうですか？」

「まあ、普通だと思いますけど」とミセス・マクスウェルが答えた。「でしょ、チェス？」

「竜巻とか爆撃とかあったら、そりゃ眠ってはいられないだろうけど、でも、ふたりともよく寝るほうです」

「わかりました。どうもありがとう。でも、私としてはあなたたちにもお願いしなければなりません。しばらくホテルから出ないように」

「わかります、警部。事件ですからね。いろいろ大変でしょう」

「ご理解、感謝します、ミスター・マクスウェル」

# 7

　ジョージ・ベイツはほとんど死体を見もしなかった。それでも、きっぱりと言った。「こんな女性は生まれてこの方一度も見たこともなければ、私が殺したわけでもありません」

「あなたがやったとは誰も言ってません」とマザーソウル警部は言った。

「それじゃ、どうして私は重要な会議の最中に引っぱり出されたりしなきゃならなかったんです?」

「お仕事はなんですか、ミスター・ベイツ?」

「〈トリムズゲート・グループ〉で監査役をしています」

「〈トリムズゲート〉というのは町はずれにある〈ヴィクター・ブラザーズ〉を所有してる会社ですね?」

「そうです。私の仕事はそういったグループ内の子会社の年次会計監査です。いや、そういう言い方はあまり正確じゃないか。厳密に言えば、会計監査以外にも責任を負ってますから。会計以外の記録や、製造、効率、人事に関わる部分にも」

「要するに企業内のリストラ係みたいなものですか?」

　ベイツはかすかに笑みを見せて言った。「私としては、自分の役目はそういう言い方をされるよりもっとずっと肯定的なものだと思っていますが」

「この町にはどれくらい?」

「そこのおふたりに訊けばわかりますが」ベイツはレイニー夫妻を指して言った。「日曜日の夜からです。今夜、発つ予定でした。今もそのつもりです、すぐに仕事に戻ることが許されるのであれば」

「私もできるだけ早くこの事件を片づけたいと思っています、ミスター・ベイツ。でも、ひとつ申し上げておきたい。今日なんの進展もなければ、私たちは誰ひとりそう遠くへは出られない」

　アレックス・レイニーが何か言いかけた。が、ジョージ

・ベイツもまた言いかけたので口をつぐんだ。「私たちは全員この部屋にいなければならないのですか？　私は不健康なものが何より嫌いなもんでね」
「そこの女性は不健康というのとはちがうと思いますが、ミスター・ベイツ」とマザーソウルは言った。

「まあ……そうですが」

「あなたは結婚していますか、ミスター・ベイツ？」

「それが何か関係があるんですか？」

「してるんですか、していないんですか？」

ベイツは不機嫌そうに答えた。「していません。少しのあいだしていたことはあるけれど。今はしてない。この四年ほど独身です」

「日曜日以降の夜は何をしていました？」

「私は一年のうちの半分近くを知らない町で過ごすんです、警部。今週も夜はいつもと同じように過ごしました。会社から仕事を持って帰ることもあります。少しはテレビを見ることも。見るに耐える番組があれば。それと毎晩三十分ほど散歩に出ます」

「ここ何日かはあまり散歩日和とは言えなかったと思いますが」

「ええ、寒くて雨の日が続いてますからね。でも、習慣ですから」とベイツは言った。

「昨夜は何時頃散歩から戻りましたか、ミスター・ベイツ？」

「十時ちょっとまえです。それからすぐ風呂にはいりました。つまり、ミスター・レイニーが排水管の具合を見てくれたあとすぐに。そのあとはベッドにはいって、十一時まえにはもう眠ってました」

「どうしてそんなにはっきりと時間がわかるんです？」

「いつもラジオで〈ブック・アット・ベッドタイム〉を聞くんですが、話の最後を覚えていないものでね」

「夜のあいだに何か物音や人の話し声を聞いたというようなことは？」

「まったくありません。朝は七時ぴったりに眼が覚めました。いつもどおりです。それまではもう死んだように熟睡していました」

# 8

ミッシェル・イルーがさきに答えた。「いいえ、警部さん。お役に立てなくて申しわけありませんが、この女性を見るのはこれが初めてです」

「ミスター・イルー？」

ジェラール・イルーは立って死体を眺めていた。

マザーソウル警部はもう一度尋ねた。「彼女を見たことは？」

「なんですって？　いえ、いえ。ありません。残念なことだと思ってただけです。こんなきれいな女性がこんなことになるなんて」

「おふたりともまちがいありませんね？　喫茶店にしろ、ナニー・キャッスル（十四世紀に建てられたサマセットにある城）にしろ、どこかに行ったときに見かけたことも？」

ふたりは顔を見合わせてうなずいた。「ええ、ありません」

「十時半すぎに寝たということでしたね？」

「そうです」とミッシェル・イルーが答えた。

「イギリスに来てどれくらいになるんでしょう？」

「今週で二週目が終わるところです」今度はジェラール・イルーが答えた。

「この時期に来ることに決めたのは？」

「二度目の新婚旅行のようなものなんです、警部さん」

「それはちょっとちがうんじゃない、ジェラール？」とミッシェル・イルーが言った。

「人に言うにはそれでいいだろう」

ミッシェル・イルーは言った。「二度目の新婚旅行というようなものではありません。わたしたち、お互いまだやっていけるかどうか確かめるために来たんです」

「なるほど」とマザーソウルは言った。「夫婦仲の修復ですか」

「まあ、そうです」とミッシェル・イルーは言った。

「英語が大変お上手ですね」

「ありがとう。でも、そうでないとね。わたしたちふたりともフランスでは英語の教師をしてるんです。そういう関係で出会ったんです」

「イギリスを選んだのもことばのため？」

「いいえ」ミッシェル・イルーは言った。「ジェラールが好きなのは、太陽の下で大勢の裸の人たち《アヴェック・トゥ・レ・ニュー》とビーチで過ごす休暇です」

「ミッシェルのほうは」とジェラール・イルーが続けた。

「スキー。と言うか、アフター・スキー《ラプレ・スキー》とスキーのインストラクター《アンストルクトゥール》」

「ここにはどちらもありませんが」

「だからここなんです」

# 9

ドアを開け、イルー夫妻を階下《した》に連れていく段になって、ハウエル巡査が言った。「ディッキーからの伝言ですが、近所の訊き込みで収穫があったそうです。何かを見たという人がいるみたいです」

「わかった」とマザーソウルは言った。

「その人も階下《した》にいます。お婆さんなので、本人を階上《うえ》に上がらせるより、警部に階下《した》に来てもらったほうがいいだろうってディッキーは言ってますが」

「わかった。私も階下《した》に降りよう」

「さきにちょっといいですか、警部」とアレックス・レイニーが横から言った。

「なんでしょう、ミスター・レイニー？」

「さっきミスター・ベイツに言っておられたことですが、

捜査に実質的な進展がないかぎり、全員町を出られないんですか?」

「殺された女性の身元の確認。それがとても大切だということはあなたにも同意してもらえると思うけれど。その確認がすむまでは誰にしろ除外するわけにはいきません」

「その足止めはぼくたちにも適用されるんですか?」

「もちろん」そう言って、マザーソウル警部は寝室を出た。

## 10

ミセス・ウェスターベックは八十近い小柄な女性で、〈ゲスト・ハウス〉のオフィスの椅子にじっと坐っていた。

「わたしはいわゆる時差ぼけというのにかかってましてね」その老婆は驚くほどしっかりとした声で言った。「わたしの場合、それがずっと続いてるんです。飛行機になんて一度も乗ったことがないのに。どうなるかと言うと、夜は眼が冴えてしまって、昼間にならないと眠れないんです」

「それは大変ですね、ミセス・ウェスターベック」

「そう、何かに集中するということができなくて」

「それで、窓辺に坐ってるんですね」

「二重窓ですから。そうです。いつもラジオをかけて、窓のそばに坐ってるんです」

「で、何を見たんです？」

「見たことをそのままお話ししますから、何か意味があるかどうかは自分で判断してください」

「わかりました」

「ゆうべは満月で、雨がやんだあとは外がとてもよく見えました。まず最初に見たのは、車が停まり、人がふたり降りるところです。男と女でした」

「それはだいたい何時頃のことです？」

「十二時を十分か十一分すぎた頃です。だから、わたしはこんなふうに思いました、〝ずいぶんと遅いお帰りだねえ。そんなことをしてると成長が止まってしまうよ〟って」

「その人たちはどうしました？」

「玄関から中にはいっていきました、鍵を使って」

「なるほど。ほかには？」

「もうひとり女の人が現れました」

「そのときに？」

「ただ、その女の人は車じゃなくて、歩いてましたが、その女の人もやっぱり鍵を使って中にはいりました。わたしは自分に言いました、〝おや、まあ〟って。〝女がひとりで外にいるには、ちょっと遅すぎるんじゃないかい。悪いことをしそうな女には見えないけど〟って。それがその女の人を見て言ったわたしのひとりごとです」

「それは何時頃のことです、ミセス・ウェスターベック？」

「午前二時半をちょっとすぎた頃です」

## 11

「さっきからずっと黙っておられますね、ミスター・レイニー」とマザーソウル警部は言った。

「日曜日に」プルーが言った。「ペフェロール夫妻が帰ってきてもここに残らなくちゃならない。そう思って落ち込んでるんです。それとも、何か考えているか。落ち込んでいるか、考え込んでいるか。この人が何も言わない理由はこのふたつしかありません」

「つまり、あなたは私たちのこの小さな町が好きではないのですね、ミスター・レイニー?」

「ええ」

「で、どちらなんです? 落ち込んでるんですか、それとも考えごと?」

「想像力豊かなあなたの頭脳にじっくり考える時間を差し上げる。それがぼくが今してることです。眼のまえにいるこの夫婦は階上《うえ》で起きた殺人事件に何か関与しているのではないか。そういうことを考える時間を」

「私はなぜそういったことを考えなければならないんです、ミスター・レイニー? まさかあなたの額の傷のせいでもないでしょう。窒息させようとして女性と争う以外にも、そういう傷ができてしまうことはいくらでもある。そう、あるはずです」マザーソウルはそう言ってことさら頭を掻いてみせた、傷の理由をいくつか考えようとでもするかのように。

「でも、よかったですね、ミセス・ウェスターベックが起きていてくれて」

「夜のうちに出入りした人間の性別と正確な人数がわかれば、可能性のあるシナリオをかなり限定することができますからね」

「魔法のようにベッドの中で死んでいた謎の女性についても少しわかった」

「しかし、午前二時半にやってきて、鍵を使って中にはいり、朝がくるまえに殺されていたというのはなんとも妙な話です」

「ううん」とアレックス・レイニーは言って、また黙り込んだ。

「また考えごとですか、ミスター・レイニー?」

アレックスはおおげさにため息をつき、額をこすりながら言った。「ええ。ここはなんて陰気でちっぽけな町なのか、必要以上には一分たりといたくない。そんなことを考えていました」

今度はマザーソウルが黙り込んだ。

アレックス・レイニーは、〈ゲスト・ハウス〉のオフィスの机について坐っていたのだが、両肘を宿帳につくと、身を乗り出して言った。「警部、だいたいのところ、あなたはこんなふうに考えておられることでしょうね。死んだ女性はここの滞在客のひとりから夜間外出用の鍵を渡されていて、ここに来たあとここで殺された。さらに、あなたは会計の専門家であるミスター・ベイツに眼をつけている。ちがいますか?」

「そうなんですか?」

「あなたは次のように自問した。毎晩そんなに早く部屋に引っ込むのなら、どうして夜間外出用の鍵が必要だったのか? 彼はなかなかの策士なのではないか。独身の男が見知らぬ町にひとり。その町での最後の晩ともなれば、自分に自分でちょっとした愉しみを用意することもあるかもしれない。その愉しみが今回はうまくいかなかった」

「確かにその可能性は考えました、ミスター・レイニー」

笑みを浮かべながら、アレックス・レイニーは椅子の背にもたれて言った。「コーヒーはいかがです、警部?」

「今は結構」とマザーソウルはおだやかに言った。

「アレックス」とプルーが声をかけた。「あなたもミスター・ベイツが犯人だと思ってるの?」

「いや」とレイニーはなんのてらいもなく言った。「ミスター・ベイツはただ用心深い人なんだと思う。ある晩気づいたら締め出されていた、などという事態からわが身を守ろうとしているだけさ」

「ということは、二組のご夫婦のうちのどちらかってこと？　マクスウェル夫妻か、イルー夫妻？」

「あるいはぼくたち。ううん」

「あら！」

「でも、ぼくは警部さんに賛成だ。全面的に」

レイニー夫妻はマザーソウルを見やった。が、警部は何も言わなかった。これからちょっとしたやりとりを始めそうなふたりをただ見返しただけだった。

「こちらの警部さんは死体の身元確認が非常に重要だと言われた。まったくそのとおりだとぼくも思う。さて、これが普通の事件なら、彼の仕事に口をはさもうなんて夢にも思わない。でも、この不快でちっぽけな町に少しでもよけいにいなければならないなんて思うと……失礼、警部、でも、そう思っただけでぼくは気が狂いそうになる」

マザーソウルは無言を通した。

「で、いくつかの要素について考えてみた」

「たとえば？」とプルーは尋ねた。

「死体は、チェーン店で買った真新しいネグリジェを着せられ、小さな町のホテルの空き部屋で見つかった。ほかに衣服はなし。宝石もなし。身元がわかるようなものはいっさいなし。ここまではいいですか、警部？」

「ええ」

「このような状況をつくることで、犯人は声高に、はっきりと、死体の身元確認が重要であることをぼくたちに教えてくれている」

「そうです」

「しかし、それにもかかわらず、女性の顔がわからなくなるようなことは何もされていない。眼のまわりにちょっとした傷がある程度です。指紋にも何も細工されていない。歯もそのまま。身元を特定するための最も有効な手段が全部残っている。わかるかい、プルー？」

「何が？」

「この女性は地元の人間ではないということさ。実際のところ、警部さんは死んだ女性の写真を新聞やテレビに撒き散らすためにきたようなものだ。でも、そんなことをしてもなんにもならない。ここの新聞もテレビも全国に配信されることを考えると、それはつまりこの女性はイギリス人でさえないということだ」

「なるほど」とプルーは言った。

「つまり外国に住んでる人たち。そういうことさ」

「マクスウェル夫妻とか、イルー夫妻とか？」

「あるいは、ぼくたちとか」

「あなたのささやかな講義はまだ終わりじゃないんでしょうな、ミスター・レイニー」とマザーソウルが言った。

「ええ、もちろんです、警部。まずひとつ。被害者は被害者のことをよく知っている人間に殺された。そう言おうと思ってました」

「ほう？」

「さっき言ったとおり、眼のまわりの小さな傷痕は――あれはコンタクト・レンズがはずされたときにできたものでしょう。かなり乱暴にはずされたときに。犯人はたぶん急いでいたのでしょうが、当然のことながら、それは彼女がコンタクト・レンズをしていることを知っている者の仕業ということになる。コンタクト・レンズをつけてるかどうかは、赤の他人にはそう簡単にはわからないでしょうから」レイニーはことばを切った。「ご意見は？」

「続けてください」

「また、あの女性はどちらかと言えば裕福だった」

「どうしてそう言えるんです？」

「だいたいにおいていい健康状態にあることを別にしても、裕福だったことを示すもっと明確な特徴があります。指を見るといくつか指輪をはめていたことがわかるけれど、ぼくが言いたいのはそれだけじゃない。警部も気づかれたでしょうか――検死報告書が完成したら、きっと検死医からも報告があると思いますが――二個所手術の跡がある」

「ほう？」

「美容目的の手術です。胸の下にある傷痕は位置からして、胸を大きくか、小さくするためのものでしょう。残念ながら、ぼくはそのふたつの処置のちがいがわかるほど詳しくはないけれど。両脚にも手術の跡がありました。たぶん大腿部の脂肪を取り除いたんだと思います。どうです、いかにも示唆に富んでるでしょう？」

レイニーは、しかし、マザーソウルに返事をする時間を与えなかった。

「それに、お気づきと思いますが、この女性はかなり日に焼けている。ビキニ・エリアと言うんでしょうか、そことほかの部分でははっきりと色がちがっている。いや、正確にはボトム・エリアと言うべきかな。胸のほうは色がちがっていないから。トップレスで日光浴したのでしょう。なんともまぎらわしい言い方にならえば（〝トップレス〟には〝頭がない〟という意もある）。一年のうちのこの時期まで肌を褐色に保つというのは、自然によるものであれ、人工的なものであれ、ある程度裕福でないとできないことです」

「続けてください、さあ、ミスター・レイニー」

「こうしたこと……裕福であることや美容整形をしていること……をすべて考慮に入れると、ぼくとしてはどうしてもこの女性はアメリカ人だと思いたくなる」

「マクスウェルとその妻が犯人ということですか？」とマザーソウル警部は尋ねた。

「そのとおり」とレイニーはあっさりと言った。「でも、あなたが今言ったこととぼくが思っていることとはちょっとちがうように思います、警部。死んだ女性がチェスター・マクスウェルの妻なんですよ」

「アレックス！」とプルーが言った。

「まあ、月並みで厚かましくきわどい想像ではあるけど」レイニーはいかにもくつろいだふうに椅子の背にもたれた。暴露の瞬間をどこまでも愉しんでいた。

「思うに」とマザーソウル警部が言った。「あなたの結論にはいささか飛躍がありませんか？　人の存在そのものを無理やりねじ曲げてしまってるんだから」

「ううん、かもしれません、かもしれません」とレイニーは認めて言った。「それでも、マクスウェル夫妻は初めからあやしいんですよ。イルー夫妻は自分たちの問題でもう手一杯で、ミスター・ベイツはほかの人たちに厄介事の種を蒔くのに忙しいとなればね。ぼくにしたって人殺しに関わるつもりなんかありませんよ。犯行現場は謎だらけにしろ、こんな退屈で、平凡なやり方の人殺しなんか」

「それに証拠がない」とマザーソウル警部は言った。

「確かに。でも、ぼくの推理にはもう少し飾りをつけることができる。たとえば、この推理を検証できるポイントをいくつか教えることがぼくにはできる。まず全体から見ていきましょう。チェスター・マクスウェルと本物のキャンディは、ふたりだけで長期の海外旅行に出かけたとしましょう。その場合、キャンディがいなくなるにしろ、誰かと入れ替わるにしろ、そういうことが起きても、それに気づくはずの友人も隣人も親戚もまわりにいないわけです。マクスウェルと新しいキャンディは、ここみたいな辺鄙な外国で好きなだけ夫婦として暮らすことができる。では、なぜ離婚ではなく殺人なのか、その理由としては、この夫婦の財産はチェスターのものではなく、キャンディのものだからということが考えられる」

「それがあなたの推理が検証できるひとつのポイントなんですか？」とマザーソウルは尋ねた。

「まだです」とレイニーはそっけなく言った。「プルー、昨日の午後にチェックインの手続きをして、夜間外出用の鍵を受け取ったのはキャンディだった。きみはそう言ってたよね？」

「ええ」

「さて。昨日、チェスターは本物のキャンディと一緒にいたとしましょう。われらがキャンディは夜間外出用の鍵の合い鍵をつくった。そして、まえもって打ち合わせたとおり、チェスターが受け取れる場所にもとの鍵を置いておいた。チェスターと本物の妻はその鍵を使ってホテルにはいった。プルー、きみのキャンディは、ぼくたちは何時頃寝るかってきみに訊いてきたんじゃなかったっけ？」

「そう、訊いてきた。十一時頃って答えたけど」

「チェスターと本物のキャンディは十二時十五分にここにやってきて、誰にも見られずに階上《うえ》に上がる。チェスターは本物のキャンディを抱えるようにしていた――たぶん彼女は睡眠薬か何か飲まされてたんじゃないかな。で、彼女が完全に眠りに落ちたのを見届けて窒息させた。われらがキャンディのほうは、死体を空き部屋に運び、まわりを片づけるのを手伝うために、二時半頃やってきた。今朝、チェスターとキャンディが朝食に降りてきたときには、きみは昨日鍵を受け取った女性がミセス・マクスウェルと思うに決まっている。これで収まるべきところにすべてが収まる」

「なるほど」とプルーは言った。

「確認しなければならない点を言えば」とレイニーは続けた。「まずひとつ。新しいキャンディには、すべてがうまく運び、自分もホテルにはいってかまわないということを知る必要があった。ミセス・ウェスターベックには、二時半に上の階の明かりがまだついていたかどうか、訊いてみるといいでしょう。もうひとつ。マクスウェルの荷物を徹底的に調べれば、夜間外出用の鍵の合い鍵が出てくるんじゃないかな。もちろん、死んだ女性の写真をマクスウェルが住んでいる町の警察に送り、マクスウェルの友人や隣人に見せれば、それはもう確実この上ない形で一件落着ということになると思いますよ」

## 12

レイニーは眼を閉じ、ベッドに横たわっていた。苦悶の表情を浮かべて。

それを見てプルーは言った。「さあさあ、そんなに悪くはなかった。あなたはいろいろ考えて、疲れてしまっただけよ」

「また雨か」とレイニーは言った。「なんていやったらしくて、ひどくて、陰鬱で、陰湿で、ちっぽけな国なんだ、ここは。季節が移り変わるときだって、変わるところはただひとつ、その雨が冷たくなるか、暖かくなるか、それだけだ」

プルーはため息をついてから言った。「取り合おうとはしなかったけれど、マザーソウル警部は感心してたわ。そう、すごく感心してた」

「そりゃ彼にだって最後にはわかるだろうさ。でも、彼は肥溜めみたいなイギリスの田舎暮らしにどっぷり浸かってしまってるんだよ。でも、それはあいつが悪いわけじゃない。だから、よけいな口出しをするつもりはなかったんだけど、もう待つことに我慢できなくてね。考えてもみてくれよ。よけいに何日もここで暮らすなんて！」

「あら、そんなに悪くもないと思うけど」

レイニーはしばらく黙り込んでから口を開いた。「そんなに悪くないって、それはどういう意味だ？」

「〈ゲスト・ハウス〉を切り盛りするのがけっこう気に入ったってだけのことよ。いろんな人が出入りするのって愉しいじゃない？」

「そうとも」と言って、レイニーは客の声色を真似て言った。「ミスター・レイニー、わたくしのシードルにハエがはいってましてよ。ミスター・レイニー、隣室の新婚夫婦がうるさくて眠れないんですけど。ミスター・レイニー……」

「ウェンディとテリーが戻ってきたら、ちょっと話してみてもいいかもしれない」

「酒が欲しい」とレイニーは哀れな声を上げた。

「それはいい考えね」とプルーは言った。「〈ゲスト・ハウス〉に乾杯しましょう」

レイニーはしぶしぶベッドから抜け出した。

「わたしのには氷をお願い、あなた」とプルーは言ってすぐつけ加えた。「アレックス、気をつけ――」

が、その警告は間に合わなかった。レイニーはもう寝室のドア枠に思いきり頭をぶつけていた。

〈副大統領ダニー〉

# ダニーのお手柄

Danny Gets It Right

副大統領というのは、人々が思っているほど多くの時間を必要とする仕事ではまったくない。

いや、もちろん、自由と民主主義を守る義務はある。しかし、世界でそれほどたくさんの人が死んでいるわけではない。要人はことさら。だから、私としては、さまざまなことに関心を持ち、さまざまな場所に出かけ、さまざまな人々と出会う時間をとることを心がけている。ジョージは庶民に対する温かみを持つことがとても重要だと考えている。だから、私もできるかぎりそうしているのだ。

庶民のほうもそれを喜んでくれている。たとえば、ゆうべのこと。ウェイン——数多《あまた》いる護衛のひとりで、庶民の代表みたいな男——が言った。「クエール閣下、失礼ですが、今夜は〈白鳥の湖〉に行くことになっていることを忘れないように、との奥さまからのご伝言です」

「おいおい」と私は言った。「泳ぐにはちょっとばかり寒すぎやしないか」

ウェインは笑って言った。「なんとも。あなたはみんなが思っている以上に愉快なお方だ」

私も一緒になって笑って言った。「そう、私もこれでベストを尽くしてるんだよ、ウェイン」

私たち——妻のマディと私——はよく夜外出する。実際、副大統領の職務についてはずいぶんと誤解があるようだが、時間に関する誤解はそのひとつにすぎない。

もちろん、今の高い地位に就くのに際しては、多くのことが私に有利に働いた。そのひとつ、それはジョージが副大統領として充分な経験の持ち主だったことだ。おかげで、彼が私にやらせたいと思っていることすべてを彼からきちんと聞くことができた。

もうひとつは、私自身、ワシントンDCの事情にすでに明るかったことだ。忘れてもらっては困るが、私は上院議員を務めたのだ。ジョン・F・ケネディ同様、八年のあいだ。

ワシントンは、しかし、多くの人が考えているほど、わかりにくいところではない。もちろん、私にはそもそも強みがあったわけだが。その昔、ワシントンを建設するにあたって雇われたのがのちにインディアナポリス（ダン・クエール元副大統領の出身地）の建設にも関わった人物で、両方の市で同様の設計プランを立てているからだ。私が常日頃使っているちょっとしたこつを披露しよう。ワシントンのどこかに行くことになったとき、いつもその通りをインディアナポリスの地理にあてはめて思い描くのだ。すると、それがどのあたりにあるか、一発でわかる。

しかし、実のところ、きみたちが知りたいのは、私が解決した殺人事件のことだ。だろう？

まあ、これもまた副大統領というのは、ありがたいことに、神から授かった時間を目一杯使わなくてもやっていける仕事という事実がもたらす結果のひとつにすぎないのだけれども。

〈白鳥の湖〉を例に挙げたのは、私とマディには、多くの予定がはいっていることを知ってほしかったからだが、そのほとんどは公務ではない。それでも、あれやこれや始終意見を求められる。なんといっても、私は要人なのだから。そんな私がどんなことを言うかみな大いに注目しているのだ。だから、私人として出かけても、おわかりいただけると思うが、この職務から逃れることはできない。そう考えると、これはまちがいなくフルタイムの仕事と言える。余暇はたくさんあるようで、私の余暇はほかの人々と同じ余暇ではないのだ。

もちろん、副大統領ならではの仕事もたくさんあって、それはただ単に葬儀に参列したり、南米の将軍を訪ねたり、というものばかりではない。まず、私は上院議長で、そのおかげで多くの旧友との接触を保つことができれば、影響力を行使することもできている。ほかには国家宇宙会議の議長も務めている。こっちのほうはけっこう時間を取られる仕事だ。

と言っても、宇宙について知りうることを何もかも知っているわけではない。何もかも知っている人間などもちろんいないだろうが。宇宙は途方もなく広い空間で、宇宙には未知の海がたくさんある。そうした海の地図をつくるのが同会議の仕事のひとつになっているのだが、私自身が宇宙に関する本を読むのは、機会があるときぐらいのもので、そうした本はその道の専門家を大勢雇って、何冊も読んでもらうことにしている。宇宙にあるすべての道の位置を把握することを私に期待している者などひとりもいないだろう。それに、これは確信を持って言えるが、宇宙を設計したのはインディアナポリスとワシントンを設計したあの偉大な男ではない。言うまでもなく、宇宙の設計者は神だ。偉大な男はここにもひとりいるということだ。

しかし、ここで宇宙の話を持ち出したのは、これが私のやり方の好例だからだ。充分な知識を持っていないことにかかわらなければならないとき、私は専門家を雇うことにしており、実際、多くの専門家を抱えている。

もっと言うと、私は副大統領に関する専門家さえ置いている。ピートだ。非常に有能な若手弁護士であり、偉大な男で、ジョージとジム・ベイカーの友人でもある。こういうところがこのチームの一員であることのいいところだ。誰もが気づかってくれているのである。ジョージやジムのような要人が、忙しいスケジュールの合間を縫って、私の言動のすべてに関心を示してくれている。といって、彼らが要人として私よりも格が上だというわけではないが。いや、それはそうかもしれないが、根源的な意味ではそうではない。なぜなら人はみな平等だからだ。それこそこの国を偉大にした要因のひとつではないか。

それでも、彼らが私に関心を寄せてくれているのは事実であり、そのおかげで、私のほうも彼らに関心を寄せやすくなっている。とりわけジョージには。もちろんんだ。彼こそ私をインディアナから引っぱり出して、世界という檜舞台に立たせてくれた人物なのだから。私は心から彼を愛している。いや、その、意味するところはわかってもらえると思うが。男がこんなふうに男を愛することにはなんら問題はない。つまり、その、もし彼がいなくなったら、私はとても寂しい思いをするだろうということだ。つまり、たとえば、ジョージが死んだりなんかしたら、どうしたらいいのか、私には皆目わからない。私が言いたいのはそういうことだ。

しかし、やはり私が解決した殺人事件か。きみたちが知りたいのは。

すべては――このことは言わないわけにはいかないだろう――ジョージタウンのフォーテスク家のディナーにマディと出かけたことから始まる。どうしてそれを覚えているのかと言うと、その日は息子のタッカーの運動会があった日だったからだ。もっとも、その運動会に関することはことごとく不首尾に終わってしまったのだが。まず、カメラマンの到着が遅れた。それから私専用のリムジン〝VP1〟のエンジンがかからず、息子の学校を出るのにタクシーを拾わなければならなかった。

そのタクシーの運転手――完全に平等な黒人だった――と話をしたのも覚えている。庶民とことばを交わすいい機会だった。ほかに特にすることもなかったし。

私は言った。「なあ、きみ、マリオン・バリー（ワシントンDCの前黒人市長。腐敗市政でマスコミの追及を受け、麻薬犯罪で有罪となって一度辞任し、のちに返り咲いた）が厄介なことになってるけど、それについてはどう思う？」

最初、運転手は何も言わなかった。私は待った。ひょっとしたら、彼は戸惑っていたのかもしれない――私が庶民に話しかけると、そういうことがよくある。あるいは、その件については聞いてさえいなかったのかもしれない。誰もがテレビを見ているわけではないのだ。

ところが、彼は次の赤信号でタクシーを停めると、振り向いて言った。「ダン・クエール・ネタの最新のジョークを知ってるかい？」

私は少しびっくりしたが、言い返した。「おいおい、私がそのダン・クエールだよ」

「わかった、わかった」と彼は言った。「あんたがクエールさんなら、ゆっくり話してやるから」

しかし、そこで信号が青に変わった。どうやら、彼は運転しながらしゃべることができないようだった。それからほどなくフォーテスク家に着いた。

マリリン――マディのことだ。私のよりよき伴侶《ベター・ハーフ》。いや、ベターではない。平等ながら異なるハーフ――はさきに来ていた。ピートと私が家の中にはいるなり、ウェイン――この日はマディの警護をしていた――と駆けてきた。もうひとり女性も一緒だった。マディが言った。「ああ、ダニー！　とても恐ろしいことが起きたの！」

「恐ろしいこと？」

「ロビン・フォーテスクがまた卒中《ストローク》を起こして。亡くなったのよ！」

「それはつまり車椅子に乗っていたということだね？（〝ストローク〟には〝こぐ〟の意もある）」

「ハニー、彼のお嬢さんのジャニーンを紹介するわ」そう言って、マディは一緒にいる女性を見て、軽くうなずいた。

「初めまして、副大統領閣下」とその女性は言った。歳のわりに可愛くてキュートなレディだった。いや、私はマリリンをさしおいてほかの女性に眼をくれたりはしない。が、紹介されたりしたときは別だ。

「私は快調だ。きみは？　あ、お父上のことはなんとも悲しいことだったね」

「ええ」と彼女は言った。

「わたしたちが初めてミスター・フォーテスクにお会いしたのは先月のことだったわね」とマディが言った。

「ああ、そのとおりだ」と私は言った。そのとおりにちがいない。マディはそういうことに関して抜群の記憶力の持ち主なのだ。

「父からお噂は聞いてました」とジャニーンが言った。「あなたには強烈な印象を受けたと」

「ジャニーン。珍しい名前だ」と私は言った。「外国の名前？　いや、もちろん、それが悪いと言ってるわけじゃない。でも、外国の名前にも立派な家名がある。というか、少なくとも、昔はそうだった」

　誰かに紹介されたときには、自分のことより相手のことを話すこと。これを教えてくれたのもジョージだ。副大統領が披露するにふさわしいちょっとした芸当のひとつだ。まったくジョージというのは大した男だ。彼がいなくなったら、私はものすごく淋しくなるだろう、いや、ほんとうに。

「ミルウォーキーでお眼にかかったの」とマディがジャニーンに言った。「脳卒中の患者さんたちの大会があって、ダニーが招待されたのよ」

　それで私も思い出した。車椅子に乗っている人ばかりが集まった大パーティだった。その席で私は、車椅子バスケットボールと、これまでの科学技術の進歩に触れ、ジャンプができる車椅子ができたら、どんなにゲームが面白くなるだろうという話をしたのだった。

「思い出したよ」と私は言った。「奥さんからリコリス・キャンディ（甘草が成分のねじれた棒状のキャンディ）ばかり食べさせられてた人。それがきみのお父さん、だろ？　で、食べさせてたのがきみのお母さん、だね？」

「ほんとうにリコリス・キャンディがお好きなようだったわね」と言ったマディの声音には、夫の記憶力を誇らしく思う気持ちが少なからず込められていた。

　しかし、このジャニーンというレディは、奇妙な顔で私を見た。実際、あまりに奇妙な顔をされてしまったので、私はピートのほうを向いて、小声で尋ねた。「私の鼻の頭ににきびか何かできてるのか？」

　しかし、〝いいえ、副大統領閣下〟にしろ〝ええ、副大統領閣下〟にしろ、彼が答えるより早く、私はジャニーンに襟をひっつかまれた。

　すんでのところでウェインが彼女を殺しそうになって、私は言った。「大丈夫だ、ウェイン」

　どう考えても、彼女が本気で私に襲いかかるわけがない。それに、ひとつの家族から同じ日にふたりも死者が出たりしたら、気の毒すぎるではないか。

　いずれにしろ、彼女、ジャニーンは私に言った――というか、叫んでいた――「わたしの父の妻が父にリコリスを食べさせていた。今、そうおっしゃったんですね？」

「ああ。山ほどね。実際の話、きみのお父さんはあのパーティでそれ以外のものは口にしなかったんじゃないかな。そうだったよね、マディ？　ビュッフェ・スタイルで、食べものは全部無料で、彼のような人たちにも手が届くよう低いテーブルに盛られていた。そうだったよね、マディ？」

「ええ」とマディは言った。「確かにリコリスをたくさん召し上がっておられたわね」

私は言い添えた。「リコリスは、真っ黒なところがなんだけど、私も嫌いじゃない。ただ、ひとりであんなに食べてもいいものかどうかという気はするけれど」

そのときだ、このジャニーンという女性が悲鳴をあげたのは。そう、ほんとにあげたのだ！　あれは正真正銘の悲鳴だった。そして、彼女は走り去った。

「おやおや」と私は言った。「父親からマナーというものを多少なりとも教わってほしいものだ」

もちろん、外国の人々はマナーについてわれわれとはまた異なる意見を持っている。これは、副大統領になったらまっさきに学ばなくてはならないことのひとつだ。ほとんど開口一番にジョージに言われたのを思い出す――〝ダニー、世の中の人みんながきみみたいな人とはかぎらない。その事実に早く慣れてほしい〟。

まったく、彼の言うとおりだ。副大統領たる者はこうしたことにも慣れなくてはいけない。

このジャニーンの場合は、悲鳴をあげて走り去ったかと思うと、すぐまた戻ってきた、ひとりの老人の腕を引っぱって。

「この人に話してください」と彼女は私に言った。「話して！」

「頼むから怒鳴らないでくれ、お嬢さん」と私は言った。「みなしごになったからといって、怒鳴りつけていいということにはならない。私は耳が聞こえないわけじゃないんだから。実際のところ、私に怒鳴ることなど私は誰にも許していないんだ。州兵時代の上官か、政府の長官以外には」私はぴしゃりと言った。「あなたはそのどちらでもない」

「この人に父とリコリスのことを話してください！」

ピートが耳打ちしてきた。「この方は公衆衛生局長《サージャント・ジェネラル》です」

「あらま」と私は言った。そして、老人のほうに体を向けた。「失礼しました、将軍《ジェネラル》」そう言って敬礼をした。

「何か私にできることでも？」

「ジャニーンに今聞いたことですが、先月、彼女の父上がリコリスを大量に食べさせられていたのをご覧になったとか」

「そのとおりです」

「よくぞ見ていてくださいました、副大統領閣下。祝着至極と言うほかありません」

「いや、それは、どうもありがとうございます、将軍《ジェネラル》」

ジョージに教わったことがもうひとつある。それは、誰かに祝いのことばをかけられたときには素直に礼を言う、ということだ。祝いのことばなどというものは、固辞できるほど、一生のうちにそうそうかけられるものではない。

ジャニーンと公衆衛生局長はそのあとまたいなくなった。

私はマディを脇に呼んで小声で言った。「誰にでも愛想よくしなければならないということは、わかってるつもりだけど、まったく苛々させられる女だ、あのジャニーンというのは。そうは思わないか？」

ちょうどそのとき、ボツワナ大使に引き合わされてしまい、その大使に注意を向けなくてはならなくなった。ところが、このボツワナ大使というのが、ジーン叔父さんが以前雇っていたお抱え運転手にそっくりだったのだ。叔父のそのお抱え運転手はずいぶんと怒りっぽい男だった。で、私は大使に言った。「あなたを怒らせるつもりなど毛頭ありませんからね。だから、ボツワナ大使というのはいったいどういう種類の大使なのか、それをまず初めに教えていただくのが一番の得策かと――」

そのあとジャニーンの消息は一切聞かなかった、彼女本人から手紙を受け取るまでは。

〝親愛なる副大統領閣下〟という書き出しでその手紙は始まっていた。〝わたしの継母は今朝、終身刑を言い渡されました。それで、ひとことお礼を申し上げたく、一筆啓上させていただきました〟。

そのあとは専門用語がずらずらと書き連ねてあった。私は宇宙に関する本を読むのに忙しかったので、ごく一般的な〝どういたしまして〟カードで返信すればいいだろうと思った。が、そのときマディが部屋にはいってきた。私は彼女に手紙を見せた。

「あらま」と彼女は言った。

その言い方が私にはなんとなく気に入らなかった。意味ありげに聞こえたというのではない。私たち夫婦の愛情はとても強い。だから意味ありげなどということはありえない。それでも、人は誰しもときには気に入らなくなったりするものだ。「なんだね？」

「ジャニーン・フォーテスクを覚えてる？」

もちろん、覚えていた。

「彼女がリコリスのことを教えてくださってありがとうって書いてきてる」

「ふうん」と私は言った。「でも、リコリスがどうしたって？」

「ジャニーンは医者なのよ」

それは知らなかった。しかし、このところ、わが国は外国人の医師をどんどん受け入れている。

「彼女の父親はリコリスを食べさせられていたというあなたのことばで、彼の奥さんが彼を殺したことが立証されたみたい」

「殺人？　どうやって？」

「リコリスで」

「あんなもの、小さすぎると思うがね」

「ジャニーンは医者だから」とマディは言った。「リコリスが高血圧を引き起こすことを知ってたのよ」

「そうなのかい？」

「ここに全部書いてある。〝甘草の成分であるグリチルリジン酸は副腎に作用し、ナトリウムの再吸収を促進するホルモン、アルドステロンの分泌を亢進させます。その結果、体液貯留と高血圧が惹き起こされます〟」

「ふうん」

「ジャニーンの継母は彼女の父親の血圧を上げるためにリコリスを食べさせてたのよ。そうすれば、発作を再発して死ぬことがわかってたから。実際、そのとおりになった。それで、継母には殺人罪の判決が下り、ジャニーンのほうは七千五百万ドルの遺産を相続することになったんですって」

「うわお!」

「だから、ジャニーンはあなたにお礼の手紙を書いてきたのよ。あなたがいなかったら、継母の有罪を証明することはできなかったんだもの」

「継母というのは時々そういうことをやらかす、だろ?」

「ダニー」とマディは言った。「このことは世の中の人たちに知らせるべきよ。あなたは殺人者に正義の裁きを与える手伝いをしたんだから」

「そう思う?」

「もちろん」

というわけで、諸君、これがことの顚末だ。それから、これだけは言っておこう。リコリスがそんなに好きではなくて、ああ、ほんとによかった。

〈副大統領ダニー〉

# ダニー、職分を果たす

# Danny Pulls His Weight

五月のその日、私が部屋にはいるなり、ピートが飛んできて言った。「いったいどこにいらしたんです、副大統領?」

ピートというのは実にいいやつで、ジョージも彼には大いに助けられているのだが、このときばかりは落ち着きをなくしていたので、私はまず彼をなだめにかかった。人をなだめること——副大統領になって四年というもの、私が訓練に訓練を重ねてきたことのひとつだ。私は言った。「公的な場じゃない。だから、心配無用だ、ピート」実際、私は読唇術の講座から帰ったところだった。読唇術の講座を受けるということほど私的な行為もないだろう。

「あなたをずっと探してたんです、副大統領。大統領が会いたがっておられます、今すぐ」

「私は何もしてなかったんだけど」と私は言った。何もしないでくれ、とジョージに言われていたのだ。選挙キャンペーンに関するかぎり、何もしないでくれ、と。ピートについていくと、確かにジョージは私を待っていた。彼のほかにもうひとり男がいた。

ジョージは言った。「はいってくれ、ダン。坐ってくれ」私は言われたとおりにした。普段から、ジョージが言うことには努めて従うことにしているのだ。それもまた私の仕事と理解している。読唇術の講座を受けることになったのも、ジョージに〝私の唇を読め（一九八八年の大統領選で、ジョージ・ブッシュが減税公約をしたときに使った表現。〝本気で言うからよく聞いてくれ〟の意）〟と言われたからだ。

「ハーモン・ケトルマイヤーにはまだ会ってなかったかな?」とジョージは言った。

「ええ、まだだと思います」

「ハーモンはわが国最高の選挙コンサルタント《スピン・ドクター》だ」

「うわお!」と私は言った。副大統領であることの利点のひとつに、あらゆる種類の要人に紹介してもらえるというのがある。「お眼にかかれて光栄です、ドクター・ケトルマイヤー。でも、あなたがいらしたのは、わが国の政府見解《スピン》が病気にかかってるからじゃないでしょうね？」

「あなたを選んだのはわれわれです」とドクター・ケトルマイヤーは言った。「だから、噂を聞いてもどうか気になさらないように」

「噂、というと、サー？」

「大統領があなたをお払い箱にして、あなたより党の大統領候補の席を確実にしてくれそうな副大統領候補を探そうとしている、という噂です」

「このことだけはよく覚えておいてくれ、ダン」とジョージが言った。「命あるかぎり、私はそんなことは断じてしない。絶対に、だ。新しい副大統領候補などありえない」

「実際の話」とドクター・ケトルマイヤーは言った。「あなたに対する大統領の変わらぬ信頼を世間に示すために、われわれは選挙運動の一環として、ある問題すべてをあなたにお任せしたいと思ってるんです」

「すべてを？　この私に？」

「われわれは具体的にどんなことを考えているのか。大統領、ご説明いただけますか」

「ダン、きみもわかっていると思うが、わがアメリカ合衆国の治安はいわば高い塔からすべり落ち、悪化の一途をたどっている。個人の安全というのは柔らかい羽毛で覆われているだけのひよこみたいなものだ。常に保護を必要としている。だから、われわれは、規制が過度にならないよう、かといって、レイプや強奪略奪行為が横行したりもしないよう、そのあいだでうまくバランスを取らなくてはならない。もちろん、アルゼンチンのために泣いて《クライ・フォー・アージェンティーナ》くれなどと言っているわけじゃない（映画『エビータ』のテーマ曲〝ドント・クライ・フォー・ミー・アージェンティーナ「アルゼンチンよ、泣かないで」〟のもじり。一九九二年の大統領選でブッシュ大統領が演説で使い、顰蹙を買った）、わかっていると思うが。誰のためにも泣かなくていい。ただ、私としてはもううんざりなのだよ。口やかましい民主党のちんけなリベラル派がこの件についてあれこれ非難するのを聞くのは」

「同感です、サー」と私は言った。

ドクター・ケトルマイヤーが言った。「重ねて申し上げますが、副大統領、われわれはあなたに陣頭に立ってもらいたいのです、現政権が法と秩序を維持するするために手がけてきたすばらしい仕事の陣頭に」

「法と秩序？　しかし、そんな重要なことを！」

「そうだ、ダン」とジョージは言った。

　ドクター・ケトルマイヤーは言った。「確かあなたは来週インディアナポリスにいらっしゃる予定でしたね、副大統領？」

「そうです、サー」と私は言った。「当地で大きなカーレースが開催されるものでね。私はインディアナ州出身者《フージャー》の中でもなかなかの有名人ですからね。グランド・マーシャル（パレードの先頭に立つ総指揮者）を務めることになってるんです」

「すばらしい」ドクター・ケトルマイヤーはそう言って笑みを見せ、ジョージに向かってうなずいた。

「レースのあと、ホテルで晩餐会が催されて、誰かがスピーチをすることになるでしょうが、それもたぶん私でしょう。まあ、そのスピーチでは詳しい説明《アンプリファイ・オン・ザット》もしなきゃならないと思うけれど」

「すばらしい」とドクター・ケトルマイヤーは繰り返した。「どちらも盛大な公の席ということになりますね、副大統領？」

「ええ、そのとおりです、サー」

「それでは、ちょっと考えていただきたいのですが、副大統領、その盛大な公の席で、より安全で、より法を重んじるジョージ・ブッシュのアメリカを最大限信頼しているところを見せるというのはどうでしょう？」

「おっしゃってることがよくわかりませんが、サー。どうやって見せるんです？」

「護衛なしでインディアナポリスに行くんですよ、副大統領」

　五百マイルレースの開催日はインディアナポリスではとても重要な日だ——もっとも、インディアナポリスには重要な日など毎年いくらでもある、ということはまず第一に言っておかなければならないが。一年に一日しか重要な日がないような、そんな町とはわけがちがう。

それでも、五百マイルレースの日がビッグ・デイであることに変わりない。レースに先立ってパレードがおこなわれ、そのパレードにはグランド・マーシャルが必要で、それが私というわけだ。ただ、このグランド・マーシャルという仕事、副大統領になったことがない者がたぶん想像している仕事とはだいぶ異なる。〝偉大な保安官《グランド・マーシャル》〟といっても、バッジをつけているわけでもなければ、銃を持っているわけでもない。なのに、ドクター・ケトルマイヤーは大きな白いステットスン帽を私によこした。これを見れば、誰もが法と秩序と西部劇の善玉を思い出すだろうからということで。おまけに、インディアナポリスにいるあいだはずっとその帽子をかぶることを約束させられてしまった。

　だから、私はそうした。グランド・マーシャルを務めているあいだ、ずっと帽子をかぶっていた。といっても、やっていたことは、正直なところ、ただオープン・カーに乗ってみんなに手を振るぐらいのことだったが。もちろん、みんなといっても、ひとりひとりにという意味ではない。個別に手を振るには人が多すぎた。そんなことをやっていたら、時間がかかりすぎてしまう。おそらくまる一日を費やすことになり、レースの時間がなくなってしまうだろう。そうなっては元も子もない。

　ありがたいことに、すべて順調に進み、私も車から落ちないですんだ。オープン・カーだったにもかかわらず。そのあと、グランド・マーシャルのために用意された防弾のボックス席に行き、そこからレースを観戦した。

　が、レーシング・カーのエンジンが鳴り響きはじめてしばらくすると、驚くべきことが起こった。ボックス席のドアを叩く音がしたのだ。何事かと思ったが、実はひとりの男がドアをノックしていたのだった。その男は中にはいってきて言った。「どうかそんなに興奮しないでください、副大統領。ハーモン・ケトルマイヤーに言われてきたんです。話し相手になる護衛がいなくて退屈されているのではないかということで。副大統領にも今回のご滞在をもっと愉しんでいただこうと思って、来たんです」

「ドクター・ケトルマイヤーに言われて来たということなら」と私は言った。「ジョージのアメリカがより安全であることを証明するのが今回の私の使命だということは、きみも知ってるはずだ。ほんとにきみは護衛として来たんじゃないんだろうね？」

男は笑って言った。「副大統領、誓って申し上げますが、私は護衛じゃありません」

正直なところ、ステットスン帽をかぶってボックス席に坐り、一分前に眼のまえを通過した車がまた通過するかどうか、それを待ってただ確かめるというのは、思いっきり退屈な仕事である。こんなことを言うのは、外交辞令としては決して誉められたものでないことぐらい私もよく承知している。しかし、別に声に出して言ったわけではない。それに、結局のところ、私は外交官でもない。副大統領なのだ。

ドクター・ケトルマイヤーの使いの男——ユープルという名だった——はすぐに理解して言った。「そういうことでしたら、サー、ちょっとしたお愉しみをご用意しましょうか？」

彼が何を言おうとしているのか、はっきりとはわからなかった。が、今や円熟味を増した副大統領として、私が体得した芸当のひとつに、何かを理解できなかったとしても、すぐにはそのことを口にしないというのがある、かわりに、こう言うのだ——〝その点についてはもっと詳しく説明し《アンプリファイ・オン・ザット》てくれないか？〟。このときもユープルにそう言った。

「でも、誤解しないでくださいね」とユープルは言った。「愉しみと言っても、麻薬取締局の興味を惹くようなことじゃないですから」

「そんなことは思ってもいないよ」と私は言った。「私はもう上院議員じゃないんだから」

「不道徳なことでもありません」とユープルは言った。

「何もかもケネディに似ているなんて自分から言った覚えはないんだけど」

「つまり、今夜の公務《オフィシャル・エンゲイジメント》がすべて終わったら、ドライヴでもどうかと思いまして」

「婚約《エンゲイジメント》なんて、誰ともそんな関係になるわけにはいかないよ」と私は言った。「私には妻がいるんだから」

ユープルはしばらく私を見ていたが、やがて笑いだした。

「ユーモアのセンスなどまったくない方と聞いていましたが、副大統領、でも、それはまちがいですね」

「もちろん、まちがいだ」と私は言った。「子供の頃、アリゾナにはよく遊びに行ったからね。祖父のユージーンが近くに住んでたんだ。だから、ユーマのこと《センス・オヴ・ユーマ》はよく知ってる（ユーマはアリゾナ州南西部の市）」

「はい、はい」とユープルは言った。「あなたは噂よりずっと頭の切れるお方だ」

「その点についてはもっと詳しく説明して《アンプリファイ・オン・ザット》くれないかな？」

彼はまた笑って言った。「私が考えているのは、特別なパトカーでのドライヴなんですが」

「法と秩序をじかに体験する、ズボンの尻のところを手で触るように。そういうことだね？」

「そういうことです、サー。それこそあなたがこちらにいらした目的だとハーモン・ケトルマイヤーも言ってますし」

「すばらしい考えだ、ユープル」と私は言った。「ジョージの再選のために一肌脱げるなら、私にとってこんな嬉しいことはない。彼が再選されないなんてことになったら、それはもう私はほとほと困ってしまうんだから。どうすればいいのか見当もつかない。何も思いつかない、最高裁判所にねじ込むことぐらいしか！」

「サー、それでは、今夜の五百マイルレース大晩餐会が終わりましたら、あなたに向かって二度ウィンクします。それを合図に私のあとについてきてください。トイレに行くふりでもして抜け出しましょう」

「まさかとは思うが、きみは国家芸術基金の人間じゃないだろうね、ユープル？」

「私が？　いいえ。まさか。落ち着いて考えてください。ちがう、ちがう」

「だとしても、ほかに何か合図は考えられないかな？」

「わかりました。だったら、左の耳たぶを引っぱります」

「それでそのあとは？」

「裏口から建物を出ましょう。ドライヴにお連れする特別なパトカーをそこに待機させておきますから」

ユープルの偉大なる計画はすんでのところで失敗に終わりそうになった。私がその大晩餐会にもう少しで出席させてもらえなくなったからだ。まずひとつ、レース場のオーヴァル・トラックの内側にちんまりとしたゴルフ・コースがあるのを見つけてしまったのだ。たぶん私は誘惑に負けていただろう。ただ、そこまでどうやって飛べばいいのかわからなかったのだ。

次に、晩餐会の招待状をワシントンに忘れてきたことに気づいた。こういう招待状の管理はマリリン――最愛ながら平等なわが妻――がしてくれている。なのに、彼女はインディアナポリスには来ていない。そのことをすっかり忘れていたのだ。彼女にはワープロに打ち込む特別な時間がどうしても必要だった。そのせいだ。というわけで、会場のホテルに着いたとき、そこにいた警備員はなかなか私を中に入れてくれなかった。

「申しわけありません、サー」と警備員は言った。「ご招待状をお持ちでない方は、お通しできないことになってるんです。なんといっても、今夜はクエール副大統領がいらっしゃることになっておりますので」

「でも、私がそのクエール副大統領じゃないか」

「そうおっしゃられましても、サー。私はそれをどうやって確認すればいいのでしょう、ご招待状を拝見できないのに。あなたをお通ししたとしますよね。そのあと、あなたが実はご自分で名乗った方ではないことがわかったとしたら？　おまけに、ご本人でないということで、ご本人を殺してしまうなんてことにでもなったりしたら？　この私がどれほど厄介を背負い込むことになるか。考えてもみてくださいよ」

「でも、私のすぐまえにいたふたりも招待状を持っていなかったじゃないか」

「ああ」と警備員は言った。「あのおふたりはご本人であることを証明してくださいましたから」

「どうやって？」

「それはですね、最初の紳士はプラシド・ドミンゴと名乗られて、何小節か、歌ってみせてくださいました。それで私もすぐに本物のミスター・ドミンゴだとわかったんで、お通ししたんです。ふたりめの方はヨー・ヨー・マと名乗られて、何小節か、チェロで演奏してくださいました。それで私も本物のミスター・マだとわかり、お通ししたんです」

「そんなの不公平じゃないか。だいたいそのドミノとかママとかいうのはいったい何者なんだ？」

「失礼しました、閣下！」と警備員は言った。「どうぞおはいりください、ミスター・クエール」

パーティはグランド・マーシャルの仕事より愉しかった。私の隣の席にはタイヤをつくっている男が坐っていたのだが、その男は私の知らないことを教えてくれた。彼の会社のレーシング・カー用タイヤにはトレッド面だけで、コンドーム三百五十個以上つくれるゴムが使われているらしい。

誰かがスピーチをする段になって、その誰かとは私であることがわかった。スピーチのネタには今教わったばかりのことを話そうと思った。が、出典はきちんと明かして話すべきだ。私は始めた。「私が今回ここインディアナポリスに来たのはみなさんに思い出してもらうためです。より安全で、より思いやりのあるアメリカにおける法と秩序というものを。ところで、安全と言えば、みなさんはご存じでしたか。ある会社のレーシング・カー用タイヤには、トレッド面にコンドーム三百五十個分以上のゴムが使われてるんだそうです。それはもちろん〈グッドイヤー〉のタイヤです」

するると、司会者が言った。「それはもうほんとうにいい一年《リアリー・グッド・イヤー》のようですね（〝コンドーム三百六十五個とタイヤひとつのちがいは？——タイヤのほうは〈グッドイヤー〉かもしれないが、コンドーム三百六十五個のほうは、グレイト・イヤー〔とびきりの一年〕〟というジョークがある）」

「その点についてはもっと詳しく説明してもらえないかな？」

司会者はまた言った。「でも、ポケット計算機が要りますね。途中で数がわからなくなるかもしれないでしょ？」

「いや、そんなものは要らないよ」と私は言った。「自分のポケットの数ぐらいとっくにわかってるもの」

それはともかく、言いたいことはみんなに理解してもらえたようだった。

　私のスピーチが終わると、ユープルが耳を引っぱり、さらにウィンクまでしてきた。まったく。私は席を立って、ユープルと一緒にトイレに向かい、彼のあとについて裏口からホテルを出た。が、特別なパトカーは待機していなかった。どこに停まっているのか、と私は彼に尋ねた。

「もう今にも来ます」とユープルは言った。「それより、副大統領閣下、ステットスン帽はどこに？」

「パーティ会場に置いてきた」

「取りに戻ってください！」と彼は言った。

　実を言うと、耳の上のほうがすれて痛くなったので、ステットスン帽はもうかぶりたくなかったのだ。色もまえほど白くなくなってしまったということもあって。スープを飲んでいるときに起きたちょっとした事故のせいで。「心配は要らない」と私は言った。「ホテルがちゃんと取っておいてくれるよ」

「でも、かぶってもらわなくては困るんです！」とユープルは言った。その横柄な態度に私はびっくり仰天した。家以外ではこういう扱いを受けることに慣れていないのだ。

　私は言った。「ドクター・ケトルマイヤーもきっとわかってくれるさ。責任はすべて私が取る」

　ちょうどそのとき、黒い大型車が大通りから裏通りにはいってきた。ユープルはさらに気を昂ぶらせ、飛び跳ねたり、車に合図を送ったりしはじめた。車は私たちに近づくと、明らかにスピードを落としはじめたのにもかかわらず、そこでまた急にスピードを上げ、走り去ってしまった。まあ、つまるところ、その車は特別なパトカーではなかったということなのだろう。

　ユープルはなおもいきり立っていたので、私はなだめて言った。「落ち着きなさい」なんの役にも立たなかった。

　私たちは、その裏通りでそのあと十五分待ったが、特別なパトカーはついに現れなかった。その頃には私自身も段々不安になってきた。「これ以上ここで待つのは利口なことじゃないと思うんだけど、ユープル。インディアナポリスの繁華街は物騒だからね。何もしないで立ってると、いいカモ《シッティング・ターゲット》になってしまう」

私の言うことがユープルにはちゃんと理解できないようだったので、私は続けた。「きみも車で来たんだろ？　だったら、きみがドライヴに連れてってくれるというのはどうだね？」結局のところ、そういうことになった。

といって、ユープルが落ち着きを取り戻すことは最後までなかったのだが。たぶん、自分の車に副大統領を乗せることに慣れていなかったせいだろう。ドライヴのあいだずっと彼の声はかすれ、張りつめていた。

私の声も以前はよくそうなった。副大統領としての経験をたっぷり積むまえのことだ。記者会見にひとりで臨んだときによくそうなった。それがこの頃はマスコミに対してずっと強い態度で接することができるようになった。実際、そのような態度でないと、彼らとはつきあえない。たとえば——これはきちんと記録に載っていることだ——ジョージの粗探《あら》しばかりする連中に対して、私はこう明言したことがある。彼を不当に批判する相手には、こっちも同じことをするぞ、と。

ユープルは、町の中心を出ても車のスピードをあまり上げなかった。どこに行こうか、決めかねていたのかもしれない。それはわからないでもない。インディアナポリスには、夜になっても——場所によっては一時半や二時になっても——愉しめる観光スポットがあちこちにあるからだ。

しかし、結局のところ、大した遠出にはならなかった。ようやく行き先を決めたのか、ヨープルが車のスピードを上げるや、路上で大きな障害物にぶつかってしまったのだ。パトカーの集団という障害物に。角を曲がってすぐのところだったので、ユープルは一台のパトカーの車体をほんの少しへこませてしまった。が、それは、まあ、しかたのないことだ。

すぐに大勢の警官が私たちを取り囲んだ。ユープルはあまり歓迎されなかった。もっと正直に言うと、彼らが発したことばには、私が州兵を辞めて以来聞いた中で最も汚いことばも混ざっていた。

しかし、ここは公正を期さなくてはならない——そう思い、私は車を降りて言った。「この男を責めないでくれ。

私を退屈させないようにしようとしてくれていただけなんだから」

「で、おたくはいったい誰なんだ？」と警官のひとりが言った。

「ダン・クエールだ」私がそう答えると、彼らは急に色めきたった。

　警察がどうしてこんなに集まっていたのかというと、州を越えてＦＢＩに手配されている悪名高い犯罪グループの捜索中、ＦＢＩ捜査官のひとりが殺されるという事件がそこで起きたからだった。そのことは警察無線で一斉に伝えられ、通りにパトカーがこんなにたくさん集まっていたのはそのためだった。しかし、みんな慌てていたらしく、きれいに駐車する時間はなかったのだろう。

　死体のまわりでは、大勢が互いに事情を尋ね合ったり、殺人犯がまだそこらをうろついていないかと、あたりを見まわしたりしていた。私も近寄って死体を見てみたが、実のところ、それはテレビでよく見るこぎれいな死体とは大ちがい、いたるところに血が飛び散っていて、ひどく汚らしかった。その血が私の靴にもついた。「おっと、勘弁してくれよ《ルック・アット・ザット》」と私は言った。

　私の脇にいた警察官が「閣下、何を見ろと《ルック・アット・ワット》？」と言ってしゃがみこんだ。が、すぐに立ち上がって言った。

「タンク！　ちょっと来てくれ」

　タンク――別の警察官――が来ると、最初の警察官が言った。「ミスター・クエールが殺された捜査官の体の下に、赤いものがあるのを発見してくださった」タンクはのぞき込んで、赤い野球帽を引っぱりだした。

　そのときまず私の頭に浮かんだのは、この帽子をかぶったら、ユープルも機嫌を直してくれるかもしれない、ということだった。ステットスン帽ではなかったけれども。私は言った。「見てもいいかね？」タンクは私に野球帽をよこした。

　私は帽子をひっくり返し、サイズが合うかどうかを確かめた。帽子の内側に血がついているのに気づいたのはそのときだ。この現代という時代にあって、そんな帽子をかぶるのはあまりいい考えとは言えない。とりわけ耳がすれて痛いときには。けれども、実に恰好のいい帽子で、ラベルには〈J・C・ペニー《Pennie》〉と書かれていた。タンクに帽子を返しながら、私は言った。「こんなかっこいい帽子は、はした金《ペニー》じゃ買えないよね」

タンクは帽子をじっと見つめてから、だしぬけに言った。

「よくぞ見つけてくださいました、閣下」

そのあとのことはきみたちの知っているとおりだ。

ワシントンに戻り、殺人事件のことを電話で報告すると、ドクター・ケトルマイヤーはひどく取り乱した。が、彼はどんなことでも最大限利用しようとするタイプの男だ。選挙というものは多くの論点で戦うものだけれども、こと法と秩序に関するかぎり、私は私なりの貢献ができたと思っている。

結局のところ、あの野球帽は〈J・C・ペニー《Penny》〉という文字入れがされなければならなかった製品だったことがわかった。ただ、野球帽メーカーはその注文を電話で受けていて、注文品が届けられたとき、発注者のペニーさんはスペルがまちがっていることを理由に受け取りを拒否した。それで、メーカーはどうしたかというと、通信販売会社に販売を依頼したのだ。警察が通信販売会社に問い合わせたところ、インディアナポリスで売れたのはあの一個だけだったことがわかった。さらにその客の住所も。警察はその住所にパトカーを急行させ、殺人者を逮捕した。

すべてが実に見事な偶然の一致だった。それも実に都合のいい偶然の一致だった。その同じ夜、ほぼ同じ時間に、インディアナポリスではもうひとつ殺人事件が発生していたことを考えると。

そのもうひとつの事件については、タンクが私を町まで送る車中――ユープルはどこかへいなくなってしまったのだ――すべて話してくれた。なんでもウェイターの恰好をした男が裏通りで銃撃された事件のようだったが、なぜ殺されたのか誰にもわからなかった。しかし、一晩に殺人事件が二件も発生したことを考えると、最初の事件を容易に解決できたのは警察につきがあったとしかほかに言いようがない。タンクの話では、裏通りで殺された男の身元はその時点ではまだわからないようだったが、男は白い帽子を持っていたということで、たぶんそれが有力な手がかりになるだろう。

私にはこれまたすごい偶然の一致に思えてならない。その同じ夜、私はユープルに言っていたではないか。裏通りは危ない、と。ジョージのおかげでアメリカは安全ですばらしい場所であるとしても、それでも、ジョージのようにいくら偉大な男でも同時にあらゆる場所に存在することはできない。これまたひとつ、役に立てるならなんでもする副大統領のいることがいかに重要か、その理由のひとつと言えるだろう。

# 旅行者
# The Stranger

バスがインディアナ州ジェスパーに着くと、その旅行者はスーツケースを網棚から下ろした。バスは閑散としており、降りる客はその旅行者だけだった。運転手の脇を通りながら、彼は言った。「どうもありがとう。すばらしい道中だった」運転手は声のしたほうを見やった。が、そのときにはもう旅行者は新たな町へ向けて、ステップを降りていた。

歩道では四人の客がバスを待っていた。そのバスは、ベッドフォードとブルーミントンを経由し、日没前にインディアナポリスに到着するバスで、列の先頭で待っていた太った男は旅行者を通すために脇に寄った。充分なスペースはなかったが、それでも、旅行者は笑顔で会釈した。さらに、バスに乗り込もうとするほかの人々――全員が女性だった――にも会釈した。振り返る者はひとりもいなかった。

ジェスパーのバス停はメインストリートにある。旅行者はどちらに行こうか思案してから、街の中心部に向かうと思われる方角を選んだ。歩きながらバッグを持ち替えた。片方の手からもう一方の手へ。しばらくすると、またもう一方へと。そして、ようやく全国的にはチェーン展開されていないように思われるモーテルを一軒見つけた。〈サンレスト〉というモーテルで、ドアの外に〈フロント〉と記されていた。彼は一息つき、つんと顎を上げ、「大層すばらしい」とつぶやいてから中にはいった。

中では、中年の男女がソファに並んで坐り、昼すぎのクイズ番組を見ていた。旅行者に気づくと、女はリモコンでテレビの音を小さくし、男は立ち上がった。フロントデスクのところまで歩くと、男は言った。「ようこそ。お部屋ですか、旦那？」

「はい、ご主人。用意していただけると大層ありがたい」と旅行者は言った。「しかし、そのまえに、あなた方はすこぶるすばらしい町に住んでおられると申し上げてもかまわんでしょうか？」

自分の質問に対する予想外の反応に男はしばらく考えた。旅行者のそのことばには女も椅子から立ち上がって彼のほうを見ていた。

男は用心深く言った。「そう思う？」

「ええ、もちろんですとも！」と旅行者は熱意を込めて言った。「人は旅行をすればするほど、あなた方のすばらしい国の真ん中にある、小さな正直な町のよさを好ましく思うようになるものです。そのような町の人々はみな人生で何が大切かをわかっておられる。そして、その大切なものに心を集中させておられる。家族、仕事、もてなしというものに。すばらしい。それはもう大層、命の洗濯になります」

「お客さん、妙なしゃべり方をするね」と男は言った。

男の肩越しに女が顔をのぞかせて言った。「あなた、イギリス人でしょう？」

旅行者は満面に笑みを浮かべた。「ええ、奥さん、そうです。言わせていただければ、あなたには非常に洞察力がおありだ」

「あなたみたいなしゃべり方をテレビで聞いたことがあるから」と、女は言った。「この人はそうなのよ、グレン。この人はイギリス人なのよ」

「イギリス人？」とグレンは言った。鼻にかかったその声に表情はなかったが、顔は旅行者を歓迎していた。「親爺が戦時中あんたのところにいたことがある。確かポンティフラットとかいうところだ。お客さん、ポンティフラットに行ったことは？」

「もちろん」と旅行者は答えた。「これはなんという奇遇でしょう！　私はポンテフラクトをとてもよく知っています」

「こいつは驚いた」とグレンは言った。「イーディ、聞いたかい？　この人はポンティフラットを知ってるんだって」

「ジェスパーにようこそ、お客さん」とイーディは言った。

「何か特別なご要望はありますか？」

「実は」と旅行者は言った。「いささか面倒なお願いなのですが」

「うちは信用貸しはしないよ」とグレンが横から言った。

「そういうことじゃありません」と旅行者は言った。「しかし、私はどんな行動にも相当の慎み深さを求められる立場にいます。もっとも、拝察させてもらえば、あなた方はそもそも見るからに慎み深そうな方々ですが。それはお会いしてすぐにわかりました」

「まあ、そうかもね」とグレンは言った。

「でも、何が言いたいんです、お客さん？」とイーディが横から言った。

「私は短い休暇《ホリディ》——あなた方がヴァケーションとお呼びになるものを取ってきたんですが、まあ、しばらくごたごたから逃れたいんです。家族のプレッシャーなどからも。わかるでしょ？」

「家族のことなら、そりゃわかりますけど」とイーディ。

「これだけは言っておかねばなりません」と旅行者は言った。「まさにぴったりの場所に来た気がします。ほんとうに。ここはまさに私にうってつけのところだ」

「そうなんですか」

「だって、もうすでにあなた方から慎み深さを見せてもらったわけですからね。こちらの最良の部屋に一、二週間泊めていただくことになった場合、私が何より必要とする慎み深さを」

夫婦は互いに顔を見合わせた。グレンが言った。「うちらはどんな慎み深さを見せたんだね、お客さん？　イーディもあたしもほかのお客さんと同じように接しただけなんだけど」

「まさにそれなんですよ！」と旅行者は言った。「ここに泊まっておられるほかのお客さんとまったく同じ扱いをすると請け合ってほしいんです」

「言ってることがよくわからないんだがね、お客さん」とグレンは言った。「あたしたちがそうしちゃいけない理由でも何かあるのかね？」

イーディは旅行者の顔をじっと見た。

「すばらしい！」と旅行者は笑みを浮かべて言った。「もちろん理由などありません。理由などまったくありませんよ」

「そういえば」とイーディが口をはさんだ。「あなたをどこかで見たような気がする」

「奥さん、それ以上思い出そうとしないでください」旅行者は大きな耳を引っぱった。それから、鉤鼻をこすり、髪が薄くなっている頭のてっぺんを掻いた。「私は完全に匿名でいなければならないんです。新聞も駄目、テレビも駄目。ただ、ここで一番いい部屋を一週間か、あるいは二週間借りたいだけなんです」

「ええ、ええ、ええ、誰だかやっとわかった！」とイーディが言った。

「どうか！」と旅行者は言った。「言わないでください。言われてしまったら、ほかの宿を探さなければならなくなる。それはとても残念なことです。せっかくこうしてお互いうまくやれてるんですから」

「そうそう、そうですよね」イーディは思い直したように首を振りながら言った。「ありえないですよね。ジェスパーなんかになんか」

「ご理解とご協力、感謝します、マダム。ほんとうに。ほんとうにありがとう」

〈サンレスト〉の一番いい部屋がほかの部屋よりすぐれているのは、表通りから離れているということだけだった。旅行者は荷解きをして、ほんの数着の服をクロゼットの中に掛け、そのあと熱いシャワーを浴びた。そして、シャツだけ新しく着替え、スーツにヴェストにネクタイという恰好にまた戻ると、トイレットペーパーで靴を拭き、しばらくのあいだベッドに腰かけた。

ややあって、遠慮がちにドアをノックする音がした。旅行者はすぐに立ち上がり、ドアを開けた。イーディが立っていた。

「おや。何か？」と彼は尋ねた。

「ごめんなさいね、おくつろぎ中お邪魔しちゃって、ミスター……あなたの呼び名ってあるの？　なんと呼ばなくちゃいけないのか、わからないんだけど」

旅行者は片手を上げ、笑みを浮かべて言った。「わかりました。友人にはチャックと（チャールズの愛称）呼ばれています」

「嘘でしょ」

「あなたにもよきご主人にもそう呼んでいただけたら幸いです」

「チャックとはねえ。すごい！」イーディはさも可笑しそうにくすくす笑った。「それじゃ、わたしはイーディで。主人はグレンよ」

「よろしく、イーディ」と旅行者は言って彼女の片手を取ると、その手を持ち上げ、軽く口づけをした。「お近づきになれて光栄です。実を言うと、今からフロントに行ってあなた方に頼みごとをしようと思っていたところでした」

「あら、そうなの？」

「しかし、あなたのほうがさきに来られた。何をして差し上げましょう？」

「わたしに？」

「ドアをノックされたのは理由があったからでしょう？」

「ええ、もちろん。部屋の中がちゃんとしてるか、確かめたかったのよ。タオルや石鹸はちゃんとそろってるかしら？」

「すべて上乗です」

「上乗？」

「完璧です」

「そう、よかった」とイーディは言った。「でも、何かあったら、たとえば紙がなくなったり、新しいタオルが要るようになったりしたら言ってね。いい？」

「わかりました」と旅行者は言った。「遠慮なくそうさせていただきます。ありがとう」

「フロントに用事というのは？」

「あなたとグレンにちょっとお話したいことがあるんです。もう少ししたら、フロントで会えますでしょうか。いいですか？」

旅行者がフロントに行くと、グレンとイーディはフロントデスクについていた。グレンが言った。「やあ、チャック。用ってなんだね？」

「まず第一に」と旅行者は言った。「私はあなた方のご好意に甘えたくありません」

「どういうことだい？」とグレンは訊いた。

「見ず知らずの旅行者を泊めるときには、通常、宿泊費の支払い方法を決めるものではありませんか？　こちらにはどれくらい滞在できるかわかりませんが、今夜の宿泊料は前払いすべきでしょう」と言って、旅行者は財布から百ドル札を取り出した。「お釣りはありますか？」

グレンはためらったが、イーディが言った。「あら、そんなことをしなくていいのよ、チャック」

「そうですか。そうおっしゃるなら」彼は百ドル札をしまうと、言った。「実はお願いごともあるんです。ご迷惑でなければ」

「言ってみて」とイーディが言った。

「案内をしていただきたいのです」

「案内をする？　なんの？」とグレンが訊き返した。

「旅行中、私がとりわけ愉しみにしてるのが土地の方々に会うことなんです。もちろん、私の立場上、それはそう簡単なことではありません。しかし、あなた方のような親切な人に何人かの地元の人々を紹介していただくことはできるのではないか。そう思ったわけです」

「地元の人間に会いたいの？」とイーディは眼を大きく見開いて言った。

「あくまでも慎み深くという条件付きですが」と旅行者は言った。「でも、ええ、そういうことです。私はジェスパーの善良な市民の方々にお会いしたいのです。あなた方のようにご商売をなさっている方々に。あるいは、私を歓待してくださる方々に」

イーディは言った。「それじゃ、ディナーとか、ちょっとしたパーティに顔を出すのはかまわないのね」

「はい、かまいません」と、旅行者は言った。「ただし——」

「新聞も駄目、テレビも駄目。だろ？」とグレンが言った。

「はじめまして、フィル・ヘクスタトラーと言います。グレンのまたいとこで、宣誓供述管理官をやっています。よく来てくださいました」

「急なお願いにもかかわらず招待していただき、大いに感謝しています」と旅行者は言った。

「全然。バーベキューですからね。なんの問題もありません。ステーキをもう一枚焼くだけですから。私が知っておかなきゃならないのは、ステーキが焼けたときになんとお呼びしたらいいかだけです」

「チャックと呼んでください」と旅行者は言った。「それから、焼き加減はミディアム・レアで」

「では、チャック、どうぞこっちへ」とヘクスタトラーは言った。「みんな首を長くして待ってたんです」

「わたしたち、こんなにわくわくしたのは初めてです」カエデの木陰——グリルの風上に旅行者とふたりで立って、女がいかにも興奮したように言った。

「いやいや、どうかそんなふうにおっしゃらないでください」と旅行者は言った。

「だってほんとうなんだもの。わたしたち、イギリスやイギリスのみなさんについて書かれたものは全部読んでます。みんな大好きです。もちろん、すごく好きな人とただ好きな人はいるけど」

「お仕事は何をされているのです、ええっと……？」

「コニー」

「コニー」

「ただの主婦です」

「どうかただの主婦などと言わないでください。現代の家庭を毎日切り盛りするほど複雑な仕事などそうそうあるものではありません」

「ときには手に余ることもあるわね」とコニーは言った。

「特にティーンエージャーの男の子が三人もいると」

「よくわかります」と旅行者は言った。

「あなたのお子さんは？」

「うちも男の子です」

「そうですよね。わたしってほんとに馬鹿ね」コニーは落ち着かない笑い声をあげた。「もちろん、うちは宮殿でもなんでもないですけど」

「教えてくれないか、チャック」と、レニー・カーレンベックが言った。「なんでまたジェスパーみたいなつまらないところに来ることにしたんだい？」

「ジェスパーに対してずいぶんと心ないことをおっしゃる」と旅行者は言った。「私はこの州で一番美しくて魅力的な場所だと思いますが」

「インディアナ州の南部にはまえにも来たことがあるのかい？」

「ええ、一度か二度ですが。でも、ジェスパーは初めてです」

「で、ほんとうに気に入った？」

「ほんとうに。この眼で見たものすべて」

「よかったら……案内しようか？　私は不動産屋でね。このあたりの地理には詳しいんだ」

「不動産《リアル・エステイト》？　土地建物《プロパティ》ですか？」

「そう」とカーレンベックは誇らしげに言った。「まだデュボア郡で最大手とは言えないけど、いずれそうなると思うよ」

「あなたが扱っている物件には静養のための山荘《ホリデイ・コテージ》もありますか？」

カーレンベックは考える顔つきで眼を細くして言った。

「別荘《ヴァケーション・ホーム》のこと？」

「そうです」

「興味がある？」

「ええ、ひとつかふたつ拝見させてもらってもいいかなと思っています」

「デュボア郡で不動産を探してるのなら、あんたはまさにぴったりの男と話をしてる。私が言うんだからまちがいない。この州で今現在、投資するのにこれ以上ないって場所が見つかるはずだ」

「あなたは馬がお好きなんですってね。何かで読みました」とエレガントな装いの三十代の女が言った。料理をのせる紙皿は持っておらず、カクテルグラスだけ持っていた。

「それをどこでお読みになったのかわかりませんが」と旅行者は言った。「そのとおりです。私は馬がとても好きです」

「エルヴィラ・クリンガーマンです」そう言って、女は片手を差し出した。

旅行者はその手を握り、なかなか放さなかった。「お会いできて光栄です、エルヴィラ」

「みんなに言われました。あなたのことはチャックと呼んで、立ち入った質問はしないようにって」

「よくわかっておられる。それに、エルヴィラ、あなたは大層美しい方だ」

エルヴィラは笑った。「みんなはこうも言ってました。あなたは人の心をつかむのがとてもお上手だと。そのわけが今わかりました」

「私は大勢の女性に会います。でも、心から賛美のことばを献上できる女性にお会いすることほど心嬉しいこともありません」

しばらく沈黙ができた。

旅行者が口を開いて言った。「私に馬のことをお訊きになったのは、何か理由があったのですか？　あなたは馬を飼われているのですか？」

「ええ。ご覧になります？」

「ええ」と旅行者は答えた。「是非とも」

「チャック、こっちは家内のロレッタ」

「はじめまして」とロレッタは言ったが、酔っており、危うく飲みものをこぼしそうになった。

「はじめまして、ロレッタ」と、旅行者は言った。「とても豪華なブレスレットをしておられますね」

「ダイヤモンドとオパール」とロレッタは言った。

「なかなかいいでしょ？」ロレッタの夫が言った。「あなたには宝石を見る眼がありそうだ。もちろんありますよね？」

「見てみましょう」と旅行者は言って、ロレッタの手をやさしく取り、ブレスレットをじっくりと見た。そして、

「確かにすばらしい」と嘘偽りない気持ちを伝えた。

「私はベン・ハナ」とロレッタの夫は言った。「弁護士を長いことやってますけど、父親の跡を受け継いで、宝石店の経営もしてるんです。でも、ロレッタがこうやっていい品を身につけて出歩いても、その品の保険料は帳消しになる。宣伝になりますからね」

「贈答に向くような品物も扱っておられますか？」と旅行者は尋ねた。

「もちろん。このきらきら輝く可愛い手首はもうご覧になったでしょ？　もう一度見せてあげてくれないか、ハニー」

ロレッタ・ハナは面倒臭そうに腕を上げると同時に言った。「ネズミのかわりに弁護士を実験動物にしたらいいと思いません？　まずひとつ、弁護士のほうがたくさんいるでしょ？　それに、ベン、あなたも実験用のネズミさんとお友達になれるでしょ？」

「やめなさい、ロレッタ」

「あら、ごめんなさいね、舌先三寸さん」

「もう飲むのはやめなさい。わかったね」

「あら、急に英語がわからなくなっちゃた《ノ・ハブラ・イングレ》」

「ちょっと失礼、チャック」ベン・ハナは言った。「でも、一度見にきてください。とても逆らえないような品物があるかどうか確かめに。店の場所は誰でも知ってます。それじゃまたあとで。私がこの困った人をどうにかしたあとでまた」

ミセス・デクスターは旅行者の腰に腕をまわして言った。

「ねえ、ほんとうのことを言って、チャック」

「なんでしょう、ミセス・デクスター？」

「マーガレットのこと。彼女ほど可愛い人はいないってわたしはずっと思ってたけど、でも、あの大佐とのスキャンダルが起きたでしょう。それに、アル中だっていう噂も聞いている。その噂ってほんとう？　だって、それってとても悲しいことじゃない？」

「申しわけないが、そういった話は遠慮させていただきます」

「ええ、ええ、こんな話はしないようにって言われたけど、でも、いいじゃない、わたしにだけは教えて」彼女はウィンクをした。「教えてくれたら、夕食をご馳走するわ。わたしはどんな料理もつくれるんだから。あなたもきっと満足するはずよ。不評だったことなんて一度もないの」

旅行者はミセス・デクスターの腕を振りほどいて言った。「無理にしゃべらせようとしないでください」

ミセス・デクスターは体を引いて言った。「あら、失礼！　漂白されたアルファアルファのサラダばかり何年も食べつづけてきたものだから、ほんとうの料理は口に合わなくなったのね」

「マーガレットはアル中ではありません」と旅行者はきっぱりと言った。「実のところ、彼女は誰もが一度は会ってみたいと思うような、まれに見る美しい心の持ち主です」そう言って旅行者は立ち去った。

夜もふけて、旅行者はヘクスタトラー家のテレビを見ているグレンとイーディを見つけた。イーディは顔を上げていった。「そろそろ帰る？」

「ええ、お願いします」と旅行者は答えた。

「愉しかった？」

「ええ、大層」と旅行者は言った。「あなた方はすばらしいご友人をお持ちだ」

「あたしに言わせりゃ、どこにでもいるような月並みな連中だよ」とグレンが言った。

「みなさん大いに歓迎してくださいました。家に泊まらないかと言ってくださった方がふたりもいました。こちらのみなさんはほんとうに友好的だ」

イーディが顔をしかめて言った。「それは〈サンレスト〉を出ていくってこと？」

「いや、イーディ、そんなつもりはありません。客としてどなたかの家に寝泊りするのはどうにも窮屈です。くつろげません。わかるでしょ？」

「ええ、もちろん、チャック。言わせてもらうと、グレンとわたしはあなたにうちの小さなモーテルに来てもらえたことをとても誇らしく思ってる」

「あなた方のおかげで大いに快適に過ごしています。歓迎されていることも実感させてもらっている。今後とも慎み深さとご協力をよろしくお願いします」

それから数日のあいだ、旅行者は非常に忙しく過ごした。日を追うごとに、イーディは町の人々から伝言をよく受けるようになり、彼が誰かと昼食や夕食をともにするにしろ、どこかに出かけるにしろ、そういう時間があるかどうか調べるといった、秘書の役まわりを演じるようになった。

旅行者はレニー・カーレンベックと一緒に、デュボア郡のあらゆる地域だけでなく、隣接する郡にまで足を伸ばし、立派な住居を見に何回か出かけた。何度も話し合った結果、プライヴァシーが何より大切で、まわりにあまり家の建っていないところが好ましいことがわかると、カーレンベックは、いとこのつてを利用して、ハイテクを駆使した防犯設備を備えることもできると申し出た。

旅行者が一番魅力を感じた地域は、リック・フォーク州立公園内のパトカ湖の近くだったが、心をそそられた家はセレスタイン、ライスヴィル、ベーコンにもあり、皮肉にも、イングリッシュやアイルランドという名の町にもあった。

しかしながら、三日目の午後になると、旅行者がなかなか満足しないこと、慌てて家を買う気もないことが明らかになった。

「でも、誤解のないように」とカーレンベックは言った。「私は注意深い人間には常日頃敬意を払ってるんだ。ほんとうに」

「実に美しいところです」と旅行者は言った。「ずいぶんと時間を費やしていただきました。ありがとう。私が特に気に入ったのはあのモダンなログハウスです。物件はまだほかにもありますか?」

「あんたはもう全部見たよ」カーレンベックは言った。

「それでも、新しい物件が出たら、また見せてもらえるでしょうか?」

「もちろん」カーレンベックは答えた。

「ありがとう」

「チャック?」

「はい?」

「ちょっと頼みごとをしてもかまわないだろうか」

「なんでしょう?」

「けちくさいことは言いたくないが、私はこの数日、ずいぶんとあんたのために時間を割いた」

「それはもう感謝しています、心から」

「訊きたかったのは、私たちふたりの写真を秘書に撮らせてもかまわないだろうかということなんだが」

「さあ、それはどうでしょう」

「私が見るだけだよ、たぶん机のうしろの壁に掛けたりして。新聞なんか載らないようにって、あんたがすごく気にしてることは私もちゃんと知ってるよ」

「それでもです」と旅行者は言った。「これは……まあ、物事はどのようにおこなわれるかの問題というか。いわゆる慣例というか」

「出会った人と一緒には写真を撮らないとでもいった決まりでも?」


「いや、ときには撮ったりもします。たとえば、慈善活動をしているときなど」

「慈善活動?」レニー・カーレンベックは考える顔つきで眼を細くした。

「たとえば、そう、地元の篤志家が私の支持する主義主張、つまり、有機栽培とか、人口抑制運動などのために多額の寄付をしてくださったとします。まあ、そういった状況でその篤志家と一緒に写真に収まることを拒否するのは、それは偏屈というものでしょう」

「寄付」

「はい」

「それで、どれぐらいだと〝多額〟ってことになるんだね?」

そのような質問に最も正しい答を出すことについては、旅行者はかなり場数を踏んでいた。「そうですね、まあ、二千ドルといったところでしょうか」

「なるほど」とカーレンベックは言った。

「おわかりになりましたか?」と旅行者は愛想よく言った。

「写真のことはお忘れになるのがよろしいかと思います。なぜといって、たとえあなたが寄付をしたいと思われたとしても、私は現金でないと困るからです」

「現金でないと困る?」

「まあ、考えてもみてください。私が小切手を受け取ったとします。その場合、慈善団体にはたちまち私がいた場所がわかってしまう。そうなると、私はここに秘密の別荘を買えなくなってしまいます、でしょ?」

「なるほど」とカーレンバックは言って、思案顔になり、つけ加えた。「確かに」

「それに、領収書がないと、寄付金として税金の控除を受けることもできない」と旅行者は続けて言った。「もっとも、写真を撮れば、宣伝になりますから、宣伝費として落とせます。私たちふたりが会社のまえに立って、会社の看板を背景にして撮れば、効果抜群です」

写真は翌日撮られた。

弁護士兼宝石店主のベン・ハナが出した金額は五千ドルだった。法律に関する知識が現金での支払いをハナにためらわせることも考えられたが、結局のところ、その心配はなかった。ハナはすぐに同意した。示した寄付金の金額が低すぎた、と旅行者が悔やんだほどすぐに。

エルヴィラ・クリンガーマンはほかの者たちとはまったく異なる方法で寄付した。旅行者は彼女と一緒に数枚の写真に収まったが、それらはすべてポラロイド写真だった。そのベストショットは厩舎で撮られた。

旅行者はミセス・デクスターとの食事は拒んだが、コニーの家では、三人のティーンエイジャーの息子とトラックの運転手をしている彼女の夫と一緒に、二回食事をした。なるほどコニーは〝ただの〟主婦かもしれないが、すばらしく料理がうまかったのだ。

旅行者がジェスパーに来て五日目の午後、五歳ぐらいの少年を連れて、イーディが〈サンレスト・モーテル〉の旅行者の泊まっている部屋にやってきた。

「こんにちは、イーディ」と旅行者は言った。「こちらはどなたかな?」

「ジョージー」とイーディは答えた。「わたしの孫」

「このおじさん、ほんとうに王子さまなの、お祖母ちゃん?」とジョージーはイーディに尋ねた。「おじさん、ほんとうに王子さまなの?」ジョージーは旅行者にも尋ねた。

旅行者は同じ高さで話せるように身を屈め、まるまると肥った元気のよさそうな来訪者に言った。「私は本当に王子さまか」旅行者はイーディに目配せをした。「ちがうよ、ジョージー、私は王子さまじゃない。今日はちがう」

「おじさんは王子さまだってママは言ってるけど」

「それは光栄だ」と旅行者は言った。「でも、きみこそママの小さな王子さまじゃないか?」

「ほんものの王子さまになるにはどうしたらいいの?」

「ううん、これは困った」と旅行者は言った。「よくわからないけれど、とてもいい子にはならなきゃいけないだろうね。やってみるかい? とてもいい子になって、きみも王子さまになれるか試してみる?」

「うん」とジョージーは言った。そこで、ジョージーと祖母の背後でクラクションが鳴った。

「パパよ」とイーディが言った。

旅行者は握手をしようとジョージーの手を取ったが、ジョージーはそれを振りほどいて父親の車のほうに走っていった。イーディと旅行者は車が通りに出るまで手を振った。

そのあと、イーディは一歩下がると、旅行者と面と向かい合って、「知ってるのよ」と言った。

「今なんと言われました?」

「知ってるって言ったの」

「何を?」

「あなたが何をしてるかってこと」

旅行者は何も言わなかった。

「わたしは時々寝つかれなくなることがあるんだけど」と、イーディは言った。「そんなときには、グレンを起こさないようにしてベッドを出て、深夜のニュース番組を見るの。昨日の夜はイギリスのニュースをやってた。イギリスの女王さまと子供たち全員が出ていた。王室の一員であるというのはどれほど大変かっていう番組だった」

旅行者は王室の人々に瓜ふたつの替え玉が雇われるのだという話を用意していた。そのおかげで、彼らは祖国を離れ、パパラッチからも逃れて、息抜きをする時間が得られるのだと。

しかし、イーディは言った。「あなたは自分が彼だとは一度も言わなかった、でしょ？　いちいちそういうことを説明したりはしなかった」

「ええ、まあ」と旅行者は言った。

「今日はずっとこのことを考えていた。どうかしたのかってグレンに訊かれたほどよ。でも、眠れないと、わたしは時々変になる。そのことはあの人もよく知ってるから、そのうちもう訊かなくなった」

謝ろう、と旅行者は思った。

イーディは言った。「でも、考えてみれば、あなたは大した被害は与えてない。逆にあなたが来たおかげで、大勢の人たちが愉しい思いをした。ただ、何人かはその代価を払わされたみたいだけど。でも、彼らにしてもそれは払えない額じゃなかった。びっくりするようなことじゃない」

旅行者は言った。「ありがとう、イーディ。あなたは寛大な方だ」

「いいえ、そうじゃない。わたしはそんな人間じゃない。それに、わたしだけがこの町で時々眠れなくなるただひとりの人間でもない」

「私はどうすればいい？」

「荷物をまとめて」

「わかった」

「そうしたらフロントに来て。グレンと握手をして部屋代を払ってちょうだい。それくらいのお金は充分あるでしょ？」

「もちろん」

「全額キャッシュで払ってね。あなたを信用して、あとで裏切られたりしたら、グレンはきっと落ち込むから」

「全額払うよ」

「そうしたら、とっととジェスパーから出ていって」

「バスはちょうどいいのがあるかな？　それとも電車にしたほうがいいかな？」

「さあ、どうでもいいわ、そんなこと。でも、日が暮れるまえにこの町から出ていってちょうだい。ここから百マイル離れるまでは、立ち止まらずに。それから二度と帰ってこないで。お客さんがここを出るとき、わたしはたいていのお客さんにこんなふうに言うことにしてる。〝これであなたはもう通りすがりの旅行者じゃなくなったわね〟って。でも、あなたは通りすがりの旅行者のままでいて。そのままでいてくれないと、わたし、承知しないわよ。グレンが落ち込もうと、落ち込むまいとそんなこととは関係なく」

「一時間以内に出るよ」と旅行者は言った。

〈パウダー警部補〉

# 夜勤

# Night Shift

「よかろう」とパウダーは言って点呼用勤務者名簿を閉じた。「さあ、出ていって、いいお巡りになってこい」

夜勤第二組の警官全員が椅子をうしろに押しやって立ち上がりかけた。そうしながら、何人もが隣の者に声をかけた。本人たちが思っている以上にパウダーにはその声がよく聞こえた。「そうすりゃ自分だけ〃悪い〃お巡りになれるってか」というのも含めて。

〃自分〃は微笑んだ。そして、特に誰にというでもなく、部屋全体に向けて言った。「まったく。その椅子と床が軋る音。いやだね、なんとも。歯医者を思い出す……きみ《ガ》たち《イズ》にはもっといい椅子が支給されるべきだ、まず第一にもっといい椅子とか」

「わたしたちは全員〃男《ガイ》〃というわけではありません」とカニーシャ・ウィリアムズが言った。「気づいておられないといけないので、言っておきますけど、警部補」

「このことばは、近頃は男女の別なくつかわれてるよ、気づいてないといけないので、言っておくけど、アロペーシャ」とパウダーは言った。夜勤第二組が全員、古い用法での〃ガイ〃でないことにパウダーが気づいていないというのは、確かにまちがいだ。彼はウィリアムズにはことさらよく気づいていたのだから。彼女はよく働く警官だった。だから、彼は彼女が好きだった。

彼女のほうは、しかし、彼の言い種が気に入らなかったようだ。それが顔に表われているのがパウダーにも見て取れた。

残念ながら。

彼の机の右側から声があがった。「あるいは、もっといい床が要るとか」カーシュだった。上昇志向の強いお巡りのひとり。

「そうとも、ふかふかのパイルカーペットを敷けばいいのさ」と同じように上昇志向の強いカーシュの相棒が言った。「安楽椅子に合わせて」

パウダーはその男の名前を思い出そうと、眉をひそめた。別に覚えていなければならないわけでもなかったが。この勤務組とは今夜がまだ二晩目だったから。しかし、だからよけいに思い出したくなったのだ。彼は顔と名前を一致させようと孤軍奮闘した。くそ。パトロールに出るまえに、もう一度勤務者カードを見ておこう。いや、〝一日警官〟が来るまでにそれだけの時間があるだろうか？　時間をつくれるだろうか？

「それとも、警部補、ほっほっ、もっといい歯医者を見つけるか、ほっほっ」

まぬけな〝ほっほっ笑い〟の主《ぬし》の名前は覚えていた。

「ちょっと待ってくれ、ミッチェル」

「はあ？」〝ほっほっ〟ミッチェルはまだ若く、がっしりとした背の高い男で、ポリス・アカデミーからつい最近この勤務組にまわされてきたのだが、キャンプファイアで最も赤々と燃える炎というタイプではなかった。

「ドアに向かうのをやめるんだ」とパウダーは言った。

「はあ《サー》？」

「おれはきみの立ち位置に線を引くべきだろうか？　それとも、瞬間接着剤でも使ったほうがいいのか。部屋を出るなと言ってるんだよ、ミッチェル。出るのをやめろと。わかったか？　わかってもらえただろうか《エンティエンド》？」まだそれぞれのパトカーに向かっていなかった連中から、くぐもった笑い声が聞こえた。

「わかりました、警部補」とミッチェルは言った。〝おれが何をした？〟という彼の気持ちが声の向こうに透けて見えた。

ミッチェルのいや増す不安をよそに、パウダーは机の上の書類をめくりだし、その一枚を取り上げると、若いミッチェルのほうを向いた。

「何か問題でも、警部補？」

「何か問題でもあると思うのか？」

ミッチェルのこれ見よがしな怪訝な顔は、自ら認めたくなるような問題など何ひとつ思いつかないことをこれ見よがしに示していた。

「どうなんだ？」とパウダーは尋ねた。

「わかりません、警部補」

「よろしい」

「いいんですか？」

「自分で勝手に確信しすぎてはいけない」

「はあ《サー》？」

「いいお巡りはいつでも疑ってかかる。もっとよくできたのではないだろうか？　自分が話したことは話そうとした相手に、話そうと思ったとおり話されてるだろうか？」

間ができた。「はあ《サー》？」

「さて」とパウダーは手にした書類を振りながら言った。

「これが何かわかるか？」

「あ、いえ」

「これは権利放棄証書だ」

「あ、なるほど」

　これではまだヒントにはならないか、とパウダーは思った。「一日警官の。おれがきみに今夜、一日警官を添乗させてくれと言ったら、きみはなんと答える？」

「一日警官？」とミッチェルは訊き返した。「今夜？　自分が？」

「何か問題でも、ミッチェル巡査？」

「ええ、まあ……」

「きみがそうやってためらっているのは、この仕事を引き受けると、自分の担当区域のヤクの売人から賄賂を集めることができなくなるからか？」

「賄賂なんか受け取ってません！」若きミッチェルはショックを受けて抗議した。

　パウダーはおだやかに言った。「だったら、まったくもって金甌無欠《コパセティック》というわけだ」

「まったくもってなんですって？」

　パウダーは〝コップ（お巡り）〟で始まる単語をたくさん知っていた。が、そのことばの説明はまた後日に譲ることにした。一日警官がもう今にも現われる頃だった。「きみならできる《コープ》」

「しかし、自分は、ただ……まだ一日警官を乗せたことがないんです、警部補」

「だけど、どういう企画かは知ってるだろ？」

「許可を得た市民にパトカーに同乗してもらい、われわれの仕事ぶりを見てもらう企画です」

「たとえどんなことが起こっても、訴訟を起こしたりしないという権利放棄の証書にサインをさせてな」パウダーは権利放棄証書をまた振ってみせた。

「しかし……」とミッチェルはまた言いかけた。

「どうしてきみなのか、ということか？」

ミッチェルはうなずいた。

「それはこの仕事には最高の警官をあてるように署長に言われたからさ」

ミッチェルは怪訝な顔をした。どうして自分が〝最高の警官〟なのか、また、どうしてここで署長が登場するのか、そのふたつの質問のあいだを行ったり来たりしている彼の心が透けて見えた。

「新しい署長とおれとはこういう感じなんだよ」彼は二本の指を互いにからめ合った。「なんにも噂を聞いてないか？」

「あ、そういう噂は、ええ、警部補」

「署長はいい男だ、ミッチェル。彼が生え抜きじゃないということだけで、おれとはちがう意見を言う不平分子がいたら、黙らせるんだ。コディ署長の望みはただここをもっと能率的で、いい警察にすることだ。そういうことに貢献する人間は誰であれ、きみとそりが合わないわけがない」

「はい《サー》」

「実を言うと、新しい署長は、おれがもっと彼を補佐できるようにおれを特別任務に就けようとしてる」

「はい？」

「その任務はおれにしかできないと彼は思ってる。なぜかと言うと、おれは署のみんなに嫌われてるからだ」

「はい《サー》？」

「おれには友達がいないということは、それはとりもなおさず、おれは誰に対しても公平になれるということだ。ただ、その特別任務が始まるまでは、おれはきみたちの点呼を取るための補助要員だ。どういう理由であれ、正規の担当刑事が出勤できないときのな。きみらのターク警部補のように」

「なるほど」

「署長のようなすばらしい男のためなら、おれはどこにいても補佐するね。きみもそうしたまえ。今夜、一日警官として外国からの客を同乗させられることなんか、もう大喜びすべきだというのはそういうわけだ」

「外国、ですか、警部補?」

「まだ言ってなかったかな? きみの同乗者は日本人だ」

「日本人?」

「そう、〝日本から〟の人ということだ、ミッチェル。テレビ、車。ノーベル賞受賞者、カワバタ」

「あ……そうですよね、警部補。しかし、自分は……あまり外国語は得意ではないんですが」

「それは残念だ。しかし、そういうことなら、きみがすでに知ってる英語を掻き集めてすますしかない。だろ?」


パウダーが勤務者カードに貼られた写真を見ながら、名前のテストを自分に受けさせていると、彼の背後で、開けたままのドアをノックする音がした。彼は無視した。エチャベリア、カーラ。左利きの婦人警官。フラハティ。トニーだったか? 確かTで始まる名前だった。ティム。そう、ティムだ。

「パウダー警部補?」聞き覚えのない女の声だった。

「ちょっと待ってくれ」と彼はため息まじりに言って、さらに五枚カードをめくった。全部覚えていた。よし。タークの肩は彼女が思っているほど早くは治らないかもしれない。そういう可能性は常にある。その結果、彼女のかわりに点呼を取るこの仕事が、一週間以上続くという可能性も。

「よし」と彼は声に出して言った。

そして振り返った。黒ぶちの眼鏡をかけて、紺色のスーツを着た小柄な女と向かい合う恰好になった。背はちょうど五フィートばかりのアジア人。「誰だね、きみは?」

「あなたがパウダー警部補?」

「自分が誰かは知ってるよ。私が訊いたのはそういうことじゃない」

「レイコ・タグチです」と女は言ってお辞儀をした。「今夜あなたのパトカーに乗せてもらうことになってると思うんですが。コディ署長のはからいで」

「女だとは思わなかった」

「すみません」とレイコ・タグチは言った。「でも、そう急に言われても男にはなれないんで」

パウダーは顔をこすった。今のはジョークだったのだろうか？「これはこれは、ミズ・タグチ、お会いできて光栄です。ハジメマシテ。ドウゾヨロシク」

レイコ・タグチの顔にすばらしい笑みが広がった。

「日本語が話せるのね！」と彼女は言った。しかし、英語で。

「片言だよ」

「日本へ行ったことは？」

「いや。私の知識はみんな本からだ」

「本！ でも、とても素敵だったわ。びっくりしました」

「どうして？ 日本の警官は本の読み方を知らないのかね？」

レイコ・タグチはいっとき口をつぐんでから言った。

「正直に言うと、こちらの警察に関するわたしの知識は全部映画からね。男の警官も女の警官もあまり世界主義的な関心を持っていないような」

彼女はアメリカの警察について何も知らない？ だったら、どうしてここにいるのか。「あんたは日本の警官なのかい？」

「わたしが？」また笑みが戻った。「とんでもない」

「だったら、どうしてここに？」

「わたしはライターなんです、パウダー警部補。わたしがここにいるのは、日本からの観光客も資本ももっとインディアナポリスに誘致したいと思ってるあなた方の市長が、わたしの書く記事で、そういうことが促進されるかもしれないと思ったからです」

パウダーはまた顔をこすった。

「警部補？ わたしが今言ったこと、あんまりよくわかりませんでした？ すみません。あまり英語がうまくないもんで」

「きみの英語はすばらしいよ、ミズ・タグチ。驚くほどだ」

「ほんとに？　ありがとう」

「だけど、夜勤のパトカーに同乗することが観光客と資本の誘致を促進するとも思えないけど」

「それは」とレイコ・タグチは言った。「日本の観光客もビジネスマンも映画を見るからです」

「だから？」

「彼らが見るのも、銃の撃ち合いと暴力と強盗と爆発、それに自分たちのルールにも従わない警官でいっぱいのアメリカの都市だから」

「私はあんまり映画を見ないもんでね」とパウダーは言った。

「あなたと一緒に〝乗る〟わけは、せいこうしたいから――つまり自分の体験から書きたいんです――PR向けの資料からじゃなくて――あなたの市《まち》が安全だってことを。映画とはちがうってことを」

「あるいは、安全じゃないか」

「あるいは、安全じゃないか。そう、そのとおり！」輝く笑み。その笑みに、パウダーはミズ・タグチをミッチェルと送り出すことに決めたことを、もう少しで後悔しかけた。もう少しで。

一日警官が外国人というだけでなく、女とわかったときのミッチェルの顔は、テレビ局が取材に来ていれば、と思いたくなるほどのものだった。どうしてマスコミというのは必要なときには現われないのだろう？

ミズ・タグチのほうは、しかし、あまり嬉しそうな顔をしていなかった。「あなたと乗るんじゃないんですね、パウダー警部補？」

「私が聞いてるかぎり、おたくはターク警部補と乗ることになってたんだけど」とパウダーは言って、そこでやっと気がついた――この外国人女性は女のターク警部補と乗ることになっていたのだ。タークがもう少しで腕を失いそうになったというのは、返す返すも残念なことだ。が、まあ、こういうことは往々にして起こるものだ。

「でも」とミズ・タグチは言った。「そのターク警部補のかわりがあなたじゃないんですか？　よくわからないけど」

「私は、本来はこの区域の担当じゃないんでね。このあたりのことはあまりよくわからないんだよ。それに、さきに片づけなきゃならない書類仕事があるから、すぐにはパトロールに出られない。で、ミッチェル巡査をあんたのお供に選んだんだ。彼はそもそもこの地区担当で、警察学校をつい最近出たばかりでね。それはつまり、正しい警察の捜査方法がまだしっかり頭にはいってるということだ」

「わかりました」とミズ・タグチは言った。パウダーにうまく避けられてしまったことを彼女が充分察していることは、彼女の眼を見れば容易にわかった。

すばらしい笑みに負けず劣らず、聡明な日本女性――パウダーは恋に落ちる危険を覚えた。

「ミッチェル？」

「はい《サー》？」

「ミズ・タグチの質問にはどんなことでもお答えするように。できるかぎり正直に。どんな質問にもだ。警察としてはどれほど面目ないようなことでも。それから、彼女が望む場所へはどんなところにもお連れしなさい。ヤクの売人が見たいと言われれば、ヤクの売人をお見せしなさい。ギャングについても、服装倒錯の娼婦についても、何についても同じだ。何も隠すな。わかったか？」

「でも、どこへ行けばそういう連中に会えるのか自分には――」

「彼女が何を望もうと、だ。わかったか？」

「はい」

パウダーは、ミズ・タグチのほうをしばらく見て言った。

「これでいいかな？」

「どうも、パウダー警部補」しかし、笑みはなかった。

「私もパトロールに出たら、すぐにきみたちを探すよ。それまでに、ミッチェル、何かわからないことが起きたら、無線で知らせろ」

パウダーは奇妙なカップルを駐車場に送り出すと、また個人カードの写真に戻った。残りは楽勝だった。彼はそのことに満足した。

そして、もう一度おさらいをしようかと思い、それより外に出て実物を見て、名前と一致するか試したほうがよさそうだと思い直した。

彼の役目は〝点呼警部補〟の代理である。だから、署に残ってぶらぶらしていても誰にも文句は言われない。出ていくのは、重大な〝事件《やま》〟——まあ、撃ち合いとか強盗とか——が発生したときだけでいい。しかし、それはパウダーの仕事のやり方ではなかった。パトロール中の巡査と最後に仕事をしたのはもうもうずいぶん昔のことだが、結局のところ、パトロールというのは警察業務の中核である。このノースサイド地区の夜勤担当中に、仕事をよりうまくこなす警察官をひとり増やすことができるのなら、このタイムキーパーの仕事から得られる満足感がいくらか減じられても、それはそれで一向にかまわない。

それにターク自身——彼がピンチヒッターを務めている警部補自身、骨惜しみをしないタイプの地上部隊担当士官だった。経験のより浅い兵士を助けるのに労をいとわぬことで知られる女士官だった。たとえばミッチェルのような新米を。パウダーの眼にミッチェルは、同乗者にその一挙一動、口にする一語一句を吟味されることなく、自信をもって完璧に職務をこなすのがむずかしいタイプに映っていた。

「ちょっと出かけるぞ、ベッキー」とパウダーは署内の仕事をしている民間人に声をかけた。

「どうぞ」と彼女は顔も上げずに答えた。

彼は書類を彼女に手渡した。

「なんです?」

「署長向けの今夜のメッセージだ」

「署長とはまだ会ってないんですか?」

「どうして会える? きみがおれの要望を彼に伝えてくれなくて」

ベッキーは椅子の背にもたれた。「あなたの要望は全部伝えてあります」

「そうしたほうがいい。今回はあとで確かめるからな。それじゃ」

パウダーは彼自身のパトカーを停めてある駐車場に向かった、考えながら。笑みはなしか？


ミッチェルとミズ・タグチは、ワシントン・ブールヴァードの魅力的な一画にあるアパートメントにいた。事件《やま》は外出先から戻った建築士の身に起きていた。留守中、泥棒にはいられたのだ。

「こちらがブリッグズさんです、警部補」とミッチェルは、連絡を受けてあとからやってきたパウダーに言った。「窃盗の被害にあわれたんです。TVとかビデオデッキ《VCR》とかハイファイ《HiFi》とか」

近頃は人生すべてがアルファベットで表わされるようになってしまったのだろうか、とパウダーは思った。

「それじゃ、パソコン《PC》は？」

「いや」とブリッグズが答えた。四十がらみ、仕立てのいいスリーピースを着心地よさそうに着ていた。

「オフィスに置いてあったもんで。不幸中の幸いというやつです。でも、でも、フード・プロセッサーをくそ野郎に持っていかれた」

「フード・プロセッサー？」

「ええ、すごくいいやつなんです。贈りもので。でも、それより何より悪いのは、とことん悪いのは、ブリーフケースを持っていかれたことです」

「そのブリーフケースには何がはいってたんです？」

「私以外の人間にはなんの値打ちもないものです。そう、携帯電話でしょ、それから太陽電池の電卓。でも、そんなものは製図とメモに比べたら比較にもならない。まさに何時間も時間をかけた血と汗の結晶です。しかし、私以外にはなんの役にも立たないものです。ああ、ショックだ」

「製図？」とパウダーは尋ねた。

「私は建築士なんですよ」ブリッグズは言った。「これからどうしたらいいのか」

「ミッチェル？」

「はい《サー》？」

「きみはどうする?」

「そうですね、まず――」

「言わんでいい。それを今やれ」

「はい《サー》」とミッチェルはうなずいて答えた。「ブリッグズさん、気持ちが落ち着いてからでいいんですが、ほかにも盗まれてるものがないかどうか、一緒に部屋をまわって調べましょう」

「寝室をのぞく勇気が持てるかどうか」

「何か持ってきましょうか?」とミッチェルは言った。「水とか?」

ブリッグズはどうにか気を取り直すと、姿勢を正した。

「冷蔵庫を開けたら、ペリエ・ウォーターまで盗まれてたりしてね。いいですよ、お巡りさん。ほかの部屋も見てみましょう」

ミッチェルとブリッグズが廊下のほうに向かったのを見送り、パウダーはミズ・タグチに向かって言った。「これまでのところ一日警官の感想は?」

彼女が答えるまえから、パウダーには彼女の眼が――さきほど別れたときには冷えきっていた眼が、今は光り輝いているのがわかった。「実は、すごくびっくりしてるんです」と彼女は言った。「まったく知らない人の家にいるのに、わたしのようが人間がどうしてここにいるのか、家の人に何も尋ねられないなんて」

「それは制服警官と一緒にいるからだろう。それできみの身分が証明されたようなものなんだから」

「なるほど。でも、それでも意外だわ」

「何も盗まないように。いいね?」

いくらか怯えたような表情がミズ・タグチの顔に浮かんだ。「そんなこと、思いつきもしなかった」

「きみが思いつくかもしれないと思って言ったわけじゃないよ」とパウダーは言った。「ジョークだ」

ミズ・タグチはお辞儀をして言った。「ええ、もちろん。でも、こういう状況の中でジョークが飛び出すこと自体、意外だわ」

「しかもこの私から?」

「あなたはとてもユーモアのある方です」とミズ・タグチ

は言った。「でも、ユーモアのいい悪いは、どれだけ状況がわかっているか、すべてはそのこと次第です。日本のわたしの出身地では特に」

「きみの出身地というと？」

「コウベという地名を聞いたことは？」

「地震のことは知ってる。それからビーフだな」

ミズ・タグチは微笑み、またお辞儀をした。「それから、わたしたちはユーモアを解すことでも知られています」

「でも、今は解さないというわけだ。この状況では」

「だって現に気の毒な人がいるわけじゃないですか。ブリッグズさん、とても落ち込んでらした。ここではこういうことがしょっちゅう起こってるんですか？」

「調べてみなきゃならないが、最近読んだ報告書では、覚えてるかぎり、こういうけちな空き巣狙いは一件も起きてなかったと思う、この界隈では」

「となるとこの泥棒は？」

「となるとこの泥棒は……そうだな、近所の悪ガキがこづかいを増やす必要があると決めてしたことか」

「近所の人からお金を盗む？　悲惨な話ね」

「それは悪ガキが盗んだものを売ろうとして、どうやればいいかわからないことに気づいた時点でもっと悲惨になる」

「でも、自分のしたことを彼は恥じてるはずです」

「彼？　泥棒のことかね？」

「ええ」

「恥じてる？」

「盗んだことを。それも近所の人の家から」

ブリッグズとミッチェル巡査が居間に戻ってきた。パウダーは言っていた。「それが日本では泥棒が感じることなのかね？　自分のしたことを恥じるということだが」

「もちろん。盗みというのはひどいことなんだから」

「で、捕まったら？」

「そう、いつもってわけでもないけど、被害者のところへ連れていかれるということもあるでしょうね。自分のしたことを謝りに。そのときにはお詫びのしるしに何か持っていくかもしれない」

ミッチェルが言った。「泥棒はほかの部屋からは何も盗んではいないようです、警部補」

「せめてもの救いです」とブリッグズが言った。

パウダーは言った。「ミズ・タグチが言うには、日本では、泥棒は今頃自分のしたことを、恥じてる頃だということだ。インディアナポリスの泥棒については、ブリッグズさん、どう思います？」

「そいつが感じるのは恥ではなくて野球のバットですよ。私がそいつを捕まえたときにそいつが感じるのは。まったくひどい……ひどいことをしてくれたもんだ」

「ということは、恥を感じてはいないというわけですね？そいつがお詫びの品を持って自分のしたことを謝りにまた戻ってくるとは思いませんか？」

「なんの話をしてるんです？」とブリッグズは言ってミッチェルを見やった。

ミッチェルは言った。「はい《サー》？」

「そうか、こういうことは本人に訊かないとね」とパウダーは言った。

「なんですって？」とブリッグズが言った。

「こういうことを確かめるにはそれしかない。でしょ？」

「クソ犯人が誰なのかわかってるんですか？」

「ブリッグズさん、電話を貸してもらえます？」

「ええ、もちろん。どうぞ。あそこです」

「ありがとう。さて、それじゃ、あなたの携帯電話の番号を教えてもらえます？」

かけてみたら、泥棒がほんとうに電話に出たというのは幸運以外の何物でもない。が、一度捕まえると……

「やあ」とパウダーは気さくな口調で言った。「今この電話に出た人は、ワシントン・ブールヴァードのアパートメントから今夜携帯電話を盗んだ人かな？」

間ができた。

パウダーは言った。「そうであってほしいな。ほんとに。というのも、きみが今夜盗んだものの中には、書類のはいったブリーフケースも含まれてるからだ。その書類はきみにはなんの値打ちもないものだ。でも、私にはある。取り戻すことができたら、私としては仕事上ものすごく助かるんだがね」

「ブリーフケースは……持ってない」その声は若く、いかにも情けなかった。

「でも、もしきみがどこかに捨てたのなら、私はそこへ書類を取りにいける。それでとても助かるんだ。仕事の上で首がつながるんだ」

また間ができた。

パウダーは言った。「なあ、ほんとに要るんだよ。捨てた場所さえ教えてくれたら、警察とかにも絶対に知らせない」

「ブリーフケースは……ペンシルヴェニア通りと四十九丁目通りの角にあるドラッグストアのまえのゴミの缶の中だ」

「ありがとう」とパウダーは言った。「恩に着るよ」

「ああ、そう」

「きみがまだ電話に出てるあいだに訊きたいんだが、今夜自分のしたことをきみは恥じてるかどうか、知りたがってる人がここにいてね」

沈黙。

「きみがお詫びの品を持って、私のアパートメントに謝りにくる。そういうことは考えられないだろうか?」

電話はそこで切れた。

パウダーはミズ・タグチのほうを向いて頭を振った。

「恥はなし。詫びもなし。人生というのはむずかしいものだ。それもこれも社会が悪いのさ」

「ブリーフケースは?」とブリッグズが尋ねた。「私のブリーフケースは?」

パウダーは、しかし、〝ほっほっ〟ミッチェルに命じた。

「ミッチェル君、今問題となっているブリーフケースは、ペンシルヴェニア通りと四十九丁目通りの角、ドラッグストアの店先に置かれたゴミの缶の中だ」

それから彼は指を振って言った。「指紋に気をつけるように。もし将来ブリッグズ氏のおっしゃるところのクソ犯人を特定できるようなことがあれば、そいつに不利な証拠はちゃんと取っておいて、利用したいからな」

「わかりました、警部補」

「ブリーフケースを取り戻せるんですね？」とブリッグズが言った。「私の製図も？」

「そのようです」とパウダーは答えた。

「なんとすばらしい！　これからは一生警察のことをくそみそに言ったりは絶対にしません。誓います」

「ほらな、ミッチェル」とパウダーは言った。「市民のためにいい仕事をすると、彼らが惜しみなくわれわれに与える賛辞にはかぎりがない」

「それじゃ」とブリッグズが言った。「TVとかVCRとかフード・プロセッサーとかも取り戻してもらえるんでしょうか？」

そのあとパウダーは何度か〝ほっほっ〟と一日警官に出会っては別れた。ミズ・タグチは冒険の機会を享受するという恩典に何度も浴していた。ひとつの班が警察犬を使って、倉庫に隠れていたホームレスを追い出す現場にも立ち会った。交通違反を犯した女をミッチェルが呼び止め、パトカーに設置されているコンピューターで調べたところ、保釈中に姿をくらました女であることがわかったときには、ミッチェルのすぐそばに立っていた。交通事故の現場でほかのパトロール警官と立ち話をしていると、遠くから銃声が聞こえてきたというようなこともあった。捜索願いが出されていた十代の女の子が三十四丁目のバス停留所で、バスを待っているところを保護される現場も見た。

ただひとつ、ミッチェルの体面を汚す出来事があった。勤務時間もそろそろ終わりに差しかかった頃、パウダーはレイン警部補から、三十八丁目の〈ヴィレッジ・パントリー〉の駐車場で至急会いたいという無線連絡を受けた。

行ってみると、レインは覆面パトカーに乗っていた。パウダーの知らない男だったが、知り合う時間も結束を固める時間も与えられなかった。レインは窓を開けると言った。

「あんたのところのパトロール警官がひとり、仕掛けるのに半年もかかった麻薬の囮捜査をもう少しで台無しにしようとしてる」

「ほう？　どういうことだ？」

「そのへマこき巡査は、フォール・クリークの南の通りや路地をさっきから行ったり来たりしてるんだがな。市民らしい女をひとり乗せてるところを見ると、その女に誰かを見つけさせようとでもしてるんだろう。だけど、そういうことをするには間が悪すぎる――わかるか？　そいつが何をしてるにしろ、すぐに引き上げさせろ」

パウダーはレインに指を突きつけて言った。「おれが点呼したときにはヘマこき巡査なんて呼ばれそうなやつはひとりもしなかった」

「そうかい？」とレインは言った。「そいつがヘマこきに見えてヘマこきみたいなことをやって、ヘマこきみたいに運転してたら、そいつはヘマこきだってことだ。おれの辞書にはそう書いてある。今すぐそいつを引き上げさせないと、そいつもレディもそりゃもう口にもしたくないほど厄介な目にあうぜ」

「わかった、引き上げさせよう、あんたが自分から、自分たちには状況をコントロールする力がないとまで言ってるんだからな」とパウダーは言ってエンジンをかけた。「でも、ひとつはっきり言っておこう、レイン。今度おれに何か頼むときには、おれが点呼した連中を侮辱するような言い方はやめろ。それから、この次には〝プリーズ〟をつけることを忘れないことだ」

パウダーは車を出しながら、ミッチェルに無線でどこにいるのか尋ねた。

「アラバマ通り二十三丁目です、警部補。麻薬の売人の特注車をレイコに見せてたところです」

「よろしい。それは大いに結構。でも、もういい。すぐにギルフォード通り五十八丁目に向かえ。ちょっとまえに窃盗事件発生の連絡があった。もしかしたら、少しは面白い事件かもしれない」

「了解」

ということは、今ではもう〝レイコ〟ということに？

ミッチェルとともにギルフォード通り五十八丁目にやってきたレイコは、時間帯を考えると――午前四時――信じられないほど元気そうに見えた。「一日警官を愉しんでるかね？」とパウダーは尋ねた。

ほとんど即座にあのすばらしい笑みが返ってきた。

「ええ、ええ、とても、パウダー警部補。でも……」彼女は酒場を振り返った。彼らはそのまえに立っていた。「……ここではどういう事件が？」

「見てみよう」彼は酒場の窓のまえで立ち話をしているふたりの警官のところまで彼女を連れていった。そして、「ホーガン」とふたりのうちのひとりにまず声をかけた。もうひとりには「クレジュースキ」と。個人カードを相手に奮闘したおかげで二点連取できた。

「どういうことなんだ？」

クレジュースキが答えた。「実によく狙われる店なんですよ、警部補」

「これでこの一年で五回目です」とホーガン。「で、特別注意を払わなきゃならない店のリストに挙げてあったんで、すぐに気づいたんです」

「何に？」

「窓が割れてることにです、警部補」

パウダーは彼らがそのまえに立っている大きな窓を見て、怪訝な顔をした。「どこが割れてる？」どこも割れていなかった。

「ここへ自分が来たときには割れてたんです」とホーガンが言った。「この店のこれまでの経緯から、店主の住所も電話番号もファイルにあったんで、すぐに電話したんです。そうしたら、朝まで窓を割れたままにしておくのもなんだからってことで、店主がガラス屋を至急手配したんです。子供が窓を割ったときには、自分もこんなに早く修理の手配ができたらって思いますね」

「だったら、なんできみたちはまだここにいるんだね？」

「ガラス屋はたった今帰ったところなんです」とホーガンは言った。

「私のほうは、連絡がはいったときたまたま近くにいたもんですから、警部補」とクレジュースキ。「それで店の裏手はどうなってるか見たんですけど、大丈夫でした。ドアは頑丈で、小さな窓にも太い針金入りのガラスがはいってましたから」

「店主は？」

「フレディ・フランクリン」とホーガンが答えた。「何を盗まれたかは明日の朝調べるそうです」

「なるほど」とパウダーは言った。あまり嬉しそうな顔ではなかった。車の音がして、振り返ると、カニーシャ・ウィリアムズが車を縁石に寄せて停めていた。

「きみはどうだ、ミッチェル？」

「あ、何がですか、警部補？」

「われらが仲間のしたことをどう思う？　ええ？」

「あ、いいと思います。ええ、その、つまり、窓を直して、店の用心を保ったところがいいです」

カニーシャ・ウィリアムズがやってきて、みんなに加わって言った。「何があったんです？」

パウダーは言った。「きみの登場はまさに完璧なタイミングだ」

「へえ、そうなんですか？」

「きみにちょっとしたテストをしたい」

「へえ。どんなテストを？」

「基本的には、きみがどれほどいいお巡りか調べるテストだ」

ウィリアムズはホーガンからクレジュースキ、さらにミッチェルと見まわした。いったいどういうことなのか説明してくれ、と彼女の顔は言っていた。が、三人の男はただぼんやりと立っていた。

「〝基本的には〟と言ったのは、基本に関するテストだからだ」とパウダーが言った。「だからむずかしいテストじゃない。だろ？」

同僚の警官からは支援が得られなかったので、ウィリアムズはレイコ・タグチに眼を向けた。

「はじめまして《ハウ・ドウ・ユー・ドウ》」とミズ・タグチはお辞儀をして言った。

「どうもうまく伝わらなかったようだな」とパウダーは言った。「つまり、どうやるか《ハウ・ドウ・ユー・ドウ》……だ」

「やるって何を？」とカニーシャ・ウィリアムズが尋ねた。

パウダーは自分が聞いたとおり、一連の出来事をウィリアムズに説明した。

「なるほど」とウィリアムズは言った。「それで何が問題なんです？」

「問題は、きみは今からどうするか、ということだ。次に何をする？　これがきみの担当なら」

「このテストをみんなにしてたんですか？」

「彼らは自分で自分にテストをして、みんな不合格だった」

ホーガンとクレジュースキから抗議の声が上がった。が、パウダーはそれを手で払って言った。「次に何をする、カニーシャ？　こいつらをもっといいお巡りにする手伝いをしてくれ」

「みんな不合格だったんですね？」とウィリアムズはテストを受ける覚悟を決め、笑みを浮かべて言った。「喜んでお手伝いします、警部補。ただ、ここを調べる時間を少しください」

「そのとおり！」とパウダーは言った。

「ええ？」

「彼女はなんと言ったんです？」とクレジュースキが尋ねた。

「彼女の言ったとおりに言えば――〝ここを調べる〟だ」

「おっしゃる意味がよくわかりませんが」とホーガン。

「だったら、きみたちのためにもっと簡単に言ってやろう。ふたりのどっちが店の中にはいった？」

「店の中？」とホーガンは言って酒場を見やった。

「調べるために。たぶん泥棒はまだ中にいるはずだ」

ホーガンとクレジュースキは店をまた見やった。

「でも」とクレジュースキが言った。「もう窓は修理しちゃってますからね。どうやって中にはいればいいんです？」

「店主を呼んで鍵を受け取るのさ。それぐらいもうそろそろやってもいい頃だ。ちがうか？　泥棒が中から押し出てくる決心をするのを待っていたいのなら話は別だが。そういう場合は、ひとつの窓にどうして二枚分のガラス代を払わなければならないのか、きみたちが店主に説明してるそばにはいたくないもんだ」パウダーは女たちのほうを向いた。「よろしい、ミズ・タグチ。よくやった、ガイ」

署に戻り、勤務時間も過ぎ、パウダーが帰り支度をしていると、レイコ・タグチがやってきた。「またきみに会えるかどうか考えてたところだった」と彼は言った。

「わたしは自分の失礼を謝りにきたんです、警部補」

「失礼?」

「あなたがわたしをノーマンと——失礼、ミッチェル巡査と送り出したときには、なんとなく侮辱を受けたような気がしました。でも、今はそうしてくださったことを感謝しています。そもそもわたしはあなたの判断を疑うべきじゃなかった。無作法なことをしました」

「それはどうも」とパウダーは言った。「きみの国に関して、私が常々称賛してることのひとつが、きみの国では礼というものが重んじられるということだ」

「ええ、礼というのは大切なものです」

「言ってくれ。きみはインディアナポリスを安全なところと思ったかい?」

「ええ、とても安全なところです、あなたやあなたの部下の方たちがいるかぎり。盗まれたブリーフケースの回収に、酒場の中にいた泥棒の回収。とても面白かったわ」

哀れな泥棒は隅でちぢこまっていたのだろう、とパウダーは思った。その泥棒は、何度も何度も泥棒にはいられながら、一向に防犯設備を整えようとしない店主と同じくらい哀れなやつだった。

「とても安全なところね」とミズ・タグチは言った。

「ちょっと」とパウダーは言った。「頼みたいことがあるんだ。インディアナポリスをもっと安全なところにするのに、役に立つかもしれないことなんだが」

「どういうこと? どうぞ言ってください」とミズ・タグチは会釈して言った。「できることなら喜んで」

「市長にはまた会うんだね?」

「ええ。予定は今日の午後だけれど、この一日警官の体験がすばらしいものだったという報告ができるのが、何より愉しみだわ」

「そう、頼みというのはそれなんだが、市長には、私にひどい応対を受けたと言ってほしいんだ」

「市長に……なんですって?」とレイコ・タグチは驚き顔で言った。「わたし、ちゃんと理解できなかったのね。英語の力がないから」

「市長にはどうかこう言ってほしいんだ、本人がじきじき私に会うように、警察署長に命令すべきだって。きみにひどい仕打ちをした件について問い質すために」

「でも、あなたはひどい仕打ちなんか……全然ちがってるわ」

「それでも、ひどいやつだったと言ってくれたら、ほんとうに助かるんだよ」とパウダーは言った。

「ほんとうにわたしにそんな悪いことを言わせたいの？」

「そうだ」とパウダーは言った。「さらに、警察署長がじきじきに私と話をするまでは、インディアナポリスに関していい記事は書かないとも言ってもらえると助かる」

「でも、わたしにはまったく理解できない」

「この件に関しては私を信じてくれ」

「ほんとうにそれであなたのお役に立てるのなら……」ミズ・タグチはお辞儀をして、パウダーの要望を聞き入れたことを示した。

よし、とパウダーは思った。実際、これで新しい署長もパウダーが機略に長けた警察官であることを思い知らされるはずだった。パウダーは、これまで面会の要望を繰り返し署長に出しながら、ことごとく無視されつづけてきたのだが、これでやっと署長にじかに、署全体をもっと優秀な警察官で埋めるのに役立つ特別任務の売り込みができるようになった。

「ありがとう、ミズ・タグチ。帰りの旅も快適であることと、きみがいつまでも健康でいられることを心から祈ってる」

# 女が望むもの
What a Woman Wants

「ジョン？」

ジョンはうつむいて、テーブルに積まれた勤務表に眼を落としていた。が、心はうきうきとして、サガモア湖に浮かぶモーターボートとともにあった。リジーを連れ出すことができたら、そこで何をしようか、どうすればその特別なゴールに到達できるか、そもそも彼女に好かれているかのかどうか、考えていた。そういう方向に向けて事態が好転している兆しはいくらもあった。今ではそういつもいつもつっけんどんにはされなくなっているし。要するに、彼女は、選択肢はとりあえず取っておき、特定の相手を公に決めないというスタンスで、クールに対処しているのだ。

それでも、とジョンは思う。たぶん……たぶん、このレースではこのおれが勝利を宣することになるだろう。実際、彼女はヴィンスにこんなことを言っていた、自分は今どれほど切実に休暇を必要としているか。あれはたぶんそんなふうにヴィンスに言うことで、それとなく……

「ジョン？」

ジョンは顔をあげた。「警部補」

「始めなくちゃならないんだけど。マックスウェルは今どこかわかる？」

「マックスウェル？」ジョンは部屋を見まわした。「まだ来てないんですか？」

女警部補はもどかしげに勤務表をはさんだクリップボードを叩いた。

ジョンの背後でパトロール警官のひとりがこういうのが聞こえた。「マックスウェルは今夜は遅刻するはずです、警部補」

「それはまたどうして、ヴィンス？」と警部補はむしろ快活に訊き返した。

「あいつのガールフレンドの親爺さんが宿題をさきにすませなきゃ駄目だって言ってるからです」

別の警官が次のようなことを言うと、室内の笑い声は一層大きくなった。「今夜は宿題はないよ、ヴィンス。彼女は〝いたずらか、お菓子か《トリック・オア・トリート》〟に出かけてるから」

ジョンは振り返り、うしろにいる二十の顔に向かって、にやりとして言った。「主にトリックのほうで、だろ？（〝トリック〟には性行為の意がある）」

誰かが言った。「それはあんたの願望だ」誰かはわからなかった。が、彼は微笑み、ユーモアのセンスのあるところを示してみせた。そして、そのタイミングをリジーに視線を注ぐのに利用した。彼女はみんなと一緒に笑っているだけで、彼のほうを見てはいなかった。彼は目一杯長く待った。彼女が彼のほうを見たときに備えて。が、結局、また警部補のほうに向き直った。

ちょうどそのときマックスウェルがはいってきた。いつものようにふんぞり返って。「完璧なタイミングで完璧な男が来ました、警部補」とジョンは言った。

警部補は腕時計を見た。が、怒っているふりはしなかった。マックスウェルは笑っているみんなを見て言った。

「どうしたんです？　どうしてみんなにやついてるんです、警部補？　みんなここが警察署だってことを知らないんですかね？」

「おまえの性生活を笑ってたんだよ」とうしろのほうからヴィンスが言った。

「何も笑われるようなところはないけど。おれの性生活は」とマックスウェルは言い、部屋の隅を歩いて、ヴィンスの隣の椅子に坐った。

「彼女の親爺さんはどれくらいデカいんだ？」とまた誰かが訊いた。「おまえよりデカいのか？」

マックスウェルは、誰が言ったのか探してまわりを見まわした。そして、そういうジョークはそういつもいつも受け入れるつもりはないぞ、というところを示して、顔をしかめてみせた。が、そこで警部補が正式に点呼を取りはじめた。ヴィンスがウィンクを寄越した。マックスウェルは微笑み、ふたりは互いに片手で拳をつくり、その拳を軽く触れ合わせた。

「何も見ておらず、何も聞いておらず、頭も悪い人のために言っておくと、今夜はハロウィンだってことを忘れないように」と警部補は言った。「まったく、悩ましいかぎりね。通りという通りが子供だらけになるんだから。でも、今夜に関してはなんだかいい予感がする。わたしがなんの話をしてるか、それはもうみんなわかってると思うけど」

部屋の数個所から〝ウィンドー破り〟という声が聞かれた。その声音にはユーモアのかけらもなかった。こんなことを言った警官もいた。「カトラス」

警部補は言った。「そのとおり。いい加減もう捕まえなくちゃ。あんな豚野郎は。逮捕予定期限はもうとっくに過ぎてるんだから。もういい加減、警官の制服を着た幽霊が眼を覚まして、彼に取り憑いて、ブタ箱にぶち込んでもいい頃よ」

ばらばらだった個々がひとつのチームになる。彼らの熱意にも決意にも嘘はなかった。この連続侵入窃盗犯はチームの重要捜査リストの最上位にいた。このリストの最重要課題——ナンバー・ワン《ヌメロ・ウノ》だ。

警部補は続けた。「本署の連中が数字をまとめてくれたわ。読んで面白いものじゃないけど、でも、みんなのために読んであげるわね。結局のところ、六週間でドラッグストアとデリカテッセンが三十七軒」警部補はクリップボードをテーブルに置いた。「こいつを捕まえたい。なんとしても」

部屋のあちこちから同意のコーラスが起きた。ジョンは、そのコーラスが収まり、一呼吸置いてから言った。「異議なし！」

警部補は言った。「みんなに出動してもらうまえに署長から報告があります。署長、〈パトカー・カラー・コンテスト〉の結果が出たことはわたしのほうから報告してもいいでしょうか？」

何人かが不満げな口笛を吹いた。署長は部屋の正面に置かれた椅子からみんなに笑みを向けた。

警部補は言った。「署長からの報告はコンテストの結果より悪いこととみたい」

みんながうなった。

「そのまえにひとつ」と警部補は言った。「みんなにミスター・キース・ロックを紹介します」

五十がらみで白髪、痩せぎすの男が椅子に腰かけたまま、部屋の隅からみんなに顔だけ向けた。口元には笑みが浮んでいたが、眼は笑っていなかった。男は警官たちに軽く手を振った。

警部補が続けて言った。「ロック氏はフリーの記者で、警察の活動に関する記事をあらゆるジャンルの雑誌に書いておられるんですが、今夜彼をパトカーに同乗させるようにという通達が本署からあったんです。なんでも〝ミスター・ロックはインディアナポリスのような都市における実際の警察活動に関する知識を更新したがっておられる″ということです。これでよかったですか、ミスター・ロック？　本署の彼のご友人はこんなふうに請け負っています、なんでもミスター・ロックは善玉だって。要するに彼はわれわれの味方だから、彼のまえではなんでも自由にしゃべっていてってことね」


「それはそれは、ハニー」とソンドラがみんなにも聞こえるようにロックに言った。「だったら、わたしの車に乗ってくださったってもいいですよ。そして、本署のあなたのお友達のことをあれやこれや話してくださっても」

何人もがふくみ笑いを漏らした。が、その笑いの質はさまざまだった。ソンドラはよく思いがけないことを言ったりする活発な婦人警官だったが、西管区から北管区に移ってきてまだ日が浅かった。だから、通常より早く昇進しようという彼女の熱意の込められたその提案をどう受け止めたらいいのか、北管区の警官たちにはすぐには判断がつかなかったのだ。

ロック自身は何も言わなかった。が、警部補のほうに向き直ったときにはまた口元に笑みを浮かべていた。

「だから、ミスター・ロックが何か書いても気にしないように。それから、何か彼に訊かれたら、誠心誠意協力するようにね。ミスター・ロックにはジョンの車に乗ってもらいます」

ジョンは椅子の上で体をびくっとさせて言った。「おれの車？」

「三十分前に言ったじゃないの、ジョン」と警部補は言った。「聞いてなかったの？」

ジョンのパトカーに乗り込み、落ち着くとロックは言った。「このウィンドー破りには私としても大いに興味を覚える」

「おれたちが逮捕すれば、もっと興味深いやつになるだろうよ」とジョンは言ったが、気分は重かった。彼は落ち込んでいた。この同乗者のせいで、リジーと会って話すのがきわめて困難になりそうな気がしたのだ。もうこれで、彼女とふたりきりで話すチャンスはなくなってしまうかもしれない。彼は〝湖で週末を彼女と過ごすコンペティション〟にエントリーしていた。そして、そのことを彼女に話そうとすでに決めていた。自分はファイナルに残ることも。そうすることで、彼女の心がわかるはずだったのに。

パトカーが大通りにはいっても、ロックはウィンドー破りの話を続けた。「独特の手口だよね。この男が車を盗むのは理解できるけれど、どうしてそれがいつもオールズモビル・カトラスなのか。その点に関する警察の見解は？」

住宅地が近づき、ジョンは車の流れと信号に気を取られていた。

「カトラスはほかの車より盗みやすいんだろうか？」

「いや」とジョンは言った。「この馬鹿はたぶんカトラスで練習したんだよ。でも、ほかの車種にも盗みの手口が通用することに気づく頭がないのさ」

「発育が停止《アレステイッド・ディヴェロップメント》してる男というわけ？」とロックは尋ねた。

「これ以上の犯行《ディヴェロップメント》はおれが阻止《アレスト》する」とジョンは同乗者がさきにジョークを言ったのに気づかず言った。「チャンスさえもらえれば」

無線がはいり、そのあいだしばらく会話がとぎれた。無線がまた静かになると、ジョンは言った。「聞き取れた？」

「いや、はっきりとは」

「ディッチ・ロードで車が盗まれたという報告があった」

「ほう」

「でも、カトラスじゃない」

と言いながら、ジョンは急ブレーキをかけた。パトカーは余裕を残して、一時停止の標識の手前で停止した。彼は小さな幽霊や、魔女やカウボーイ、それにコウモリたちを引き連れて、交差点の角に立っている女性に手で合図した。その女性は髪をスカーフで包み、ゆったりとしたジャケットを着ていた。愛想よく笑うと、口の動きだけで〝ありがとう〟と言い、〝トリック・オア・トリートまわり〟をしている小さな子供たちを率いて、通りを渡った。ジョンは思った。彼女はおれの顔をよく見ただろうか。今度また会ったら、おれだということが彼女にはわかるだろうか。親切にしてくれた素敵な警官だということが。もしひとりだったら、彼女がまだ子供たちと一緒に外にいるあいだに、またこっちに何度も戻ることができるのに。いや、ひとりでなくてもどうにかなるか。同乗者に行動を束縛されなければならない道理などどこにもないのだから。

しかし、実に愛想のいい笑顔だった、とジョンはパトカーをまた走らせて思った。素敵な笑顔だった。もちろん、リジーほどではないが。しかし、こっちから〝ノー〟と言わなければならないような笑顔ではまったくない。

そう思って、ジョンはかすかな罪悪感を覚えた。リジーに対して自分が不誠実な気がしたのだ。もちろん、リジーは何も知らないわけで、傷つきようもないのだが。だいたいそういう心配はふたりが一緒になってからすればいい。まだ早い。二週間前に握手をしたときの驚くほど柔らかかったリジーの手の感触がまたほのぼのと思い出された。今日で十六日。そんな些細なことが人を行動に駆り立てるというのは、思えばおかしなものだ。リジーの立ち居振る舞いはすごく硬いけれど、感触はとても柔らかい。彼女の手があんなに柔らかいということは……

「海賊」とロックが言った。

「えっ？」

「カトラスを盗んでる男は、今夜は海賊の恰好をしてるんじゃないか。そう言ったのさ」

ジョンはおもむろにうなずいて言った。「ああ」自分は精神異常者を乗せているのではないかと内心疑いながら。

沈黙がしばらく続いて、ロックがまた口を開いた。「確認させてくれ。海賊はカトラスを盗み、さらにゴミ用ポリバケツも盗むんだったね」

「そうだ」とジョンは言った。そこであることを思い出し、勢いを得てつけ加えた。「こいつは一度、州知事公舎の裏口からゴミ用ポリバケツを盗んだこともあるんだ」

「ほんとに？」

「ああ、ほんとに」とジョンは嬉しそうに言った。「州知事閣下御用達のゴミ用ポリバケツだ。州知事閣下がお捨てになったオレンジの皮やらシリアルの箱やらは全部、公舎の裏の路地に捨てられてた」

「この海賊の犯罪には政治的要因がある。きみはそう思うのかい？」とロックは言った。「州知事公舎を選んだのはそのためだった。そう思うのかい？」

同乗者がどうもに噛み合わない複雑な相手であることが明確になり、ジョンはまた気分が滅入ってきた。「こいつが欲しかったのはポリバケツだ。ただそれだけのことだ」

「ううん」とロックはうなり、なにやらメモを取った。

しばらく走って、ジョンが言った。「ほら、カトラスだ。わかるかい？ 錆びだらけのピックアップトラックのうしろに停まってる。ここでしばらく様子を見ても悪くないかもしれない」

ロックはしばらく黙り込んだ。そして言った。「この犯人がこの特定の車を狙う確立は決して高くない。それはもうまちがいない」

「本気で言ったわけじゃないよ」とジョンは言った。

「ああ」ロックはまたメモを取る仕事に戻り、ややあって、顔をあげて言った。「この犯人がドラッグストアのショーウィンドーを割るのに使うレンガは、特定の場所から盗んでくるものなんだろうか？」

「レンガなんてものはインディアナポリス北部にも売るほどある」とジョンは言った。

「それでも、いつも同じ場所から持ってこられたものなら……」

「そういうレンガじゃなかった」

無線がはいった。

無線のやりとりが終わると、ジョンは言った。「聞き取れた？」

「いや、はっきりとは」

「人が撃たれた」とジョンは言った。「しっかりつかまっててくれ」そう言って非常灯をつけ、サイレンを鳴らした。

無線で教えられた場所に近づくと、四台のパトカーがすでに到着しているのが見えた。「そこそこのつきがあるだけで」とジョンは言った。「どの現場にもたいてい一番乗りできる夜もあれば、無線がはいるたびに現場から何マイルも離れてしまってる夜もある」

「四分の一の地域と言っても」とロックが言った。「ひとつの警察署の管区にするにはこの市《まち》はちょっと広すぎるよ。たとえそれで専門チームを維持することができて、規模の経済（生産規模拡大による製造原価の縮小）を享受することができるにしろ」

ジョンはシートベルトをはずして、ドアを開けた。

「私も行っていいかな？」

「お好きに」ジョンはそう答えたが、ロックの判断など少しも気にしていなかった。さきに現場に着いていたパトカーの一台がリジーの車だったのだ。もっとも、それは不思議なことでもなんでもなかったが。彼女はそういう女なのだ。

警部補もまたそういう女だった。ジョンとリジーのあいだに立っていた。リジーは民間人と中年女性と話をしていた。「何があったんです？」とジョンは警部補に尋ねた。

「信じられる？……おもちゃの空気銃だったの」

「ええ？」

「くそ空気銃。この男の子は弟とキッチンでトランプで遊んでた。母親はハロウィンのお菓子をもらいにきた子供たちの相手をするのに玄関へ出た。そのあいだに兄弟喧嘩が始まり、母親は銃の発射音と兄弟のどちらかの悲鳴を聞いた。〝撃たれた。撃たれた〟っていう悲鳴をね」警部補はあきれたように首を振った。

警部補の背後からリジーの声が聞こえてきた。「そう、これだけは申し上げておきますね、お母さん」とリジーは言っていた。「それはあなたが電話したのはきわめて正しい判断だったということです。空気銃だったなんて、あなたにはわからなかったわけですから」

「こんな大事になってしまって」と母親は言った。

「いいんですよ、お母さん」とリジーは言った。「ほんとうに正しいことをなさったんですから。ほんとうに」

「もうパトロールに戻ってちょうだい」と警部補はジョンに言った。「ここの始末は若手に任せて。あなたとわたしは外に出て、ほんものの死体を見つけなきゃ」

ジョンはためらった。が、選択の余地はなかった。彼は警部補と一緒にパトカーが数台停まっているところまで歩いた。すると、ロックが反対方向からやってきた。「調子はどう、ミスター・ロック？」と警部補は言った。

「上々です」とロックは答えた。「もう終わったんですか？」

「始まってもいなかった。でも、あきらめないで。みんなが家に帰る頃になるまでには、きっとおいしい事件が提供できるはずだから」

また路上に戻ると、ロックが言った。「点呼のことを考えてたんだが」

「点呼の何を？」とジョンは訊き返した。

「点呼のとき、署長はどれくらいの頻度で話をするんだね？」

「話したいことがあるときは必ずする」

「今日はずいぶん長いこと話してたけど」とロックは言った。「どれも重要そうな話だった。毎日あんなふうだとは思えないんだが」

「月末に」とジョンは言った。「お偉方は全員——署長以上ってことだ——市長のブレーンと会議をする。健康保険制度に関することからパトカーの色を変えるなどというアイディアまで、あらゆることを検討するんだそうだ」

ロックはしばらくメモを取ってから尋ねた。「署長はウィルスンという警官のことを話してたけど、ウィルスンに関する理解はこれでいいんだろうか——」

「ウィルスンに関するなんの理解？」

「警察側は彼を馘にしたがったのに、市長はノーと言った」

「まあ、そんなところだ」とジョンは言った。

「普通は逆なんじゃないか？」

「そんなこと言われても、おれにはわからないよ」

「話したくないなら――」とロックは言った。

ジョンは考え、ロックには本署に友達がいると警部補が言っていたのを思い出した。「話すのは別にかまわないけど」とジョンは言った。

「ウィルスンというのはどういう警官なんだね？」

「やつはいわゆる〝不祥事〟をこれまでに三件も起こしてるんだよ。で、おれたちとしちゃ、やつがまたやらかすんじゃないかと心配してるわけだ。そういうことになったら、責められるのは誰だ？　この管区の士気はすでに充分低下してる。士気を高めるのに、おれたちを悪く見せるためならどんな些細なことにでも飛びついてくるメディアは、なんの役にも立たない」

「不祥事というとどんな類いの？」とロックは尋ねた。

ジョンは深く息を吸った。「たとえば、一度やつはガールフレンドをブロード・リップル通りの端から端まで追いかけ、後部座席に引きずり込んでひどくぶちのめした。わかったかい？　どういう図か思い描けたかい？」

「あまり愉しい図にはならないけど」とロックは言った。

「それでもそいつは今でも制服を着てる。おれたちは一生懸命襟を正そうとしてるのに。もしこの男がいきなり誰かを撃ったりしたら、新聞はなんて書く？　警察は彼を追い出そうとしたが、政治家がそれをさせなかった。そう書いてくれるか？　教えてくれ。そういうことはあんたの仕事だ、ちがうか？」

「でも、どうして市長は彼を残しておきたがったんだ？」とロックは言った。

「こっちが訊きたい」とジョンは言った。ウィルスンのことを実際に話してしまったせいで、なんとなく居心地が悪かった。

しばらく車内に沈黙ができた。無線がそれを破った。メッセージをすべて聞き取ると、ジョンはマイクを取って、通信指令係に車のナンバーを繰り返すよう頼んだ。ナンバーが繰り返されると、ジョンはそれを自分の手の甲に書きとめ、ロックに言った。「聞き取れた？」

「いや、はっきりとは」

「トリック・オア・トリート！」とジョンは言った。「カトラスが盗まれた」

インディアナポリス北部の幹線道路を走りながら、ふたりはしばらくカトラスのことだけ話した。そのあとロックが言った。「きみ自身のことを話してくれないか、ジョン。かまわなければ」

「話すことなんて大してないよ」

「警察には何年いるんだ？」

「十三年」

「結婚は？」

「今はしてない」

「警官でいることが離婚の一因になった？」

「助けにはならなかったな」

「気分転換には何をする？」

ジョンはサガモア湖のことを考えた。湖岸のモーテル。そして、リジーのことを。

「ジョン？」

「釣りだね」とジョンは言った。「時間が取れれば」

「釣りが趣味という警官には何人にも会ったよ」とロックは言った。

「ふうん」

「警察官には静けさに関する何かがことさらアピールするんだろうね」

「婦人警官にも？」とジョンは尋ねた。

「もちろん」とロックは言った。「彼女たちにだって気分転換は必要だよ」

ジョンは腕時計を見た。「コーヒー、飲まないか？」ロックが答えるまえにまた無線がはいった。それが終わると、ジョンは言った。「コーヒーのことは忘れてくれ。かわりに発砲事件の容疑者を逮捕しにいこう」

彼らが現場に急行したときには、すでに数台の車がさきに到着していた。リジーの車はなかったが、「来いよ」車から降りて、ジョンは言った。ロックはアパート・ハウスの開いているドアまでジョンに歩調を合わせてついていった。容疑者は二階に住んでいた。

ふたりが吹き抜け階段をのぼりきるまえから、ひとつのアパートメントの中からマックスウェルの声が聞こえてきた。「それでおふくろさんはいつ帰ってくるんだ、トーマス？」

マックスウェルより若くて、怯えた声が言った。「店が閉まってから」

「それは何時だ？」

「十一時くらい、だと思うけど」

ジョンとロックがアパートメントにはいると、マックスウェルは腕時計を見ていた。「おまえはおふくろさんが帰ってくるまでひとりで留守番をしてることになってた。そういうことか？」

部屋の中央で膝をついている二十《はたち》くらいの若者を三人の警官が取り囲んでいた。若者は上半身裸でうしろ手に手錠をかけられていた。

「そう」と若者は言った。「ハロウィンのお菓子をもらいにくる子供にドアなんかに石鹸を塗りつけさせたりしないようにね」

さらにふたりの警官、ソンドラとヴィンスがアパートのほかの部屋から現れ、ジョンとロックの脇に立った。「ほかの部屋にも何もない」とヴィンスがマックスウェルに言った。

「もちろん」とひざまずかされている囚われ人は言った。「ここには変なことなんか何もないですよ」

マックスウェルが言った。「おまえはデクスター・ヒルを撃ったことを否認するのか？」

「彼が撃たれたことも知らなかったんだから」と囚われ人は言った。

「でも、彼のことは知ってた」

「もちろん。でも、彼が誰かに撃たれたなんて知らなかった」

「おまえがデクスターを最後に見たのは？」

「今朝だけど」

「どこで見た？」

「あいつの家の外で。おれはあいつに金を貸してて、それを返してもらいにいったんですよ。でも、着いたら、あいつが裏口から出ていくのが見えた」

「彼とは話さなかったのか？」

「はい」

「彼を脅したんじゃないのか？」

「ちがいますよ。あいつを引き止めようとして、おれはうしろから叫んだだけです。金を取り返したかったから。でも、あいつには聞こえなかったみたいだった」

「そのあとデクスターには会ってない？」

「はい」

「三十八丁目の〈五〇〇リカーズ〉の外でも？」

「はい」

「彼を撃ったりはしなかった？」

「はい」

「だったら、彼はどうしておまえに撃たれたなんて言ってるんだ、トーマス？」

「さあ。でも、あいつはどうにかしておれに借りた金を返さないでおこうと考えたのかも」

ジョンとロックのうしろに警部補が現れた。ヴィンスがそれに気づき、アパートメントの外の廊下を顎で示した。ソンドラとジョンとロックの三人がふたりのあとに続いた。

「どんな様子？」と警部補はヴィンスに尋ねた。

「もしかしたら無実を装うのがうまいのかもしれないけど」とヴィンスは言った。「われわれが到着したとき、あいつはひとりでテレビを見ていて、手にお菓子の袋を持って戸口に出てたんです。やましいことなど何もないといったふうに」

「この件は本署に任せましょう」と警部補は言った。

「残念ね」とソンドラが言った。「だって、デクスター・ヒルなんて撃たれて当然の男じゃないの。ヒルのことは西管区にいたときから知ってるけど、誰が彼を撃ったにしろ、もっとうまくやってくれてたらねえ。市のためになったのに」

「ヒルの容体は？」と警部補は訊いた。「死んでくれそう？」

「さあ」とヴィンスが答えた。

「ハイ、ミスター・ロック」とソンドラが言った。「ジョンはよくしてくれてます？　何も不都合はありません？」

「上々です」とロックは言った。

ヴィンスが言った。「警部補。考えてたんですが」

「ほらね、ミスター・ロック」とソンドラが言った。「あなたがわたしたちみんなのいいところを引き出してくれてるんですよ」

「ウィンドー破りのことですけど」とヴィンスは言った。

突然、全員がヴィンスに注意を向けた。「それが？」と警部補は訊き返した。

「少しまえ、車で〈フォックス〉のまえを通って、ちょっと不思議に思ったんです。このウィンドー破りはどうしてこの店をまだ襲ってないんだろうって」

「場所は？」と警部補は訊いた。

「ペンシルヴェニア通り四十九丁目」とヴィンスは答えた。

「まだ襲ってない」

「本署がくれたリストを調べてみました。やつは〈フォックス〉をもう十七軒も襲ってる。でも、まだその店は襲ってない」

「やつは優良店の〈フォックス〉が好きなのよ。あの豚野郎は」と警部補は言った。

ヴィンスが言った。「その店の向かいに〈ピーツ・サーヴィス〉というガソリンスタンドがあります。暗いし、ほかの車もあるから、そこからだとよく店が見張れます」

警部補は言った。「応援を要請するわね。あなたはさきに行ってて。もうここはいいから」

ヴィンスは階段を下りていった。警部補はアパートメントに戻った。ソンドラとジョンとロックもそのあとに続いた。マックスウェルが言っていた。「これでわかっただろ、トーマス。おれは本署から連絡があって、こう言われたんだ。〝トーマス・バンクスを逮捕しろ〟ってな。もしかしたら、本署のまちがいかもしれない。でも、それはおれの責任じゃない。おれはおまえを逮捕しろと言われた。だから、そうしなきゃならないんだよ」

「わかるけど」と床にひざまずかされた若者は言った。

「よし」とマックスウェルは言った。「店にいるおまえのおふくろさんに電話して、何があったかを知らせる。それから、すべてをはっきりさせるためにおまえを本署へ連れていく」

「はい」と若者は言った。

ジョンはロックに小声で言った。「おれたちももう出たほうがよさそうだ」

ロックは黙ってうなずき、さきにアパートメントを出た。ジョンもそのあとに続いた。が、階段の近くまで来ると、喘ぐようなロックの叫び声が聞こえた。「なんだ、これは！」続けて獰猛そうなうなり声が聞こえた。

ジョンは吹き抜け階段の角を曲がった。牙を剝いているジャーマン・シェパードが見えた。その犬のうしろに警察犬担当のアンディがいた。


「この人はあんたの連れ？」とアンディは訊いてきた。

「ああ。同乗者だ」とジョンは答えた。「彼を脅したりはしなかっただろうな？」

「おれは何もしてないけど」とアンディは言った。「でも、ベビー・フリッツがやっちまったかも」


パトロールに戻ると、ジョンは言った。「コーヒーは？」

「悪くない」とロックは答えた。

それはジョンにとっても悪くなかった。なぜなら、これで住宅地を通る口実ができたからだ。スカーフをした素敵な笑顔の女性のためにさっき車を停めたところを。

しかし、比較的暖かい夜で、仮装した子供たちが大勢表に出ていたにもかかわらず、その女性はもういなかった。まあ、しかたない。ジョンは〈パントリー・プライド〉の駐車場に車を乗り入れた。

そして、ロックにはコーヒー、自分にはダイエットコークを注文し、店主とふたことみことことばを交わした。が、コーラを一気に飲み干すと、ロックにも早く飲むよう急かした。

車に戻ると、ロックは尋ねた。「なんでそんなに急いでる？」

「ヴィンスが言ってたことはあんたも聞いただろ？　ペンシルヴェニア通り四十九丁目の〈フックス〉を見張りにいくって」とジョンは言った。

「ああ」とロックは言った。

「ああ、ラッキーなやつだよ、ヴィンスは。よくいるんだよな、ああいうやつが。ひょっとしたらひょっとすることもある。だから、ペンシルヴェニア通り四十九丁目方面に向かっても悪いことはないだろ？」

ちょうどそのとき、無線がはいってヴィンスの声がした。

「ペンシルヴェニア四十九丁目の〈フックス・ドラッグストア〉。ウィンドー破りにやられてます。やられてまだいくらも経ってないみたいだ」

「ヴィンス、あなたって超能力者か何かなの？」とリジーが言った。

「もう少し早く思いついてくれなかったことだけが残念だ」とジョンは言った。「あのくそったれを捕まえられたのに」

ヴィンスは言った。「普通、やつはもっと遅くならないと仕事をしない。やつがこんなに早かったことが一度でもあったかい？」

「なかったと思う」とリジーは答えた。

「惜しかったな」とジョンは言った。「でも、これはやつの仕業にまちがいない。少なくとも、おまえはそう思ってる、だろ？」

「犯人からまだサインはもらってないけど」とヴィンスは言った。「でも、戸口のすぐ中に煉瓦が転がってるし、煙草のキャビネットが壊されて開いてた。これで充分だろうが」

「今夜あいつを捕まえたら」とリジーが言った。「それはもうまちがいなくあなたの超能力のおかげよ、ヴィンス」

警部補が彼らの背後にやってきて言った。「みんなここで何をしてるの？　煙草をいっぱい詰めたポリバケツをのせたカトラスがどこかを走ってるってことでしょうが」

パトロールに戻ると、ジョンは言った。「あんたをリジーに紹介するチャンスがあればと思ってたんだが。さっきおれたちが話してたあの婦人警官だ」

「ほう？」とロックは言った。

「警察官になってまだ二年にしかならないんだが、とにかく優秀なんだ。いつも現場には早く来てるし、必要とあらば、犯人の頭をぶちのめすこともためらわない。それでいて、女らしい柔らかな面も持っている。そうとも。彼女はよくやってる。彼女はもっとよくなって、評価を高めると思うね。その……そう、女性に対する評価を」

「きみは女性の警官が増えることに賛成なんだね、ジョン？」

「ああ、そうだね」リジーのことを声高に話しおえ、ジョンは今はまたほかのことを考えていた。「あんたに訊きたかったんだが、ミスター・ロック、まあ、人より経験の豊かな男として。で、思ったんだ。あんたならどう考えるだろうって」

「考えるって何を？」とロックは訊き返した。「警察にいる女性のこと？」

「いや、そういうことじゃなくて、ちょっと思ったんだ。女はどんなものに対していい反応を示すか、そのあたり、あんたはどう考えてるか。あんたの経験から、女が男に望むもの、その鍵となるものはなんだろうってね」

ロックはその突然の話題に驚きもし、戸惑いもした。

「個人的な質問すぎる？」とジョンは言った。「もし話したくないなら……」

「女って？」とロックは訊いた。「特定の女性のこと？」

「いや、一般的な話だ。でも、ちょうどリジーのことを話してたからね。あんたに紹介しようと思ってたさっきの婦人警官だ。彼女を例に取ってもいい。リジーのような女性は男の何に対していい反応をすると思う？」

「成功だね」とロックは言った。

「成功？」

「私の経験では、法を執行する世界を仕事の場に選んだ女性は、何より成功と成就に敬意を払う。つまり逮捕数が多くて、多くの現場に立ち合った人物を誰より尊敬してるんじゃないかな」

「女性に対して思いやりのある男を望んでるわけじゃない。そういうこと？」

「ただの当て推量だ、ジョン。このテーマについてはそういった角度から研究したことはないから。リジーが好きなんだね？　そうなんだろ？」

「リジーのこと？　彼女のことを言ってるのかい？　そんなことは考えたこともなかったよ」とジョンは言った。

ジョンは最初、一台の車がただ赤信号を突っ切っただけだと思った。警官の勘のようなものもその判断に異を唱えなかった。が、そこで気づいたのだ。この勤務時間中、自分は同僚がさきに動いた事件現場にあとから駆けつける以外まだ何もしていないことに。交通違反はほんものの〝成功〟のうちには、はいられないかもしれないが、何もないよりはましだ。ジョンはUターンして、その車を追った。そして、またそこでようやく気づいた。追跡しているのはほかでもないオールズモビル・カトラスだということに。

その一分後には——手の甲に書いたナンバーを二度確認して——それが例のカトラスであることがわかった。「なんてこった！」と彼は声に出して言い、無線に手を伸ばした。

そして、現在地と追跡中の車のナンバーを伝え、応援部隊を要請した。警察犬も。外に出ている警官は全員来てくれ、とも言った。

カトラスは幹線道路から離れ、住宅街にはいった。ジョンはあとを追った。

カトラスはタイヤを派手に軋らせ、交差点を突っ切った。ジョンもそうした。

次にカトラスの運転手は急ブレーキをかけると、後輪を横すべりさせて、路地にはいった。

ジョンも同じようにしようとした。が、車体を振りすぎてしまい、コントロールできなくなった。ジョンのパトカーは横ざまに路地の入口をふさぐ恰好で停まった。その間、何にもぶつからなかったのはもう奇跡のようなものだった。

パトカーの運転席から、カトラスが尻を振り振り石炭の燃え殻を敷いた路地を突っ走っていくのが見えた。

が、そこでカトラスの運転手はまた急ブレーキをかけた。カトラスは横すべりし、斜めに停まり、電柱にぶつかったかと思うと、すぐにバックで戻りはじめた。

わざとパトカーに車をぶつけて、エアバッグで車内の警官の動きを封じようとする運転手のいることをジョンは聞いて知っていた。もっとも、それ以前にジョンの車はもう動かなくなっていたが。

ジョンのパトカーに数ヤード接近したところでカトラスが停まった。

運転席のドアが開いた。男が両手を上げて中から出てきた。パトカーを降りたとき、ジョンに聞こえてきたのは男のこんなことばだけだった。「撃つな、撃つな、撃つな」何度も繰り返された。

男の背後を見ると、路地のもう一方の出入口を小さな人影の一団がふさいでいた。その一団の中にはカウボーイの恰好をしている者もいれば、幽霊の恰好をしている者もいた。

「こっちへ来て、これを見て、ジョン」と警部補が言った。

ジョンは逮捕現場に集まった警察車両の洪水のようなライトに眼を眩まされながらも、警部補のあとについて路地のほうへ戻り、自分のパトカーの脇を通り、カトラスが停まったところまで歩いた。警部補は捕まえた車の脇に置かれた黒っぽい物体を指さした。ゴミ用ポリバケツだった。

「中を見て」と警部補は言った。

ジョンは警部補が懐中電灯で照らしているポリバケツの中を見た。煙草のカートンが見えた。それに酒壜。キャンディーコーンの袋。ジョンはキャンディーコーンを取り出して掲げた。

警部補は言った。「あいつはお菓子をもらいにくる子供たちのためにこれを持ち帰ろうとしてたのね。それでいつもより早く仕事をしたのよ」

マックスウェルが近づいてきて、ジョンの背中を叩いて言った。「よくやった、よくやった！」

警部補がロックに言った。「わたしはこのカトラスの豚野郎をすごく捕まえたかったんです。それはもう言っても信じてもらえないくらいすごく」

「今月の成果としてはこれでさらに三十八件、事件が解決したわけですね」とロックは言った。

数人の警官が近づいてきた。みんな笑顔だった。ジョンの一番近くまで来た三人がジョンの肩を叩き、髪の毛をくしゃくしゃにして、祝福した。

警部補が言った。「あなたには何か〝おいしい〟ネタが提供できるんじゃないかって言ったでしょ、ミスター・ロック」

「とても刺激的でした」とロックは言った。「でも、犯人が路地にはいった段階でジョンが彼を捕まえるのはわかってました」

「そう？」

「私たちは路地にいたあの子供たちの一団のそばをちょっとまえに通っていた。だから、ジョンにはわかってたんです、路地の片側だけふさげばいいことがね。実に冷静な判断です。それがきみの考えだった、だろ？」ロックはジョンに笑いかけた。今は眼も笑っていた。

ジョンは言った。「まあね」

「今夜のドライヴと私の新しい友人ジョンの手柄を本部長に報告するのが愉しみです」とロックは言った。

「よくやったね」とヴィンスが言った。

「ありがとう」

「お見事」とリジー。

ジョンは彼女を脇に呼んで、眼をぱちくりさせながら言った。「ありがとう、リジー。よかったら、サガモア湖へ一緒に釣りにいかないか？」

誰もが聞き耳を立てた。ややあってリジーは言った。

「ふざけてるの？」

「もちろんちがう。行かないか？」

「馬鹿言わないで」とリジーは言った。そして、彼に背を向け、立ち去った。

が、何が起きたのかジョンが理解するまえに、ソンドラがまえに出てきて彼の腕を取って言った。「わたしは釣りが好きだけど」

ジョンは彼女を見た。「ほんとうに？」

「ほんとうよ、大物さん」とソンドラは言った。そして、最初にジョンに、次に彼の友人で、本部長にコネのあるロックに向かってしっかり微笑んだ。

ボ ス

Boss

葬儀に向かう道すがら、私は一度だけ足を止めて自分が吐いた息を眺めた。その息が凍って地面に落ちてしまわないのが不思議に思われた。が、自分の吐き出したものを見ていると、薄手のコートに包まれた体が震えだした。私は息が凍るなどという非実用的なことを考えて時間を無駄にした自分に悪態をついた。

さらに歩くうち、その悪態は死んだボスへの悪態に変わった。「あのしみったれのサッチャーの犬。おれたちを食いものにしやがって」彼の死を悼むのではなく、そのあまりにもしみったれた会社経営が思い出され、今さらながら腹が立った。そんな仕事でも仕事が必要であることに変わりはなく、葬儀の席でも、そのあとの故人の家でも、沈痛な面持ちをして見せねばならないことにも腹が立った。

あの死んだ男から自分に見合った賃金の半分でももらっていたら、私は車で葬儀に向かっているか、あるいは、少なくとも、暖かい革のコートを着て歩いているにちがいないのに。

「親愛なるみなさん」と牧師は切り出したが、そのことばどおりの人間は会社からやってきた者の中にはひとりもいなかった。にもかかわらず、私たちは涙を流した。誰が会社の実権を握るのか、誰が未亡人のお気に入りなのか、誰ひとり――部長たちにも――わからなかったからだ。「まだ若かったのに！」静かになったときを見計らって私は叫んだ。そして、何人かが私のほうを向いたのを見て、内心ほくそ笑んだ。

故人の家に行き、未亡人の眼のふちにくまができているのに気づいた。私たちが到着すると、彼女はひとりひとりを出迎え、ひとりひとりの手を握った。ほんの一瞬、私は彼女を気の毒に思った。死んだ男が、彼の暮らしとわれわれの命の糧になっていた工場からとことん搾り取ったのは、何も彼女のせいではないのだから。

で、こんなことを言うつもりはなかったのだが、気づくと言っていた。「なんとも痛ましいかぎりです。でも、誰よりあなたが一番お辛いことでしょう」

彼女は「ありがとう」と言ったが、笑みを浮かべることまではできなかった。

しかし、家の中にはいると、怒りがまたぶり返してきた。結局のところ、未亡人のせいだったかもしれないからだ。彼女が住んでいるその家——今や彼女のものとなったその家は、工場が倹約のかぎりを尽くすのと同じように贅のかぎりを尽くしていた。暮らしを快適にするものには金に糸目をつけず、壁紙まで柔らかかった。つまるところ、われわれの困窮の種は彼女だったのだ。あの死んだ男は私たちから血を搾り取り、彼女に輸血していたのだ。甘やかされた彼女の悲しみが尋常でないのもむべなるかな、だ。

私は料理を食べられるだけ食べ、家にも持って帰れないかとあたりを見まわし、脇にさがり、チャンスを待った。ヴェルヴェットのカーテンの陰に隠れて。のちのち自分の得になるだろうと思ってさっきは人目を引いたが、今度は人目を避けた。これぞ経験のなせる技というものだ。

状況が一変した。弔意を示す儀式も終わり、会社の従業員は辞去し、未亡人は自分の闇に戻る時間になった。

私の隠れていたところから、彼女がひとりひとりに礼を言うのが見えた。しかし、ぐずぐず居残っている従業員は私だけではなかった。ほかに男がひとり——私は名前しか知らなかったが——あとに残っていた。が、その男の考えるごちそうは私のそれとはちがっていた。

未亡人が男のほうを向いた。暗く打ち沈んだ表情がふっと消え、心の底からほっとしたような笑みが浮かんだ。男はウィンクした。ふたりとも自分たちしかいないと思っているようだった。

そのとき、カーテンのひだの中に隠れている私に未亡人が気づいた。私はその場から立ち去らなければならなくなった。ポケットに食べものをくすねることもできず。

それでも、私の怒りはもうすでにおさまっていた。これで私は殺人のただひとりの目撃者になれたからだ。さて、どうだろう？

# まちがい電話
# Wrong Number

土曜日。彼女は遅く起き出し、十時過ぎにアパートメントの玄関のドアを開け、ドアマットの上の新聞を中に取り入れる。〈市当局に汚職の疑い〉〈婦女連続殺人、五人目の犠牲者〉〈下水処理計画暗礁に乗りあぐ〉孤独な週末を迎えるのに、さらに気の滅入るような見出しばかりが並んでいる。

新聞を小さな台所の小さなテーブルまで運ぶ。ページをめくると、なかにはもっと憂鬱なニュースが詰まっている——芝居の批評に、外国旅行についての記事。朝食の準備をすませる。

電話が鳴る。

彼女は顔を上げて怪訝な顔をする。誰かが電話をかけて寄こしそうな時間とは思えない。

電話のところまで行って受話器を取る。

「リズさんいます？」

不明瞭な男の声。彼女は眉根を寄せる。「どなたですって？」

「リズ。彼女、います？」

「番号をお間違えのようね」

「ああ」と男はそういうことが彼にはしばしばあるらしく、またかといった口調で答える。「週末だっていうのにあまり幸先よくないな」

男は彼女の答えを待つかのように間を置く。

彼女は何も答えない。答えることばがないから。

男が言う。「どうもすみません」

「いいえ」と彼女は答える。「いいえ」

男は電話を切る。

すぐにまた電話が鳴る。

彼女はゆっくりと台所の椅子から立ち上がり、電話に出る。

る。

「すみません、また間違えました？」

ややためらってから彼女は答える。「リズさんにおかけになっているのなら、そのようですね」そして思う。われながらなかなか気のきいた応対だと。

「八八六の一〇九一じゃありません？」と男が言う。「少なくともそうかけたつもりなんですが」

「うちは八八六の一〇〇一です」と彼女は答える。

「そうですが。ぼくがダイヤルを間違えたか混線したかしたんですね」

「ええ」

「あなたの声を聞いた時にすぐ間違いだとわかりました」

なんと答えればいいのか、彼女にはことばが見つからない。

「でも……不躾なことを言うようですけれど、あなたの電話の声、とても素敵ですね」

「わたしの……そう、ありがとう」

「あなたが声と同じくらいほかも素敵なら、あなたの旦那さんはとても幸運な人ですね。どうもすみませんでした」

男は電話を切る。

彼女は男の奇妙ななれなれしさにまごつきながら、ゆっくりと受話器を置く。

そしてまた新聞を読みはじめる。しかししばらくは書いてあることが頭にはいらない。


日曜日の朝。朝刊を取り入れて彼女は男のことを思う。〈インフレ・ショック〉〈キャベツと癌予防〉

日曜日の夕刻、彼女はテレビを見ている。

電話が鳴る。

立ち上がり、テレビのヴォリュームを下げて電話に出る。

「リズ？」

「どなた？」と彼女は尋ねる。相手が誰なのかとっくにわかっているのに。

「ぼく、また番号を間違えたんじゃないでしょうね？」と男は別段驚いた様子もなく問い返す。

そして彼女の返事を待つ。間違えたことはあきらかなのに。彼女は無難な返事をする。「またお間違えになったようですよ。うちは一〇〇一、あなたは一〇九一におかけなんでしょう？」

「そう、よく憶えていましたね」

「ええ」

「うちの電話、調子が悪いんです」

「そのようですわね」

「古い機械の時はいっぺんもこんなことはなかったんです。あのずんぐりした黒いやつです。でも真っ赤な新式のに取り替えてからひどいんですよ。よほど注意してきちんとダイヤルをまわさないと、まるでぼくの気持ちを理解してくれないんです」

「そうですか」ほかに適当なことばが見つからないことを彼女は残念に思う。

男は気安く話を続ける。「でも、またあなたの素敵な声が聞けたんだから、ぼくとしてはちょっと得をしたわけだけれど。でも、あなたのお仕事の邪魔をしたんじゃないでしょうね？　もしそうだったらごめんなさい」

「いいえ、何もしていなかったわ」素直にそう答えてから、彼女はさりげなく言いつくろう。「電話一本で邪魔されるようなことは何も」

「あなたはいつも予定がつまってるんでしょうね」

男はためらっている。答えなければいけないのかしら、と彼女は思う。

「時と場合によるでしょうね」

しかし男はすでにこう言いかけている。「どうもすみませんでした」

「いいえ、どういたしまして」と彼女は答える。「でも、こういうことは予期せぬことでしょう？　だから少し驚いたんです」

男が言う。「もう二度とこういうことのないように気をつけます」そこで電話は切れる。

しばらく彼女は受話器を握りしめる。なんてことだ！　予期しない驚きのほかに、いったいどんな驚きがあるというのか。なんて愚かなことを言ったんだろう！

日曜日の夜、彼女は風呂にはいっている。ハミングしながら、本を読みながら、湯につかっている。

電話が鳴る。

電話に出ようかどうかしばらく考える。今の快適な気分を乱されたくないと思う。

しかし、大急ぎで濡れた体のまま彼女は七度目のコールで受話器を取る。

「いらっしゃらないのかと思いました」という男の声。彼だ！

「わたし、リズさんじゃなくてよ」と彼女はこわばった感じにならないように、できるだけ軽く、悪戯っぽい口調で答える。

男はかろやかに笑う。「ええ、わかっています。おたくは一〇〇一番でしょう？」

「そのとおり」と彼女は男の笑い声に負けないよう、なるだけ気軽に答える。

「人生って思いがけないものじゃ、ありません？　正直言うと、一〇〇一番からかけはじめてどんな人に出会えるかと思ってかけたんです。はじめからそのつもりだったんです」

そのことばで彼女の興味が冷めてもいいはずなのに、そうはならない。「だったらこれでおわかりになったわけね」と彼女は答える。そして心の中でこう叫ぶ。『わたし！　あなたはわたしと出会ったのよ！』

「そうですね」

彼女は何も答えない。

「もしもし、聞いてます？」

「ええ、聞こえてますよ」と彼女は答えてほほえむ。そして電話の男に自分の微笑が見えればいいのにと思う。職場では、みんなが彼女の微笑は素敵だと言ってくれているのだ。

「こんなふうに電話して怒っていらっしゃるんじゃないですか？　でも、なんていうか、あなたはもう他人だという気がしないんです」

「ええ《イエス》、わかりますわ」

「イエスって、やっぱり怒っていらっしゃるんですか？」と男は固執して訊く。「それとも、ぼくの気持がわかるという意味のイエスなんですか？」

「怒ってなんかいません」

そして沈黙。彼女は息苦しさを覚える。

またも〝これでわかったでしょう〟と言いそうになる。ほかにことばが見つからない。一〇〇一番をまわしてどんな人に出会えるかわかったのと同じように、わたしが怒っていないことはこれでわかったでしょう、とあやうく言いかける。しかし今度は言わない。意味のない台詞ではないけれど、わざわざ言うのは愚かすぎる。男にはもうわかっている。それがなんであれ。

「あの、素敵な声の淑女に対して不躾な男だとお思いになるかもしれませんが、一度お会いできませんか？」

あなたは紳士、わたしは淑女。でもわたしをどんな淑女だと思っているのだろう？　誰かの貞淑な妻？　分別のある未亡人？　それとも病気もちの麻薬中毒？

素敵な声の淑女。

淑女、それは孤独で平凡な女。でも、それがどうして彼にわかる？

「聞いてます？　怒ったんじゃないでしょうね？」

「ええ《イエス》、聞いてます、ええ《イエス》、ええ《イエス》」

「ええ《イエス》のあとは？　そのあとはなんです？」男には彼女の返事がわからない。

彼女ははっきりと男に言う。「ええ、いいです、お会いしましょう」

「ほんとうに？　わあ、すごい。だったら明日の夜では？」

月曜日、月曜日。月曜日は仕事は何時頃までかかるだろう？　明日の月曜日？　早く切り上げれば……

「いいわ……ええ、いいわ」

「どこかで食事して映画でも見ませんか？」

「ええ、結構です」

「時間は七時半頃では？」

「ええ、いいです」

「よかった。ほんとによかった。それじゃちょっと行くところがあるんで」

「そう、じゃあ」

「それじゃ」そこで電話は切れる。

彼女は立っている。ほほえみながら。濡れたままで。それでも少しも寒く感じない。

月曜日、新聞は彼女に読まれぬまま朝食のテーブルにのっている。〈石油価格急騰〉〈下水処理計画に進展の兆し〉

月曜日の夕方、彼女は六時前に仕事から帰ってくる。

そしてまっすぐ電話台のところまで行き、電話を見つめて思いあぐねる。

出かける用意をしたものかどうか、彼女には判断がつかない。彼らは時間しか打ち合わせなかった。彼女には男の名前もわからない。男に連絡をとるすべがない。

男は〝行かなければならない〟と言った。どこへ？　なぜ？　どうしてあの時？

彼女は眠れなかった。

電話を見つめる。ゆっくりと手が伸びる。受話器を取り上げ、八八六‐一〇九一をまわす。最初に男がかけようとした番号。リズの番号。

かかわりを避けるかのように、彼女は受話器を耳から少し離して握る。

何度かのコールのあとで人が出る。男の声。

「もしもし」冷たい声。どこかの女の夫の声。

彼女はあわてて受話器を置く。

そこで彼女のうぬぼれも望みもなにもかも消え去る。息が乱れる。

もちろん同じ男の声ではなかった。彼女の男の声ではなかった。しかし、〝彼女の〟男が、どこかの女の病気もちの老いぼれた夫であることもありうるのだ。夫。

彼女は思い切り自分の膝をこぶしで打つ。

そしてその時電話が鳴る。

「もしもし」彼女の声はとげとげしている。

「ぼくです」と男が言う。

「えっ？　ああ！」

男の声は彼女が思い描いたどこかの女の夫の声とはまるで違う。まあ、なんてこと！　わたし、まだコートも着たままだ。

「こんにちは」気を取り直して彼女は答える。

「ほくたちが約束したのは今夜でしたよね？」

「ええ、ええ。ごめんなさい。ちょっとほかのことを考えていたものだから」

「ぼくたち、時間だけしか決めなかったでしょう？　あなたをどこに迎えにいけばいいのかもぼくにはわからない」

「そう——そうだったわね」彼女は自分のアパートメントの住所を教える。

「七時半に迎えにいきます」

「いいわ」

電話が切れる。彼女は出かける準備に忙しく動きまわる。時間を無駄にしたのを悔みながら。

月曜日の夜、七時三十五分に彼女のアパートメントのベルが鳴る。

火曜日の朝、十一時過ぎに彼女の電話が鳴る。鳴り続ける。しかし彼女は出ない。

火曜日の夜、管理人が彼女のアパートメントの前の新聞をドアの隙間から中に押しこむ。購読をキャンセルする人はもうそこにはいない。

水曜日の朝、ドア・マットの上には朝刊が置かれたままになっている。見出しが静かに語っている。〈連続殺人六人目の犠牲者……いつまで続くのか？〉

街のどこかで電話が鳴っている。かけた男が謝っている。

〈のら犬ローヴァー〉
# 恩人の手
# The Hand That Feeds Me

風のない、蒸し暑い夏のたそがれどき、私はダウンタウンにいた。食べものを求めて路地《ろじ》から路地へさまよっていた。食べるものはふんだんにあった。人間が食べずに捨ててしまうものの多さといったら、それはもう驚き以外の何物でもない。気温が高いときにはなおさらだ。この日も腹を満たすのに邪魔になるのは、競争相手だけだった。

気温が上がると正気を失う犬もいる。たった一個のハンバーガー用のパンを命がけで争う犬を見たことがある。私もけんかぐらいするし、勝つ自信もある。が、わずかな食べ残しのために血を流すやつらの気持ちはまるで理解できない。暑い夏の夜、好戦的な犬に出くわすようなことがあったら、私はさっさとよそへ行く。

空にはまだいくぶん明るさが残っている時間だった。ひとつの路地をあとにして、別の路地にはいろうとすると、ひとりの老人が樽型《たるがた》のゴミ容器に手を突っ込んで、中身を漁《あさ》っていた。暑さというものは、犬同様、人間にも影響を及ぼすことがある。だから、その男とのあいだには充分な距離を取ることにした。すると、老人のほうから私に話しかけてきた。もちろん、ひとことも理解できなかったが、親しみが込められているのはわかった。彼は一切れの肉を私に投げてよこした。

犬の常識からすれば、見ず知らずの男から肉をもらうというのは、賢明なこととは言えない。が、その男は善良そのものに見えた。投げてきたのは、ほとんど手つかずのラム・チョップで、よく火が通っていた。どちらかと言えば、レアが私の好みだが、用心深くにおいを嗅《か》いでみた。問題はなさそうだったので、食べることにした。うまかった。

しばらくその老人と一緒に過ごした。私がちょっと漁《あさ》り、彼がちょっと漁《あさ》り、そんなふうにして場所を変えた。彼は骨付き肉を見つけると、必ず私にくれた。私にはそれが不思議でならなかった。が、それも彼には歯がないことがわかるまでのことだった。で、私のほうは、パンやハンバーガーを彼のほうに押しやることにした。すると、彼は嬉しそうな顔をした。

私がいろいろなことを楽にできるようにもしてくれた。あるレストランの裏では、ゴミ缶のふたを取って、私が中にはいれるように倒してくれた。ある路地では、ごみ袋越しに中身を漁《あさ》っていた二匹の犬を追い払ってくれた。それくらいのことは自分でできないわけではない。が、そうやって面倒を見てもらうというのも、いつもと気分が変わっていいものだ。

やがて、もう充分と判断したのか、老人は持ち歩いていたビニール袋から毛布を取り出すと、二軒並んだガレージの隙間に広げた。そして、その上に寝そべり、自分の横のスペースを手で軽く叩いた。私のほうはまだ寝るつもりはなかったので、その場を離れた。

その路地に戻ろうと思ったわけではない。二、三時間後にたまたまそうなっただけのことだ。

彼はまだ車庫と車庫とのあいだにいたが、どこか奇妙なことは見るなりわかった。毛布に横たわる、その横たわり方が変だった。なんの音もしないというのも。

私は用心しながら近づいた。何も起こらなかった。起こりようがなかった。老人は死んでいた。

顔に血がついていた。服にも。誰かにひどく殴られたのだ。

傷のひとつを舐《な》めてみた。表面は乾いていたが、かさぶたの下の血はまだ固まってはいなかった。また、老人の体は下の地面より温かかった。死んで、まだまもないということだ。

三人の人間のにおいがした。どれも雄《おす》のにおい。まだ新しいそのにおいは、むっとする空気中に漂っていた。雄《おす》が三人がかりで。三人がかりでひとりを相手に。野良犬《のらいぬ》に肉をくれた歯のない老人ひとりを相手に。

私はその三人を探すことにした。

その三人組は街の中心とは反対方向に向かっていた。私や、死んだ私の恩人が立ち止まりそうなところに立ち止まった形跡はなかったが、それでも、路地ばかりをうろうろしていた。

彼らのにおいが路地を離れたのは、店に向かったのか、歩道沿いに二、三度角を曲がったときだけだった。そこでは人間のにおいが混ざり合っていて、いささか混乱したが、おそらく何かを買いにそこにはいったのだろう。通りの反対側の路地を調べると、案の定、また彼らのにおいに再会できた。そして、さらに二ブロックほど行くと、数個のビールの空き缶が捨てられているのに出くわした。

私は、あとからでも見つけられる場所にそれぞれの人間の雄《おす》のにおいがする缶を移した。そして、また身を入れて彼らを追った。そのうち確信が深まった。彼らはどこへ行ったのか。さきが読めた。

街の南に川岸を利用した細長い公園があった。夏の夜の人気スポットで、集まるのは人間だけとはかぎらないが、問題の三人組は見つけてくれと言わんばかりだった。水辺まで行くと大声をあげて騒いでいた。空中に放り投げられた石を狙って、太い棒を振りまわしていた。酔って足元をふらつかせながらも、棒が石にあたると、みんなで耳ざわりなわめき声をあげて、浮かれていた。

そばで火が焚かれていた。焚き火！　こんな暑い夜に。重ね置かれた上着の横に汗をかいたビールの缶が転がっていて、そこに炎が反射していた。

私はその若者三人にそっと近づいた。自分が何をしようとしているのか、よくわからないまま。ただ何かをしてやろうという気持ちはあった。それだけはわかっていた。

焚き火の近くまで来て初めて、何を燃やしているのかわかった。私に肉をくれた老人——こいつらに殴り殺された老人が持っていたビニール袋だ。

私はこの若い人殺しどもに襲いかかりたいという強い衝動を覚えた。やつらひとりひとりの肉にこの歯を沈めてやりたかった。

が、私が行動を起こそうとしたちょうどそのとき、豚野郎のひとりが棒を振った拍子に振り向き、焚き火の明かりに私を認めた。そいつはほかのふたりに大きな声で呼びかけた。そして、三人でふらふらと私のほうにやってきた。一瞬、私は立ち向かうことも考えた。しかし、彼らはそれぞれずっしりと重そうな棒を手にしており、私の体は石ころよりはるかに大きい。私は上着の山からひとつをくわえて逃げることにした。

三人は一緒になってわめき、私を追ってきた。が、上着を――清潔とは言えない重たい革のジャケットを引きずり、はためかせながらであろうと、私がやつらなんかにつかまるわけがない。

最後に聞こえてきたのは、湿った夜気に溶け込む、怒りに満ちた三人の若い人殺しの怒声――罵《ののし》りのことばと思われるものだった。

私は老人が横たわっているところまで戻った。そして、老人の片手の近くに上着を置いて、すでに力を失っているその拳にできるかぎり上着の袖を握らせようとした。

それから、そこを離れてさらに三往復し、一度にビールの缶を一缶ずつ取ってきた。どの缶にも殺人者のにおいが残っており、たぶん彼らの手の跡もついているはずだった。

その場に坐り、老人を見た。老人はビールに酔った暴漢《ぼうかん》のひとりの上着をつかみ、最後まで放さなかった。私にはそのように見えた。たとえビールの缶から殺人犯を特定することはできないとしても、上着のポケットの中身が所有者の名前を明らかにしてくれることだろう。あいつらはみな卑怯者だ。ひとりがつかまれば、ほかのふたりのことなどそいつがすぐにしゃべるに決まっている。

私は自分の裁《さば》きに満足を覚えた。死んだ老人のために満足を覚えた。老人に歯を与えることができたような気分だった。

空を見上げ、月に吠えた。何度も何度も。人間がドアを開ける気配がするまで。いったいなんの騒ぎかと、暑い夏の夜の路地に出てくる気配がするまで。そうして、闇に姿を消した。

# ヒット
# The Hit

男は通路をゆっくりと歩いてきて、立ち止まった。「失礼ですが」

女は本から顔を上げた。「はい？」

「この席、空いてます？」男は、女が両肘をついているテーブルの反対側の空いているふたつの椅子のうちのひとつを指さして言った。

「ええ」女は迷惑に思いながらも、それを顔に出すこともなく言った。列車のその車両は少しも混んではいなかった。ふたつともあいている席はほかにもあった。空いているボックスも。でも、まあ、よくあることだ。いざとなれば自分が別の席に移動すればいい。面倒ではある。でも、それが人生というものだ。

女はまた本に戻った。

避けられないことのように、男は言った。「面白いですか？」女は何も言わなかった。それでも男はしつこく続けた。「その本。面白いですか？」

「まあね」と女は視線を上げずに答えた。

男は言った。「ぼくはずっと待ってたんです、まさにこのときを」

それでも女は視線を上げなかったが、男の言ったことばを咀嚼するうち、思いがけず、好奇心がかすかに湧いた。

「あら、そうなの」と女は言った。〝あっちに行って。ほっといて〟の前置きになってもおかしくはない口ぶりだった。

「ずっと待ってたんです」男はかまわず繰り返した。「いわば夢みたいなものですね。人生の目標みたいな。それが今起こった」

女は本を置いて言った。「なんの話をしてるんです？」

「きみが読んでる本、ぼくが書いたんです」と男は言った。

「あなたが……」女は本の表紙に眼をやった。

遠慮がちな笑い声をあげ、男は言った。「クライヴ・ケッスラー。ぼくはずっと思ってたんですよ、いつかは列車の中で誰かがぼくの本を読んでるところを見てみたいと。それが今叶った。作家にとっての通過儀礼みたいなものですね。一人前になったという」男は気さくな笑みを浮かべた。

女も微笑んだ。「あなたがクライヴ・ケッスラー？」そう訊いてしまうと、訊いたことがいかにも馬鹿みたいに彼女には思えた。

ケッスラーは握手をしようとテーブル越しに手を伸ばした。そして、ふざけてアメリカ人を真似た声音で言った。

「きみはぼくの百万人目のお客さんだから、すばらしい賞品を受け取ってもらいたいな」

女は彼と握手を交わしながら訊き返した。「賞品？」

「一杯のコーヒーと英国国有鉄道《ブリティッシュ・レイル》のドーナツ。砂糖は入れる？」

「ええ」やや間を置いて女は答えた。「ありがとう」

男がふたり分のコーヒーとジャム・ドーナツ二個を持って戻ってきたときには、女はその推理小説のペーパーバックの裏表紙に書かれている、作者に関するわずかな情報をすでに読んでいた。

「どれくらい砂糖を持ってくればいいのかわからなかったんで」と彼は言った。「このけちくさい小袋ひとつで足りなければ、ドーナツからこすり取ればいい。ほら、ぼくのを使うといい」彼はナプキンの上に砂糖をこすり落とした。

「要らない、要らない」彼女は笑った。「これで充分」

「ほんとに？……百万人目のお客さんに対しては、ぼくとしても失礼のないようにしないとね」

「正直に言うと」と彼女は言った。「あなたは思ってたよりも若いわ。八冊も本を書いている人にしては」

「きみもぼくが予想していた百万人目の読者よりずっと若い」とケッスラーは間髪を入れず言った。「いや、ほんとうのところ、ぼくは見かけより歳を食ってるんだ」

「そうなの？」

「三十四だ。三十四に見える?」

彼女は首を振った。髪の生えぎわが後退しはじめてはいたが、二十代後半といってもおかしくなかった。感じの悪そうな人ではない。冗談を言うときに、いかにも愉しそうな顔をするのも悪くない。

「きみは?　四十五ぐらい?」

「ありがとう」

「五十?　五十五?　出版社の人には、ぼくの作品は特に年配の読者に受けがいいって言われてるもんでね」

「そうなの?」と彼女は尋ねた。

「聞いた話では」

「意外ね」

「すぐに出版社にファックスを送って、ぼくのイメージを訂正させよう」と彼は言った。「車掌!　車掌!　ファックスを送りたいんだが。車掌はどこにいる?　彼らは必要なときに近くにいたためしがない。で、きみはほんとはいくつなんだい?　これは自分のために訊いてるんじゃなくて、ぼくの主張が正しいことを出版社にわからせるには……」

「二十《はたち》よ」と彼女は言った。

「二十か」と彼はおうむ返しに言った。「すばらしい。で、きみのご両親はきみに名前をつけてくれたんだろうか。それとも、ぼくが親から呼ばれてたみたいに呼ばれてるんだろうか。〝おい、おまえ。こっちに来い。この散らかってるものを片づけろ。嘘を言うな、弟がやったなんて、お父さんは信じないぞ〟。十五になってようやく、自分の名前が〝おい、おまえ〟でないとわかったんだ」

「ほんとに?」

「あの頃はずっと自分は日本人だと思ってた。だって日本語みたいだろ?　〝おい、おまえ《オイ・ユー》〟なんて。それで、戦争に負けたと言って、みんなにいじめられたんだけど、ぼくにはそのわけがわかったためしがなかった」

「あなた、冗談を言ってるのよね?」

「想像性豊かな生活を送っているということにしておいてほしい。それは、そう、ぼくのような人間はそうでなければならない、だろ?」

「あなたのアイディアはどこから生まれるの？」

「ぼくらが呼吸しているまさにこの空気から。アイディアなんてものはそれこそ身のまわりのいたるところにあるものさ」

「そうは思えないけど、ほんとうのところは」

「ほんとうのところは？　だったら、きみは受賞した読者だから教えてあげるよ。アイディアというのは、自分が見るもの、読むもの、自分の身に起こることに注意を払うことから生まれるものだ。そのあと、それはもっと別な形で起こったかもしれないと思って、あれこれ想像するのさ」

「別な形？」

「ほかのみんなと同じことをしてたんじゃ意味がない、だろ？　ぼくが〝三匹の子ブタ〟を書いたところで、誰がそれを読んでくれる？　でも、〝三匹の子オオカミ〟の話を書けば、それはぼく自身のものになる。わかった？」

「なるほどね」と彼女は言った。

「で、きみの名前は？」

「キャサリン。みんなにはキャットと呼ばれてる」

「それじゃ、キャット、きみは結婚してるの？　子供はいる？」

「やめてよ」

「そうだ、忘れてた。きみはぼくの典型的な読者のひとりじゃないってことを。百万人目の読者だってことを」

「ほんとなの？　ほんとうにそうなの？」

「私はきみがクライヴ・ケッスラーの正式な百万人目の読者であることをここに宣言します。この公的な地位を受け入れるつもりがあるなら、きみはぼくともう一度握手しなければならない」

ふたりはもう一度握手を交わした。が、今度は、男はすぐに女の手を放そうとはしなかった。「きれいな手だ」と彼はぼそっと言った。「みんなからそう言われてると思うけど」彼は彼女の手を放した。

彼女は言った。「別にそんなこと、誰も言わないけど」

「だったら、みんな言うべきだ。だってほんとうのことなんだから。これも公式見解だ。でも、きみの手を公的なものにするには、ぼくらは本と握手をしなければならない」

彼は彼女の本を手に取った。条件反射的に彼女もそれをつかんだ。彼は本を上下に振った。「さあ、これでふたりとも本と握手ができた。これで決まりだ」

「あなたって変な人ね」と彼女は言った。

「ごめん」彼はまたぼそっと言った。「きみを困らせるつもりはなかったんだけど」

「別に困ってはいないけど」

「ちょっと人恋しかったんだよ。それで、きみがその本を読んでるのを見て、それで、その、あとはもう言わなくてもわかると思うけど」

「人恋しい？」

「作家の生活なんて孤独なものさ」と彼は言った。「全部ひとりでやらなければならないんだから」

「まあ、そうね」

「それに、誰かのためにやってるんだとしても、その誰とも会うことはないんだからね。本を買ってもらっても、どれだけ売れたか、最後に出版社の人からその数字を聞くだけなんだから。通常、われわれは本を読んでくれてる誰とも会わない。結局のところ、本を書く原動力になってるのはその人たちなのに」

「そんなこと考えもしなかった」と彼女は言った。

「まえに作家に会ったことは？」

「一度だけ学校で。詩人が学校に来たのよ。小学生のときのことだけど、彼女の冗談はずれてるって、生徒の大半はそう思ったみたい。わたしは、彼女のことはちょっと好きだったけど」

「それで、読書を続けてるんだ。こうやって、今日はこの列車の中で、ぼくの本を読んでくれてるわけだ。それはそうと、きみはどこまで行くの？」

「レディング。父方の祖母に会いにいくの」

「そのお祖母さんが好きなの？」

「それほどでもないけど」

「じゃあ、義理の訪問？」

「ええ、だいたい二、三カ月にいっぺんぐらい行ってる」

「きみはいい孫だね、キャット」

彼女は声をあげて笑った。「父が十ポンドくれるのよ。

交通費も父持ちだし」

「でも、きみはひとりの老婦人を幸せにしてるわけだ」

「実を言うと、行っても祖母にはわたしがわからないことのほうが多いの。まあ、わたしとしては日帰り旅行をしてる感じね」

「ぼくもレディングに行くんだ」と男は言った。

「目的は？」

「下調べ」

「ふうん」

「次の本のための。レディング監獄を見にいくんだよ」

「監獄。またどうして？」

「有名人がそこに投獄されたことがあるからだ。たとえばオスカー・ワイルドとか」

「そうなの？」

「それとステイシー・キーチ。アメリカの俳優だ。テレビでマイク・ハマーを演じた」

「どうして入れられたの？」

「ドラッグだ」

「まあ」

「といっても、もうそこにはいないけど」

「マイク・ハマーっていうのは？」

「ミッキー・スピレインの作品に出てくる、頭のいかれた女嫌いの私立探偵だ」

「ふうん」

「きみの好きなジャンルじゃないみたいだね。私立探偵というのは？」

「私立探偵もいいけど、わたしはもっとロマンスたっぷりなほうがいい」

「それにセックスも？」

彼女はにっこり笑った。「かまわない」

「ぼくの本みたいに？」

彼女は口ごもった。

「まだ性描写のあるところまでいってないんだね？」彼は、ふたりのあいだのテーブルに置かれた、開いたままの本を顎で示して言った。

「どんな性描写なの？」と彼女は尋ねた。

「きみに教えて、興を殺《そ》ぐような真似はしたくないな」と彼は舌もなめらかに言った。「驚き、意外性……そういったものがセックスをますます刺激的なものにする。そうは思わないか？」

テーブルの反対側で、彼女は眉をひそめた。

「セックスの話をして、きみに不愉快な思いをさせたのならごめん」と彼は落ち着いた声で言った。「〝かまわない〟ってさっききみが言ったもんだから。きみを怒らせるつもりはなかったんだ。ぼくがしたいのはただのおしゃべりだ」彼は片手を上げて、指を折って数えた。「一に、おしゃべり。二に、レディング監獄の見学。三に、お祖母さんのお見舞いが終わったきみを食事に誘うこと。四に、公園を散歩すること。それから、五番目もあるとしたら、帰りの最終電車の時間まで、セックスについて話し合えるかもしれないこと。ざっとこんなところかな」

男は冗談めかした口調でさらりと言った。が、女の態度はむしろ硬くなっていた。男はそれを見て取って言った。

「どうした、キャット？」

彼女は本を手に持った。「この本、まえにも読んだことがあるのよ」

「ほんもののファンだ。そいつはすごい。サインしようか？」

彼女は本を胸に引き寄せた。「この中に性描写はないわ」

「ない？」

「ええ、ない」

「誰かが本を書くとして、ただの白い紙を興味深いものに変えるのに時間と精力のすべてを注ぎ込んだとする。なのに、自分の書いたものを覚えていないとは驚きだな」

「ええ。信じられない」

「だけど、そんなこともあるものさ」

「じゃあ、本のあらすじを言ってみて」

「あらすじ？」

「どんな内容なのか」

「本を書くとする」と男は言った。「そのあと、新しい本にいったん取りかかってしまうと、最初の本のことなんかひとつも思い出せなくなる。ただのひとつもね」

女は作家に関するそんな洞察には少しも感心しなかった。

彼女とその男はしばらく互いに顔を見合わせた。

男は言った。「ほんとに作家なんだよ」

「それはおめでとう」

「名前はジョン・リース。二十七歳。これまでに小説を三つ書いて、そのうちのひとつがやっと去年の夏に出版された。ほんとうに出版されたんだ。近頃はそれだけでそれはもう大変なことさ。『冬の雨』というタイトルで、六月に出版され、七月には返本されて戻ってきた。それから別の小説を書いたが、出版社の人はもう読もうとさえしてくれない。ぼくは十二歳ぐらいの頃からずっと作家になりたいと思っていて、列車や飛行機の中で、きれいな女の人がぼくの本を読んでるところを見てみたいってずっと思ってたんだ。自己紹介して、読んでる本に関してその女性がどう感じたか訊くというのはどんなものか、ずっと知りたかったんだよ。というのも、ぼくは文章を書くとき、愛する女性に宛てた手紙みたいに、その女性とベッドをともにしてるみたいに書いてるから」

そんなふうにベッドをともにする女性にも嘘をつくのね、と女は内心思った。「それでそんな馬鹿げた話をでっち上げたってわけね」

「ああ。それがどんなものなのか知るために。自分が書いてることには書きつづけるだけの価値が——努力しつづける価値があるかどうかを知るためにね」

「それで価値はあったの？」

「ふたりで話してるあいだは——互いにうまくやれてるあいだは、とても愉しかった。とても。大いに気に入ったね」

「白々しい嘘をついていたとしても」

「そうでもしなければ、ぼくと話をしてくれなかっただろ？」

「ええ」

「後悔はしてないよ」と彼は言った。

「この本には、ほんもののクライヴ・ケッスラーに関することはあまり書かれてないことはどうしてわかったの？」

「駅の本屋の棚を調べて、著者の写真も載ってなくて、著者は六十五歳のゲイで伝染病患者である、なんてことも書かれてない本のリストをつくってるからさ」

「リストをつくってる?」

「ぼくはすごく几帳面な男でね」

「あなた、ほんとうに本を書いたの、その冬の……なんとかを?」

『冬の雨』

「ええ」

「いや」と彼は言った。「本を書いたことは一度もない。でも、ぼくはまだ二十四だ。時間はまだある」

「本を書いたことはなくても、こんなふうに女の子を引っかけたことはまえにもあるってことね」

「そうだね」と彼は言った。

「ほんとに?」

「いや」と彼は言った。「実を言うと、試してみたのはこれが初めてなんだ。トーントン駅できみが本を買うのを見かけて、それでそれと同じ本を調べたら、作家紹介があんまり載ってなくて、そのあと、きみがひとりで坐ってるのを見かけて……」最後は消え入るような声になった。

彼女は微笑み、彼があれこれ考えるのを見つめ、片方の眉を吊り上げた。

「まえにも読んだことがあるって言ったけど」

「ええ」

「なのに、新しい本を買った」

「図書館の本を読んだのよ」と彼女は言った。「でも、自分のが欲しくなったの」

「なるほど」

「それとも、友達の本を読んで、自分のが欲しくなったのか。あるいは、最初に買った本をなくしたか。単に二冊欲しかったのか」

彼はまじまじと彼女を見つめた。

「質問はそれでおしまい? 作家というのは質問だらけの人種だって思ってたけど」

「ほんとうにその本を読むのは二度目なのかい?」

「こんなクズ本を二度も? 読むわけないじゃない」彼女

は笑った。

「なんとね」

「それに祖母もいない」

「いない？」

「レディングには恋人に会いにいくの」

「そうなんだ」

「嘘偽りない話をするとね」と彼女は言った。「彼とわたしは、彼の奥さんをどうやって始末するか、それを相談することになってるの」

「そんなことを言っても、ぼくは信じない」と男は言った。

「きみはぼくに仕返ししようとしてるだけだ」

「ほんとうの話よ」と女は言った。「でも、とても気が楽になったわ、誰かに話せて。わたしを窮地に陥れたりすることなんか絶対ありえない人に話せて」

「それってぼくのこと？」

「まずひとつは、あなたとわたしはまったくの赤の他人だということ。もうひとつは、あなたが嘘つきで、夢想家だということ。誰もあなたの言うことなんか信じやしないということよ。でも、胸のうちをことばに出して言えて、とても気分がよくなった。別に怖気づいてるわけじゃないんだけどね。そんなことは全然ないけど。わたしの恋人——まあ、そう呼ぶにはちょっと歳がいってるけど——は、わたしが男の人にずっと望んできたすべてを持ち合わせてる人なのよ。分別があって、刺激的で。それに、すごいお金持ちなの。つまり、少なくとも彼の奥さんが事故で死んでくれたら、そうなるってことだけど。ただひとつ気がかりなのは、彼が怖気づいてしまうことよ。そうなると、たぶんわたしが自分でやらなくちゃならなくなる。わたしはそれでもかまわないけど。彼の奥さんって、ほんとに高慢ちきでいやな女だから。あんな女、死んで当然よ。たぶん車で轢き殺すことになるんじゃないかな。彼女、ジョギングしてるのよ。だから、それはそうむずかしくないはずよ。だいたい、わたし、ジョギングするひとって大嫌いなの。あなたは？」

「それって全部つくり話だよね」と彼は言った。

生まれてこの方彼が見たこともないような冷ややかな視

線が返ってきた。「ええ、そうよ」と彼女は言った。「全部つくり話よ。だから、明日からしばらくは新聞を読まないでね」

「すごいことを言うね」

「男の人のそういうところがわたしはいやなのよ」と彼女は言った。「ちょっと脅されただけで、すぐにヤワになっちゃうところが。人生は一度きりなのよ、ちがう？　ねえ、これってわたしにとって金の指輪を手に入れる絶好のチャンスなのよ」

男は何も言わず、坐ったまま女をじっと見つめた。

女は言った。「ねえ、これでやっとあの女を厄介払いできるのかと思うと、繁みが濡れてきちゃった。あなたはさっさとすますセックスなんかは想像しないの？　なんならこの客車の端にあるトイレでやれるけど。あなた、ＨＩＶポジティヴじゃないわよね？」

「ちがうけど」

「だと思った。だいたい顔を見ればわかるものよ」

男は言った。「あの、もしもし、冗談だよね？」


「あなたがさきに行って。はいりたくなったら二度ノックするから」

男はよろよろと立ち上がり、うしろを振り向くこともなく、その車両を出ていった。

逃げるように去っていく男の背中に向けて、女は快心のVサインを示してみせた。そして、コーヒーを飲み干すと、読みかけの本を手に取った。

# 偶然が重なるときには
## If the Glove Fits

上、人は考えられることはなんでもする。そういうものではないだろうか。「主義信条の問題ということです」と私は陪審員を選ぶ係官に言った。「ほんとうにできないんです、悪いけれど」そう言って手を広げ、自分にはどうすることもできないのだというところを目一杯示した。

「この訴訟では死刑は求刑されたりしません」と係官は言った。「だから、そういう心配は要りません」

「でも、第一級謀殺の裁判でしょうが」

「だからといって、検察が被告をガス室送りにしようと思っているということにはならないし、だいたいこの訴訟はそういう訴訟じゃありません」彼はクリップボードを見た。「そう、第二級謀殺か、故殺か、という訴訟です」

「いいですか――」と私はまた最初からやり直そうと思って言いかけた。

「いいですか、あなた」と係官はそれをさえぎって言った。「あなたはすでにもう二度も市民の義務を先延ばしにしてるんですよ。ちがいますか?」

「それはそうだけど、そんなことは関係ない――」

なんとか逃れようとしたのだ。いや、ほんとうに。たとえば、こんなことも言った。「いいですか、どんな状況下に置かれても、誰かをガス室に送り込むことなんかには絶対にぼくは一票を投じたりしないということです。たとえ誰かが五歳の修道女を十人ほど斧で叩き殺し、死体を研削機にかけたビデオを見せられても、その誰かを処刑するのに手をあげて賛成の意を表明したりはしないということです」

いささか誇張がすぎたかもしれない。しかし、陪審員になるというのは、そのときには私にとってそれほど避けたいことだったのだ。そういう気持ちがはっきりしている以

「いいえ、関係があるんです。今度断われば、あなた自身が訴追されるんですよ——留置されて、顔写真を撮られて、指紋やDNAまで調べられるんですよ。それでもいいんですか？」

「いや、よくはないけど」

「あなたが乳飲み子を抱えてるか——見たところ、あなたはおっぱいなんかやってない——精神を患っているという医師の診断書でもないかぎり、今日出廷してください」

私は信じられない思いで、首を振った。

「あなたに残されたただひとつのチャンスは——私が言ったなんて言わないでくださいよ——ただひとつのチャンスは、陪審審査の席で、被告に向かい、身振り手振りを交えてこう言うことです——〝やあ、相棒、久しぶりだな！〟って」

「チャールズっていう人でしたっけ？」と私は言った。

「新聞で読んだような気がする。チャールズ・アレン・ホールでしたっけ？　会ったことはないけど」こんなところで嘘を言ってもしようがない。

「今度の事件はかなり世間の関心を集めましたからね。ただ新聞で読んだ、という程度では忌避されないと思いますよ」と係官は言った。「もちろん、その〝新聞で読んだ〟作戦を試すのはあなたの勝手だけど」

質問を受ける順番がまわってくると、私は地方検事に言った、この事件についてはすでに新聞で読んで知っている、と。

すると、検事は私の眼をじっと見すえ、腰に手を置いて言った。「今回の事件についてはすでに誰もが知っています。事件が起きた土地柄から考えても、誰も知らないほうが不自然でしょう、ミスター・アルバートスン。問題はそういうことではなくて、すでに新聞で読んだことから、被告は有罪か無罪か、あなた自身、結論に達したかどうかということです」

「読んだことから」

「読んだことだけでなく、すべてのマスコミからもたらされた情報からということです、もちろん」

「有罪か無罪か。それはないですね」と私は答えた。それも嘘ではなかった。

地方検事は坐って言った。「この陪審員を原告は忌避しません、裁判長」それ以外に免れるチャンスは与えられなかった。しかし、考えてみるまでもなく、それは驚かなければならないことでもなんでもない。何しろ相手はネクタイをしめた三十代の検察官なのである。

被告側の男は椅子から立ち上がりさえしなかった。「ミスター・アルバートスン、あなたは状況証拠とはどういうものか知っていますか?」

「ええ、たぶん。それがなんであれ、見たり、聞いたりしたことで事実を示唆する証拠——つまり指紋とか、目撃者とか、血液型とかいったものじゃない証拠のことでしょ?」

「ううん」とそいつはうなった。私の答えに強い印象を受けたようだった。テーブルに置いた眼のまえの書類を見やって言った。「あなたは……あなたのお仕事は……ミスター・アルバートスン?」

「カメラマンです」

「何を撮ってるんです?」

「子供です。ショッピング・モールなんかを歩いてる子供。そう、私はそういう連中のひとりというわけです」そう言って、私は、写真も状況証拠ではないことを思い出し、つけ加えようかと思った。が、迷った。私の人生訓のひとつに、〝訊かれもしないことには答えるな〟というのがある。一方、〝ためらう者は必ず負ける〟というのもあるけれど。

「仕事は気に入ってますか?」

私が答えるまえに地方検事が割ってはいった。

「裁判長、被告側代理人は無意味な質問をしています」

判事——歳のわりには見てくれのいい女性——は言った。

「ミスター・モックトン、今の質問の目的は?」

モックトン——弁護側の男——は言った。「裁判長、私は状況証拠に対するミスター・アルバートスンの考えを確かめたかったのです」

「自分の仕事が気に入っているかどうか訊くことで?」と判事は冷ややかな口調で訊き返した。

しかし、私にはモックトンの言いたいことはわからないでもなかった。仕事が気に入っているということは、それは写真が好きということで、私は状況証拠をあまり信じないタイプ、ということになるのだろう。

新聞を読むかぎり、このチャールズ・アレン・ホール訴訟は状況証拠だけに基づく裁判だった。しかし、それは驚くにあたらない。〈ウェストゲイト&デイヴィス〉社には監視カメラがなかったからだ——なんと安っぽい会社なのか！——それはつまり、ナサニエル・バードが殴り殺されたところを写したビデオテープなど存在しないということだ。目撃者もいなかった。少なくとも、新聞にはそう書かれていた。

自分の仕事は好きかどうか。なんと答えようか考えていると、意外にもモックトンは質問を変えてきた。「あなたは被告人チャールズ・アレン・ホール、あるいは故ナサニエル・バードを以前から知っていましたか？」

その質問には、地方検事が立ち上がって抗議した。「今の弁護代理人の質問には断固異議を唱えます。今、弁護代理人は〝故ナサニエル・バード〟と言いました。今回の事件では、ミスター・バードが〝被害者〟であることは明々白々たる事実です」

「そういう主張は公判に取っておいてください、ヴァレンタイン検事」と判事は鋭い口調で言った——ふうっ！　なかなかいかした女性だった。でも、朝食を彼女とともにして、ラズベリー・ジャムをまわしてくれと彼女に言われても、いちごジャムの瓶さえまわしてやりたくない——そんなタイプの女性だった。

「わかりました、裁判長」とヴァレンタインは言って、また椅子に腰をおろした。

弁護側のモックトンが言った。「質問を繰り返します、ミスター・アルバートスン。あなたは被告人チャールズ・アレン・ホール、あるいは故ナサニエル・バードを以前から知っていましたか？　あるいは、新聞なりなんなりで知った事件の関係者の中に、以前から知っていた人はいませんでしたか？」

イエス、と答えるわけにはいかなかった。「いません」

「弁護側にもこの陪審員を忌避する理由はありません」とモックトンは言った。

どこにもまともな出口はないのに、どうやれば私は逃れられた？　まったく。これが私の人生なのだ。

それでも、陪審員全員が選ばれ、宣誓させられた頃には、陪審員を務めるという市民としての義務を私なりに果たし、正義がおこなわれるところを見届けようという気持ちになれた。なんといっても、われわれは偉大な国に住んでおり、陪審制度というのはその偉大な国の中心にある制度なのだ、無意味で煩雑な手続きはさておき。裁判が始まるまえ、昼食をとりながら、私は六番の陪審員――私は五番――に言った。「なんだか結婚式みたいだったね？」

「どういうこと？」と彼女は言った。なかなかの美形。私よりひとつかふたつ歳は上のようだが。

「判事の台詞。〝提出された証拠だけに基づく本訴訟において、公明正大な判断ができないなんらかの理由をお持ちの方はここにはいらっしゃいませんね？〟なんて」

「よく覚えられたわね」と六番の女性は笑みを浮かべて言った。素敵な笑みだった。その笑みで彼女の顔が友達の顔に変わった。「あなたは弁護士か何かなの？」

「いや、カメラマン」

「そうそう、思い出したわ。ショッピング・モールを歩いてる子供たち」

「ほんとに好きなんだ」と私は笑みを返して言った。「そう答える機会をさっきは与えてもらえなかったけど」

「あなた自身のお子さんは？」私はその質問を独身かどうかを尋ねる質問と受け取った。

「ぼくの子供？　いや、いない。子供を持つにはまず結婚をしないことにはね。きみは？」

彼女は首を振った。「わたしもいない。少なくとも、おむつを換えてくれるミスター・いい人が現われてくれないかぎり、そういうことは起こりえない。でも、窓から外を見ていても、ミスター・いい人によく似た人は見つからなくて」

「ドアは調べた？」

「ドア？……ああ、そういうことね」と六番は言った。

「窓にドア」

「ぼくはいつもこんなふうに思ってる——まあ、人生訓みたいなものだな——あるひとつの場所で欲しいものが見つからなければ、ほかを探せばいいって」

彼女は眉を吊り上げた——それって陪審席を探せばいいってこと？　とでも言うかのように。しかし、実際にはこう言った。「最初の話を続けてくれる？　これが結婚式に似てるって話」

「司祭にしろ誰にしろ、〝ここにはいらっしゃいませんね〟なんて言うのは——」

「なるほど。わかった。〝ここには婚姻の障害となる理由を持っている人は……〟ってやつね。なるほどね」彼女はそこでまた笑みを浮かべた。

私の弱点は甘い笑みだ。そう言えば、私がアニーに心を奪われた最初の理由のひとつも彼女の笑みだった。

午後、ヴァレンタイン地方検事が冒頭陳述で、いささか冗長ながら、今回の訴訟に関する事実を次々と並べ立てた。

被害者ナサニエル・バードは、従業員九名の会計事務所〈ウェストゲイト&デイヴィス〉がはいっているビルの夜警だった。いや、〈ウェストゲイト&デイヴィス〉の従業員は謀殺、あるいは故殺がおこなわれた日までは十名だったというべきか。

深刻な業務上の失敗が度重なり、再三注意を受けたにもかかわらず、改善される気配がないため、チャールズ・アレン・ホールがダン・ウェストゲイトから解雇を通告されたのは、殺人があったその日の午後のことなのだから。

われわれはあとで弁護人から——とヴァレンタインは言った——ホールは家庭内の問題から〝ストレス〟を感じていた、という報告を受けるだろう。しかし、いかなる問題が家庭内にあろうと、それは彼が〈ウェストゲイト&デイヴィス〉のオフィスを〝滅茶滅茶〟にしようとして舞い戻ったことを正当化するものではない。

ヴァレンタインは続けた——そんな彼がそれまで自分が働いていた職場を荒らしているところへ、本件の真の被害者、夜警のナサニエル・バードがやってきて、ホールを止めようとした。チャールズ・アレン・ホールはアルコールによって倍化された怒りに駆られ、まだ発見されてはいないが、不運なバードを鈍器で殴打し、死に至らしめた。

われわれ――陪審員――はあとで、被害者が負った恐ろしい傷痕と、被害者自身を写した警察の写真を見せられることになっているようだった。さらに、最初のうち被告人はアリバイを言えず、のちにいくつもの点で不完全なアリバイを主張したという事実を聞かされるということだった。そのあと、警察官の証人が、〈ウェストゲイト&デイヴィス〉のオフィスに押し入られた形跡はなく、そのことはビルにはいるための鍵だけでなく、〈ウェストゲイト&デイヴィス〉のオフィスの鍵も使われたことを示唆しており、さらに、被告人は逮捕時にその鍵を持っていたという事実についても証言するだろう、とヴァレンタインは言った。加えて、暴力を過去に振るった記録が被告人に残っていることも、と。

そこで被告側のモックトンが異議を唱え、私たちは控え室に移され、検事と弁護士と裁判官のあいだでの話し合いが終わるのを待った。

控え室の大きなテーブルにつくなり、私は陪審員六号に言った。「ヴァレンタインがあともう一度〝被害者〟なんてことばを偽善的に使ったら、きっとぼくはゲロを吐いちゃうと思う」

テーブルの向かい側にいた男――陪審員十一号だったと思う。私同様、スーツにネクタイという恰好の男だ。歳は軽く六十は超えていそうだった――が言った。「裁判のことは話しちゃいけないんだよ」

「裁判のことじゃなくて」と私は言った。「ゲロの話をしようとしたんだけど」

六号は笑ってくれた。しかし、十一号の両隣に坐っていたふたりの女性――十一号と同じくらいの歳恰好で、許可されたら、編みものか何かを持ってきそうなばあさんたち――のうち、ひとりが舌を鳴らして私をたしなめ、もうひとりは口をすぼめて、もっと敬意というものを払うべきだと私に言った。

私としてはこんなところで〝被告〟になるつもりはなかったので、十一号とばあさんふたりに言い返した。「検察官はこの訴訟には確固たる自信がないので、被害者に対して必要以上に感情的になっている、とでもぼくが言ったのなら、それはしてはならない発言ということになるんでしょうよ。でも、ただ吐き気を覚えるというだけのことなら、それはぼく自身の問題で、裁判にはなんの関係もないことだから、別に言ったっていいんじゃないかな」

そう言っている途中から、みんなの眼が私に集まっているのがわかった。ただひとり、それまで誰にも眼を向けず、ひとことも発していないように思われる若い黒人を除いて。私はテーブルを見まわして言った。「みなさんにもよくおわかりいただけたと思うけれど」そう言ったタイミングがよかったのだろう。誰も私に何も言い返してこなかった。そこで、私たちはまた法廷に呼び戻された。

われわれが法廷から退去させられた理由を判事が説明した。その理由とは、被告人には過去に暴力を振るったことを示す記録がある、という検察官の陳述に関して、判事、検察官、弁護人のあいだで話し合わねばならなかったからで、弁護人が異議を唱えたのは、ヴァレンタイン検事はなんの証拠もなく、被告人には暴力的な性向があるということをわれわれの心に植えつけようとしたから、ということだった。そういう記録が仮にあるとしたら、ヴァレンタイン検事はそれを証明しなければならない。弁護側としては、仮にそういう記録があって、それが証拠として提出されたら、そのときに改めて議論したいと言っている。だから、それまではヴァレンタイン検事のさきほどの発言は無視するように――と女判事は言った。私はそのことを手帳に書き留めた。

そのあと、ヴァレンタインがまた話しはじめた。そして、すぐにまた独特の声音で〝被害者〟と言った。私はもう少しで笑いそうになった。しかし、六号だけでなく、ほかのどの陪審員の顔も見てはいけないことになっていた。私はかわりにチャールズ・アレン・ホールの顔を凝視した。

それまで彼は身じろぎひとつしていないように見えた。じっと坐り、眼のまえのテーブルを見すえていた。テーブルの上には書類も何も置かれていなかったが。顔は青ざめていた。もっとも、こっちは新聞の写真で見ただけなので、普段からそういう顔色なのかもしれないが。しかし、正直なところ、あまり暴力的な人間には見えなかった。私は手帳に書いた――〝ホールを見てごらん。有罪というよりショックを受けた男って感じだけど。自分がしてないことで裁かれたりしたら、ぼくもああいう顔をするんじゃないだろうか。きみはどう思う？〟。それを六号のまえに差し出した。が、そのとき、われわれを控え室に案内し、また法廷に連れ戻した廷吏が私のほうを怪訝そうに見ているのに気づいた。六号もそれに気づいたようだった。私の手帳の上に軽く手を置いただけで、それを見ようとはしなかった。

モックトンが立ち上がり、被告の側からの冒頭陳述を始めた。その内容は要するに、チャールズ・アレン・ホールはナサニエル・バードを殺害しておらず、殺害したなどとは誰にも証明できない、というものだった。

その日、ホールが馘になったことにまちがいはなかった。また、そのことで彼が激怒したことにも。彼は〈ウェストゲイト＆デイヴィス〉に四年以上勤め、だいたいのところ、これといった不都合もなくやってきていたのだが、ここ半年というもの、続けて不幸に見舞われていた。まず彼の母親が亡くなり、次に妻に出ていかれ、あとで聞かされることになるプライヴェートな問題をいくつも抱えていた。理想としては――とモックトンは言った――私的な問題と公的な問題とは切り離せればいいのだろうが、チャールズ・アレン・ホールにはそのような器用な真似はできなかった。だからといって、彼はそういうことができない人類最初の人間でも最後の人間でもない。

しかし、それより何より、解雇された日の夜、ホールは〈ウェストゲイト＆デイヴィス〉のオフィスに戻らなかった（戻らなかった、戻らなかった、とモックトンは同じことばを繰り返した）。だから、どんな形であれ、殺人に関与できるわけがない。チャーリー・ホールは、ナサニエル・バードの未亡人と遺族の方々には深く哀悼の意を捧げたいと言っている。しかし、その夜起きたことと彼とはまったくなんの関係もない。

その日の午後、〈ウェストゲイト&デイヴィス〉のオフィスを出ると、ホールは酒場に向かった。それは不運に対する理想的な対処法とは言えないが、同情はされてしかるべきだろう。ただ、そのあとの行動は咎められてもしかたがない。彼は酔った状態でありながら、車で街中を走りまわった。かなり長い時間走っていたが、その経路はあてのないもので、彼自身にも警察にも特定できていない。ただ、彼にはひとつはっきりと覚えていることがある。それは夜もふけた頃、橋の上で車を停め、そこから飛び降りて死のうかと思ったことだ。

しかしながら、酔っていたことにしろ、あてのないドライヴにしろ、自殺を考えたことにしろ、それらがどれほど推定的なものであれ、また、それらがどれほど彼が抱える問題を反映したものであれ、それらに関して彼にどれほどの責任があるにしろ、チャールズ・アレン・ホールはオフィスに戻らなかった。また、ナサニエル・バードにしろ、誰にしろ——自分自身にしろ——彼は人を殺したりはしなかった。だから、有罪であるわけがないのである。

誰がナサニエル・バードを殺したのか——とモックトンは続けた——それを立証するのは被告側のすることではない。また、チャーリー・ホールが無罪であることを立証するのも被告側の仕事ではない。結果的に、被告側は無罪を立証した、と陪審員が判断したとしても。

被告側のなすべき仕事はただひとつ、証拠とされているものがいかに脆弱なものか——このあと検察が法廷に提出することだろうが、それらはすべて状況証拠である——その事実に下線を引くことである。

犯行を見た目撃者はいるのか。いや、いない《ノット》。チャールズ・ホールに結びつくと思われる凶器はどこかにあるのか。いや、どこにもない《ノット》。犯行時にビルのまえに被告人の車が停まっているのを見た者はいるのか。いや、いない《ノット》。そもそもチャールズ・アレン・ホールを今回の事件に結びつける直接証拠はひとつでもあるのか。いや、ひとつもない《ノット》。

ちょうどそのあたりで、六号が私に紙をまわしてきた——その紙には〝彼はそのうち結び目《ノット》だらけになっちゃうんじゃない？〃と書かれていた。が、私にはさほど可笑しくはなかった。私の意見を言えば、モックトンはなかなかどうしてうまく話を進めていた。それでも、もちろん六号には笑みを向けた。彼女も笑みを返してきた、あの甘い笑みを。卒業ダンスパーティを待ちながら、授業中にメモをまわしている高校生の気分だった。

モックトンに注意を戻すと、彼はこんなことを言っていた——地方検事が今回の事件を立件した理由はただひとつ、今年が選挙の年だからである。ミスター・ヴァレンタインは新聞の第一面に自分の名前を載せつづけたいのである、と。

当然ながら、ヴァレンタインは頭から湯気を立てた。一瞬、私はまた控え室に移動させられるのかと思い、その時間をどのように使うのが一番賢い使い方か考えた——六号との親交を深めるか、十一号と婆さんたちに謝るか、ほかの人たちに向けて自己紹介するか。

が、実際にはわれわれは控え室に移動させられなかった。政治にからんだ今の発言は撤回するとモックトンが言い、判事がわれわれにその発言を忘れるように命じて、裁判はそのまま進行した。

ヴァレンタインは、警察官のオン・パレードで非政治的な告発を始めた。まず、プロクターという捜査の責任者が、早朝に警察が〈ウェストゲイト&デイヴィス〉の犯行現場に向かったときの様子、死体と犯行現場の状態といった、議論の余地のない事実の詳細について証言した。「しかし」とヴァレンタインは強調した。「オフィスのドアには無理やりこじ開けられた形跡はなかったのですね？」彼が言いたいのは、犯人は鍵を使って侵入したのにちがいないということなのだろう。私にはそれは推量に思われた。が、モックトンは異議を唱えなかった。

ヴァレンタインはプロクターを退席させると、鑑識の係官を喚問した。その係官は、ナサニエル・バードが致命傷を負ったのもオフィスが荒らされたのも、野球のバットによるものと思われると言った。

ほかにもあれこれ言っていたようだが、正直なところ、私の心は徐々に証人席から離れていった。だいたいアニーのことを考えていた。この件が終わり、陪審義務から解放されたあとのことを考えていた。ふたりが一緒になったら、どれほど幸せな暮らしが始まるのか。また、ふたりの幸せなこれまでのことも頭の中で再生した。X指定ヴァージョンで。

といって、審理にまったく注意を払っていなかったわけではないけれども、そのとき法廷で進行していたのはことさら問題となるようなことではなかったのだ。最後の警官――婦人警官。まるで可愛くなかった。中には可愛い婦人警官という生きものもいるものだが――が証言したあとは、被害者の上司が喚問されたが、その証言は、ナサニエル・バードがいかに信頼の置ける従業員だったか、〈ウェストゲイト&デイヴィス〉での彼の仕事はどういうものだったか（それは通常の業務だった）といったものだったのだ。

そのあとだ、ヴァレンタインが私を驚かせてくれたのは。バードの未亡人を証人席に呼んだのだ。バードはもう死んだんじゃないのか、ええ？　仕事中に殺されたんじゃないのか。そんな男の未亡人と事件とがいったいどこで結びつくのか。どうして未亡人など召喚しなければならないのか。

その未亡人がバーニス・ジョアン・レジーナ・バード――ロがいっぱいになりそうな長ったらしい名前だ。その未亡人のような美しい口をしていない者にとっても誰にとっても――と名乗ったところで、六号が私の肘をつつき、こっそりメモを寄越した。それには〝大丈夫？〟と書かれていた。

私は怪訝に思いながらも、その質問を斜線で消し、〝もちろん〟と書いて返した。これが普通に話をしているときなら、どうしてそんなことを訊く？　とでも訊き返していただろうが、そのときはそのままやり過ごし、未亡人に注意を戻した。

喪服を着たバーニス・バードはいかにも悲しげに見えた。が、それと同時に、ゴージャスにも見えた。なめらかな茶色の髪に、肌理《きめ》の細かいピンクの肌。私がちょっとまえに頭の中で再生したX指定の妄想を法廷にいる男全員が抱いている、というほうに最後の一ドルを賭けてもいい。私の言いたいことは男なら誰でもわかると思うが。しかし、どうしてヴァレンタインは彼女を召喚したりしたのか。私はそのわけを知りたいと思った。

ヴァレンタインが彼女に尋ねたのは、夫のこと、夫の病歴のことだった。ナサニエル・バードはずっと以前から夜警をやっていたわけではなく、ふたりが出会ったときには――彼が躁鬱病にかかるまえのことだ――この世を相続したのではないかと思われるような連中、証券アナリストのひとりだった。が、彼が得てしまったのは、Lドーパ（ドーパミンの合成先駆剤）がすべてを解決してくれる類いの躁鬱病ではなかった。躁鬱そのものは治療できたのだが、それまでのように数字を扱うことができなくなってしまったのだ。それまで勤めていた会社から充分な保険金は出たものの、彼と彼の妻の生活はそれまでとは様変わりしてしまい、バードは、家計の足しにもなれば、自分が一家の稼ぎ手であることを自覚させてくれるということもあって、夜警という職に就いたのだった。

ヴァレンタインの意図は彼の次の質問によって最後に明らかになった。「そうした問題を抱えながらも、ミセス・バード、ご主人は仕事をきちんとこなしておられた。そうですね？」

ミセス・バードはうなずいて言った。「それはもうよくやってくれていました。主人自身、今の仕事をとても誇りに思っていました」

ヴァレンタインは、〝バードは被害者〟ということに下線を引くことから離れ、家庭的な問題を抱えていたのはチャールズ・アレン・ホールだけではない、ということを明らかにしようとしているのだった。

質問者がモックトンに替わった。モックトンはあらゆる質問――結婚生活は幸せだったかとか、結婚当時とは夫がすっかり変わってしまったことにどのように対処したかとか――を彼女に浴びせるつもりになっている、と私は思った。少なくともそんなふうに見えた。しかし、そういう類いの質問をすれば、ヴァレンタインがすでに明らかにしたことを被告の側から強調してしまうことにもなりかねない。で、実際には、モックトンはこんなことを言った。「ミセス・バード、法廷のこちら側からも心からお悔やみのことばを申し上げたいと思います」

「どうも」と彼女は言った。小さな声だった。が、威厳があって、よく通る声だった。

モックトンは続けて言った。「弁護側からの質問はありません、裁判長」

そのあとヴァレンタインの攻勢が始まった。〈ウェストゲイト＆デイヴィス〉のウェストゲイトを喚問し、解雇を言い渡されたときのホールの反応について尋ねた——ホールはもちろんそれを喜ばなかった。

ヴァレンタインはウェストゲイトに、オフィスの被害状況を詳しく説明させた。ホール自身の机から、ホールのコンピューター、ホールが担当していた顧客の資料が収められていたファイリング・キャビネットまで。また、ウェストゲイトは、オフィスにはいるにはどうしても鍵が要るとも証言した。

順番が替わると、モックトンは、被害はほかの従業員の資料にも及んだのかと尋ねた。ウェストゲイトはイエスと答えた。では、ほかの従業員は何人ぐらい被害にあったのか。これに対して、ウェストゲイトは数人としか答えられなかった。会社が受けた被害の大半はホールに関わるものだったというのは明らかで、その事実は変わらなかったが、ヴァレンタインが質問をしたあとと、モックトンが質問をしたあとでは、被害に対する大方の印象がかなり変わってしまった。モックトンはさらに、オフィスにはいる鍵は全部で何個あるのか尋ねた。ウェストゲイトは、週末や夜間にも仕事ができるように従業員全員が持っていると答えた。

そのあと、捜査の責任者プロクターが再喚問され、警察がまずホールを尋問しようと思ったのは、被害の大半がホールに集まっていたからだと証言した。また、警察としては、その日解雇されたホールに注意を向けるのは当然であるとも。

プロクターはさらに、警官がホールのアパートメントに向かったときの様子についても証言した。ホールは髭も剃らず、汚れた服のまま眠っており、前夜の行動について問われると、何も覚えていないと答えたということだった。酒場に行ったこと、街中をドライヴしたこと、橋の上で車を停めたことを思い出したのは、最初にそう答えたあとのことだった。

警察は、ホールのアパートメントで、バードが受けた傷の状態、オフィスの備品のへこみ具合に一致するソフトボール用の金属バットを見つけていた。プロクターはまた、鑑識がナサニエル・バードの血痕をいくつかのホールの所有物に見つけ、ホールの毛髪と皮膚の剝片を被害者の衣服から検出していることも証言し、そこで、ヴァレンタインはそのことの裏づけを取るため、鑑識の係官を再喚問した。

原告側の尋問が終わると、モックトンは、ホールのアパートメントにしろ、車にしろ、ガレージにしろ、そういうところから血のついた衣服は発見されたのかどうかプロクターに尋ねた。発見されてはいない、とプロクターは答えた。

「しかし、ミスター・バードの体からはかなり大量の血が飛び散ったはずですよね？」

「でしょうね」とプロクターは答えた。

「それらの血は犯人自身にも凶器にも飛び散ったはずですよね？」

「まあ、そうでしょうね」

「ということは、血痕を残さないためには、ホールはそのとき自分が着ていたものを処分したか、徹底的に洗濯したかしなければならなかったことになりますよね？」

「ええ、まあ」

「しかし、警察がホールのアパートメントを訪ねたときの本人の状態は、前夜家に帰り、着替えもせずそのまま寝てしまった人のそれでした。前夜、着ていたものをすべて――履いていた靴まで――処分したか、すべて完璧に洗ったかした人間の翌朝にしてはいささか不自然ではありませんか？」

プロクターは言った。「ホールは前夜着ていた衣服を処分したあと、汚れた服に着替えたのかもしれません。そう考えれば、説明がつきます」

「では、あなた方が見つけたバットはどうです？　そのバットにも血痕が残っていたのでしょうか？」

「それは……いや。しかし、金属バットについた血は簡単に洗い流せます、衣服などよりずっと簡単に」

「ということは、ミスター・ホールは自分が着ていた衣服——靴も含め、血がしみ込んでいた場合を考えると下着まで——を完璧に処分しながら、バットだけは取っておいた。血をきれいに拭き取って。そして、汚れた服に着替え、深い眠りについた。あなたはそう言っているわけですね？」

「私は何も言ってない」とプロクターは言った。「言ってるのは、あなたでしょうが。でも、そう、そうだったのかもしれない。あるいは、ホールが犯行に使ったのは別のバットで、それは服と一緒に処分したのかもしれない。バットを一本持っていたということはもう一本持っていたっておかしくはないでしょ？」

「ありがとう、ミスター・プロクター。衣服とバットに関する質問はこれでひとまず終えます」モックトンがポイントを稼いだのは明らかだった。

「衣服とバットではなく」と彼は続けた。「血と毛髪と皮膚の剝片についてですが……」と言い、血はほかの人々の所有物にも飛び散っていること、四年以上も勤めていれば、なんらかの理由で毛髪や皮膚の剝片がバードの衣服に付着しても不思議はないことを指摘した。

それはそうだが、とプロクターは同意した。が、私には、モックトンはその点に関してはそれほど点数をあげられなかったように思えた。

次にモックトンはプロクターに、プロクター自身酔っぱらったことがあるかどうか、あるいは酔っぱらった人間を知っているかどうか尋ね、警察がアパートメントに行ったときのホールの反応は、前夜飲みすぎて、ひどい二日酔いに苦しんでいる人間のそれではないだろうかと同意を求めた。プロクターはやや間をおいて、それはそうだが、と答えた。

「最後の質問です」とモックトンは言った。「私の依頼人を尋問することに決めたあと、あなた方はこの件に関する容疑者をほかにも探すことを考えましたか？」

プロクターはこの質問には一瞬ためらってから——私にはそう見えた——答えた。「われわれは発見した証拠をすべて吟味しましたが、ほかの容疑者を示すものはひとつもありませんでした」

「〈ウェストゲイト&デイヴィス〉のオフィスの鍵を持っている人間で、バットを一本か二本持っている者はひとりもいなかったのですか?」

「それは……それはわかりませんが」とプロクターは言った。

「鍵を持っている人間で、完璧なアリバイを持たない者はほかには誰もいなかったのですか?」

「それも断言はできません」

「ということは、ほかの容疑者を示す証拠がひとつもなかったのか、それとも、あなた方にはほかの容疑者を探すつもりがそもそもなかったのか。そのどちらかということになりますね」

しかし、モックトンは、その質問に対する答えをあえてプロクターに求めず、ただそう言っただけで坐った。賢いやり方だと私は思い、同時に安堵もした。なぜなら、そういった尋問をさらに続けたら、モックトンとしては、当然、〝警察はバードの死によって利益をこうむる人間に関する捜査もおこなったのでしょうか?〟といった質問をしなければならなかったからだ。そういう質問の中には、未亡人は保険金を受け取ったのかどうか、という質問も当然含まれるだろう。しかし、陪審員はついさっき彼女の悲しみを目のあたりにしているのである。そのような質問は無神経にも無味乾燥にも聞こえてしまうはずだ。公判初日、モックトンは警察の証拠を逆に巧みに利用した。私はそう思った。


夕食の席で、私は六号にそういうことを話した。が、それに対する意見を彼女が言うまえに、テーブルの反対側から、ばあさんたちが私をたしなめて舌を鳴らし、さらに廷吏が首を突っ込んできて言った。「ミスター・アルバートスン、訴訟に関することは誰にも話さないでください、陪審員同士でも」

「すみません」と私は言った。「でも、話しちゃいけないのは、被告が有罪かどうかについてだと思ってたんだけど。

今日、明らかにされて、われわれが聞いた事実についてはかまわないのかと思ってた」

「そんなことはありません」と廷吏は言った。「どんなことも駄目なんです。とにかく訴訟については話してはいけないことになってるんです」

「表面的なことで弁護士や検事について点数をつけたりするのは？　たとえばあのヴァレンタインの声。聞こえるたびにいらいらさせられた」

テーブルのあちこちから反応があった。が、私は言った。「ちょっと、ちょっと。ヴァレンタインの言うことはちゃんと聞いてましたよ。ただのジョークです。そういうジョークが好きな性質《たち》でね」

「うけなくても」

その声は少し離れたところから聞こえてきた。しかし、誰もが気づいた。というのも、その若い黒人がその日なんらかの発言をしたのは、それが初めてだったからだ。力強くて太い声だった。みんなが彼を見ていた。この男もやっとゲームに参加する気になったのだろうか、と私は思った。

が、廷吏が次のように言って、気まずくなる雰囲気を救った。「この機会に申し上げておきますが、みなさんは本訴訟に関するニュースを見てもいけないことになっています。みなさんの部屋にテレビがないのはそのためです。でも、談話室にはありますので、見たければ、十時までならそこで見られます」

「退屈だな」と私は言った。「バーに行きたい人？」そう言って、私は六号を見やった。あの笑みが返ってきた。

廷吏が言った。「申しわけないけれど、バーにはテレビがあるんで、みなさんははいることができません」

「そういうことなら」と私は言った。「今すぐここで〝無罪〟の評決を出して、家に帰って《ER》を見ることにしませんか？」私は今度は待たなかった。「まあ、まあ、まあ。ジョークですよ、ジョーク」

六号がナプキンに自分の部屋番号を書いてこっそりと私に手渡した。それはジョークではなかった。私はナプキンに眼を落とし、彼女を見やった。彼女は黙ってうなずいた。

弱った、と私は思った。アニーに隠れて浮気をする気など私にはさらさらない。確かに私はちょっといい女に出会うと、すぐにちょっかいを出したくなるほうだ。しかし、それは真剣なものでもなんでもない。男の中には、女との関わりを吸血鬼にとってのニンニクみたいに思っている連中もいるが、私はそういうタイプではないということだ。アニーとの関わり方にしても、私以上に深く関われる男など絶対にいないだろう。

一方、女――この場合は六号――にこっちの意図を誤解されたときには、慎重の上にも慎重を重ねて行動をしたほうがいい。それぐらい学ぶ程度には、私もあれこれ経験してきた。男にむげに袖にされた女は何をしでかすかわからない。これまた私の人生訓のひとつだ。

で、結局のところ、次のようなことが想像された。〝悪いんだけど、ぼくにはステディな仲のガールフレンドがいてね〟と六号に言ったとする。それ自体は立派な対応で、なんら問題はない。しかし、それに対して彼女が、〝だったら、お友達になりましょう。あなたのそのガールフレンドの話をして〟などと答えたとする。そういうのは願い下げだ。

もちろん、嘘をつくこともできなくはない。つくり話をするか、アニーのことをステディなガールフレンドではないと言うことも。しかし、正直なところ、嘘をついたがためにに面倒を背負い込んだことはこれまでに何度もあり、どうしてもしかたがない場合を除いて嘘はつきたくない。これまたこれまでの人生から思い知らされたことだ。となると、残された選択肢はそうたくさんはないことになる――実はぼく、ゲイなんだ、という以外。私としてはそういう嘘もあまりつきたくなかった。

とりあえず、夕食のあと、私はテレビ室に行った。六号と若い黒人の陪審員以外、全員が集まっていた。私はそこではひとことも発さず、常に人の関心を集めていないと気がすまないタイプではないことを証明して、連続ドラマを漫然と二本見た。それから、九時前後に六号の部屋に行った。

彼女は私を見て、驚いたふりをした。そして、部屋番号を教えたのは、私が内線電話で彼女に電話できるようにと思ったからだと言った。「でも、もう来ちゃったんだものね。はいって」

しばらく私たちは訴訟について話し合った。彼女は、今日のところはモックトンがだいぶ点数を稼いだけれど、ヴァレンタインはヴァレンタインでよくやっていたという私の意見に同意した。そして、バードの未亡人が証人席に着いたときのことをまた訊いてきた。何が変だったのか、と。

「いや、ただ男たちがみんな彼女に色目を使ったのがわかったというだけのことさ、きみに色目を使うべきときに」

「男の人ってそういうことばかり考えてるのね」と彼女は笑みを、例の笑みを浮かべて言った。そのひとことで、プライヴェートな話が一気にしやすくなった。そういうことについて廷吏から同意が得られるかどうかはわからなかったが。しかし、彼は部屋番号を教えてくれなかった。だから、私としては確かめようがなかった。

翌日、ヴァレンタインは鑑識の係官から証人尋問を始めた。係官は前日のプロクターの証言と同じ内容を繰り返した。オフィスの備品のへこみはバットによるものと思われ、ホールの所持品にバードの血がついていて、逆に被害者の衣服にはホールの毛髪と皮膚の剝片が付着していたというやつだ。ただ、係官の証言はプロクターよりずっと長かった。モックトンの反論を認めるのにもかなり時間をかけた。もしかしたら、そう感じたのは私が退屈しきっていたからかもしれないが。

ヴァレンタインはまたプロクターを喚問すると、尋問を受けたときのホールの様子について話させた。そのプロクターの証言で、ホールの立場がまたいくらか悪くなったように思われた。

まず、ホールはあまり警察に協力的とは言えなかった。しかし、考えてみると、たとえ無実であっても、二日酔いのときに警察に協力的になれる人間なんてどこにいる？

それはともかく、そのときにはホールは、解雇を通告されたあと、〈ウェスト・エンド・バー〉に行って酔っぱらったと言っていた。が、再度尋問を受け、〈ウェスト・エンド・バー〉には、ホールが前夜来ていたことを覚えていた人間はひとりもいないと言われると、ホールは〈ウェスト・エンド・バー〉に行こうと思ったのだが、気が変わり、酒屋でスコッチを買い、車の中で飲んだのだったと言い直した。

そして、「車でどこへ行ったのか？」と訊かれると、次のように答えていた。

「はっきりとは覚えてないけど、でも、途中でガソリンスタンドでガソリンを入れて、どこかでもう一本スコッチを買って、それから、ピーナツも買って、しばらくドライヴしてからマリアン橋へ行ったんだ。そうして、そこに車を停めて、また飲んで、橋から身を投げようかなんて考えたりしてたんだ。でも、そんなことを考えてるうちに、太陽が昇ってきて、考えが変わったんだ、そう、〝これぐらいどうにかやり過ごせる〟って思えてきたんだ。それで、空《から》の壜を川に投げ込んで、家に帰って寝たんだ。そうしたら、あんたたちがやってきたというわけだ」プロクターはそうやって尋問の録音内容を書き起こした記録を読み上げた。

プロクターを通して聞くかぎり、ホールの供述にはあまり信憑性が感じられなかった。そういう記録の読み上げ方も警察学校で習うのだろうか。

酒場にしろ、酒屋にしろ、ホールが主張している時間帯に、ホールか誰かがスコッチを買った店は見つかっていなかった。また、ホールのことを覚えている店員のいるガソリンスタンドも今のところ発見されていなかった。プロクターのその証言でホールはさらに追いつめられた。

「警察はどれほど熱心に探したんだろう？」と私は紙きれに書いて六号に尋ねたが、ホールの分が悪いことに変わりはなく、プロクターは次の事実を明らかにして、ホールをいよいよ窮地に陥れた――警察が調べた際、ホールの車にはほとんどガソリンがはいっていなかったのだ。

モックトンは自分の番になると、プロクターに次のように尋ねた。「捜査の過程であなたたち警察は、犯行のあった夜、現場の近くで、ミスター・ホールの車にしろ、誰の車にしろ、不審な車を見かけたかもしれない目撃者を探しましたか？」

プロクターは、探したけれども、見つからなかった、と答えた。

「そのことを私は次のように考えてもかまわないでしょうか」とモックトンは言った。「ミスター・ホールはただひとりの容疑者だった。警察には、手持ちの証拠がいたって脆弱なものであることがわかっていた。だから、そのような目撃者を見つけることに、警察は最大限の努力を払った、と。どうです？」

当然のことながら、ヴァレンタインにはその質問が気に入らなかった。で、結局、モックトンは質問を変えなければならなくなった。が、いずれにしろ、モックトンの狙いは、警察はホールと犯行現場を結びつける目撃者を探そうとしたものの見つからなかった、ということを強調することだった。「でも、いいですか」とプロクターは言った。「事件は夜中の三時に起きたんですよ。通常、夜中のそんな時間には目撃者などあまりいないものです」

モックトンは判事に訴えた、訊かれた質問にだけ答えるよう証人に注意を与えてほしいと。しかし、その時点でプロクターがすでに点数をあげているのは明らかだった。ヴァレンタインはこっそり笑みを浮かべていた。

結局のところ、そのあと裁判はほとんど進展しなかった。しかし、ガソリンスタンドと酒場と酒屋の件について、モックトンに議論をするつもりはなく、警察にはひとりの目撃者もいないのである。ほかに何を論じ合わなければならない？ ヴァレンタインもすでに手持ちのカードを切り尽くしていた。「証人は以上です、裁判長。これで原告の尋問を終えます」

モックトンの番になり、彼がまず試みたのは、証拠不充分による訴訟不成立の申し立てだった。私にはそれはなかなか賢明な選択に思われた。証拠不充分というのは彼が一貫して主張してきたことだ。

しかし、判事はそれに乗ってはこなかった。彼女は言った。「それは陪審員に判断してもらうことにしましょう、ミスター・モックトン。審理を進めてください」

モックトンが最初に呼んだのは〈ウェストゲイト＆デイヴィス〉の秘書で、モックトンはその秘書に、解雇された日のホールの服装について尋ねた。

狙いは明らかだった。警察に尋問されたときにホールが着ていた服と同じなら、血はどこへいった？　というわけだ。

ヴァレンタインのほうは、反対尋問になると、秘書に次のように言わせた――ホールはオフィスではいつも同じ恰好をしていたので、彼が青いシャツを二枚持っていた場合、それは事件当日着ていたシャツか、別の日に着ていたシャツか、そこまでは判断できない、と。それはつまり、衣服を一揃い捨てても、ホールにはすぐにそれと同じ恰好ができるということだ。ここではヴァレンタインのほうが得点をあげたように私には思われた。

モックトンが二番目に呼んだのは、朝の五時にマリアン橋で、ホールの車とよく似た車を見たというトラックの運転手だった。

しかし、そのあとヴァレンタインは運転手に次のように言わせた、ホールの車であると断言はできないし、車に乗っていたのがひとりだったかどうかもわからない、と。

モックトンは三人目の証人として、ホールのアパートメントの女の大家を呼んだ。その大家は、ホールは遅れることなく家賃をちゃんと払ってくれるいい人で、彼を捨てて犬の美容師とどこかへ行ってしまった彼の妻はなんと悪い女なのか、と証言した。

判事がヴァレンタインに反対尋問をするかどうか尋ねると、ヴァレンタインは芝居がかって大袈裟に肩をすくめ、首を振った。

「そういうことなら」と判事は言った。「昼食休憩にしましょう」

私は朝食を食べそこねていたので、腹ぺこだった。で、よく食べ、午後の展開にもちゃんと注意が払っていられるようコーヒーを大量に飲むことも忘れなかった。

食べながら、どう言って六号にわからせるか考えた。裁判が終わったら、すべてが終わることをどう言ってわからせるか。そのとき、テーブルの端から若い黒人の声がした。

「ホールがなんて言うか、興味深いですね。彼が証人席に着くようなら」

廷吏が指を一本立てて言った。「お静かに」

黒人はうなずいたが、〝すみません〟のひとこともなかった。私は鼻をつまみながら思った、今言ったのがおれなら、廷吏からまたひとくさり大層な講義があったことだろう、と。

近頃は彼ら黒人のほうが楽をしている、と私は思う。数少ないながら、この黒人の言うことはいちいちもっともではあるが。陪審にはいったら、この黒人がどのように振舞うか、私にはとても興味があった。彼の判断が評決に大きな影響を与えるということも少なからず考えられた。

そのとき六号が私にこっそりメモを寄越した――〝あなたの口と舌は、今朝はお疲れ？〟。それがゆうべのことに関する彼女なりのジョークであることに気づいたのは、しばらく考えてからだ。そのときはただ黙って笑みを向けた。

昼食後、モックトンが最初に証人席に着かせたのは、チャールズ・アレン・ホール本人だった。

「ミスター・ホール、私はあなたにこうして証言するよう勧めましたか？」とモックトンは言った。

ホールは咳払いをしてから答えた。「いいえ。あなたが私に言ったのは、この訴訟には私を有罪にするだけの証拠がないということです。でも、それでも証言したいと私のほうからあなたに言ったんです」そこで彼は私たち陪審員のほうを向いて言った。「私は自分が無罪であることを陪審員に自分の口から言いたいんです」

ホールは甲高くて鼻にかかった声をしていた。いらいらさせられるのがヴァレンタインの場合はそのしゃべり方だとすれば、ホールの場合は声そのものだった。だから、モックトンが彼に証言することを勧めなかったわけはすぐにわかった。証拠能力の強さ弱さなどとはなんの関係もないことだ。もっとも、われわれはテレビなどで、いい声をした俳優が裁判シーンを演じることに慣れてしまい、現実の証人がひどい声だと、ただそれだけで意外な気がしてしまうのかもしれないが。いずれにしろ、どんなことを言おうと、その声が本人にプラスにならないことだけはまちがいなかった。

実際には、モックトンの質問は、解雇されたあとホールが酒を飲んで酔っぱらったことだけに向けられ、強い酒をそれほど大量に飲むなどというのはめったにないこと、あらゆる容疑事実についてホールは無実であることが重ねて訴えられた。

「検察から司法取引きの申し出を受けました」とホールは言った——なんとなんと。涙声になっている！——「でも、そんな取引きなどするつもりは毛頭ありません。私は暴力的な人間じゃない。完璧に無実なんです。なのに取引きをするなんて、それはおかしい」

モックトンはそのことばを黙って聞いてくれた。が、ヴァレンタインのほうはそうはいかなかった。

尋問が長引けば長引くほど、この哀れな男は落ち着きをなくした。声同様、陪審員は彼の苛立ちともつきあわされ、彼はその苛立ちを椅子を揺することで表わし、見る見る自制心も集中心もなくしていった。

そんな様子を見れば、彼が暴力的になりやすい男であることは容易にわかった。これで彼が刑務所送りになったら、彼と同じ監房にはいる服役囚こそ不運ということになるのだろうか。いや、もしかしたら気の毒なのは彼のほうかもしれない。彼は彼でどういう相手と一緒になるかわからないわけだから……

モックトンは再直接尋問でホールに、ここ一年いかに辛かったか、容疑がいかに事実無根か、答えさせた。そして、ホールには自分が無実であることを証明する必要のないことを重ねて強調した。それで審理は終わり、残すは最終弁論だけとなった。

その最終弁論では当然ながら、ヴァレンタインは被害者路線を選択し、モックトンは〝被告人は確かに愚かな行動を取ったかもしれないが、あらゆる容疑に関して無実である〟路線を選んだ。判事は、起訴事実を改めてわれわれに思い出させ、ヴァレンタイン検察官は被告人の有罪を陪審員に確信させたかどうかについて審議してほしいと言って、評決をわれわれに託した。

若い黒人が陪審長に選ばれた。選ばれたのはあっというまの出来事で、みんなはもう初めから彼に決めていたようだった。たぶんゆうべ、私が連続ドラマを見るのをやめ、六号のところへ行ったあと、コマーシャルになったときにでも決めたのだろう。

「ダリル・ジャクスンといいます」とその黒人は言った。「私たちがここに集まったのは評決をするためです。起訴事実に関し、被告には動機があったか、手段があったか、犯行を犯す機会があったか。原告はこの三つを立証したか、逆に被告人を有罪とするには合理的な疑問はないか。そうしたことについて考えるのがわれわれの役目です」

振り返ってみると、ジャクスンは陪審員全体の心をそのときにはもうつかんでいたように思われる。あるいは、彼の話し方――歯切れがよく、単刀直入だった――と、ホールの声とその動揺ぶりとがあまりにかけ離れていたせいもあるかもしれない。それでもうすっかりわれわれはジャクスンの魔法にかかってしまったのだ。思うに、こういうことになったのはそのせいだ。それが私の精一杯の〝見解〟である。

まず、彼はわれわれに投票させた。「第一級謀殺に関しては」と彼は言った。「ミスター・ホールが無罪であるのは明らかです。なぜなら、判事から説明があったように、第一級謀殺が成立するには、まえもって計画することが不可欠だからです。これは個人的な意見ですが、ミスター・ホールにはそもそもそんな計画を立てる能力がないように私には思えました。もちろん、このことについては私とは異なる意見を持っている人もいるかもしれないけれど。どなたか？　意見があれば言ってください」

そういうことを言われたあとで、〝はい〟と手をあげ、第一級謀殺を主張できる人間などどこにいる？

「いらっしゃいませんか？」とジャクスンは言った。「バットを持っていったというのは計画にあたる、と思う人はいませんか？　ええ、そうですよね。バットを持っていったのは、ただコンピューターを壊したかったからでしょう。それではさきに進みましょう。とりあえず、全員に無記名投票をお願いします。まず第二級殺人容疑について考えてください。ミスター・ホールには、自分のしたことによって、気の毒なミスター・バードが死ぬかもしれないということはわかっていたのかどうか。たとえ計画はしていなかったにしても。まずその件について投票してください」

正直に言って、私は投票結果を見て驚いた。無罪に投票した陪審員がなんと三人もいたのだ。

ジャクスンは言った。「今回の訴訟では、多くの陪審員が第二級殺人で被告人は有罪と思っているようです。まあ、一方的な結果と言えます。こういう場合には、無罪と投票した三人の人たちに名乗り出てもらい、意見を言ってもらうのが賢明な策ではないかと思います。どなたです、〝無罪〟に投票したのは？」

私はいささか後ろめたい思いで、手をあげた。

「想像はつきました」とジャクスンは言った。「ほかには？」

驚いたことに、六号が手をあげた。さらに、ばあさんのひとりも。

ジャクスンは最初に六号とばあさんに尋ねた。「起訴事実に関してあなた方が弱いと思ったのは何です？」

ふたりとも、結局のところ、被告人の容疑は合理的な疑いをすっかり払拭するほどにはきちんと証明されていない、といった意味のことを言った。

「では、故殺ということならどうです？」とジャクスンは言った。「それとも、ホールは無罪放免になるべきだというのがあなたたちの意見なんですか？」

ばあさんは即、故殺に鞍替えした。六号はためらい、考えてはみるが、少し時間が要ると言い、さらに、もっと証拠を吟味する必要があるのではないかと提案し、そう言いながら、私のほうを見た。

ジャクスンも私を見て言った。「五号さん、あなたは？故殺が正しい評決だと思いますか？」

私には、彼の心の声が聞こえるような気がした——〝そういうことなら、みんな今すぐ家に帰って、《ER》を見ることができるけれど。いや、《ER》は昨日だった〟。この皮肉屋のくそったれ。

いよいよ私の出番だ。私は息を吸って言った。「評決ということについてのぼくの考えは、どうやらみなさんより厳しいみたいだけど、検察には何も立証できてないような気がします」

「うううむ」とジャクスンはうなった。「わかりました。それじゃ、動機から考えてみましょうか……ホールは解雇されて腹を立て、意趣返しをしようと思った。そして、もともと暴力的な性格だったこともあって、それを止めようとした人をバットで殴った。私には動機はそれで充分だけれど、あなたの考えは彼には動機などなかったということなんでしょうか？」

私は答えた。「もちろん、彼には立派な動機があった」

「よろしい。では、殺人方法について考えてみましょう。凶器はバットではないということでしょうか？」

「いや、凶器はバットで何も問題はありません」

ジャクスンは眉を吊り上げた。「だったら、機会？」

「明らかに、ホールには犯行を犯せる機会があった」と私は言った。「でも、裁判中に提示されなかったものがどうも気になるんです」

ジャクスンは言った。「提示されたものについてだけ吟味するのがわれわれの仕事のはずだけど」

「ぼくが言いたいのは、合理的な疑いがあるということです」

「続けてください」

「犯人はほかの人間かもしれず、そういう人間はいくらでもいるということです。たとえば、泥棒が盗みの最中にバードに気づかれたのかもしれない」

「泥棒がオフィスの鍵を持っていた？」とジャクスンは言った。

「だったら、ほかにも不満のある社員がいたとか。要するに、ぼくには警察があらゆる可能性を考えて捜査をしたとは思えないんですよ」

「なるほど」とジャクスンは言った。「可能性というとほかには？」

「誰かが殺されたとき、それによって誰が得をするか考えるというのは賢明なことじゃありませんか？」

「あなたはバード夫人のことを言ってるんですか？」とジ

ャクスンは、なんとまあ信じられないことを言うもんだ、とでもいった声音で言った。

「いや、そうじゃないけど。でも、バードはもしかしたら親戚の誰かと何かトラブルがあったり、あるいは、誰かに金を借りていたり、あるいは……」段々エネルギーが切れてきたのが自分でもわかった。「とにかくぼくが言いたいのは、考えなければならない可能性がまだたくさんあるのに、それらが吟味されてない以上、逆に消し去るわけにもいかないということです」

六号は私のほうを見て言った。「それでも、鍵の問題が残るけど。ホールじゃないとすれば、誰がどうやってはいったの？」

「鍵は従業員全員が持っていた。いや、従業員以外にもいたはずだ。たとえば、あのオフィスの掃除をしてる人とか。その人も持ってると思う。たとえば、その人の親戚が合鍵をつくって、それを使い、金めあてにオフィスに忍び込んだところへバードがやってきた。そして、泥棒をつかまえようとして、逆に殺されてしまった。犯人はそのあとオフィスの備品を壊した……まあ、その、何かに見せかけるために。ホールに関係するものばかりが壊されたのはただの偶然だったのかもしれない」

沈黙ができた。ややあってジャクスンが言った。「何かが起こった可能性はないとは言えない。でも、そういうことを示唆する証拠は被告側から一切提出されなかった」

「そういうことを調べるのに、被告側にはどれだけの資金があったか。ホールはO・J・シンプソンじゃないわけだから」

「それにもうひとつ」とジャクスンは言った。「たまたまホールが解雇された日に、たまたま彼の事務用品ばかり壊されるというのは偶然すぎやしませんか？」

「でも、偶然というのは起こるものだ」と私は言った。

「実際に。いや、ほんとうに」

「ううむ」とジャクスンはうなった。

「とにかく」と私は言った。「少し考えさせてください。いいでしょ？　それはかまわないでしょ？」

「まあ……」

「トイレはどこです？　トイレに行きたくなった」

私は評議室を出て、個室に自分を閉じ込め……熟慮した。

私は不正は好きではない。小さな頃からそうだった。だから、〝合理的な疑いはありません〟などといとも簡単に言える人の心理が私にはわからない。疑いなんてほとんどどんなことにもあるのに。この世のほぼどんなことについても断言などできないのに。いや、ほんとうに。

陪審員にならせてくれなどと私は頼まなかった。ならせないでくれと頼んだのだ。それでも、こういうことになってしまったのだ。

私はどうすればよかったのか。陪審員のひとりになった以上、顎を撫で撫で、法廷で見聞きしたことから、はい、彼がやったんですにしろ、いいえ、彼がやったんじゃありませんにしろ、どちらか答える。よかろう。それぐらいやってやろう。ゲームにつきあってやろう、しばらくは――

私はそう思った。

ところが、そこへヴァレンタインがあの未亡人を連れてきてしまったのだ。

それですべてが終わってしまった。すべてが最後を迎えてしまった、ナサニエル・バードのように。馬鹿で、気の毒で、なんの罪もないナサニエル・バード。被害者。確かに彼は被害者だが……

私はどうすればいい？　どういう選択がある？

妨害するというのも選択肢のひとつだ。ほかの陪審員に〝あなた方がなんと言おうと、ホールは起訴事実すべてに関して無罪というほうにぼくは票を投じます〟と言うのだ。彼らはあれこれ言って私を説得しようとするだろう。それでも、頑張りとおすのだ。一晩寝て明日になれば、ホールは有罪ではないということについて、自信を持って訴えられるようになるかもしれない。それで、何人か私の側につかせることもできるかもしれない。もちろん、できないかもしれない。

それでも、とにかく頑張るのだ。そうすれば、ジャクスンは判事に次のように伝えるよう廷吏に言わざるをえなくなるだろう――〝陪審が割れ、全員一致の評決を出せる見込みがありません〟と。

それで、判事は審理の無効を宣して、ホールに有罪判決はくだらなくなる。しかし、それでは正義とは言えない。なぜなら、ホールは無実だからだ。

それはともかく、この裁判は無効になっても、そのあと裁判のやり直しということになるだろう。もちろん、再審理のない場合もあるが。いや、たぶんあるだろう。評決の結果は十一対一で有罪なのである。しかも今年は選挙の年だ。

再審理があり、さらに再審理ということも考えられる。そうなっても私にはもうなんの関係もないが。しかし、未亡人はそうはいかない。

あの気の毒な嘆きの未亡人は、また同じことを体験しなければならないのだ。また尋問されて、それに答えなければならないのだ。

二回目にはたぶん――ただの予想だが――別なことを訊かれるかもしれない。一回目より性質《たち》の悪いことを。

たとえば――ご主人は受取人があなたになっている生命保険にはいっていませんでしたか、とか。

答はイエスだ。はいっていた。それも多額の保険金がおりるやつに。

たとえば――あなたはあなたのご主人の持っていた鍵の合鍵をつくり、それを愛人に渡しませんでしたか、とか。

これには彼女も正直に答えたりはしないだろう。

たとえば――あなたの愛人があなたのご主人を殺し、そのあとオフィスを荒らして、あなたのご主人が泥棒を見つけてしまったように見せかける、というのがあなたたちの計画だったのではないですか、とか。

そんなことを訊かれても、彼女はきっと毅然として美しく、証人席に坐りつづけるだろう。しかし、心の中ではこんなことをつぶやいているはずだ――〝泥棒が侵入したように窓を壊すことになってたのに、彼ったら忘れちゃったのよ。ほんとに馬鹿なんだから。いくら初めての殺人で、気が動転してたとはいっても〟と。

いや、そんな質問は絶対にバーニス・ジョアン・レジーナ・バードに受けさせてはならない。私のジョー・アニーには絶対に。

彼女が証人喚問されたことには驚かされもし、ショックも受けたが、今回の裁判ではそんな質問はなかった。そんな質問など言語道断だ。だから、彼女にそんな質問が向けられる可能性をこの私が自分から残すような真似は絶対にできない。絶対に。


気の毒なチャールズ・アレン・ホール。彼にとって今年は最悪の年としか言いようがない。まさに彼こそ被害者である。しかし、偶然というのは起こるものなのだ。

私に選択の余地はない。私としてはさきに投じた票を変えて、彼には有罪になってもらうしかない。彼は不運ということに関して、有罪だったのだ。

アルミ製のソフトボール用バットでコンピューターを壊しているときには、それが誰のコンピューターかなどまったく考えもしなかった。それが誰の机で、誰のファイリング・キャビネットなのかなど。

アニーにも私にも誰かに罪をなすりつけるつもりは毛頭なかった。もっとも、自分たちがその誰かになるつもりも毛頭ないけれど。

われわれが予想していたのは、警察はまずアニーのところにやってきて、彼女のことを詳しく調べるだろうということだった。調べれば、高額の生命保険がナサニエルにかけられていることなど簡単にわかっただろう。しかし、その高額の保険はふたりが結婚するまえからのものだ。彼はそうした高額保険をかける値打ちのある数字屋さんで、会社としては若くて健康な数字屋さんには、それ相当の保険をかけなければならず、健康保険も生命保険も会社持ちというのが彼の待遇だったのだ。

しかし、年月が流れ、ナサニエルは不幸に見舞われ、ある晴れた日、アニーと私にモールでの出会いが訪れる。撮ってもフィルムの無駄というしかない小さな怪物の母親に対して、私が丁重に接することに失敗したのを見て、アニーが笑ったときに。私とアニーはそのあとコーヒーを飲みにいき、どこか別なところで快適に一緒に過ごすことを夢見るようになったというわけだ。

そして、それが私たちがこれからすることだ。

トイレの仕切りのドアをノックする音がする。ジャクスンの太い声が聞こえる。「大丈夫ですか？」

大丈夫かどうか自分でもわからない、というのが正直な答えだが、私は答える。「はい。すぐに出ます」

あの気の毒な鼻声チャールズ・アレン・ホールはもう出られないかもしれないが。

いや、もしかしたら、モックトンは上訴を考えるかもしれない……

# 少女と老人のおはなし
# You Pay for Everything

# 1

「なんとかしなくちゃ、ユージーン」

「わかってる」と私は答えた。

「今しなくちゃ」とサラは言った。「今なんとかしなくちゃ」

「わかってるって」

「万引きなんかをするような子供は経験から学ばなくちゃいけないのよ。万引きをしたその日から。そういう行為はそれだけじゃすまないんだってことを。そういうことを一度でもすると、それは一生ついてまわるんだってことを学ばなくちゃいけないのよ。ロイはもう十四なのよ」

「あの子の歳ぐらい知ってるよ」と私は言った。

「もちろんわたしが話してもいいんだけど」サラは私を見た。「でも……」

「わかってる」と私は言った。

「あの子の躾《しつけ》は主にあなたがやるってことに決めたときには、わたし、思いもよらなかったのよ――」

「わかったって」と私は言った。

「いえ、でも、気づくべきだったわね、こんなことも起こるんじゃないかってことは。あの女の子にあの男の子たちのことだもの。でも、わたしには思いもよらなかった」

それは私も同じだった。「とにかく……話すよ」

「今？」

「いや……どういうことを話すか、それをまとめるのに少し時間が要る」

「あの子は店へ行って、店の人たちに謝ってそれでおしまいってことになるわ」

「少し時間をくれよ」

「今言って」

「あのねえ――」

「いいえ、もう少ししたら話をするからって、今あの子に言ってちょうだい」

「サラ……」

「あなたには義務があるのよ、ユージーン」

「わかったよ、わかった。今あいつはどこにいる?」

「自分の部屋にいるわ」

「わかった」

サラは私を見続けた。

「行くよ」と私は言った。

そして行った。

階段の下から私は呼んだ。「ロイ」

「あんなにうるさくてはあなたの声は聞こえないわ」

私は二階へあがった。そして彼の部屋をノックした。ややあってからドアが開いた。

「ああ。あんたか」と彼は言った。

「誰だと思った? 笑う警官とでも思ったか?」

「誰かほかの人かと思っただけだよ」

「ロイ……」と私は言った。

「もうしないよ」

「ロイ、きっかり一時間後にダイニング・ルームに降りて来なさい」

「なんで?」

「なんでだと思う?」

「ああ、わかったよ」彼はちょっと戸惑ったように私を見た。

私は彼に背を向け、階下《した》に降りた。

サラは階段の下で待っていた。「どう?」

「ダイニング・ルームで話すよ、今からきっかり一時間後に」

「一時間!」

私は少し声を大きくして言った。「少しは気を揉んで心配する時間を与えたほうが、効果的だ」

「よくまあそんなことが——」

「ぼくのやり方でやらせてくれ」

サラはもう何も言わず、自分の部屋へ行った。

私はダイニング・ルームへ行き、何をどう話そうか考えた。

## 2

ロイは三分遅れてやって来た。しかし、まあ、呼ばれずに自分から来たというのはいい徴候だと私は思った。彼はダイニング・ルームの戸口のところで立ち止まった。

「ドアを閉めなさい。閉めたら私のまえに坐りなさい」

「ねえ、悪いことをしたと思ってるよ、それでいいじゃない？　馬鹿だったよ、捕まるなんて。ちゃんとわかってるって」

私は立ち上がって言った。「ドアを閉めて私のまえに坐りなさい」

彼はちょっと驚いたような顔をした。

が、肩をすくめ、私に言われた通りにした。

「ある話をひとつしたいと思うんだ」と私は言った。

ロイは冷ややかに笑った。

「何が可笑しい？」

「急におたくがお笑いタレントみたいに思えたからさ」

「おまえにとって、人生があまり愉しいものでなくなるような処置だってとれるんだぞ」と私は言った。

それがどれだけ本気で言われたことなのか、言った本人にも、ロイにもわからなかったが、そういうことを口にするのはあまり愉快なことではなかった。「話があるならさっさと言ってよ」

「以前私がある老人から聞いた話を話そうと思う」

ロイは眉ひとつ動かさずじっと坐っていた。

「その老人はある日、〈ブリティッシュ・ホーム・ストアズ〉にいた。昔のことだ。ずっとずっと昔のことだ。雨の日だった。〝もし、神が人間をイギリスに住まわせようとしたのなら、神は人間にエラを与えていただろう〟とでも思いたくなるような雨の日のことだった。わかるね？」

反応なし。失敗だった。まあ、よかろう。

「で、とにかくその老人は雨やどりをしてたんだ。店にはいり、通路を何本か越して、壁際に立っていた。今言ったようにその老人はただ雨やどりをしてただけなんだけど、そのときふとある女の子に気づいたんだ。その女の子はおまえと同じぐらいの歳恰好の子だった。でも、見た目はもっと大きく見えた、十七ぐらいにね。夏の砂のような色の、長くてまっすぐな髪に、チョコレート色の眼をした女の子だった。その女の子の眼は、どうしてほかの色の眼を今まで美しいなどと思っていたのだろうと、自分を疑いたくなるような、深くて温かい眼だった。可愛い女の子だった。非のうちどころのない、眼の覚めるような美少女だった。ところが、老人が見ていると、その女の子はカウンターの上からカーディガンを二枚取り上げて、着ているレインコートの内側に縫い合わせたポケットの中にそれを突っ込んだんだ。老人は自分の眼が信じられなかった。で、思わずその場に立ちすくんでしまった。しかし、そうやっていると、その女の子はカウンター沿いに歩いて、さらにまた二枚カーディガンをくすねたんだ」

「何色だったの？」とロイは言った。

「なんだって？」

「そのカーディガン。何色だったんだろう？」

「なんで私がそんなことまで知ってなきゃならん？」なんて子供だ。なんて恐ろしいやつだ。

「もしかしてその老人から聞いたんじゃないかと思っただけだよ」

「聞かなかった。それでいいかね？」

ロイはしぶしぶ黙った。

「とにかくその老人は女の子がカーディガンを四枚も盗むところを目撃したのさ。で、女の子のほうもその気配を感じたのだろう、ふと顔をあげた。そして振り向き、老人を見た。老人の眼をじっと見すえた。ふたりは立ったまま数秒見つめ合った。数秒というのは、人が見つめ合う時間としては結構長い時間だけれど、でも、その老人はとても几帳面な人なんだ。だからそういう人が数秒と言うのだから、それにまちがいないと思う。

そういう数秒のあとで女の子が言った。〝あたしを店に突き出すの、どうするの？〟。老人は言った、〝いや。そんなことはしない、きみがお茶を一杯私につき合ってくれるなら。少し話をしよう〟。

店に突き出されるよりはましだったので、女の子は老人について店の中のレストランへ行った。そこでふたりは紅茶をポットで頼み、静かなテーブルを見つけて坐った。なんとなく気まずい空気が流れた。が、老人はそれをやり過ごして言った。〝聞いてもらいたい。きみに話しておきたいことがあるんだ〟」

私はロイを見た。

ロイも私を見た。しかしそれは一瞬だった。

「わかったかい？」と私は言った。「私がおまえに話したいのは、その老人がその女の子に話した話だ」

「ああ、わかったよ。わかったからさっさと話してよ」ことばはあい変わらず生意気だったが、口調はそれほどでもなかった。だから私はあまり腹は立たなかった。

「その老人が女の子に話したのは、老人がまだ若かった頃に体験したある事件のことだった。老人には娘がいた。その娘が一度万引きをやり、そのことが彼女の学校で発覚したときの話だった。そのことを探り出したのは彼女の学校の教頭先生だった。教頭先生はたまたま別な女子生徒に別な質問をしたんだけれど、その女子生徒は質問の意味を誤解して、教頭先生が怪しむような返事をしてしまったんだよ。そこで教頭先生はすべて知ってるような振りをし、さらに質問した。そうしたらその生徒はまんまとそれにひっかかってしまって、万引きについて知ってることを洗いざらいしゃべってしまったんだ。老人はそういうことまで話してくれたけど、その辺の詳しいことはもう忘れた。でも、どういう状況だったかはわかるだろう？」

ロイはじっと坐ったままだった。

「で、いずれにしろ、こういうことになった。教頭先生が老人と奥さんのところへやって来た。ちょうどこのあいだモリスン先生がおまえの母さんのところへやって来たようにな。教頭先生は自分が探り出したことを老人に話した。家じゅう大騒ぎになった。ちょうどゆうべうちでもそうなったように」

私はロイにそのことを思い出させる時間を与えた。

それから言った。「いや、正確に言えば、ゆうべのうち以上に大騒ぎになったんだ。というのも、その老人の娘は、そんなことをするとはよもや思えないような女の子だったからだ。何もおまえにあてつけて言ってるんじゃないよ、おまえのことを悪い子供だなどとはもちろん思っていないよ、ロイ。しかし、おまえは私たちの言うことを真面目に聞いて努力しているとは言えない——そうしようとも思っていない——ところが、その娘はそういう女の子だったんだ。

老人はその晩も次の晩も眠れなかったと言ってたよ。涙と非難の応酬と弁解。まあ、そんなところだったのだろう。そして、その二日後、娘の学校でちょっとした事件が起こった」

私は劇的効果を高めようと少し間《ま》を置いた。

それから言った。「彼女の学校で、ある女子生徒が、鞄に入れておいた金を体育の時間に誰かに盗まれたと先生に届け出たんだ。体育の時間に金が盗まれるというのは、それが最初じゃなかった。だから先生は体育の授業があるときは、生徒たちの動向に特別注意を払っていた。それでたまたま、女の子が金を盗まれたと言っている時間に、老人の娘が更衣室に行かせてくれと許可を求めてきたのを、思い出したのさ。

どういうことになったか、おまえにも想像できるね。ええ？」

ロイは何も言わなかった。が、私の話に関心を示しているのはわかった。

「体育の先生はそのことを教頭先生に報告した。教頭先生は老人の娘を教頭室に呼んだ。そしてなくなった金のことを彼女に尋ねた。彼女は何も知らないと答えた。

しかし、教頭先生は彼女の言うことを信じなかった。そして——体育の先生と一緒になって——彼女を二時間以上も問い詰めたんだ。教頭先生は思いつくかぎりのことを試みた。まず彼女を怒鳴りつけた、きみが盗んだことはわかってるんだ、と言って。白状しないとどういうことになるかと脅しもした。またきみの気持ちはよくわかると懐柔策にも出た。もし正直に白状してくれたら、罰しようとは思わない、自分のしたことを潔く認めることが大切なんだなど言ってね。優しくしたり、怒鳴ったり、とにかく教頭先生は思いつくことをすべて試したのさ。でも、彼女はどうしても金を盗んだとは認めなかった」

「それは盗んでないからじゃないの？」とロイは言った。

「そう、彼女はそう言い張った。徐々にヒステリー状態になり、取り乱しはしたけれど、そう言い続けた。教頭先生は、〝きみがやったことはわかってるんだ、きみが犯人であることはわかってるんだ〟と繰り返した。それでも彼女は主張を変えなかった、泣き叫び、錯乱状態になってもね。で、最後には、教頭先生も彼女に犯行を認めさせることは無理だと判断した。

訊問のあいだじゅう彼女は何度も何度も、〝父さんに電話させて下さい、父さんに電話して下さい〟と訴えた。それで二時間後、彼女がもう泣く以外返事をすることもできなくなったのを見て、教頭先生は彼女の父親、つまり私にこの話をしてくれた老人に電話した。彼は家にいた。教頭先生は老人に、娘に盗みの嫌疑がかかっている旨を説明した。また、彼女はそのことを否定しているが、率直に言って自分は彼女が犯人だと思うということも話した。そして、老人に、当時はもちろんまだ老人じゃなかったわけだけれど、彼女を引き取りに来て、家庭でも彼女に話をしてもらえないかと言った。

老人はそのとき娘と話させてくれと頼んだ。教頭先生は彼女を電話に出した。彼女は言った、〝パパ、先生たちはわたしがお金を盗んだなんて言ってるけど、わたし、そんなことはしてないわ〟とね」

そこのところで私はぐっと咽喉がつまってしまった。これから言う台詞《せりふ》を考えると思わず涙が出そうになってしまったのだ。

その涙をこらえ、少し間《ま》を取り、呼吸を整えてから私はロイに話した。「その老人が私にしてくれた話では、そのとき彼は娘にこう言ったんだ、〝やったのなら正直に言いなさい〟と。それが父が娘に言ったことばだったんだ、〝やったのなら正直に言いなさい〟」

私は泣きはしなかった。しかし、ことばを切らなければならなかった。私は眼をしばたたき、深い息を何度かした。

ロイはそんな私をじっと見つめていた。かなり長い間《ま》になった。が、ようやく私は言った。「その台詞を私に話してくれたとき、老人は泣いてたよ」

「それでおしまい？」とロイは言った。

「いや」と私は言った。

彼は待った。

最後に私は言った。「最後は手短かに言おう。老人は学校へ出向き、娘を引き取って家に連れて帰った。そしてその夜、娘は自殺した」

今度は私が待つ番だった。が、ロイは何も言わなかった。

「今私が言ったことは聞こえたかね？」

「ああ。その子、自殺しちゃったんだろ」

「そうだ、自殺してしまったんだ。彼女は自殺して父親宛に書き置きを残した。それにはこう書かれていた、〝あなたはわたしを信じてくれなかった〟と」

「それはまいるね」とロイは静かに言った。

「その翌日、盗まれたと言っていた女子生徒のお金は、盗まれたのでもなんでもなかったことがわかった。しかしもう遅すぎた」

「ああ、そりゃまいるよ」とロイは繰り返した。

「私は、その老人がそれからずっとあとになって、〈ブリティッシュ・ホーム・ストアズ〉で、女の子にこの話をする話をしてたんだったね」

「その店はマーケット・ストリートにあるやつ？」

「ああ、そうだ」

「その女の子は茶色の眼をしてた」

「なんだって？」私はそこのところは作り話をしていたので、その女の子が眼の覚めるような美少女だったという以外、自分の話したことを忘れてしまっていた。しかし、個人的な好みを言うと、私は昔から色の濃い茶色の眼が好きだった。私の最初の妻がそういう眼をしていた。彼女のほうは彼女の妹の眼のようなブルーの眼にいつも憧れていたが。馬鹿なやつだった。

「そう、そうだ、茶色だ」と私は言った。

「それでどうなったの？」

「何が？」

「カーディガンをかっぱらうところを老人に捕まっちゃった、茶色の眼をした女の子はどうなったの？」

「ああ」と私は言った。「老人はお茶を一杯《ア・カップ・オブ・ティー》を飲むのに彼女をつき合わせた」

「ポットでしょ」

「そう、ア・ポット・オブ・ティーだ。そして老人は今の話を女の子に聞かせた。それに対して女の子は老人に生意気な口を利いたりはしたが、しかし彼女が心を動かされた様子はありありと見て取れた。老人の話を女の子は充分理解したようだった。結局、老人の言いたかったのはこういうことだ——おまえが今度やったようなことはそれだけじゃすまないということだ。おまえにしたって、これから店をまわって盗んだ品物を返し、店の人たちに謝らなきゃならない」

「盗んだのはふたつだけだよ。ぼくのことをアル・カポネみたいに言わないでよ」

「まあ、いいから黙って聞きなさい。私が言いたいのはそれだけでは、まだすまないんだということだ。おまえがしたことは、もっと大きな、おまえが考えもしなかったような結果をもたらすこともあるんだ、ということだ。人生というのはどんなにいいときでもひどく危険なものだ。私が仕事で外に出かけて家に帰ってみると、おまえの母さんが殺されていたり……あるいは大怪我をしていたりなどというようなことも絶対にないとは言えない。もちろんその逆もね。おまえの母さんが見つけることもないとは言えない、私が、あるいはおまえが、誰かに殺されていたり、大怪我をしたりしているのをね。自分たちにはどうすることもできないことのために。交通事故とか頭のおかしな人間のために」

「世の中には変なヤツがうじゃうじゃいるものね」とロイは調子を合わせて言った。

「そう、つまり私の言いたいのは、我々は自分たちではどうすることもできない危険に、たえずさらされているということだ。だから、自分でなんとかできる、なんとか防ぐことのできる危険に自分をさらすというのは、考えただけでも愚かしいことなんだ。わかるね？」

ロイは眼をぱちくりさせて言った。「いや、わからない。車に轢かれるといけないから一日じゅう家にいろって言ってんの？」

「馬鹿なことを言うんじゃない。それは屁理屈というものだ」

「屁理屈なんか言ってないよ。おたくの話がわかりにくいだけだよ」

「私は老人の話をおまえにしてるんだ。彼の娘が万引きをした話をね。そして、それは馬鹿げた危険に自分をさらすことになるんだという話をね。彼女は自分の行為が及ぼす影響というものを考えなかった。その行為が彼女にとってどういう意味をもたらすか考えなかった。が、彼女のその行為は、大切なときに父親の信頼をなくすという結果を招いた。そしてそのときになって彼女は父親の信頼なしには生きて行けないということがわかったんだ。

　彼女だって万引きひとつぐらいのために、自分が死ぬようなことになろうとは思いもよらなかっただろう。しかし、そういうことになってしまったんだよ！　それじゃ彼女の父親はどうすればよかったのか？　学校側の判断に逆らってでも彼女を信じてやればよかったのか？　愛する娘が――

――真面目で品行方正な娘が、実は、根性の腐りきった悪ガキどもにそそのかされて、煙草を吸ったり、酒を飲んだりしてたと知らされた直後のショックからも戸惑いからも、すぐに立ち直ればよかったのか？　その救いようのない悪ガキどもは、彼女が死んだあと、図々しくも、ふてぶてしくも、こんなことを言い出したんだぞ。彼女が自分たちのリーダーだったんだと、みんな彼女の考えだったんだと。あんなやつらは殺せばよかったんだ。あんなやつらは殺してしまえばよかったんだ！」

　そう叫び、テーブルを叩いたあと、私はロイがまさに畏怖の眼差しで私を見つめているのに気づいた。彼は震える声で言った。「ユージーン伯父さん、万引きなんかやるなんてぼくはほんとに馬鹿だったよ。もう二度と、絶対にしないよ」

　私は声が出せなかった。ただ黙ってうなずいた。

「もういい？　行ってもいい？」

私はまた黙ってうなずいた。ロイは立ち上がると逃げるように部屋を出て行き、ドアを閉めた。

## 3

その少しあと、書斎で仕事をしていると、サラがドアをノックしてはいって来た。

「やあ」と私は言った。

「何しているの？」と彼女は言った。

「短篇の仕事だ」

「お邪魔かしら？」

「いや、もう最後のところで、オチもわかっているから」

「ロイになんて言ったの？」彼女の声にはどこか切羽詰ったところがあった。が、切羽詰って困っているというふうではなかった。

私は、自分がロイに話したことをどのように説明したらいいか考えた。

考えている途中でサラが言った。「それがどんな話にしろ、あの子、ほとんど逃げ出すようにしてダイニング・ルームを飛び出して来たと思ったら、わたしのところへ謝りに来たわ。なんだか今日の午後とは大ちがいだった。ほんとに反省してるみたいだった」

「そりゃよかった。それでよかったんだろう？」

「ええ、もちろん」

「ただひとりの妹が長男のことで困っているときに何も助けてやれなくて、なんで兄貴と言えようかというわけだ」

「でも、あの子になんて言ったの？　アーサーが死んでからは、あの子にあんな影響を与えられた人は誰もいなかったわ。ねえ、どういうことを話したのか言ってよ」

「そう、おまえが万引きをしたのが父さんにわかってしまったときの話をしたのさ」

「それはわたしも話したわ。でも、漫画を盗んでパパにお尻をぶたれたことを話したぐらいじゃ、ロイみたいな扱いにくい子にはなんの効き目もなかったわ」

「それじゃ、まあ、こう言っておくよ」と私は言った。

「事実をちょいと脚色できなくてなんで作家と言えようか

というわけだ。ちがうかね？」

# 風変わりな遺言
Suicide Note

自殺者の妻にこんな台詞を吐かせる小説というものが世の中にはある。「主人がそんなことをするはずがないわ。主人のことを誰よりも知っているのはこのわたしなのよ」あるいは、愛人（もしくはかつて妻だった女）がこう言うのだ。「彼とはその日の午後に話したけど、まったく普段と変わった様子はなかったし、元気だったわ」

　こんなたわごとが探偵を刺激し、探偵は物語の中を歩きまわり、棺のふたを開け、自殺者の人生を暴くのである。そして、意外な新事実、驚きにつぐ驚きというわけだ。しかしこんなふうに始まるのは、たいていが三文小説だ。私にはよくわかる。自分でも一冊書いているから。

　とは言え、私も今日電話をかけたときにはまだ元気だった。相手は妻でも愛人でもなく、私のエージェントではあったけれど。私はそのエージェントを笑わせることさえした。だから彼は私の自殺を知ったら、きっとこう言うことだろう。「ジョンは三時十五分まではとても元気だったのに」

　しかし、今はもう六時で、私は元気ではない。

〝元気がない〟ことぐらい以前にもあっただろうだって？　もちろんだ！　私をなんだと思っている？　機械だとでも？　こんなことは何度もあったよ。

　では、今日はなぜいつもとちがう結末を迎えなければならないのか。それは、探偵君、きみが突きとめることだ。依頼人が大切な身銭を切って、きみに真実を解明するようにと命じたからには。それとも、きみは何か気晴らしになることを探しているくたびれたお巡りか、あるいは直感だけが頼りの素人探偵とやらなのかね？　まあ、きみが何者であれ、私としてはきみの幸運を祈るとしよう。

　それでは、まずはっきりわかっているところから始めよう。いいかね？　条件反射的に手をつけたくなるような、簡単なとっかかりからだ。私は博打で莫大な借金を抱えているわけではない。自分の収入でまかなえないようなことは何もしていない。強請られているわけでもなければ、発覚して困るような過去の罪もない。これはほんとうだ。

次は家庭生活？　（今の）妻はテレビの『ネイバーズ』のファンで、それにときどき階段の上段の近くに靴を置き忘れることがある（私は常々、あれは事故を起こそうとして故意にやっているのではないか、とも思っているのだが）。しかし、私を愛していると言っているし、ほかの男、女、あるいは暴走族とでも駆け落ちして、私たちの日常生活をぶち壊すようなことは決してしない女だ。彼女に問題はない。

ひとり息子も健康で、いくつもの試験に合格してきた。そして今は――なんと――ソーシャル・ワーカーと同棲している。が、少なくとも彼もダフネ――文学士及び文学修士でもあるソーシャル・ワーカー――も避妊には気をつけているようで、今のところ個人的な問題に関する公的な誓いをしなければならない必要はないようだ。息子は毎週日曜日に電話さえしてくるような男である。

さて、（昔の）妻で、今は愛人関係にある女も〝家庭〟のうちに入れるべきだろうか、それとも彼女は彼女として別に分類するべきだろうか？　どっちにしろ、彼女のことを調べても捜査は進展しないだろう。良心の呵責などというものは私にはないのだから。私は家庭内で虐待されてもいなければ、彼女ともう一度一緒に暮らしたいと死ぬほど願っているわけでもない。

もちろん、かつては私も彼女を愛していた。彼女だけを愛していた。私たちは大学で出会ったのだが、第一印象は最悪だった。が、一年後には、彼女の行くところならどこにでもついていくようになっていた。実際、それで私は舞台にまで上がったほどだ。『ジュリアス・シーザー』で〝平民3〟を演じたのだ。セリフもしゃべった。すべては愛のためだった。

しかし、今さら言うまでもないが、愛とは奇妙で厄介なものである。愛がふたりの人間を一緒にしながら、一緒にいることがやがては愛を壊してしまう。私なりに愛を定義してみようか？「愛とは渇望をともなった幻想である」。そう思っていれば、まあ、まちがいはないだろう。もし、探偵君、きみがまだ四十歳になっていないようなら、私の言っていることはにわかには信じられないかもしれないけれど。

ここに愛し合うふたりの人間がいる。心に花に熱情。それに大地を揺らすような激しいセックス。しかしどうやって——教えてほしいものだ——一緒に住んでしまったら、どうやってその幻想を保てばいい？　何から何まですべてを共有してしまったら、例《たと》えば真夜中に起きてトイレにいったとき、そこに彼女がいたとしたら？　これでは幻想は続かない。渇望のほうも同じことだ。そこが分かれ道になるのである。それに、そう、彼女は女優だったのだ。

けれども、三十年後に再燃した私たちの関係は〝愛〟ではなかった。何があったのかと言えば、彼女が病気になったのである（こんなことはきみにはほんとうになんの関係もないことだが）。私が雑誌でそのことを知って手紙を書き、彼女が返事をくれたのだ。私は電話をかけた。そして次には訪ねていって、よくある話となったわけだ。私たちは話し合い、触れ合った。こうして私たち——第一未亡人と私——は互いにまた慰め合うことになったのだが、探偵君、それでもこの件を解明するのに彼女は役には立たないだろう。また、彼女が誰よりも強くきみに事件の解明を望むとも思えない。

健康に関してはどうか？　私のかかりつけの医者は、酒を飲みながら、インドにいた十年間の話をするのが何よりの愉しみといった男だ。しかし、彼が私のカルテを開いたり、何かをほのめかしたりするということはまずないだろう。エイズにしろ、神経症にしろ、私が何か重い病気にかかっていなかったかどうか。職業倫理上彼がそんなことを明かすとは思えない。私は膝がよくないのと、腰痛とで、芝生の手入れは人に頼むことにしているが、まだまだ人生に愉しみは残っている。動けないわけではないのだから。適度に笑いもすれば、適度にセックスもしている。つまり、探偵君、健康が理由ではないということだ。

ではほかに何があるか、どこに手がかりを求めるか？ 自殺の方法は？

実は、私は以前こんなことを考えたことがある。派手にやるというのも私にとっては非常に魅力的なことだったので、私の職業にもふさわしいこんな計画を立ててみたのだ。まず物語を書いて出版する。そして配本も広告もすべて自分でやる。本の題名は『イスラム教徒はむかつく』。なんだね、探偵君、きみも案外品がいいんだね。イスラム教徒もむかつくことにおいては、自分こそが真理を信じていると思い込んでいるほかの宗教の信者たちと少しも変わらないよ。

しかし、出版したあとがひと仕事だ。あらゆる人々に本を配るのだから！ イランには子牛革表紙のものをばらまく。そしてあとはただ運命の日を待てばいい。

どうだい、なかなか洒落た自殺法だろう？ 他人が私を殺すようにしむけることで自殺をはかるというわけだ。しかしこれは百パーセント確実な方法とはいえない。それに時間もかかる。熱をさまさないためには、イスラム本の続篇も書かなくてはならなくなる——『イスラム教徒は今もなおむかつく』『イスラム教徒はむかつきつづける』。マスコミを巻き込むのに、コーランを燃やしてみたりもしなければならない。それはもちろん、燃やすのに充分な数のコーランを確保するのに、まず自分でコーランを出版してからの話だが。

しかし、実際、そういう大騒ぎを演じて死ぬこともできなくはなかったのさ。アメリカ人というのは本を燃やすのが好きな国民だから。きみもそう思ったことはないかな？ あの国には、独断と偏見で印刷物を破棄するという、幼稚でばかばかしい狂気がある、と。あの国の人間は活字というものを根っから信じてないんだね。本には章と章のあいだにコマーシャルがないものだから。

しかし、イスラム教徒にやられるまえに、近年のコーランの人気に危機感を感じたキリスト教徒の暗殺者に殺される可能性も大だ。バミューダ・ショーツをはいた頑迷なアメリカ人が、怒り狂って私を聖書で殴り殺すのである。アメリカという国は〝自由〟が自慢の種だから、これまであらゆる宗教を寛大に受け入れてきた。しかし調和を乱すものは罰せられるというわけだ。

段々私のことがわかってきたかね、探偵君。そう、海の向こうにいる我らの同胞が私の本を気に入ってくれたことは、これまで一度もなかったんだよ。チアリーダーがスペルを教えてくれなかった単語に出くわすと、彼らはもうお手上げなのさ。また、最後の章に感傷的なできごとが書かれていない作品も彼らには理解できない。なにせ皮肉《アイロニー》と アイロンの区別もつかないような連中なんだから。でも、私はそんな彼らの世話にならなくてもちゃんとやってこられた。だから彼らもまた私の自殺の理由とは言えない。

しかし、派手な最期が魅力的だったのは、そのために私の本がよく売れるだろうという目論見もないではなかった（死とは神がなせる販売促進キャンペーンである）。でも、そこまでやるのが私は面倒になったのだよ。で、かわりに今日、薬ですませることにしたというわけだ。

どうして？　きみはそればかり訊くね。もちろん、きみは依頼人のかわりに訊いているわけだが、ひょっとしてきみも個人的に興味を覚え始めたんじゃないのかい？　それじゃ、今度こそ確実なヒントをあげよう。実は私は一年まえにも一度自殺しかけたことがあるのだよ。私を知っていると言う美女を、私のほうはどうしても思い出せなかったために。これでヒントになったかね？

もっと聞きたい？　昨日、日記を読んでみたのだが、十九歳のときにボールとバットを持ってクリケットの練習をしたと書いてあった。何回もボールを宙に放って、バットをまっすぐに持って肘の高さのところで打つのさ。そのときは、うまく打てるようになるまでは死にたくないと思ったみたいだ。

しかし十九歳なんてもうずっと昔の話だ。それから二年もしないうちに私は結婚してね。

だんだん疲れてきた。薬の影響が出てきたようだ。そろそろほんとうのことを言ったほうがいいのかもしれない。なぜ、今日なのか？　ほんとうの理由は……実は、理由なんかないんだよ。

いずれにしろ、私はいつかはこういう最期を迎えていただろう。それがどうして今じゃいけない?

私は昔から、ほかの人間とまったく同じというのが嫌だった。私は病気ではない。金に困っているわけでもない。孤独でもないし、何かを深刻に悩んでいるわけでもない。今日は春めいて、天気もいい。でも、どうして今じゃいけない?


今日を選んだのは潮時だと思ったからだ。私は図書館で借りた本も期限までにきちんと返すほうでね。

「その日の午後まではとても元気だった彼のこんな行動の裏には、いったいどんな怖ろしい出来事が、あるいは劇的な出来事が隠されているのだろう?」

探偵君、その出来事をでっち上げるのがきみの仕事だ。そう、嘘を書くのさ。私には何もなかったのだから。何も。あったのは虚無、感情の欠如だけだ。

これがきみの仕事だ。これで報酬ももらえるだろう。「彼は理由がないのが理由だと言っている」それを私の未亡人たちに納得させてくれたまえ。

〈探偵家族〉

# ファミリー・ビジネス

Family Business

# 1

午前九時三十八分、ジーナは、階段を昇って来る足音を聞いて、タイプライターから顔を起こし、手で髪を整えた。そしてビジネス・ライクに応対ができるよう心の準備をして、ドアが開くのを待った。

昔は、ドアのガラスの下のへりに、〃ノックをどうぞ〃という文字が書かれていた。が、ジーナが受付嬢兼秘書をやるようになってすぐ、階段を昇ると必ず足音が聞こえるのだから、ノックは必要ないのではないかと提案したのだ。もちろん、アンジェロの親爺《オールド・マン》さんはそんなことでドアを換えたりはしなかった。が、アンジェロはすぐやった。看板屋を呼んで文字を書き直させた、〃ノックはご無用です〃と。それはそれまでのより長く、また字づらもあまりよくなかった。当然親爺さんは気に入らなかった。また、ジーナがもともと言い出したのは、そうした注意書きそのものが不要だということなのに、それをアンジェロはひとつやりすぎたのだ。それがアンジェロだった。

ドアが開き、女がひとりためらいがちに顔をのぞかせた。

「こんにちは」とジーナは声をかけた。「どうぞおはいり下さい」

茶色の髪にちらほらと白いものが混じっている四十がらみの女だった。ジーナの誘いにもかかわらず、女はまだ迷っていた。「ここは探偵社ですね？」

「そうです」とジーナは答えた。「どういうご用件でしょう？」

女は、すでにしてきた決心を、そこで改めて思い出したような顔をし、中にはいると、注意深くうしろ手にドアを閉めた。そしてジーナと向かい合って言った。「探偵さんは今いらっしゃるんですか？」

「調査員は何人もおりますが、今はみんな外の仕事に出てるんです」とジーナは言った。

「はあ」

「ミスター・アンジェロ・ルンギがうちの代表です。もしお急ぎなら、自動車電話で連絡が取れますけれど」

「ええ、今はそんなものがあるんですよね」と女は言ったが、別段急いでいるふうには見えなかった。

ジーナは言った。「よかったらお掛けになって、どういうご用件かだいたいのところをお話いただけません?」

「あなたに? あなたに、ですか? 受付係のあなたに?」

「ええ。お話になったことの秘密は厳守します。それはお約束します。うちで行なう捜査の監督は、すべてミスター・ルンギがやっていますが、あなたのご用件がうちで扱えるものかどうかの査定はわたしにもできるんです」

「わかりました」

「それからわたしはここの受付係兼秘書であると同時に」とジーナは言った。「ミセス・ルンギでもあるんです」

## 2

夕食は午後七時十分に始まった。ルンギ家の木曜日の夕食は昔からカレー料理で、アンジェロの妹、ロゼッタがつくる。ロゼッタは家事のほかに、探偵社のパート・タイムの会計係もやっているので、なかなか忙しい。木曜日の夕食には一家全員が集まる。親爺さんもママも彼らの階から降りて来る。ふたりの孫、デイヴィッドとマリーは、その夕食に出られるように、学校生活や友達とのつきあいを調整するように言われている。ただサルだけ——アンジェロの兄で、画家のサルヴァトーレだけレギュラーではない。木曜日も日曜日の午後も火曜日も。ただ時々、彼が呼ぶところのモデルを連れて現われる。ほんとうにモデルかどうか定かではないのだが、もう誰もそんなことは詮索しない。

ジーナの両親はよその市《まち》に住んでいる。

アンジェロが手をこすり合わせながら坐って言った。

「これは、これは、これは」

「おい、なんで今日はスパゲティじゃないんだ?」と親爺さんが言った。もちろんそれはふざけて言っているのだった。彼はその手のジョークをよく言った。スパゲティ、あるいはほかのパスタ料理は、ルンギ家では日曜日の献立だった。

「オフィスに戻れなくてすまん」とアンジェロが言った。

「なんとかやれたわ」とジーナが答えた。

「あの男、ハードウィックのことはみんな知ってたっけ?」

あの男、ハードウィックのことはみんな知っていた。ハードウィックの事務弁護士からの依頼で行なっているさまざまな調査が、ここ四週間以上、彼らの探偵社の一番大きな仕事だった。

「われらが友、ハードウィックは、ここへ来て突然、四月十八日の夜どこにいたか思い出すことに決めたみたいだ」

テーブルのまわりで不満の声が一斉にあがった。

「しかし彼が、今さら記憶喪失を申し立てるほどの馬鹿だとしても」と親爺さんは言った。「自分が記憶喪失症であることを覚えてるくらいには、利口なやつだったわけだ」

みんなが笑った。

「それでオフィスのほうは今日はどうだった?」とアンジェロは訊いた。

「とても忙しかった」

「それは、それは、それは」とアンジェロは言って手をこすり合わせた。

ややあってから、デイヴィッドが父親を真似て言った。

「それは、それは、それは」

「この生意気坊主が」とアンジェロは言ってデイヴィッドの髪をくしゃくしゃにした。「このぼさぼさ頭の生意気坊主が」

デイヴィッドは髪を整えた。父も息子も上機嫌だった。

「でも、今日依頼があった中で一番大きなのは、息子がお金を持ちすぎてるって言ってきた女の人の件ね」

「わたしたちもそういう悩みを抱えたいものね」とママが

言った。

「でも、その女の人の知るかぎり、その息子は働いてないのよ。定職に就いてないのよ。でも、お金の出所を言おうとしないの」

誰もが耳を傾けていた。探偵社の仕事の大半は、事務弁護士に依頼されたものや、失踪した親戚を探してくれといったものや、不実な配偶者の素行調査だったから。ただ、親爺さんは一度だけ殺人事件の捜査に関与したことがあって、その話は今でも彼の口から得々として語られた。いずれにしろ、金を持ちすぎている息子というのは、普段の仕事から考えると特異な事件だった。誰もがジーナに質問を浴びせるチャンスを、それとなくうかがい始めた。

そして何人かがしゃべりだした。アンジェロが手をあげてそれを制し、自ら議長に就任して指名した。「マリー」

「その息子は何歳なの？」マリーは十四歳。

「あなたにはちょっと老けすぎてるわね」

マリーは顔を赤らめて微笑んだ。彼女は一家のマスコット・ガールという役割を自分でも愉しんでいた。

「二十二歳」とジーナは答えて言った。

「二十二にもなってまだ親と一緒に暮らしてるのか？」とアンジェロが言った。

「おまえだってそうじゃないか」と親爺さん。

「うちの場合は、ちょっと普通の場合とはちがうけど」とママ。

「そうだよ」とデイヴィッドが言った。みんなが彼を見た。

「だってうちの家は普通より大きいもの」みんなが笑った。デイヴィッドは〝ルンギ家風ウィット〟の後継者なのだ。

「二十二歳か」と親爺さんが考える顔つきになって言った。

「そいつは母親の知らないどんなことをしてるんだろう？」

ジーナが言った。「ここ十五ヵ月失業保険をもらってるんだけど、実際には、夜ふかしして、昼間はだいたい寝ていて、夜になると出かけるんだって。母親にわかっているかぎり、彼が最後にやった仕事は友達のペンキ塗りの手伝い。それも一年以上まえのことみたい」ジーナはそう言って、その男に関する適切な質問を待つような顔をした。

「その人、ホモなの？」とママが訊いた。

「いいえ」

「ろくでもない芸術家じゃないだろうな？」これは親爺さん。

ジーナは首を横に振った。

「その人は夜間の学校に入学した。だから夜ふかしをしてるんじゃない？」と会計係のロゼッタが言った。

「すばらしい推理だ」とデイヴィッドが賞賛して言った。

ロゼッタは微笑んだ。

アンジェロが妻を見つめながら心でつぶやいた。〝なんなんだろう？〟。彼はそれを口に出して言った。「なんなんだろう？」

「降参？」とジーナ。

「冗談じゃない」と親爺さん。

ジーナは言った。「この失業中の怠け者の息子は、去年、電話つきの新車を買ったの。そして、夜出かけるときに母親がどこへ行くのかと訊くと、彼はただ〝ドライヴ〟と答えるんだそうよ」

「なんと、なんと、なんと」とアンジェロが言ってテーブルを見まわした。みんなの視線が彼に集まった。問題は誰が運転免許証を持っているか、誰ならその息子を夜どおし尾行できるか、だった。

「サルヴァトーレに頼むといいよ」とママが言った。彼女は親爺さんには夜外に出てほしくないのだった。親爺さんがまだ若い頃は、毎日がそうしたことの連続だったから。

「そうね、彼ならこの仕事に興味を示すと思うわ」とジーナ。

「あいつが仕事に興味を示すだと？ あいつが仕事をしたがってる。あいつがうちで仕事をしたがってる。そうなのか、アンジェロ？」

「サルもうちの仕事がしたけりゃ、いつでもやればいいのさ。そのことはサル自身もわかってるんだよ、パパ」とアンジェロは言った。「ただ、彼は決してしないだろうけど」

「〝決して〟というのは長い期間を指すことばだ」と親爺さんは言った。「しかし、おまえのその意見には同意するよ。おれが生きてるあいだは」

「それは永遠かもね」とマリーが言った。ただひとりの孫娘を溺愛している親爺さんは、眼を細めて言った。「おまえはなんて優しい子なんだ」

「わたしの手づくりの品を気に入っていただけて嬉しいわ、お義父《とう》さん」とジーナが言った。

親爺さんは一瞬ジーナを見てから、大声で笑いだした。この義理の娘も彼のお気に入りのひとりだった。

「ほかにその女が残して行った情報は？」とアンジェロ。

「息子の車の車種と登録番号と住所と自動車電話の番号と名前。それで全部」

「今夜からこの件にかかるのかい？」

「実はサルヴァトーレにはもう電話したのよ。彼はひとりで夜どおしやってもいいし、交替したほうがよければ交替するって。ハードウィックの件の、あなたの明日の予定がわたしにはわからなかったものだから」

「ああ」とアンジェロは言った。「場合によっては、マックスかジョニーに頼んでもいい」

「外部に頼むと高くつくわ」とロゼッタが言った。

「サルヴァトーレだって安くはない」とアンジェロは言い返した。

「だけど、あの子は家族の一員だよ、少なくとも」とママ。

「だったらおれも家族の一員だろうが」と親爺さんが言った。「なのになんでみんな、ネズミの群れの中のキリンを追いかけることもできないみたいに、おれを扱う？　おれはここにはいないのか、ええ？　おれは一家の鼻つまみなのか？」

「誰も父さんのことを忘れてなんかいないよ」とアンジェロは言った。

「でも、お義父さんは明日も〈クウィックス〉で、万引きの監視の仕事があるでしょ？」とジーナ。

「今夜緊急に外部の探偵を雇うより、おれのかわりに万引き監視員を雇うほうが安い」

「今夜は誰も雇わない、サル以外」とアンジェロが言った。

「どんなことになるかまだわからないけど、なんとかうちだけでやろう。できるだけ」

「パパ?」とデイヴィッドが言った。

「なんだ?」

「今夜ぼくもパパについて行っていい?」

「今夜出かけるかどうかはわからない」

「だったらサル伯父さんについて行っていい?」

「学校のある日は駄目よ」とジーナが言った。

デイヴィッドは言った。「明日は学校がない日だって嘘もつけなくはないけど、先生がなんかわけのわからないことをする日で、授業はないんだって言ってもいいいんだけど、でも、明日は学校のある日だ」

「それはいちいちおまえに言われなきゃ、パパたちにはわからないことかい?」

「でも、明日はたいした日じゃないんだよ。テストもないし、今夜やらなきゃならない宿題もない。まえの晩に出かけるにはもってこいの日なんだよ」

「なかなかうまいことを言うね」とアンジェロ。

「ねえ、パパ」

「明日の晩も尾行することになるようなら、明日かその次の晩だ。つまり金曜日か土曜日の夜」

「両方は?」

「まあ、考えてみよう」アンジェロはジーナのほうを向いた。「その家庭の経済状態は?」

「母親には叔母の遺産があるみたい。家の修理もしたいんだけど、息子のことが心配で手につかないんだそうよ。息子が何かよくないことをしてるのは、まちがいないって言ってた」

「その男の名前は?」

「リチャード・ホプキンス」

「犯罪記録は?」

「チャーリーに電話して訊いたわ。けっこうあった。十六歳のときから十七歳にかけて、暴力スリ容疑で何回か捕まって、そのうちの二件については彼も罪を認めてる。そのあと強盗で二回逮捕されてるけど、二度とも起訴は免れてる」

「もしその息子が何か犯罪にかかわってることがわかったら、どうするつもりかな?」

「ミセス・ホプキンスは、できれば自分の手で処理したいって言ってた。まあ、当然よね。でも、それはことと次第によるって言っといたわ」

「そいつが尾行しやすいやつか、あるいはチームをつくって尾行しなきゃならないようなやつかは、今夜サルが尾行すればわかるだろう」

「ということは、今夜はサルにひと晩任せるのね。交替なしで？」

「彼のほうから交替要員が欲しいと言ってくれれば考えるけど。そのときは頼めるかな」アンジェロは父親を見た。親爺さんは妻を見た。ママはジーナを見た。「サルにはそう言っとくわ」とジーナは言った。「さっき電話で話したときには、こっちから別な指示がないかぎり、一応ひと晩お願いするってことにしといたんだけど」

「よし」とアンジェロは言った。「今日は忙しかったと言ったね。ほかにはどんな依頼があった？」

「こんな女の人がやって来た」とジーナは言った。「亭主の車の後部座席に櫛を見つけたっていう女の人。亭主を尾行してくれって」

「尾行、尾行、尾行。急にまた尾行づいちゃったな」

「でも、その女の人には、尾行にはどれだけ経費と時間がかかるのかわかってなかった」

「櫛を尾行するのにそんなにかかるの？」とデイヴィッドが言った。

「それで、その櫛の持ち主は誰かということを、自分はどれだけ知りたがってるか、一度ゆっくり考えてごらんなさいって、とりあえず家に帰してあげた」

「きみは結婚生活ガイダンス協会から交付金でももらうべきだな」とアンジェロは言った。「そんないいアドヴァイスをただでしてやるなんて」

「ただ、ただ、ただ」とデイヴィッドが言った。

## 3

翌朝十時五十五分、サルヴァトーレが夜の尾行の成果を報告しに、オフィスにやって来た。

「今夜もおれはボスからのお呼びがかかるんだろうか？」

「さあ、どうかしら」とジーナは言った。

「モデルを予約してあるんだよ。でも、こっちのほうが重要なら、予約はキャンセルできる」

「彼の自動車電話にかけて訊いてみるわ」

ジーナはアンジェロの自動車電話に電話した。が、あいにくアンジェロは車の中にいないようだった。「またあとでかけてみるわ」

「ああ。でも、この件はもう終わりじゃないかな」とサルは言った。「これはあんまり重要な事件じゃないよ。いずれにしろ、夕食の頃知らせてくれ、いいかい？」

「今夜は夕食を食べに来ない？」

「いや、遠慮しとくよ」サルはふざけて言った。「きみはモデルをやったことは？」

「その暇ができたらお願いするわ」それはジョークだった。ジーナに暇な時間などないのは誰もが知っていた。

「まあ、金に困ったら、電話してくれよ」

「ゆうべの分は今要る？」

「そうだね、そう言ってくれるなら、今もらっておこうか」そう言ってサルは笑った。誰が何に困っているかということは、ふたりともよくわかっていたから。

金曜日の夕食は、そのあと外出したがるデイヴィッドとマリーのために、ほかの曜日よりも早く始まる。ロゼッタも金曜日は四年越しのフィアンセと外出する。そのフィアンセは、ほかのことの不道徳性についてはともかく、離婚の不道徳性については厳格な男なのだ。それで金曜日はジーナがいつも料理する。忙しくなければ。忙しいときはみんなでパブに出かける。

ジーナがオフィスから戻ると、アンジェロがもう帰っていた。先に帰ってじゃがいもを洗って待っていた。

「それでサルはなんと言ってた？」と彼はジーナに尋ねた。

普通は、そういう話は食事のときまで待ってするのだが、今夜も尾行するとなると、デイヴィッドを連れて行かなければならないので、まえもって予定を立てておく必要があったのだ。

「サルの話じゃ、リチャード・ホプキンスは、尾行されてることにはぜんぜん気づかなかったそうよ。だから尾行は車一台で充分だって」

「そりゃ助かる。で、尾行の成果は？」

「サルはホプキンスの家に午後八時到着。午後九時十五分、ホプキンスはひとりで外出。街中へ車で出かけて、ヘンリーの店というひっそりした小さなカフェにはいる。知ってる、そこ？」

「モーリス・ストリートにあるやつだろ？」

「そう、それそれ。そこがどういうカフェかわかる？」

「ヒントをくれ」

「終夜営業のカフェ」

「タクシーの運転手の溜まり場？」

ジーナは微笑んだ。

アシジェロは少し考えてから言った。「ホプキンスはそこにどれくらいいた？」

「三十分ぐらい。そしてそのあと午前二時までドライヴ」

「ただドライヴしてた？」

「サルが言うにはそのようね。そのとき通った通りの名前を書いてくれてるわ。でも、いずれにしろ、ホプキンスはどこにも停まらなかった。ただひたすら午前二時八分まで走りまわっていたみたい。その間、自動車電話を使った可能性もなくはないけど、サルはそうは思わないって言ってた」

「電話したとしたら、誰にしたんだろう？」

ジーナは肩をすくめた。

「それから？」

「午前二時八分に売春婦を拾った」

「なるほど」

「でも二時三十二分にはもうその売春婦を車から降ろし

「そいつは金はいっぱい持ってるのかもしれないが、女に関しちゃ安あがりにすませようってわけだ、ええ？」

「そして家に帰った」

「ううん」

「母親の話じゃ、たいてい五時か六時まで帰って来ないってことだったから、ゆうべはたぶんいつものパターンじゃなかったのね。昼間は何をしてるのかわからない。母親が心配してるのは彼の夜の行動だから、彼女にはうちの調査も主に夜行なうことになるって言ってある」

「しばらくその線で行こう。母親が心配してるのは、息子がいかに金を稼いでるかであって、いかにつかってるかじゃないんだから」

ジーナは黙ってうなずいた。

「今夜はぼくが尾行して、明日の晩はまたサルに頼もう」

「デイヴィッドは？」

ふたりはたがいに顔を見合わせた。アンジェロが言った。

「なんとなく約束させられちまったからな」

「いいわ、わかったわ」とジーナは言った。

## 4

アンジェロとデイヴィッドは、ホプキンスの家に午後六時三十分に着いた。長い夜に向けて準備は怠りなかった。魔法壜、カセット・テープ、軽食、毛布。念のために尿瓶《しびん》も用意した。デイヴィッドは今までにもついて来たことがあるので、仕事の要領はよく心得ていた。

「どの車、パパ？」

「通りの反対側に停まってるローヴァー。街灯の下に停まってるやつだ」

「わかった」

「最近眼の調子はどうだ？　ナンバー・プレートがここから読めるか？」

デイヴィッドはナンバーを読んでから言った。「お祖父ちゃんがママに、今夜一緒に来たいって言ってたんだって」

「ママはそんなこと何もおれには言わなかったな」

「お祖母ちゃんに駄目だって言われちゃったんじゃない？」

「いや、それより今夜テレビで探偵ものがあるんじゃないかな。お祖父ちゃんは探偵ものの粗《あら》探しをするのが何よりも好きだから」

「現実にはあんな偶然が起こるもんかい」とデイヴィッドは祖父の口調を真似て言った。

アンジェロはにやりとした。「それ、それ」

「パパは探偵以外のものになろうと思ったことはないの？」

「サル伯父さんが美術大学へ行っちゃったんで、パパにはあんまり選択の余地がなかったんだよ」

「そのこと悔やんでる？」

「いや、そういうことはあまり考えたことがないな」

「でも、探偵のほかには何になりたかった？」

アンジェロはしばらく考えてから言った。

「何になりたかったんだろうな」

「サル伯父さんみたいな画家とか？」

「画家になるには絵が描けなきゃ」

「サル伯父さんの絵は、あんまりうまく描けなくてもいいみたいな絵じゃない？」

「画家になるには、他人《ひと》にはとても描けそうにないような絵が描けなきゃ駄目なのさ」

「なるほどね」とデイヴィッドは言った。「このホプキンスって男は何時頃家から出て来ると思う？」

「まだしばらくは出て来ないだろう」とアンジェロは言った。「ゆうべは九時半だったから」

が、アンジェロはまちがっていた。彼がそう言った三分後、午後七時二十二分に、リチャード・ホプキンスは、家から出て来て車に乗り込んだ。

「書いてくれ」とアンジェロは車をスタートさせながら、デイヴィッドに言った。

デイヴィッドはクリップボードを取り上げ、張り込みから尾行に移った時刻を書いた。

## 5

ホプキンスの夜の行動は、出だしはゆうべと同じだった。ヘンリーのカフェへ直行し、店の中にはいって行った。カフェの窓は大きくてガラスが透明だったので、ホプキンスがまずカウンターのところへ行き、何かを注文したあと、すでに男がひとり坐っているテーブルにつくのが外からも見えた。ホプキンスがカフェにはいった時刻は午後七時四十九分。

七時五十三分に、カウンターの中にいた男がホプキンスのところへトレイを運び、さきにテーブルについていた男は、七時五十九分に席を立ち、店を出て行った。そして、店の外に停めてあったタクシーの運転席に着いた。

「双眼鏡！」とアンジェロはいくぶん差し迫った語調で言った。しかし、デイヴィッドは、もうすでにケースから大型の双眼鏡を取り出し、すぐに使えるようにダッシュボードの上に置いていた。

タクシーが通りに出て来るのを待って、デイヴィッドがそのプレート・ナンバーとタクシー会社の名を読み上げた。アンジェロはそれをクリップボードの記録用紙に書き取った。

大型レンズの双眼鏡は、おぼろげな像でも明暗を鮮明にする。突然眼が五倍も大きくなったようなもので、より多くの光がとらえられる。

午後八時六分、アンジェロは小銭入れから小銭をいくらか取り出した。「店へはいってドーナツを二個買って来ないか？」

「ほんとに？」

「ホプキンスが誰かと話をしていないか見て来るんだ。でも、あいつが店を出そうになったら、すぐ車に戻って来い」

「わかった」

「ママには内緒だぞ」

デイヴィッドは眼配せをし、金を受け取るために手を出した。

八時十三分には彼は車に戻って来た。「ホプキンスは誰とも話をしてなかった。小さなお皿にフライド・ポテトかなんかが少し残ってて、カップでなんか飲んでた」

アンジェロが何か言いかけたのを制して、デイヴィッドは言った。「カウンターのうしろに鏡があって、それに写ってるのを見たんだよ」

「よし。上出来だ」とアンジェロは言った。そこで動きがあった。「おい、しっかりつかまってろ。追跡だ」

ホプキンスがテーブルから立ち上がり、カフェの出口のほうに向かっていた。

「ぼくも役に立った、パパ？」とデイヴィッドは尋ねた。

# 6

ホプキンスはガソリン・スタンドにはいった。アンジェロは通りの反対側に車を寄せ、弧を描くようにして車の頭を通りに向け、ホプキンスがこのあとどっちへ向かってもすぐ対応できるようにした。

ホプキンスはローヴァーを満タンにした。デイヴィッドが双眼鏡を使って、入れたガソリンの量まで読み取った。十八・三ガロン。アンジェロはその数字を書き取った。

ホプキンスは、ガソリン・スタンドを出ると、三十分ばかり車を走らせた。そして、午後九時二分、突然車を脇に寄せて停めた。アンジェロとしてはその横を通り過ぎるしかなかった。デイヴィッドがローヴァーの中の様子を見て言った。

「電話してる」

アンジェロは車を通りの端に寄せ、またすばやく通りのほうに頭を向けて停めた。そこからホプキンスの車はよく見えた。

ホプキンスは、一分ぐらい電話で話をしてから電話をしまい、タイアを軋らせてUターンをした。アンジェロも車を出し、あとを尾《つ》けた。ホプキンスの車は、それまでとちがって、どこか目的地があって移動しているような走りぶりだった。

それが三十分続き、いつのまにか街中を過ぎていた。ホプキンスの車が不意にスピードをゆるめた。アンジェロは、それまで相手に尾行を気づかれた様子がまったくなかったので、あえて危険を冒した。さきほどのようには追い越さず、同じように自分の車のスピードもゆるめた。

ホプキンスはそんな彼らの車に気づいたようには見えなかった。

「あいつが何か感づいてるようなら」とアンジェロは、黙ってじっとまえを見ている息子に言った。「われわれはもう十回ぐらい見つかってるよ」

ホプキンスは、彼らを見つけるかわりに、熱心に家の番地を探しているように見えた。そして、しばらくゆっくり走ってから車を停めた。アンジェロはホプキンスの車を追い越し、通りの反対側に車を停めた。

「ここにいて頭を低くしてるんだ」

そう言って彼は、車を降り、車のドアに鍵をかけるふりをして、ホプキンスが向かった方向を見定め、それとは反対方向に歩いて電柱のところまで行った。そこで横歩きして物陰まで達すると、うしろを振り返ってホプキンスのほうを見た。

ホプキンスはそう遠くまでは行っていなかった。小石埋込仕上げの家のまえでしばらく立ち止まっていた。それからまた歩き出した。アンジェロは相手に気取《けど》られないようにして、あとを尾《つ》けた。

ホプキンスはブロックを一周した。そしてまた小石埋込仕上げの家のまえまで来ると、小径を歩き、その家とガレージとのあいだの門を通って中にはいって行った。

アンジェロは、デイヴィッドが首を長くして待っている車まで戻った。

「なんなの、パパ？」

「どうも盗みのようだ」とアンジェロは言った。「何かと訊かれりゃ、パパの答えはそれだな」彼は車を出した。

「どこへ行くの？」

「あいつはすばやくずらかるかもしれない。そのときのために車をもっといい場所へ移動させる」

アンジェロは路上で車を一回転させ、ホプキンスのローヴァーの後方数ヤードのところに停車し直した。

一時間近く待たされ、ホプキンスはやっとまた現われた。スーツケースを二個さげていた。別段急いでいるふうには見えなかった。

「くそったれめ、なかなか落ち着いてやがる」とアンジェロは吐き捨てるように言った。

デイヴィッドは、父親がそういうことばをつかうのを聞いて嬉しくなった。ジーナがいたら、眉をひそめるところだ。

ホプキンスの車のトランクには、鍵がかかっていなかっ

# 早川書房の新刊案内

〒101-0046 東京都千代田区神田多町2-2
http://www.hayakawa-online.co.jp

2004 7

サイモン・ウィンチェスター／野中邦子訳

## 世界を変えた地図

ウィリアム・スミスと地質学の誕生

**男が独力で作った地質図は近代科学の礎となった！**

19世紀初頭の英国、世界初の地質図を作り近代科学に夜明けをもたらしたのは、低い出自のため科学界から冷遇された男だった。自らも地質学を愛する作家が、情熱豊かに再現した数奇な人間ドラマ。

A5判上製　定価2730円［15日発売］

スーパー・ユーザーが伝授する快適文具マニュアル

## 文房具を楽しく使う【ノート・手帳篇】

和田哲哉

いい感じのノートを買ったのにどう使ってよいかわからない、なんて人いませんか？　素敵な文房具とうまく付きあえば仕事もプライベートも充実。具体例も豊富に交えて、新しい文具生活を提案する

A5判並製　定価1680円［22日発売］

たようだった。彼がボタンを押しただけで、蓋が持ち上がった。スーツケースはその中に収められ、蓋がまた閉じられた。ホプキンスは車に乗り込むと、別段あわてた様子もなく、車を出した。

「どうするの、パパ?」

「尾行、尾行、尾行さ」そう言ってアンジェロは車を出した。が、頭の中では別なことを考えていた。

## 7

ホプキンスが家に戻り、車を停めて家の中にはいったのを見届けて、アンジェロとデイヴィッドも家に帰った。珍しい体験をしたデイヴィッドは、気持ちが昂ぶって眠れないと言った。が、アンジェロが二階へ追いやると、ことさら不平も洩らさず、欠伸まじりにおとなしくあがって行った。気持ちが昂ぶって眠れないという以上に、疲労困憊していたのだ。

アンジェロはジーナ宛てに、午前八時に起こしてほしいことと、そのときに親爺さんも呼ぶようにと書いたメモをキッチン・テーブルの上に置いた。これが別の日なら、ロゼッタが呼ばれるところなのだが、ロゼッタは金曜日の夜はたいてい外泊し、土曜日の午頃《ひる》まで戻って来ないのだ。

午前八時二十二分、みんなが集まったところで、アンジェロはコーヒーを飲み干して言った。「どうすればいいのか、ちょいと厄介な事件だ」

彼はゆうべ彼らがしたことと見たことを説明した。ホプキンスはあのあともう一度車を停めて電話を使い、また別な家へ行っていた。が、そのときは何か不都合が生じたらしい。その家のまえに少しのあいだいただけで、家の中へははいって行かなかった。

「でも、なんとも落ち着いたものでね」とアンジェロは言った。「そこからヘンリーの店にまた戻ると、そこで少し食事を摂った。それが午前四時十二分。盗品を入れたスーツケースは、ずっとあいつの車のトランクの中にはいってたわけだけど、あいつはトランクの鍵さえかけなかった。もっとも、それは、あいつが最後に家に帰り、家の中にはいるまえに鍵をかけたんで、そこで初めてわかったんだけれど。いずれにしろ、これから我々はどうするか、だ」

「依頼人の要望は？」と親爺さんが言った。

ジーナが答えた。「もし何か犯罪にかかわってるようなら、警察に知らせるまえに知りたいって」

「金はいくら受け取ってる？」と親爺さん。

「三晩分の規定料金だけです。経費はまだもらってないわ」

「依頼人は金持ちなのか？」

「少なくとも小切手を切るときにはためらわなかったけど」とジーナは言った。

「我々に責任があるのは、あくまで依頼人に対してだ」と親爺さんは言った。

「おれの気持ちとしては」とアンジェロが言った。「今朝もあいつを尾《つ》けたいんだよね。盗品をどう処分するか突き止めたい。今日あいつが故買屋のところへ持って行くのは、まずまちがいない」

「その調査料は誰が払うんだ？」と親爺さんが言った。「それとも、何か、おまえは警察の依頼を受けて働くことになったのか？」

「わかってるよ、父さん、それはわかってるって」とアンジェロは言った。「ただおれは自分の気持ちを言っただけさ。だってこんな事件がどれくらい舞い込んでくる？」

「ああ、こんな事件はそうしょっちゅう舞い込んでは来んよ。だからなんなんだ？」

「父さんがノーマン・スタイルズの殺人事件を解決したときには、誰が調査料を払ってくれたんだい？」

「容疑者のアリバイを調べるのは金をもらってしたことだ。それが結局、思いがけない形で、その容疑者のアリバイを証明することになったまでの話だ。少なくともあれは依頼人に雇われてしたことだ」

「でも、そのお金はまだ受け取ってはいないんだろ？」

「今も貸してあるんだ」と親爺さんは威厳をもって言った。

「わかった、わかった」とアンジェロは言った。「でも、それでも気持ちとしてはやってみたいな」

「でも、やはりまずミセス・ホプキンスに相談すべきよ」とジーナが言った。「なんと言っても依頼人は彼女なんだから」

親爺さんは好ましげにジーナを見やった。

「気持ちということで言えば、ホプキンスがヘンリーの店にいるときにトランクの中をよほど見てやろうかと思ったよ」

「デイヴィッドもそこにいたのよ！」

「でも、二度目は、ホプキンスはカフェのまんまえに駐車してたんだ」

彼らはしばらく押し黙った。最後にアンジェロが言った。

「我々は依頼人に対しても、警察に対しても義務がある。でも、まあ、そういうことで言えば、警察とはなんとか折り合えるだろう」

そのときには、ほかのふたりには、彼が何を言っているのかよくわからなかった。

ジーナが別なことを言った。「あなた、とっても疲れてる？」

「いや、大丈夫だ」

「じゃあ、こうしましょう」とジーナは言った。「車二台でホプキンスの家に行く。そして、わたしがミセス・ホプキンスと話してみるわ。あなたは外で待っていて。それで、もし息子がどこかへ出かけるようなら追跡して。お義父さんはオフィスにいていただけます？」

「その息子がどこかへ出かけた場合、その追跡の費用は誰が払うんだ？」と親爺さんはなおも執拗に尋ねた。

「スーツケースの中身をもし取り戻せたら、被害者がいくらか払ってくれるんじゃないかしら」とジーナは言った。

## 8

ジーナとアンジェロは、午前九時四十九分にホプキンスの家に着いた。ジーナが家に向かうまえ、アンジェロは彼女の車の助手席に乗り込んで言った。「たったひとりできみを送り込むのは、どうも気が進まない」

「大丈夫よ」

アンジェロは眉をつり上げて見せた。「彼女にはこれは好意で来たんだと言うんだ。どっちみち警察には報告しなきゃならない。ほかに選択の余地はないんだとね」

ジーナはうなずいて車を降りた。

アンジェロの言ったことはほんとうだった。警察というのは縄張り意識のかたまりのようなところである。最後に正義が行なわれればそれでいいというところではない。警察が正義の執行者であるかぎり、彼らはそれがほかの者の手で行なわれることを忌み嫌う。だから多くの探偵社の仕事は、事件に直接かかわることでもなければ、不法行為に精通することでもない。もし地元の警察のブラック・リストに、その名が載るようなことがあれば、その探偵社の仕事は、一年に百回ぐらい警察からの妨害にあうだろう。そんな危険はそう簡単に冒せるものではない。

が、それでもアンジェロは、気持ちとしては、ホプキンスをしばらく泳がせて、スーツケースをどこへ持ち込むか見届けたかった。

しかし、最後にはもっと強い気持ちがそうした誘惑にまさった。

ジーナはホプキンスの家に、午前九時五十四分に行き、九時五十五分にミセス・ホプキンスに迎え入れられた。が、十時十五分になった頃には、アンジェロはもう待つのに飽きてきた。そして、ジーナに隠しマイクを持たせるのだったといたく後悔した。少なくとも、緊急時のための警報器具ぐらいは持って行かせるのだった。ホプキンスはきっと朝寝坊するはずだと、ふたりともいささか思い込みすぎていたようだ。アンジェロは、疲労のために注意が欠けたと思った。ジーナひとりをいかにも危険なところに送り込んでしまった、と思った。そしてだんだん、自分もホプキンスの家へ行くべきだという気がしてきた。

そう思うと、矢も楯もたまらなくなった。

彼は車を降り、家に近づき、ローヴァーのそばに立った。ジーナは出て来ない。

アンジェロは家を見た。そして、家への小径を歩きかけた。

そのとき突然、玄関のドアが開いた。アンジェロの眼のまえに、リチャード・ホプキンスが飛び出して来た。

アンジェロはその場に凍りついた。彼はホプキンスの家の敷地と共有地の中間点にいた。そこから自分の車に戻るのはいかにもわざとらしかった。それにジーナはまだ家の中にいるのだ。

アンジェロは、自分のほうに向かって走って来たホプキンスに、いきなりタックルをした。

その彼の行為は、双方にとって驚きだった。が、いったん地面に倒してしまえば、アンジェロは、ホプキンスをその場に押さえつけておく術は心得ていた。

ホプキンスは、罵声をあげ、わめき、いったいなんのつもりだ、とアンジェロに怒声を浴びせた。

アンジェロは彼に、これは市民による逮捕であって、誤って逮捕した際に伴なう責任を取る覚悟さえあれば、市民なら誰にでもできることだと言った。

が、そう言いながらもアンジェロは気が気ではなかった。今一番したいのは、家の中にはいってジーナの身の安全を確かめることなのに、ホプキンスに馬乗りになって、しばらく彼を押さえつけているしかほかに手がないというのは、なんともいらだたしかった。

なぜホプキンスは家から飛び出して来たのか？　こいつは何をしたんだ？　家の中のふたりの女はどうなってるんだ？　アンジェロはまずそれをホプキンスに問いただした。

それから妻の名を大声で呼んだ。

## 9

ロゼッタは、日曜日の遅い昼食を午後二時きっかりに始めた。その日は月の偶数番目の日曜日だったので、彼女の〝フィアンセ〟のウォルターも来ていた。サルヴァトーレも、キャロルという名のモデルを連れてやって来た。

「これがおれの親爺だ」とサルは親爺さんをキャロルに紹介して言った。「これがおふくろ。こちらがキャロル。モデルをしてもらってるんだ」

「こんにちは」とママはそっけなく言った。キャロルはどう見ても良妻賢母タイプではなかった。

「ようこそ。気楽にして下さい」と親爺さんは言って、温かくキャロルの手を握った。

「それから姪と甥だ。マリーにデイヴィッド」

「こんにちは」

「こんにちは」

「こんにちは」

「玄関のところで会ったのがジーナ。サラダ・ボウルの向こうがロゼッタ。その隣りがウォルター。それから眼のまわりに青痣をつくってるのが弟のアンジェロだ。なんでそんなことになったのか。それを今みんなで拝聴しようというわけだ」

キャロルは一家の残りの者と挨拶を交わした。全員がテーブルについた。

サルヴァトーレはそう言ったが、アンジェロは、眼を殴られたところはよく覚えていなかった。「おれはただ、あのこそ泥がジーナに何かしやしなかったか、それが心配でならなかったんだ」

ジーナが言った。「ミセス・ホプキンスは泣いてたのよ。それでわたしは彼女を慰めてたの。なんと言っても彼女は依頼人なんだから」

「そんなこととはこっちにはわからないもんだから」

「ええ、そうね」

「それであいつに馬乗りになって市民による逮捕をしたんだ」

「それはなんともご苦労なことだったな」と親爺さんが言った。「なんともはや」

「捕まえてみて、いいときに捕まえたと思った。盗品の詰まったスーツケースは彼の車のトランクの中だ。おれはあいつがそれをトランクに入れるのをこの眼で見たんだから。あいつが鍵をかけるところも見たんだから。だから……」

「でも、それは四時間もまえのことだ」

「わかってるよ、わかってるって。だから、警察が来てあの車のトランクを開けたら、中がからっぽだったのを見たときは、おれはこの世の誰よりもびっくりしたよ」

「でも、まさに緊張の一瞬だったわね。あのときは」とジーナが言った。

「あのときばかりは、おれも暴行罪は免れないと思った」とアンジェロは言った。「いくらチャーリーでも暴行罪はもみ消せない」

アンジェロは間を取ってテーブルを見まわした。

「気を持たせるなよ」とサルヴァトーレが言った。「さっさと先を話せよ。なんでおまえは今頃どこかのブタ箱に放り込まれてるのじゃなく、ここでこうしてにやにや笑っていられるのか?」」

ジーナが言った。「わたしのアンジェロは、わたしたちが出かけるまえに、警察とは折り合えるだろうと言った」

アンジェロが言った。「ホプキンスの自動車電話が、おれにはどうにも気になってしかたがなかったんだ」

「おれが尾行したときには、あいつは電話なんかしなかったぞ」とサル。

「でも、デイヴィッドとおれのときは……」アンジェロは、客たちに向かって満面に笑みを浮かべているデイヴィッドを見やった。「デイヴィッドとおれのときは、あいつは二度も電話を使った。そして二度ともそのあと見知らぬ家へ行った。一度目はスーツケース、二度目は何もなしだ。でも、どうにも気になった。そこで、あいつが二晩とも、タクシーの運転手の溜まり場になっているカフェに寄ってることを思い出した。最初の夜はひとりだったけれど、二日目の夜はタクシーの運転手と一緒に食事してた。わかるかい、この電話に関する一番の問題は、あいつはいったい誰に電話していたのか、ということだ」

「そこで私の息子は2+2式の推理を働かせたんですよ」と親爺さんがキャロルに誇らしげに言った。

「それで22という答が出た」とデイヴィッドが言った。

「まあ、つきもあったけど」とアンジェロは言った。

「それで結局、誰に電話してたの?」とキャロルが訊いた。

「こういうことさ、ホプキンスはタクシーの運転手と共謀してたのさ。運転手がまずどこかの家から客を乗せる。そのときに、運転手は、客が家を出るときに鍵をちゃんと閉めたか、家の中にほかに人はいないかどうか、それとなく調べるのさ。そして、客を目的地に運んでからホプキンスに電話し、家の番地を知らせる。ホプキンスはその番地に直行し、家に誰もいないことを確かめて、悠々と泥棒してたというわけだ」

「なんとね」とキャロルは言った。

「でも、適当な客がいなかったり、グルのタクシーの運転手が非番の夜もあるわけだ——兄さんに頼んだ夜はそういう夜だったんだよ」

サルヴァトーレは黙ってうなずいた。

「でも金曜日の夜は、やつらにしても大漁だったにちがいない。警察の話じゃ、スーツケースの中身の値打ちは、二千ポンド近くあったそうだ。そのスーツケースはタクシーの運転手の家で見つかったんだ。そいつが、勤務時間が終わるまえにホプキンスの家に寄ったのさ。そいつはトランクのスペア・キーを持っててね。で、朝の六時にスーツケースを持ち去ったのさ。そんなこと誰にわかるもんか」

「警察が踏み込んだとき、スーツケースはまだタクシーの中にあったそうよ」とジーナが言った。

「でも、どうしてそのタクシーの運転手がわかったの?」とキャロルが言った。

「ああ、それは実はデイヴィッドのおかげなんだ」とアンジェロは言った。「その男が乗っていたタクシーのナンバーを読み取ってくれたのは、デイヴィッドなんだから。タクシー会社の配車係に問い合わせたら、その運転手はすぐにわかった」

「夜、真っ暗なところでぼくがナンバーを読んだんです」とデイヴィッドがキャロルに言った。

キャロルは微笑んだ。

「これで大きな窃盗事件が四十件ぐらい解決できるんじゃないかって警察は言ってるわ」とジーナが言った。

「よくやった、アンジェロ」とサルヴァトーレが心底誇らしげに言った。

「どうも」

「さあ、みんな、食べる用意はいい?」とロゼッタが言った。

「今日はなんだね?」と親爺さんが言った。

「わたしのスペシャル・ソースのリングィーニ」

「リングィーニというのはイタリア語で〝可愛い舌〟という意味なんです」と親爺さんがキャロルに言った。

「ふうん」

「それはそうと」親爺さんはロゼッタに言った。「チリのどこが駄目なのか?」

テーブルのまわりで何人かが穏やかな不満の声をあげた。

「親爺の十八番《おはこ》のジョークでね」とサルヴァトーレがキャロルに説明した。

「ところで、キャロル」と親爺さんはキャロルに言った。

「一度、たった一度だけだが、私は殺人事件の捜査にかかわったことがあってね」

「ほんとですか」とキャロルは言った。

「その男の名前はノーマン・スタイルズと言って、けちな呑み屋をやっとる男だった」

　またテーブルのまわりで、さっきより少し大きい不満の声があがった。が、その声は親爺さんの耳には届かなかった。

〈探偵家族〉

# ウェディング・ベル

Wedding Bells

# 1

その事件は絵描きのサルヴァトーレ経由で事務所に持ち込まれた。

まず、サルヴァトーレのモデルのひとり――彼のために実際にポーズを取ったというから、モデルというのは、今回はどうやらほんとうらしい――が彼を食事に招いて父親に会わせた。が、その食事は悲惨も悲惨、それはもう惨憺たる結果に終わった。少なくとも、当初の目的からすると。つまり、サルヴァトーレと彼女の〝ダディ〟は和気藹々とはいかなかったということだ。

「そもそもなんで行くなんて言っちまったのか、自分でもわからない」翌日の午後、ルンギ家の日曜日の昼食の席でサルは言った。

こういうとき、ママにはセオリーがあった。「もしかして……ほんとうにもしかしての話だけど、その娘さんはおまえには特別な人だったんじゃないの？　真剣なつきあいを考えてたとか」

「みんなでその人をヴァーミセリ（スパゲティより細いパスタ）攻めにして、その気にさせちゃおう」サルヴァトーレの甥で、ママの孫のデイヴィッドが提案した。

テーブルのまわりで低いくすくす笑いが洩れた。

しかし、ママは笑わなかった。サルヴァトーレに関して、ママの究極の目標はとにもかくにも結婚させることだ。誰とでもいいから。「相手さえはっきりすれば、わたしたちでなんとでも料理できるのに」彼のいないところで、ママはまえにそんなことを言ったことがあり、デイヴィッドは今、そのママのことばに引っかけて〝ヴァーミセリ攻め〟などと言ったのだった。

それにしても、サルヴァトーレが実際にその娘の家を訪ねたという事実はみんなに強い印象を与えた。サルヴァトーレがアトリエで何人の女性と〝関わって〟きたのか、それはわからない。家に連れてきた〝モデル〟はかなりの人数になるけれども。家というのはもちろん彼の住まいではなくて、彼が育った、一家の探偵事務所があるルンギ家のことだ。

女性を家に連れてきて家族に引き合わせるというのは、ただつきあっているのとはまったく事情が異なる。家族を知るということはサルヴァトーレの別な一面を知ることなのだから。

「きっとみんなも信じられないと思う」サルヴァトーレは言った。「おれ自身、信じられなかった。その親爺ときたら、おれがドアから一歩足を踏み入れた途端、尋問を始めたんだ。やれ、年収はいくらだ？　とか、将来の見込みは？　とか、その手の月並みな質問をあれやこれや」

「女房に出ていかれて男手ひとつで娘たちを育ててるんだろ？　心配する気持はよくわかる」と親爺《オールド・マン》さんが言った。が、そう言いながらも、注意は別のほうに向いていた。

「ロゼッタ！」と親爺さんは呼ばわった。「わしの皿が腹ぺこで死にそうになっとる」

ロゼッタはサルヴァトーレの妹だ。が、次に口を開いたのは彼の弟のアンジェロの妻、ジーナだった。「そういう人もいるでしょうね。自分の娘たちにはきちんとした相手とつきあってほしいと思ってる人は今でもいるはずよ」しかし、このことばはサルヴァトーレに向けられたものではなかった。ジーナは十四歳になる娘、マリーに聞かせたかったのだ。マリーは今、イヤリングとつきあっていた。イヤリングをした十九歳のボーイフレンドと。

「オリヴァー、オリヴァー、オリヴァー……」とマリーの弟のデイヴィッドが囃し立てた。マリーは顔を赤くしたが、冷静を装ってつんと顎を突き出し、軽蔑の意を示して言った。「オリヴァーはすごく頭がいいんだから」

「それで」とサルヴァトーレが続けた。「おれは言ってやったんだ。おれがあんたの娘に頼んでるのは、ポーズを取ってるときにはじっとしてることと、じっとしてちゃいけないときにはポーズを取ってみせたりしないことだけだって」

親爺さん——サルヴァトーレとアンジェロとロゼッタの父親——は笑ったが、母親であるママは笑わなかった。

「いずれにしろ」とサルヴァトーレは続けた。「おれはその親爺に、事務所のことや、おれが家業の探偵業をたまに手伝って収入の足しにしてることを話した。そうすりゃ、もっとびっくりするんじゃないかと思ってさ。そのときにはもういい加減うんざりしてたし、料理人が子牛肉でございます、とか言って、得体の知れない料理をもったいぶって出してきたときには、胃のほうもすっかりむかついてたからね」

「子牛のお肉が出たの?」とママが言った。「その娘さんの名前は? スージー?」

「もう忘れちゃっていいから、ママ」とサルヴァトーレは答えた。

「そんな言い方はその娘さんに失礼よ、サル」

ロゼッタがローストチキンを食卓に出して言った。「ママ、子牛肉だって上手に買えばそんなに高いものじゃないのよ」彼女はルンギ家の家計をまかなっているだけでなく、ファミリー・ビジネスの経理も担当しているので、ものの値段をよく知っていた。

親爺さんがそもそも始めたルンギ探偵事務所の現在の所長、アンジェロが言った。「うちの事務所に仕事の依頼がくるかもしれないという話をしてたと思うんだけど」

「そのとおり」とサルヴァトーレが答えた。「でも、おれとしちゃ、〝私立探偵〟ということばを出せば、その親爺さんも我慢ならなくなって、おれを追い出して、二度と娘をたぶらかすな、なんて言うんじゃないかと思ったわけだ」

「ところが、そうはならなかった?」とジーナ。

「そうはならなくて、その親爺さんはスージーを見て、またおれを見て、それから泣きだしたんだ」

## 2

「兄のサルヴァトーレから、あなたが連絡を取ってこられるということは聞いてました、ノーティスさん」とアンジェロは言った。「お話を伺うまえに、妻のジーナを紹介させてください」

ハワード・ノーティスは、この世の不幸を一身に背負っていると言わんばかりの顔をした小柄な男だった。ふたりに勧められてコートを脱ぐと、途方もなく高そうなスーツが現れた。彼とジーナは握手を交わした。

「ジーナは事務所の窓口を担当していて、業務上の連絡をすべて取りしきっています。うちは家族経営なので、よろしければ、最初にお話を伺う際にはジーナも同席させたいのですが。そのほうがあとあと時間の節約にもなるし」

「わかりました」とノーティスは言った。

「サルヴァトーレからはさほど詳しい話は聞いてないんですが」アンジェロは嘘をついた。「ただ、問題がおありだそうで、その問題というのがデリケートな家族の問題だとか。あなたとしてもとてもせっぱつまっていて、助けを必要としておられるということですね。せっぱつまった、というのはサルヴァトーレがつかったことばで、それが適切かどうかはわからないけれど」

「適切な表現です」とノーティスは言った。

「それでは詳しい話を伺ったほうがよさそうですね。保証しますが、ここでの話がほかに洩れることは一切ありません。私の父はその昔、この事務所で聞いた秘密を明かすことを潔しとせず、留置場にはいったこともあります」

秘密厳守を強調したことがアンジェロの狙いどおりの効果を上げたようだった。ノーティスは言った。「せっぱつまっているというのは娘のことです」

「スーザンの?」とアンジェロは尋ねた。

「いや、下の娘のバーバラのほうです」

「なるほど」

「結婚したがってるんです。なんとしても結婚するなんて言い出す始末で」ハワード・ノーティスの息づかいが急に荒くなり、話を続けられなくなった。

アンジェロとジーナは顔を見合わせた。「なるほど…………」とアンジェロが先を促して言った。

「結婚はさせません。そんなこと、あってはならんことです。相手の男というのがとにかくぐうたらなんです。常識というものが少しでもあれば、あの男が金のにおいを嗅ぎつけて、うちの娘にちょっかいを出してるんだってことはすぐわかるはずです。つまり、その、娘が引き継ぐ私の金ということだけれど」

「なるほど」

「もちろん、金に手を出させないようにすることはできるけれど、金のことはともかく、あの男との法律がらみのごたごたが際限なく続くようなことにでもなれば、哀れなバーバラの若さも、おそらくは今後の人生も、滅茶苦茶にされるに決まってます。あんな男に会いたがってるというだけでも――あんな男と一緒に過ごすことで時間を浪費してるだけでも、もう充分ひどいことになってるのに。少なくとも、娘にも子供を持つにはまだ早すぎるということがわかるくらいの分別があるのは、勿怪《もっけ》の幸いですけど」

「バーバラはいくつなんです？」とジーナ。

「十八歳。スージーと同じで、美術学校にかよってます。あの子の人生はまだこれからなんです。ほんとうにいい子なんですよ。それは、そう、スージーもだけれど」

「その男というのは？」とアンジェロは尋ねた。

「名前はモーリス・フランクリン。一応学生です。もう二十六歳なのに。七年も学生をやってるんです。七年ですよ！　つまりうわべだけは大人なんです。だから、たぶんそのあたりがバーバラの年頃の子供には魅力的に映るんでしょう。でも、あいつは寄生虫というやつで、普通、ああいう男は年上の女にたかるものです。それがどういうわけか、うちのバーバラに目をつけた。なんとしても娘から手を引かせたいんです」

「なるほど」とアンジェロは言ったものの、その声はもの思わしげだった。

「絶対にありえない。絶対に結婚はさせない。法的なもめごとで私はずいぶんと人生を無駄にしました。同じ思いを子供たちにさせようとは思わない。そういうことのためなら、私は人殺しだってするでしょう。それぐらいに思ってるんです」

「なるほど」とアンジェロは言った。その声は落ち着いていた。が、ノーティスのその物騒なことばに驚いているのは、顔を見れば容易にわかった。

ノーティスが初めて笑った。「もちろん、私もそんな極端なことは避けたいと思ってますが。だからこそ、こうしてこちらに伺ったわけで」

## 3

「ということは、サルヴァトーレのそのスージーという娘さんはとてもお金持ちなのね」ママは言った。「それはそれは」

「つまり、父親が嫌ってるのはサルヴァトーレじゃなかったってわけ」とジーナが言った。「妹のほうのボーイフレンドに腹を立ててるの」

「なんといってもわたしのサルヴァトーレはれっきとした画家ですからね。どこぞの二十六の学生さんとはちがうわ」

「その父親というのはどうなんだ？」と親爺さんがアンジェロに訊いた。「金払いはよさそうか？」

「会社をいくつか持っていて、そのほかにも資産がある。親から引き継いだ財産から始めたらしいけど、彼自身、かなりの成功を収めてる」ここで劇的効果を狙って、ちょっと間を置き、つけ加えた。「おまけに、調査の費用はいくらかけてもかまわないそうだ」アンジェロはそのことばが親爺さんに与える効果をよく心得ていた。

「ほんとうにそんなことを言ったのか?」

「うん」

「わしも一度ある男にそう言われたことがある。しかし、結局、そいつが言ったのは、こっちで費用を持つぶんにはいくらかかってもかまわないという意味だった。そいつは一ペニーも払おうとしなかった」

「いいえ、払いましたよ」とママが言った。「最後には」

「全部じゃない。全部じゃなかった」

「でも、ほとんどだった」

「よかろう。あいつはほとんどを払った。しかし、払わせるのは一苦労だった」

「ハワード・ノーティスは依頼料として千ポンドを先に払ってくれた」

「どうやらわしのときよりはだいぶよさそうだな」親爺さんは言った。「で、どうなんだ、なんとかできそうなのか、アンジェロ?」

「そこが問題なんだ」

「どこがだ?」

「彼のために何ができるか、今ひとつ確信が持てない」

「そいつの財布を多少なりとも軽くしてやれる。それがわれわれにできることだ」

ジーナが言った。「十八歳の娘の結婚を父親が止めることはできない。娘が父親の考えを無視する気なら」

「もしかしたら、このモーリス・フランクリンは結婚してるかもしれん」と親爺さんは言った。

「手始めにそれは調べる価値があるよね。で、明日やってもらえないだろうかって思ったんだけど、父さん」

「いいとも。やつは既婚者かどうか。任せておけ」

「そのほかにやれることは情報の収集だね。フランクリンがいかに悪《わる》かということがわかって、バーバラが愛想を尽かしそうな情報だ。何か秘密の過去があるかもしれないし、今現在、ほかにもつきあってる女がいるかもしれない。いずれにしろ、今は確かな取っかかりを見つけることだ」

「みんなで一斉に取りかかるのか？」と親爺さんは尋ねた。

「それとも、わしが結婚のことを探り出してからにするのか？」

「依頼人はすごく焦ってるんです」とジーナが言った。

「だから、できるだけ早いうちにあらゆる可能性をあたったほうがいいと思うわ。依頼人は、娘と結婚させるくらいなら、自分の手でフランクリンを殺すとまで言ってるんです」

「そんなことはさせられん」と親爺さんは心配そうに言った。

「ええ、もちろん」ジーナは応じた。

「そんなことをされたら、わしらは金を払ってもらえなくなる」

## 4

実際、みんなで一斉に取りかかった。サルヴァトーレはフランクリンを尾行し、親爺さんは、彼の婚姻歴、犯罪記録、銀行の信用格付け、学歴、預金残高その他、あちこちのコンピューターに記録されている情報を長年かけて培ったルンギ家のコネを利用して収集した。

アンジェロは、学校関連で得られる情報をひととおり入手するために、美術学校に出向いて教職員から話を聞いた。

モーリス・フランクリン本人にはジーナがあたることになった。「社会人入学を考えてる金持ちの女のふりをして近づく。ほかの生徒より年上だと何か特に困ることはないかって訊いて探りを入れる。あからさまに誘いをかけて、彼がその場でプロポーズしてくるかどうか見てみる」

アンジェロとしては、その最後の案には百パーセント同意するわけにはいかなかったが、ジーナは折れなかった。

「依頼人は経費を惜しむなって言ってるのよ。わたし、まえからミニスカートを買う口実を必死で探してたのよ」

## 5

二日後には、モーリス・フランクリンに関してかなりの情報が集められた。まず彼の歳は二十六歳ではなく、ほんとうは二十九歳で、彼の母親は未亡人だった。また、ハイファイセットを支払不能のために一旦回収されながら、その問題は今はもう解決していた。

バーバラが肩がわりしたのだろうか？

身長は五フィート七インチで、彼の学校の女の子たちの多くが〝まえから見てもうしろから見てもすらりとした筋肉質〟の彼の体軀に惹かれていた。

ひとり暮らしをしていて、緑色のソックスが好きだということまでわかった。

学校での彼の立場はあいまいだが、彼がいると、生徒たちの〝助け〟になり、それにはいかなる費用もかからないことから、学校側からはそれなりにありがたい存在として認められているようだった。

「大した〝助け〟よね」とジーナは蔑むように言った。フランクリンに会うのは簡単だったものの、ミニスカートも、最近大金持ちの夫を亡くしたばかりというふれ込みも効を奏さず、彼は彼女に少しも関心を示さなかったのだ。

ただ、カウボーイみたいな恰好をした彫刻の教師にモデルになってほしいと頼まれたので、意気消沈して引き返すことからは免れ、ジーナはフランクリンに関する話にカウボーイを引き込んだ。カウボーイは明らかに〝あの女好きのチンピラ〟が嫌いなようで、フランクリンのことを女ったらしとさえ呼んだ。しかし、さらに詳しく訊いてみると、あいつもこの頃はバーバラ・ノーティスひとすじらしいけど、とカウボーイは言った。「ぼくに言わせりゃ、その気が知れない」

「そうなの？」

「だって相手はまだほんの子供なんだぜ！　見た目がどうにか鑑賞に耐えるだけのからっぽの井戸。中身は何もない。ぼくなんかはいつだってもっと成熟した美しさに強く惹かれる。人生をすでにあれこれ見てきた女性、絶望の痛みも歓喜もよく知っている女性、そう、たとえば――」

「わかった、わかった、わかった！」とアンジェロは言った。「その彫刻屋がどんなやつかはよくわかった」

次はサルヴァトーレの番で、二日間にわたるなんとも退屈なフランクリンの尾行について報告した。あいつの生活にバーバラ以外の女がいる気配はちらりともなかったよ、とサルヴァトーレは請け合った。

「あいつは郵便物を家のテーブルの上に置いてるんだけど、全部ダイレクトメールと請求書だった。恋の便りも愛の手紙もなし。管理人の女房とまで話をしたんだけど」

ママが眼を険しく細めて言った。「もういい加減、人の奥さんには近づかないように」

アンジェロはみんなが集めてきた情報を考え合わせてみた。が、フランクリンはきわめて特別な人間なのか、それともとんでもない悪《わる》なのか、どちらとも判断がつかなかった。

アンジェロ自身が学校で話をした教師は、フランクリンのことを〝なんらかの才能はあるものの、ほかのことを犠牲にしてただひとつのことに打ち込むのは不得手な人物〟と評した。〝複雑な環境に育ったため、安定した人間関係を維持できない人物〟とも。

## 6

「順調とは言えないな」調査を始めて三日目の朝食の席で、親爺さんに事件のことを訊かれたアンジェロは答えた。「どういう方針でいったらいいか、ちょっと迷ってる。見るかぎり、フランクリンとバーバラの関係はあまり長続きしそうにない。でも、その一方で、バーバラがあの男のかけがえのない伴侶になって、あいつの人生を成功に導くことだってありえないとは言えない」

「そういうことは時々起こるものよ」とママ。

親爺さんはただ鼻を鳴らした。

アンジェロは言った。「いずれにしろ、結婚を阻止するのに使えそうな材料は何もない」

「依頼人はいつ来るんだ?」

「明後日。こっちから連絡しないかぎり」

探偵を雇うと高くつくだろうが」

「ということはあと二日あるわけだ」と親爺さんは言った。

「どうするつもりだ？」

「サルはまだ尾行を続けてる。それから、一日だけ女探偵を雇うことにした。ジーナ以上の成果がその女探偵に上げられるとも思えないけど、目下の彼の好みは若い娘のようだからね。試してみる価値はある」

「若くてきれいな盗聴器付きの女というわけだ」

「そういうこと」とアンジェロは言った。「どうにかフランクリンをたぶらかして、その場かぎりのプロポーズでも口走らせることができたら、そのテープをバーバラに聞かせられる」

「マリーももうじきそういう仕事ができるようになるな」

と親爺さんは言った。

「この仕事は駄目だよ、父さん。相手を誘惑するのに、なんでもしていいわって感じで迫るんだぜ。ムチでもロープでも好きにしてって」

親爺さんはマリーを溺愛していた。が、同時に金のことも気になるようだった。「そうは言っても、家族じゃない

## 7

家族じゃない探偵は失敗し、そのことは翌日判明した。

「まるで反応なしよ。彫刻でも相手にしたほうがまだましだった」と彼女は言った。「明日もう一度やれと言われたら喜んでやるけど、でも、わたしとしてはあなたに無駄なお金をつかわせたくないわ」

「きみを親爺に会わせたいね」とアンジェロは言った。

「あんまりむずかしい人じゃなきゃいいけど」と彼女は言った。「今のわたしはとことん自信《コンフィデンス》を失ってるんだから」

そこへサルヴァトーレが事務所に戻ってきた。「やあ。何か内緒《コンフィデンス》の話かい？」

夕食の席でアンジェロはサルヴァトーレの報告をみんなに伝えた。「サルは、もうどこにも行き着かないって思ってる。つまり、もうこれ以上尾行を続けても」

「で、そう思ってるサルヴァトーレはどこにいるんだ？」と親爺さんが尋ねた。「今夜は夕食を食べにくると思ってたが」

「インスピレーションがひらめいたんで、絵を描くことにしたんですって」とジーナが答えた。「でも、わたしたちは依頼人に、フランクリンは彼が考えてるほど悪い男じゃないと伝えるか、さもなければ、お金でフランクリンに身を引かせたらどうか、と進言するか。それがサルの意見」

「誰かほかに意見のある人は？」とアンジェロが尋ねた。

普段はあれこれ思いつくジーナも今回はお手上げのようだった。

親爺さんは盗聴器付きの女探偵に会いたがった。

ロゼッタは婚約者と出かけていた。

デイヴィッドとマリーはその場にいなかった。

「わたしの意見は誰も訊いてくれないの？」居心地の悪い長い沈黙を破って、ママが言った。

「何かこうしたらいいという意見があるのなら、もちろん

「……」

「わたしには細かいことはわからないけど」とママは言った。「でも、ひとつただで知恵を授けてあげる。息子の汚れた下着を手に入れたいときには、母親のところに行くことよ」

## 8

グレース・フランクリンから息子のことを訊き出すために、アンジェロとしても方法はいくつか考えてあった。が、そんな必要はまったくなかった。グレース・フランクリンから話を引き出すのに口実など一切要らなかった。

「飲みものはいかが、ミスター・ルンギ？　コーヒーでもどう？」

「いいですね。いただきます」

「インスタントしかないけど。お金の余裕があまりないんで。でも、よく思うんだけれど、コーヒーって、クリームを入れて飲むのでなければ——クリームといってもダブルクリーム（乳脂肪分が濃いクリーム）よ——おいしいも、まずいも、インスタントと大して変わらないんじゃないかしら。わたしはそう思うけど。もちろん——」彼女はしばらく首を傾げてから言った。「――クリームを買う余裕もないんだけど」

懐具合は、グレース・フランクリンの会話における二大テーマのうちのひとつのようだった。もうひとつは親不孝の一人息子の話だ。

「お子さんがいらっしゃるんですって？」とアンジェロは声を上げた。「まさか！　だって、あなたはまだまだお若いじゃないですか！　あなた自身、まだ子供といってもいいくらいのお歳でしょうが」彼女にはそんなふうに水を向ける必要などまったくなかった。

グレース・フランクリンは、モーリスが未亡人である母親をどれだけ失望させているか、滔々と語りはじめた。小学校のクラスで一番算数のできた少年が、その才能にふさわしい洋々たる前途を棒に振って、〝いわゆる芸術家〟になることを選んだのだ。〝いわゆる芸術家〟は金にならない。それは言うまでもないことだ。

おまけに息子は電話も手紙もよこさず、顔も出さなかった。「どうやら最近、どこかのお金持ちのお嬢さんに熱を上げてるみたいだけど。あの子の口から直接聞いたわけじゃないけど、今でもそういうことを教えてくれる友達が少しはわたしにも残ってるのよ。こんな暮しをしていても。でも、息子がその娘を引っかけたとしても、わたしは一ペニーでも拝めるかしら。そんなに長いこと《ノット・イン・ア・マンス・オブ・サタデイズ》（正しくはサタデイズではなくサンデイズ）待たされずに。わたしはサンデイとは言わないで、サタデイって言うの。土曜のほうが好きだから。わかるでしょ？」

「そこで、もしかしたらこれは誘惑されてるんじゃないかって気づいたんだ」モーリス・フランクリンの母親が繰り広げる会計報告からなんとか逃げ出してきたアンジェロは言った。

「こんなに長くかかったんだから、誘惑だけじゃすまなかったんじゃないの？」とジーナは言った。が、新しいネグリジェを着ており、そもそも夫にはこの上ない信頼を寄せていた。今どき珍しいほど。

「誘惑だけじゃ終わらない。なるほど」とアンジェロは答えた。「いいアイディアを思いついた」

## 9

ハワード・ノーティスは予定どおり翌朝現れた。目つきがおかしい――とジーナは思った。緊張と期待が入り混じった顔をしている。ノーティス氏の場合、これは危険な兆候だろうか。この男は前回事務所に来たとき、モーリス・フランクリンに対する殺意を露わにした。今も何か極端な行動に走りそうな気配がある――うちに来てくれてよかった、とジーナは思った。

今回は、依頼人が上着を脱いで腰を下ろすと、アンジェロはすぐに本題にはいった。「ノーティスさん、ひとつお聞きしますが、お嬢さんとモーリス・フランクリンの結婚を阻止するということをあなたはどれくらい真剣に思っておられます?」

## 10

結婚式は次の土曜日に執りおこなわれた。アンジェロとジーナは立会人を務めたあと、すぐに家に帰った。といっても、祝いの席を中座したわけではない。披露宴は催されなかったし、もちろん、幸福なカップルが新婚旅行に出発するということもなかった。

それでも、花婿と花嫁が幸福そうなのは疑う余地がなかった。

グレース・フランクリンは新しく始まる裕福な生活を思って気もそぞろで、誓いのことばも満足に口にできないありさまだった。

ハワード・ノーティスのほうは、厳密に言えば喜色満面とはいかなかったが、バーバラがモーリス・フランクリンと結婚することを阻止したことで、明らかに安堵し、満足しているようだった。たとえそのために自らがフランクの母親と結婚することになったとしても。

「じゃあ、バーバラとモーリスはもうどうすることもできないの？」夕食の席でマリーが尋ねた。「親が結婚したからって、ふたりには血縁関係なんか全然ないわけでしょ？」

「親同士が婚姻関係を維持しているかぎりはどうしようもないわね」とロゼッタが答えた。ウォルターから言われたとおりを口にしているのだ。ロゼッタのフィアンセ――というか、それに近いもの――のウォルターは弁護士をしていて、必要なときには一家に法律的な助言をしてくれている。

「そんなのってひどくない？」とマリーは言った。「ひどすぎる！」

ジーナは娘の顔を見たが、何も言わなかった。

「花婿はちゃんと金を払ってくれたのか？」と親爺さんが尋ねた。

「結婚式のまえに払ってくれた」とアンジェロ。

「結婚式……」とママがうっとりとした声で言った。

「そういう類いの結婚とは言えそうもないですけど」とジーナが言った。

「さあ、それはどうかしら」ママの口ぶりは謎めいていた。「もしかして新婦がうまく新郎を〝料理〟するかもしれないでしょ？」

アンジェロとジーナは笑みを交わし合った。「それはどうかな、ママ」とアンジェロは言った。

「さきのことはわからないものよ」ママは自信ありげだった。「サルヴァトーレは今夜は来るのかしら？　探偵をしてる娘さんというのはどんな人なの？　ほら、なんでもさせてくれるとかいう」

〈探偵家族〉

# 利益と損失

# Gains and Losses

# 1

「ぼくの仕事じゃないんです」とウォルターは言った。

「そう、彼女はぼくの依頼人じゃないということです。ぼくの専門は不動産譲渡手続きだから。刑事事件はぼくの担当じゃない」

「その女の人がやってきたとき、ウォルターはたまたま居合わせただけなのよ」とロゼッタが横から説明した。「その女の人はずいぶん取り乱してた。泣いてたんでしょ、ウォルター?」

「はらはらと涙を流して」とウォルターは言った。

「ウォルターは、その女の人のことなんか眼にはいらないみたいに、その人の脇を素通りすることなんてできなかった」とロゼッタは言った。「そういうのはあなたの気性に合わない。でしょ、ウォルター?」

「それで、どうしたの?」とジーナが尋ねた。

「〝まあ、まあ〟と言って、お茶を勧めたんです」

「すごく忙しかったのに」とロゼッタがまた言った。「でしょ?」ロゼッタはフィアンセと言えなくもない男の肩を誇らしげに叩いた。

「契約書を交わす期限が迫ってたんです」とウォルターは答えた。「けっこう大きな取引きの。これは秘密ですけど」

ジーナとアンジェロは顔を見合わせた。アンジェロが妹のロゼッタに言った。「急《せ》かすつもりはないんだけど、ローズ、でも、このあと約束があってね」

ロゼッタは言った。「話してあげて、ウォルター」

ウォルターは言った。「彼女を自分のプライヴェート・オフィスに連れていって、事情を聞いたんです。すると、彼女は誰も何もしてくれないから泣いてるんだって言うじゃないですか。〝誰も〟というのはカースティン・ボイルのことです。うちの事務所の刑事事件担当の」

「どんな事件なの？」とジーナ。

「泣いてるその女性のお兄さんが逮捕されたのに、誰もそのことを心配してくれない。そういうことよ」とロゼッタが答えた。

「父親は金持ちなのに、弁護士を雇う金を出そうとしないんだそうです」とウォルターが言った。「彼女のお兄さんに金はない。でも、その事件はカースティンの担当になったんです。実際、カースティンはすごく優秀な弁護士です。でも、そう、悪評とまでは言わないけど、勝ち目のある仕事以外は手を出さないという噂がある」

「その女の人のお兄さんは罪を認めてるんだけど」とロゼッタが言った。「でも、その女の人には自分は無実だと言ってるの」

「兄には自尊心がないんだって彼女は言ってました」とウォルターは言った。「なんだかずいぶん悲しい事件ですよね」

「まだよくわからないんだが、きみはおれたちにどうしろって言うんだね」とアンジェロは言って妹を見やった。それから、ウォルターを見て、腕時計を見た。

ウォルターは言った。「そのお兄さんの件でその女性に会ってもらえませんか？　ぼくは彼女に、とんでもない報酬を請求したりしない優秀な探偵を知ってるって言ったんです。彼女と話して、事実を確認してもらえませんか？」

「もちろん、会いますとも」とジーナが言った。「それがわたしたちの仕事なんだから」

「彼女に会って、そのあと一回か二回電話で相談するぐらい無料でやってもらえるかどうか。ウォルターはそう思ったわけよ」とロゼッタが言った。

「なるほど」とアンジェロ。

「初回の面談」とロゼッタは言った。「それと、事件の詳細を警察に問い合わせるぐらいならできるわよね」

金銭面でのロゼッタの意見は絶対だった。なんといっても、彼女はルンギ事務所の非常勤会計士なのだから。

## 2

「無料でやるだと?」とその夜の夕食の席で親爺さん《オールド・マン》が言った。「人に施しをするようになると、しまいにはこっちが施しを受けなきゃならなくなる」

「その女性はとても心のやさしい娘さんみたいだったけど、お義父《とう》さん」とジーナが親爺さんに言った。「お兄さんのことをほんとうに心配してました」

ジーナとアンジェロの娘マリーが舌を出した。ジーナにしかわからないように。マリーの弟ディヴィッドは、修学旅行で自然保護公園に行っていて家にいなかった。が、〝兄弟〟というのはマリーにとってきわめて強烈なことばで、聞き過ごすわけにはいかなかったのだ。

「心がやさしいだけじゃ家賃は払えん」と親爺さんは言った。

「ありがたいことに」とジーナは言った。「ビジネスに関して、わがすばらしきお義父《とう》さまには先見の明があり、好機を逃さず、この家屋敷を即金でお買いになった。それは実に賢い選択だった。そのおかげで、わたしたちは家賃なんてものは一ペニーも払わずにすんでる」

「お世辞なんかにゃごまかされんぞ、お嬢さん」と親爺さんは言った。しかし、実のところ、親爺さんはお世辞にめっぽう弱かった。

「ジーナの話を聞きましょうよ」とママが言った。「パイはもう食べおわったの?」

「わしの皿からパイが消えてるか?」

「いいえ」

「だったら、まだわしは食べおわっちゃおらんということだ。そうだろうが?」親爺さんはナイフとフォークを手に取った。ママはジーナにウィンクをした。

「話すことはもうあまりないけど」とジーナは言った。

「彼女とは明日の朝会うことになってる」

「その人のしゃべり方はどんな感じなの、ママ?」とマリーが尋ねた。「これっていい質問でしょ、お祖父ちゃん？」

親爺さんは嬉しそうに微笑むと、孫娘にうなずいてみせた。マリーが何をしようと彼の眼に悪く映ることはないのだが、孫娘が一家の仕事の話に加わると、親爺さんはことさら喜んだ。

テーブルについているのは四人だけだった。アンジェロは医療費請求の調査で、十時まで戻らない。ロゼッタはウォルターと一緒に出かけている。長男のサルヴァトーレはもっぱら自分の都合で、夕食に現われたり、現われなかったりした。

ジーナが言った。「彼女の話し方は、どちらかと言えば、ゆったりした上流階級風という感じね。そう、〝町《タウン》〟を〝タイン〟と言ったりするような。〝火曜日の十時にタインへまいります〟みたいな」

「お兄さんが何をしたってその人は言ってるの？」とマリー。

「彼女のお兄さんは病院で働いてるんだけど、薬品棚からモルヒネを盗んだ。そういうことになってるみたい」

親爺さんがうなった。

「どうかした、お祖父ちゃん？」とマリー。

親爺さんは言った。「麻薬中毒者。支払いに関して、あいつらほどあてにできないやつらもいない。麻薬中毒者を相手に仕事をして、ほかの依頼者よりどれだけ損をさせられたことか」

「あら」とマリーは言った。「どこか痛いのかと思った。どこか痛かったわけじゃなかったのね。よかった」

ジーナとママは顔を見合わせた。

親爺さんが言った。「この部屋には三人も女がいるのに、誰がわしのつらさを気にしてくれてる？　マリーだけだ」

# 3

サンドラ・サマーソンがルンギ探偵事務所の階段を昇ってきたときには、すでに約束の時間を三十分近く過ぎていた。ジーナはすぐにも出かけなければならなかったが、ウォルターの心を大いに揺さぶった女性にとりあえず会えることができて、まずはよかったと思った。

サンドラ・サマーソンは小柄で、いかにも繊細な輪郭の顔をしており、年は二十歳ぐらい、着ている服は見るからに高価なものだった。ジーナの眼には、簡単に泣くようなタイプには映らなかった。

「サマーソンさんですね?」とアンジェロが言った。

「はい」

「アンジェロ・ルンギです。こっちは仕事のパートナーで、妻のジーナ」

サンドラ・サマーソンは握手を求めようとはしなかった。ただ、腰をおろすと言った。「ウォルコット・ストリートなら百回も通ってるはずだけれど、今日の今日までこちらの玄関にも看板にも気づきませんでした」

「うちの事務所は一九四七年からここにあるんです」とアンジェロは言った。「でも、ここを通る人はたいてい町へ行く途中か、ショーウィンドウを眺めるだけですからね」

ジーナは、サンドラ・サマーソンと一緒にいて、なんとなく落ち着かない気分になっているのに気づいた。サンドラの坐り方。それはまるで彼女のほうがあれこれ指図をしているかのようだった。実際には人の好意に甘えようとしているのに。さらに、サンドラの声には電話では感じなかった不快感があった。〝タイン〟ということばにさえ感じなかったような。ジーナは言った。「さっそくですが、ミズ・サマーソン、聞かせてもらえますか? あなたのお兄さんのことを」

アンジェロはこれからお茶を勧めようとしたところだった。依頼人をくつろがせるためのルンギ家のいつもの手順だ。が、アンジェロはそこで、ジーナには差し迫った用事があることを思い出して、妻の気持ちを理解した。

サンドラ・サマーソンは言った。「単刀直入な方には、わたし、常々敬意を払っています、ミセス・ルンギ。兄は二十本のモルヒネのアンプルを盗んだということで訴えられています。でも、兄は無実です。変な話に聞こえるのは自分でもわかります。兄のトムのフラットには確かにモルヒネがあったんですから。でも、それは兄とはなんの関係もないんです」

「お兄さんはモルヒネを手に入れられる立場にいるんですか？」とアンジェロが尋ねた。

「いいえ」とサンドラは言った。「兄が病院でしているのは雑役の仕事です。薬品庫の鍵なんか持っているわけがないんです」

「でも、そのモルヒネは病院にあったものなんでしょ？」

「ええ」

「それに、お兄さんは罪を認めようとなさってる。そうでしたよね？」とアンジェロは言った。

「兄はモルヒネを盗んだとは認めていません」とサンドラ・サマーソンは言った。「警察もモルヒネを〝所持していた〟ということで兄を逮捕したんです。確かにモルヒネは兄のフラットにありました。だから、兄は、自分が持っていたにちがいないと言うんです。なぜなら、所持とはそういう意味だから、と」

ジーナとアンジェロは顔を見合わせた。警察側の見解は友人のチャーリーから聞けばいい。

「お兄さんはどれぐらいの期間その病院で働いてるんですか？」とアンジェロは尋ねた。

「十六のときからです」

「今、お兄さんはおいくつなの？」と今度はジーナが尋ねた。

「二十二です、ミセス・ルンギ」

サンドラ・サマーソンの〝ミセス・ルンギ〟という言い方がことさらジーナの気持ちを逆撫でした。サンドラにそう呼ばれると、なんだか枠にはめられているような、見下されているような、年寄り扱いされているような気がした。

「お兄さんは今どこにいるんです?」とアンジェロが尋ねた。「拘置所ですか?」

「いえ、わたしが宝石を売って保釈金を払いましたから、家にいます」

「家はどこにあるんです?」とアンジェロ。

「トムはロイアル・クレセント(バースの名所。美しい三日月形をした建物群)にフラットを持っています」

アンジェロとジーナはもう一度顔を見合わせた。ロイアル・クレセントに病院の雑役係の家があるかどうかという賭けをして、あるほうに賭ければ、相当儲かることだろう。

サンドラは言った。「トムはビアトリス伯母からフラットを相続したんです。それを除けば、一文無しです。病院の給料なんてたかが知れてますから。そういうことを言えば、わたしも同じですけど」

ジーナは改めてサンドラ・サマーソンが着ているものを眺めずにはいられなかった。

サンドラは言った。「自分が高価な服を着ていることはわかっています。服は父のつけで買うことが許されてるんです。それに、食べものや飲みものも。でも、お金はもらえないんです」

「じゃあ、あなたは働いてないのね?」とジーナは言った。

「仕事をしているかという意味ですか、ミセス・ルンギ? もちろん、仕事はしていません。仕事なんかしなくていいように育てられたんです。だから、就職に役立つような資格も技術も持っていません。人をまとめるという生来の才能以外、わたしには何もありません。医療に関する慈善活動のお手伝いを少しやっていますが。そういう活動には父も賛同してるもので。あとは毎年行なわれるお祭りのお手伝いもしています」

「わかりました」とジーナは言った。

アンジェロが慎重にことばを選びながら言った。「あなたのお兄さんが病院の雑役係といった仕事を選ばれたのは、ちょっと意外な気がしますが」

「兄はわが家の反逆児なんです」とサンドラは言った。

「だから、今このときにも父が望む生き方を拒否したことのつけを払わされてるんです。兄以外の家族の誰かが問題を抱えたら、父は〝なんとか無罪にする《ビート・ザ・ラップ》〟ためにゴールドカードを持っているような調査員と弁護士の軍団を雇うでしょう。でも、父はトムのためには指一本動かそうとしないでしょう。トムは父にとってたったひとりの息子なのに。それっていいことじゃありません。全然よくないことです」

## 4

「あとからわかったんだが」アンジェロが火曜日の夕食のときに報告した。「その父親というのは医者だった。外科医だ」

「美容外科のね」とジーナが言った。

「その分野では世界的に有名な人物らしい」とアンジェロは言った。

「そして、最も得意としてるのが」とジーナ。「人に興味深い傷をつけること。彼はわが国でそういうことを初めて始めた人なのよ」

「顔やそのほかの体の部分に外見的特徴を加えるんだ。タトゥーより流行りはじめてるらしい」

「まあ」とママが言った。「人を傷つけるですって?」

「その費用は自己負担なのか？　それとも、国民健康保険が利くのか？」と親爺さん。

サルヴァトーレがうんざりしたように鼻を鳴らして言った。「父さんは人を信用格付けでしか考えないんだから。まったく」

「信用格付けゼロの人間が何か言っとるようだな」と親爺さんは言った。サルヴァトーレは画家で、一家の探偵仕事の手伝いはたまにするだけだった。だから、彼と親爺さんの不仲は慢性的なもので、それはサルヴァトーレのほうが親爺さんとの摩擦を避ける努力をしないとなおさらひどくなった。

ジーナが言った。「あまり眠れなかったの、サル？」

「徹夜だったんだ」

「画家というのは光が必要なもんだと思ってたよ」と親爺さんが言い、テーブルについて坐っているほかの家族が同意するのを待った。「それとも、ただモデルを〝吟味〟してたのか？」

「父さんはいつもこんなことを言ってたよね」とサルヴァトーレは言った。「時間をかけて仕事の計画を立てれば、仕事をする時間が節約できるって」

「もうやめて、ふたりとも」とママが言った。「わたしは哀れな無実の青年と妹さんの話が聞きたいわ」そのあと親爺さんに言った。「わたしのサルヴァトーレは疲れてるのよ。食事をさせてあげてちょうだい」

「そもそもこいつが始めたことだ」と親爺さんは反論した。

「ええ、そう」とマリーが言った。「サル叔父さんが始めたのよ」

親爺さんはマリーににっこりと微笑んでみせた。サルヴァトーレはカレーの中にライスを入れた。

アンジェロが言った。「ふたりの父親のその整形外科医は、亡くなった妻からかなりの資産を相続したそうだけど、そのときにはもうすでに成功していた」

親爺さんとしては〝かなり〟とはどれぐらいのことなのか、訊きたかった。が、思いとどまった。

アンジェロは続けた。「息子のトムは母親が亡くなったとき十五歳で、学校の成績も優秀だったのに、十六歳で退学してしまった。今は二十二歳で、彼の父親は、息子は人生を棒に振ってると思ってる」

「おまえたちはその金持ちの医者とは話をしたのか？」と親爺さんは我慢ができなくなって尋ねた。

「いいえ」とジーナが答えた。

「もしかしたら、父親がこのただ働きの仕事の報酬を払ってくれるかもしれない」と親爺さんは言った。

「それはどうかしら、お義父さん」とジーナは言った。

「父親と息子の仲がよくないのよ」

サルヴァトーレが何か言いかけてやめた。しかし、すでにみんなの注意を惹いてしまったことに気づいて言った。

「彼には前科は？　その息子のほうだ。警察に逮捕されたのは今回が初めてなのか？」

「いい質問だ、サル」とアンジェロが笑みを浮かべて言った。

「以前にもドラッグで捕まってるのか？」とサルヴァトーレは続けた。

「いや。でも、チャーリーによれば、四年前に警察から警告を受けたことがある。なんでだと思う？」


サルヴァトーレは自分だけに向けられた質問と思って考えた。「親の許可なく絵を描いたから？」

「父親に対するいやがらせだ」とアンジェロは答えた。

「そんなことをしてただの警告ですんだのか？」と親爺さんが言った。「終身刑にはならなかったのか？」

サルヴァトーレはとりあえず笑みだけは見せた。かわりにママが尋ねた。「その子は実際には何をしたの、アンジェロ？　どういういやがらせをしたの？」

「トーマス・サマーソンは何百という申し込み書を書いた。父親の名でいくつもの講座に登録したり、雑誌の購読申し込みをしたり、企業から詳しい資料を取り寄せたり、慈善事業への寄付を約束したり。そして、そのすべてに父親の名前として〝ドクター・スカー（傷痕）〟とサインした」

「あらま」とママが言った。

「チャーリーが言うには、それでトムは警察から警告を受けたけれど、そのあと彼に対する苦情はひとつもないそうだ。それ以外のことで彼についてわかってるのはただひとつ、詩を書くことだ」

# 5

翌朝、アンジェロはポストを開けると、封筒に書かれた宛名と差出人の名前と住所をいつもより念入りに確かめた。九時、階段から足音が聞こえた。オフィスにはアンジェロしかいなかった。何もはいっていない引き出しに茶封筒の束をしまい込んで、彼は背すじを伸ばした。

サンドラ・サマーソンが颯爽とはいってきた。机のまえで立ち止まると、その上に二十ポンド札の束を叩きつけ、彼女は言った。「自分がどんなにいやな女か、それはわかっています。でも、トムにも、彼が自らの信念を貫くために払っている犠牲にも、わたしは心から敬意を払ってるんです。五百ポンドあります。このお金をどうやってつくったかはどうか訊かないでください。でも、これはあなたのものです。報酬だか調査料だか、なんと呼ぶのかは知らないけれど。でも、お願い、お願いです、トムを助けて。刑務所なんかにはいったら、トムの無垢な心が壊れてしまう。本人がなんと言おうと!」

どこから話したものか、アンジェロにはわからなかった。が、とりあえず言った。「お茶でもいかがです、サマーソンさん?」

「今お茶が飲めるのなら人殺しだってします」と彼女は言った。「ダージリンはあります?」

ふたつのカップに紅茶を注ぎおえると、アンジェロは言った。「領収書を書きます」

「そんなもの要りません」とサンドラは言った。

「そうかもしれませんが、私がそうしたいんです。書くあいだに、お兄さんについてもう少し聞かせてください。トムがフラットを相続したのはいつです?」

「二年ほどまえです」

「それまではどこに?」

「実家です」

「ということは」とアンジェロは言った。「お兄さんは学校を辞めて病院で働きはじめ、そういったことにお父さんが反対してるにもかかわらず、相変わらずお父さんの家で暮らしてたというわけですね」

「パパは反対しただけじゃありません」とサンドラは言った。

「お父さんは何をしたんです？」

「パパはトムに思い込ませたんです――トムに――おまえはもうすぐ死ぬって」

「なんですって？」

「パパはトムにあと数カ月の命だと言ったんです。そして、トムはそれを信じたんです」サンドラ・サマーソンはわっと泣きだした。

「それであなたは彼女の肩を抱いて、髪を撫でてやった」十一時半、ジーナはコーヒーの用意をしながら言った。

「そして、情緒不安定な哀れなお嬢さんにすべてうまくいくと請け合った」

「いや、ちがう」とアンジェロは言った。「おれも泣いたのさ。だから、彼女のほうが髪を撫でてくれたんだ」

「あなたの場合は、なんとも言えないけど」とジーナは言った。「彼女ならそれぐらいやりかねないわね」

「きみはサンドラが嫌いなんだ、だろ？」

「今〝サンドラ〟って言った？」とジーナはコーヒーを注ぎながら言った。「彼女の涙はウォルターと一緒にいるときにも流れた。そして、今度はあなたとふたりきりのときに流れた。ええ、わたしはあなたのサンドラを全然信用してない」

「ううむ」

「逆に、彼女のお兄さんのトーマスのほうは人畜無害の人って感じだった。七歳のときに助けた蝶の話を延々とされちゃった。いえ、八歳のときだったかな」

アンジェロはブルボン・ビスケット（チョコレート・クリームをはさんだビスケット）を取った。

「でも、事件に関して役に立ちそうなことはあまり聞けなかった」とジーナは続けた。「警官がやってきて、彼のフラットのキッチンの棚の上に置かれていたモルヒネのアンプルを見つけた。彼は、どうしてそんなものがそこにあるのかわからないと言った。でも、釈明もしなかった」

「彼のフラットはどんなところだ？」とアンジェロは尋ねた。

「あるのは二階」とジーナは答えた。「でも、ほとんどからっぽ同然のフラットだった。寝るのに使ってる〝フトン〟を除けば。眺めは最高だったけど」

「ハンサムだった？」

「ええ。それに、とても友好的だった」とジーナは言った。

「でも、刑務所にはいることに関しては運命論的にあきらめてた」

「そんなことにはならないと思うがね。だろ？」

「たぶん」とジーナは言った。「でも、彼はモルヒネを所持していたことは認めるつもりで、仕事のほうは今、停職扱いになってる。コーヒーのおかわりは？」

「ああ、いれてくれ」

ジーナは両方のカップに注いだ。

アンジェロは言った。「きみがフラットにいるときに、家族については何か言ってなかったかい？」

「妹はどうしようもない女で、父親は悪魔だって言ってた。そして、わたしはやさしい人だって」

「そうそう、もしかして彼は黒色腫については何か言ってなかった？」とアンジェロは尋ねた。

## 6

「黒色腫って？」とデイヴィッドが尋ねた。

「皮膚ガンの一種だ」とアンジェロは答えた。

「パソコン・オタクが外に出たりするとかかる病気」とマリーが弟のデイヴィッドに言った。「だから、オタクは一生、薄暗い部屋に閉じこもってなきゃならないのよ。自然保護公園やライヴなんかには絶対に行けないってわけ」

「どっちにしたって、ライヴなんか行くつもりはないもの」とデイヴィッドは言った。「汗だくの連中がひしめき合ってるだけのことだ。げっ、だね」

「おまえには」とマリーはいかにも憎々しげに言った。「人生の意義ってものがわかってないのよ」

「もちろんわかってるさ」とデイヴィッドは言い返した。「このダサちび。変態」

ママと親爺さんは自分たちの階で食事をしていた。

アンジェロが言った。「トムが十七歳のときのことだ。トムの父親はトムにできたひとつの発疹を示して、黒色腫だと言い、トムにもそう思い込ませた。彼の――息子の命はあと数ヵ月しかないと」

「でも、それは嘘だったんだね？」とデイヴィッドが言った。

「ああ、そうだ」とアンジェロは答えた。

「でも、その父親はなんでそんなことを言ったの？」

「自分は死ぬわけじゃないってあとでわかったら、人生をもっと大事にするはずだと思ったらしい。もっとまえ向きになって、学校に戻り、もっと立派な仕事に就こうとするんじゃないかと」

「でも、彼はそんなことはしなかった」とマリーが言った。「父親に言い返した。病院の雑役をやり続けると父親に言い返した」

「いずれにしろ、その出来事をきっかけにトムは詩を書くようになった」とジーナが言った。

「素敵！」とマリー。

「悲しい家族ね」とロゼッタが言った。「で、兄さんは父親が息子のフラットにモルヒネを置いたって思ってるのね？」

食卓が不意に静かになった。全員がロゼッタを見た。家族の中でただひとり、事件についてめったに口をはさまないロゼッタを。

「わたし、何か言った？」とロゼッタは尋ねた。「何かまずいことを言った？」

「いや、全然」とアンジェロは言った。「聞かせてくれ。なんで父親がそんなことをしたと思うんだ？」

「だって、医者なら病院のモルヒネにも簡単に近づけるし、息子からいやがらせをされて喜んではいなかったでしょうし。その父親は息子の生き方がそもそも気に入らないんでしょ？　だから、事件を起こして息子に眼を覚まさせようとしたんじゃないの？」

「かもしれない」とアンジェロは言った。「かもしれない。明日は誰かがドクター・パパに会いにいったほうがよさそうだな」

デイヴィッドが言った。「その息子のことだけど、自分は黒色腫なんかじゃないってわかったら、どうしたの？」

「ドクター・スカーの名前であれこれ申し込みをして、いやがらせをした」とアンジェロは言った。「それ以外は、病院の仕事はそのまま続け、ますます詩作にのめり込んだ」

「素敵！」とマリーが言った。

「マリーはいったいどうしたんだ？」とベッドの中でアンジェロはジーナに尋ねた。「とてもいい子の日もあれば、触ったら指が切れるんじゃないかってぐらいとげとげしい日もある。それはもうすごくとげとげしい日も」

ジーナには、このところマリーは祖父がそばにいるときだけ〝いい子〟にしているように思われた。すなわち、ある目的を持って、祖父に取り入ろうとしているように。しかし、アンジェロにはあたりさわりのない返事をした。

「あの子はただ思春期というだけのことよ。わたしもマリーぐらいの頃には気分がころころ変わったのを覚えてる」

「それはちょっと信じられないな」とアンジェロは言った。

　ジーナは自分のおだやかな性格についてお世辞を言われたのだと思った。が、それは聞き流すことにして、言った。

「思春期の子供を相手にするときに大切なのは、争いを避けないことね。些細な意見の食いちがいには、子供に花を持たせてやって、何か重要な問題には断固として親の意見を主張する」

「だったら、たとえば、マリーが学校を辞めて、病院で雑役の仕事をしたいなどと言い出したら、それは些細なことなのか、それとも重要な問題なのか」

「マリーが？　そんな地味な仕事をしたいなんて言うと思う？　あの子がそんなことを言い出したら、すぐに医者に診《み》てもらわなくちゃ」とジーナは言って、すかさずつけ加えた。「美容整形外科医じゃない医者にね」

## 7

トムのことで話がしたい、とサマーソン医師の秘書に言っただけで、ジーナは意外にも翌朝の予約を取りつけることができた。そして、その時間ちょうどに出向くと、すぐにサマーソン医師の診察室に案内された。サマーソンは五十がらみのスリムな男で、飛び出ているせいか、常に相手を凝視しているような眼をしていた。そしてその顔には、よく笑うためにできてしまうような皺は一本もなかった。

　ジーナが自己紹介をしようとすると、それをさえぎってサマーソンは言った。「私が何も知らないとでも思ってるのか？　冗談じゃない！　あんたは娘に頼まれて、括弧つきの私の息子を助けようとしてるんだろ？　知ってるんだよ！　娘はあんたらを雇う金をどこから手に入れたと思う？」

「調査料があなたから出ていたとは知りませんでした」とジーナは言った。

「出ていた？　冗談じゃない！　あいつは私の金を盗んだんだ」

「それも知りませんでした」

「ふん！」とサマーソンは言った。「しかし、娘が盗めるところにあえて金を置いておいたのも事実だ。じゃあ、どうして私はそういうことをしようと思ったのか」

「さあ」

「電話だ！」とサマーソンは言った。「娘はあんたらに電話したろうが、ええ？」

「自分の家の電話を自分で盗聴してるってわけか？」とアンジェロは昼食を食べながら言った。「あきれた男だ《ザット・テイクス・ザ・ビスケ》な《ット》」そう言って、ビスケットを一枚取った。

「確かに、彼は世界一愛される男というふうじゃなかったわね」

「ということは、ローズは正しかったということ？　トムのフラットにモルヒネをこっそり置いたのはやはり父親だったんだろうか？」

「そういうことをほのめかしたら、馬鹿も休み休み言えって言われた。だから、わたしも言い返した。自分の息子に偽の黒色腫の診断を下すような人間にそんなことを言われるすじあいはないって。そうしたら、なるほどそれは一理あるな、ですって」

「きみはその〝悪魔〟と案外馬が合うんじゃないか？」

「あの父親に関するかぎり、少しは理解できるようになった気がする。家族の問題なんて単純かつ直接的な干渉で解決できる。そう思ってる人みたいね。言ってみれば外科手術みたいに」

「家族というものが単純でありさえすれば、それでもいいわけだけど」とアンジェロは感慨を込めて言った。

「そこが問題ね。サマーソン医師は、思春期の子供にも思春期そのものにもひとりでは対処できなかったってことね」

「今もまだひとりなのか？」

「ええ」とジーナは言った。「もっとも、自ら望んでそうなってるわけでもないんでしょうけど」

「ほう?」

「左の眉の上に三インチほどの傷をつけたほうがいいって強く勧められた。そうすれば、ミステリアスで魅惑的な雰囲気が加わるって。どう思う?」

## 8

昼食をすますと、アンジェロはチャーリーに電話をかけ、警察がトーマス・サマーソンのフラットに踏み込むことになった経緯を尋ねた。チャーリーは、調べてみると言ってくれた。一方、ジーナはロイアル・クレセントへ向かった。

トムは、水泳用のトランクスに、スモウ・レスラーがプリントされたTシャツという恰好で出てきた。そして、ジーナを見ると、「おっ」と声をあげ、くるりと背を向けて階段を上がっていった。

ジーナはその〝おっ〟を〝どうぞ〟と解釈して、トムのあとについて上がった。

「刑務所にはいりたいわけじゃないけれど」とトムは言った。ふたりは居間の床に向かい合って坐っていた。「でも、警察はモルヒネがここにあったって言ってる。そして、ぼくにはそれを否定することができない。でしょ？」

「でも、だったら、誰がここにモルヒネを置いていったの？」

「わからない」

「どうして置いていったの？」

トムは肩をすくめた。

ジーナは言った。「刑務所にはいりたくて——まあ、これも経験ということで——無実を主張するつもりがないのなら、それは考えちがいというものよ。たぶん刑務所送りにはならないから。初犯ではまずそんなことはないのよ。たぶん罰金を払うだけだと思う。でも、仕事は馘《くび》になるかもしれない」

「もう停職になったんで」とトムは言った。「今朝それを題材に詩を書きました。聞きます？」

「ええ」とジーナは即座に答えた。ほんとうにその詩を聞きたいのかどうかは自分でも判然としなかったが。

「停職」トムは読みはじめた。「トーマス・サマーソン。

停職、命の糸から吊るされて。停職、日々の糧から吊るされて。宙に浮いたまま日々が過ぎ、次の食べものを得ることも疑わしく……」

トムはゆっくりと朗読し、その詩は五分続いた。

「面白い」とジーナは詩が終わると言った。「あなたの詩はもう本になったりしてるの？」

「いいえ」とトムは答えた。そこで初めてもの憂げな気配が消えた。「詩集を出してる出版社の人は、詩人の手書きの詩なんて読んでさえくれないんです。きちんとタイプされてない詩なんて。でも、ぼくは阿《おもね》ようとは思いません。ワード・プロセッサーからは加工されたことば《プロセッスト・ワード》しか生まれません。だから」と彼はきっぱりと言った。「いいものが生まれるわけがない」

「それじゃ、あなたとしては苛立たしいかぎりね」とジーナは言った。

「何が？」とトムは訊き返した。ジーナはそのぶっきらぼうな口調にトムの父親を思い出した。

「詩を書いても読んでもらえなければ、誰だって辛いはずよ。全精力を注いでも仲間から評価が得られなければ。あなたの詩をきちんと評価してくれる人もきっといるはずなのに」ジーナはそこで一旦ことばを呑んでから、つけ加えた。「大勢いるはずなのに」

「公にすることで」とトムはゆっくりと言った。明らかに、ジーナに言われたことを考えているようだった。「自分の詩を人に読んで聞かせることで、その詩の鼓動と魂を見いだすことができます。ぼくはそう思ってる」

「だったら、実際に自分の詩を人に読んで聞かせたりしてるの？」

「ええ。ここで朗読会を開いてるんです。サンドラが食べものや飲みものの用意をしてくれて、ぼくがみんなを詩でもてなすんです」

「どういう人たちが来るの？」

「知ってる人は全員招待します。あなたともこうして知り合いになりました。だから、あなたも招待します。次の会は金曜日の夜です。ぼくを逮捕した警官も招待しました。知ってる人は全員呼ぶんです。もちろん、父を除いて」

# 9

夕食の席で、事件の話を持ち出したのはロゼッタだった。

「やるべきは」とロゼッタはテーブルについているみんなに言った。「病院で働いていて、詩の朗読会にも出席したことのある人を見つけることね」

「病院の患者かもしれない」とデイヴィッドが言った。

「トムには患者にも知り合いが何人かいるかもしれないでしょ？」

「患者にはモルヒネは盗めないでしょうが、この馬鹿」とマリーが言った。「でしょ、おじいちゃん？　従業員のように簡単にはいかない」

「そのとおりだ、マリー」と親爺さんは答えた。

「チャーリーの話だと、匿名の通報があったそうだ。トムのフラットにモルヒネがあるという」とアンジェロが言った。

「誰が警察に通報したにしろ、そいつがモルヒネを置いたのね」とロゼッタ。

「妹はどうなの？」とデイヴィッドが言った。全員が食事をする手を止めて、家族の最年少者を見た。「彼女が家から警察に電話をしたのなら、その通報は少なくとも録音されてるはずだよね」

ちょっと考えてから、ジーナが言った。「サンドラが犯人だということがわかってたら、ドクター・スカーはわたしにそのことを話してたはずよ」

「だいたい」とマリーが言った。「なんで彼女がそんなことをするの？　自分のお兄さんだってことをぬきにしても」

「いい質問だ」と親爺さんが言った。「なんでだ？　犯人が誰であるにせよ、そもそもなんでこんなことをしたんだ？」

「そんなことはもう言うまでもないでしょうが」とママがじれったそうに言った。

「言うまでもない？」とジーナ。

「さあ、さあ、わしらの目隠しを取ってくれ」と親爺さんは言ってマリーにウィンクしてみせた。「どうして言うまでもないんだ？」

「トムと一緒に働いてる人で、彼を好きになった女性がいた。でも、その女性は彼にふられた。だから、仕返しをした」とママは答えた。

「面白い」とアンジェロ。

「あるいは、彼に嫉妬してる人がいるとか」とロゼッタが口をはさんだ。

「嫉妬だと？　文無しの詩人に？」と親爺さんがいかにもくだらないと言わんばかりに言った。

しかし、アンジェロは言った。「彼の職場。同僚。いいぞ、いいぞ、いい感じだ」

食卓の会話が途切れた。

マリーが言った。「おじいちゃん？」

「なんだね、マリー」

「音楽は大切だと思う？」

「大切？」

「洗練された完璧な人間性を得るのに」マリーは愛らしい笑みを浮かべた。

「まあ、そうだな」と親爺さんは言った。「だけど、それがどうした？」

「ううん、ちょっと訊いただけ」

## 10

「今日、少なくともひとつの謎は解けたわね」とベッドの中でジーナはアンジェロに言った。

「謎って？」

「どうしてマリーはお義父《とう》さんに取り入ろうとしてるのか」

「マリーはそんなことをしてるのか？」とアンジェロは言って考えた。「なんのために？」

「ポップ・シンガーのコンサートに行くために、おこづかいをもらおうと狙ってるのよ」

「そうなのかい？」

「夕食のときにあなたも聞いたでしょ、あの子の〝音楽と洗練された人間性〟の話を」

「おれは学校の作文か何かの質問をしてるんだと思った」

「マリーが？　自分から学校の勉強の話を持ち出したりする？」

「確かに」

「モーデント・ウィッツ」とジーナは言った。

「なんだって？」

「バーミンガムのナショナル・エキシビジョン・センターで。ひと月まえ、チケットはおこづかいを貯めて買うから、行ってもいいかって訊かれたのよ。そういう話は、おこづかいが貯まってから、またしましょうって答えておいたけど」

「で、貯まったのか？」

「マリーが？　おこづかいを貯める？」

「ううん」とアンジェロはうなった。「いつなんだ、そのコンサートは？」

「覚えてないけど、もうすぐのはずよ」

「だったら、教えてくれないか」とアンジェロは言った。

「もし、マリーが親爺からこづかいをせしめたら、それは子供に花を持たせておいたほうがいい思春期の些細な争いってことになるのか？　それとも、子供が負けることになる大きな問題なのか？」

「あなたはどう思う？」とジーナは尋ねた。「マリーをポップ・シンガーのコンサートなんかに行かせても大丈夫だと思う？」

「そういうことで親爺からこづかいをせしめられるようなら、どんなところへ行っても大丈夫なんじゃないか？」とアンジェロは言った。

# 11

「サンドラ・サマーソン！」とだしぬけにジーナが言った。

ジーナとアンジェロはふたりでコーヒーを飲んでいた。子供たちは学校へ行き、オフィスを開けるまでにはまだ少し時間があった。

「彼女がどうした？」

「わたしたちの調査料を父親からくすねられるくらいなら、彼女には事件を解決する手助けもできるはずよ」

アンジェロには、その言いまわしがどこで使われたものかはわかったが、何を言わんとしているのかまではわからなかった。

「彼女は詩の朗読会で食べものと飲みものの用意をしてる。それはつまり、彼女も朗読会に出席してるってことでしょ？　ああいう人の世話を焼きたがるタイプは出席者全員を知ってるはずよ。だから、トムが職場の女性をふっていたとしたら、そういうことも知ってるんじゃないかな」

「彼女に電話してみよう」とアンジェロは言った。「今日の午前中にもう一度〝ダイン〟に来てもらえるかどうか訊いてみよう」

「なんてこと！」ジーナとアンジェロが自分たちの考えを説明すると、サンドラ・サマーソンは言った。「リージス・ウーリッチだわ」

アンジェロはジーナを見た。「ふられた女性じゃなくて、ふられた男だったとはね（リージスは男子名）」

「警察に話します」とサンドラは言った。「わたしが警察に話します。でも、警察はそんな話を聞いてくれるでしょうか？　それってわたしのせいなの？　わたしはどうすればいいの？」

サンドラはそこで口をつぐんだ。が、ジーナもアンジェロも彼女がまた話しはじめるのを待つことにした。

サンドラは言った。「わたしは自分の部屋にこもっていたほうがいいんでしょうか？　外に出ないほうがいいの？　わたしは、ただひとつのことだけが人生のすべてだと信じてそのことに精進しているたったひとりの兄を、ないがしろにするべきなの？　どうしたらそんなことができます？　リージスのようにうじうじした愚かな人間がわたしのことを好きになったからといって、それってわたしのせいなの？　わたしが悪いんですか？」

「いったい、そのリージスというのは誰なんです？」とアンジェロが尋ねた。

「わたしは彼に言ったんです。初めて彼に手を握られたときに、すぐに言ったんです。〝リージス、わたしに関わるのはやめたほうがいいわ。わたしを好きになると、厄介なことになるわよ。なぜって、わたしはいやな女だから。わたしはものすごく粗野な男の人が好きなのよ。わたしはそういう性格なの。わたしは悪い知らせみたいな女なのよ〟って」

「でも、彼はそのことばに従わなかった？」とジーナが尋ねた。

「ええ」とサンドラは答えた。「従いませんでした。それはもう腹を立ててしまって」

## 12

「つまり、その〝それはもう腹を立ててしまって〟が犯人だったんだね」とデイヴィッドが言った。

「あら、おもしろいこと《アミュザン》を言うじゃないの」とマリーは刺刺しく言いながらも、祖父には微笑んでみせた。「今のはフランス語よ、ちびデイヴィッド。わからないと可哀そうだから言っといてあげると」

「つまり、そのリージスという人がそのサンドラという人に横恋慕をした。そういうこと?」とママが言った。

「それはもうぞっこんだったみたいだ」とアンジェロが答えた。「ふたりはそもそも詩の朗読会で出会ったそうだけど」

「サルヴァトーレ、おまえは詩が好きだったわね」長男を結婚させたくてたまらないママは言った。

「大好きってわけでもないけど」とサルヴァトーレは答えた。

「でも、とてもきれいな妹さんのようよ、みんなの話を聞くかぎり」とママ。

「でも、サルヴァトーレの好みじゃないんじゃないかな」とジーナが言った。

「恋の道が誰にわかるというの?」とママは反論した。「彼女は独身なんでしょ? そうだったわよね、そのお嬢さんは? サルヴァトーレの気持ちはサルヴァトーレ本人が決めればいい。金曜日の夜には、無料の飲みものと食べものが出るんでしょ、そうなんでしょ?」

ロゼッタが言った。「つまり、自分の思いが通じなくて腹を立てたそのリージスという男が、彼女のお兄さんを傷つけることで、彼女を傷つけようとしたってこと?」

「リージスにはそういう方法しか思いつかなかったみたいね」とジーナが答えた。

「チャーリーの話だと、リージスは、今日の午後、警察の事情聴取を受けると、あっさり自白したそうだ」とアンジエロが言った。

「それで、それを知ったら、医者の父親は喜ぶだろうか?」と親爺さんが尋ねた。「われわれに特別手当を出そうと言ってきたりするだろうか?」

「自分で思ってる以上に喜ぶかもしれない」とジーナが言った。「たとえ、それを知らなくても」

「それは謎々か?」と親爺さんは言ってママのほうを見た。

「ジーナはわしに謎々を出してるのか?」

「トムは病院の仕事を辞めることにしたんです」とジーナは答えた。

「詩人になるために?」とマリー。

「いつそんな決心をしたの?」とロゼッタ。

「チャーリーが電話で」とジーナは言った。「リージスが自白したことを教えてくれたので、そのことを伝えにトムの家へ行ったら、トム本人が話してくれたのよ。フラットを売って、そのお金で大学に行くんですって」

「どうして?」とマリー。

「詩集を自費出版するには、もっとお金が稼げる仕事に就かなければならないって言ってた」

マリーは、芸術家の魂が損なわれたわけではないことを知ってほっとしたような顔をした。

「でも」とジーナは言った。「そのことは父親には知られたくないとも言ってた」

「なんでだ?」と親爺さんが尋ねた。「自分で何かしようと決めた息子に無関心な父親なんぞおらんよ。手を貸そうとさえするかもしれん」

「そうか」とサルヴァトーレが言った。「だからこそ、彼は父親に知られたくないんだよ、父さん。自分だけの力でやりたいんだ。そうだろ?」

「まさにそのとおりよ、サリー」とジーナは言った。「このことを知ったら、父親はきっと首を突っ込んできて、お金を出して、干渉しようとするだろうってトムは言ってた」

「父親には教えてやるべきだ」と親爺さんは反論した。

「たとえ、その父親が人に傷をつけるような医者だとしても。もし明日父親が死んだらどうする? このことを知って安らかに死にたいと思うはずだ」

「でも、おれたちから父親に話すわけにはいかないよ、父さん」とアンジェロが言った。「彼は依頼人じゃないんだから。そういうのは職業倫理に反する」

「でも」とジーナが微笑みながら言った。「サンドラ・サマーソンにはお兄さんのことを伝えなくちゃ。彼女の家に電話するわ」

　これにはテーブルについている全員が賛成した。

　ロゼッタが言った。「トムがフラットを売るとなると……」

「譲渡手続きはウォルターにやってもらおうと思ってるってトムは言ってた」とジーナが言った。

「よかった！」とロゼッタは言って手を叩くと、気持ちを抑えて言い添えた。「よかったって言ったのは、わたしたちが婚約してるからだけじゃないわよ。ウォルターはとてもよく仕事ができるからよ」

「トムにもそう言っておいたわ」とジーナ。

「おじいちゃん」とマリーが言った。

「なんだ、マリー？」

「食事が終わったらちょっと手伝ってくれる？　学校のことなんだけど」

「わしに手伝えることか？」

「国語の授業の作文に、おじいちゃんの殺人事件のことを書こうと思って」とマリーは言った。「おじいちゃんが解決した事件のことを」

「ほう？」親爺さんは満面に笑みを浮かべた。「ノーマン・スタイルズのことを書くのか？」

「そう、それ、それ」とマリーは答えた。「おじいちゃんはどういうことをしたのか、もう一度聞かせてくれる？」

「ううむ」と親爺さんは言った。「どうするかな。若い娘にはちと乱暴すぎる話だからな」親爺さんはマリーの両親を見やった。

　ジーナは小さくうなずいた。

　親爺さんは言った。「まあ、マリーが〝どうしても〟と言うなら……」

「どうしてもお願い、おじいちゃん」とマリーは甘えるように言って、小さな勝利を手中に収めた。

〈探偵家族〉

# 旅行計画

# Travel Plans

# 1

「仕事は暇だよ、サル」とアンジェロはスパゲッティをフォークに巻きつけて言った。「暇、暇、暇」

サルヴァトーレ・ルンギは、そのアンジェロのことばに見合ったしかつめらしい顔をして、いい知らせの報告は先送りにしようと思った。「それはよくないな、兄弟《ブロ》」

「ブロ？ 〝ブロ〟とはなんだ？」冬のあいだずっと機嫌の悪かった親爺《オールド・マン》さんが言った。「わしが若い頃など、父親と食事をするときには、男はみんなクウィーンズ・イングリッシュを話したもんだ。それはもう得意になってたな」

しかし、ジーナはさきほど義理の兄《ブロ・イン・ロー》の顔に何かがよぎったのを見逃していなかった。彼女は言った。「あなたのほうは、サル？ 何か、新しいニュースでも？」

「まあね」とサルヴァトーレは言った。

ジーナはごまかそうとしてごまかせる相手ではなかった。

「誰かとまたつきあいはじめたの？」

「別に」

ジーナは彼をじっと見つめ、食い下がった。「じゃあ、何があったの？」

喜びを先送りにすることが決してうまいとは言えないサルヴァトーレは、思わずにやりとした。

ママが背すじを伸ばした。アンジェロはジーナと結婚して長いことうまくやっている。ロゼッタも少なくとも婚約までこぎつけている。たとえ、婚約してから五年も経っていようと。フィアンセのウォルターには形ばかりにしろ、まだ妻たる女性がいようと。なのに、サルヴァトーレは……母親の嘆きの種だ。「ほんとうに。とうとうなのね！」と彼女は言った。

「ちがう、ちがうよ、母さん。そういうことじゃない」とサルヴァトーレは言った。

「だったら、どういうことなの?」とママは言った。

「グループ会を開くことになったんだ」サルヴァトーレは絵描きだった。

沈黙がママの失望を物語っていた。ジーナが言った。

「すばらしい。いつ? どこで?」

「六月から。〈アカデミー〉というギャラリーで。知ってる?」

「知らない」とジーナは言った。テーブルについている全員が顔を見合わせた。誰も知らなかった。「なんていう通り《ストリート》にあるの?」

サルヴァトーレはまたにやりと笑った。「ストリートじゃない」

「こいつ、何か企んでるな」親爺さんがそう言って、腹をさすった。

サルヴァトーレが探偵家族に推理の機会を与えていることは、しかし、誰にもわかった。

ジーナが言った。「そう、ストリートじゃないのね。ほかにどんなところが考えられる?」

みんなが考える短い静寂があって、その静寂はジーナとアンジェロの下の子供デイヴィッドによって破られた。

「わかった。サル伯父さんは歩道《ペイヴメント》で絵を売ろうとしてるんだ。大道芸人みたいに」

この推理は家族の最年長ふたりには少しもうけなかった。

「いや」とサルヴァトーレは言った。「百パーセント屋内だ」

「でも、ストリートじゃないとしたら」とジーナは言った。

「ほかに何がある? ロード?」

「いや」

「レイン?」

「ミューズ?」

「クローズ（ロードもレインもミューズもクローズも通りの意。字義的にはだんだん細くなる）?」

「クレセント（三日月形の街路）? もしかして、クレセントじゃない?」

が、テーブルのあちこちから発せられた答のどれでもなかった。

アンジェロが言った。「パッセージだ」観光客めあての建物には、通　路《パッセージウェイ》をギャラリーにしているところがたくさんある。

サルヴァトールは今度は単に〝いや〟と言うかわりにこう答えた。「惜しい。あと一歩だ」

「あと一歩」とジーナはおうむ返しに言った。「ということは、そのギャラリーには車を乗りつけることはできないってこと？」

「ああ」

「ううん」と親爺さんがうなった。

アンジェロが言った。「アビーの前庭のはずれに建物が並んでるだろ、そのひとつじゃないのか？」

「前庭。そんなのもありなのか」と親爺さんは言った。

サルヴァトーレはにやけ顔から満面の笑みになって言った。「ご名答だ、ブロ」

「ワオ！」とデイヴィッドが言った。「アビーのまえっていったら、一流の大道芸人が集まるところだ」

「すごいじゃない、サリー」とジーナは言った。

「それはつまり市の中心部ってことよね？」ママが念のために訊いた。

「中心も中心、ど真ん中だ」とサルヴァトーレは言った。「友達がもともとみやげもの屋だったところを買い取ってね。今、三階建てのギャラリーに改装してるんだ。絵画専門のギャラリーに。そこに小生の傑作も手頃な値段をつけて、たくさん出品させてもらえることに相なったという次第。六月から九月まで」

「観光シーズンね」とママが言った。

「おや、そうだったっけ？」と言って、サルヴァトーレはジーナに向かってウィンクをした。

「もちろんそうよ」ママはおもむろに言い、考える顔つきになった。「でも、あなた、作品のストックはたくさんあるの？　突如として売れはじめたときのことを思って言ってるんだけど」

「絵か。そういうのもありか」と親爺さんが言った。このところ、親爺さんはやさしいことばをもっぱら孫娘のマリーにしかかけなくなっていた。そのマリーは、ブライアンというボーイフレンドのことで悩んでいる女友達と出かけてしまっている。日曜日の夕食の時間だというのに！

「もっと絵を描いたほうがいいんじゃないの、サルヴァトーレ？」とママは言い張った。「需要があるかもしれないんだから」

「ああ、おれもまさにそうしようと思ってる」とサルヴァトーレは言った。

「よかった」とママは言った。「安心したわ」サルヴァトーレにとって絵を描くということはモデルを雇うこと、すなわち女性と知り合うことを意味していたから。

「おまえは決して満足しないくせに」と親爺さんが妻に言った。「サルヴァトーレが家に女を連れてきたらきたで、どいつもこいつも物足りない。連れてこなかったらこなかったで、とっとと探せと言う」親爺さんは心のやすらぎを求めて天を仰いだ。

「わたしのサルヴァトーレもいつかはいい人とめぐり会えるはずよ」とママは言った。「そのときになれば、この子にもわかる。きっとわかってくれる」

サルヴァトーレは言った。「だから、少しでいいから仕事をまわしてもらえないかと思ってきたんだ。絵の具やキャンヴァスを買う金が要るんでね」

「こいつは金に困ると、急に探偵になりたがる」と親爺さんは言った。

「黙って」とママは言った。

アンジェロが言った。「だから、このところ暇だって言ったただろ？」

「そうなのよ」とジーナが言った。「ここまで景気が悪かったことなんて思い出せないくらいよ。弁護士から頼まれる仕事でさえ減る一方なの」

「なるほど」とサルヴァトーレはあっさりとあきらめたように言った。

デイヴィッドが口をはさんだ。「ぼくが仕事をひとつ紹介してもいいけど、パパ」

全員がデイヴィッドを見た。「今のはあまり面白くない」とアンジェロが十三歳の息子をたしなめた。

「冗談を言ったんじゃないよ。ベン・スミスって知ってる？」

「いや」

「数学のクラスで一緒なんだ。そいつは家族でクリスマス休暇に旅行に行ったんだけど、留守のあいだに泥棒にはいられたんだって。真珠とか銀製品とか、そういうものをいっぱい持ってる家なんだ。それで、金曜日にそいつが話してたんだ。警察は役立たずもいいところだし、一番高価なものの中には保険をかけてないものもあったって、お父さんが嘆いてたって。だから、ぼく、親が探偵だってことを宣伝しておいたんだ。うちの家族はみんな警察より百倍も腕のいい探偵だから、お父さんとお母さんに話してみてよって」

「真珠とか銀製品とか、か」と親爺さんは言った。「金払いはよさそうだな」

## 2

月曜日の午後、ベン・スミスの両親はほんとうに事務所にやってきて、ジーナとアンジェロを驚かせた。そればかりか、スミス夫妻はこの盗難事件を調査してほしいと言って、ルンギ一家を雇うところまで話が進んだ。

夕食の席でその話が出ると、マリーがお手上げのポーズで、デイヴィッドに向かって言った。「おまえって、ほんと、癪にさわるやつね。くそ癪にさわるやつよ」

「マリー……」と彼女の母親がたしなめた。

「ごめん。でも、こいつって最低中の最低じゃないの。もったいぶっちゃって。数学とコンピューターが得意なことなのがすごく大切だなんて思ってるのよ。自分は単細胞のくせして」

「学校の勉強は大切だ」とアンジェロが言った。

「アメーバ、アメーバ、アメーバ」マリーは弟の耳元で歌うように繰り返した。

しかし、デイヴィッドの得意な気持ちはそれぐらいでは損なわれなかった。「おまえの機嫌が悪いのは、ブライアンが今夜エレンを映画に誘ってるからだ」そう言ってマリーを馬鹿にした。

「それはね」とマリーは言った。「わたしがそうするように彼に言ったから」

「あなたたち……」とジーナ。

「そういう台詞は、彼が彼女をデートに誘うまえに言ったら、証言としてもっと信憑性があるんだけどね」

「おまえのほうはあの可愛いリサちゃんとうまくいってるの？」とマリーは意地悪く言った。「最近愉しい愉しいフロッピー・ディスクを交換しちゃったりなんかした？」

「おまえには関係のないことだ」

「コンピューター・オタクで電池仕掛けのミス性格美人、リサちゃん！」

「ふたりとも、いい加減にしなさい！」とジーナが大きな声をあげた。姉弟は互いにいがみ合ったままながら、少なくとも静かにはなった。

「スミス夫妻の話を続けてよ」とロゼッタが言った。アンジェロとサルヴァトーレのたったひとりの妹ロゼッタは、パートタイムで一家の探偵事務所の経理を担当していた。

ジーナは言った。「スミス夫人によれば、重要なのは、盗まれたものの経済的な価値じゃないんだって。ただ、どれも先祖代々受け継がれてきた家宝なんだそうよ。そういうものには当然思い入れがあるわけで、だから、重要なのはそっちということだった」

「亭主のほうは経済的価値にも思い入れたっぷりみたいだったけど」とアンジェロが言った。

「でも、用心していたのにあんなことになって、ふたりとも怒り狂ってた」とジーナ。

「どれくらい留守にしてたの？」とロゼッタは尋ねた。

「二週間」とアンジェロは言った。「スイスにスキー旅行に行ってたそうだ」

「あら、いいわね」とロゼッタは言った。彼女自身、最近ウォルターとの週末旅行がうまくいったこともあって、そういうことに対する夢がちょうどふくらんでいたところだった。

「何もかも、警察が配ってるパンフレットの助言どおりやったらしい。牛乳も新聞も郵便も配達を止めた」とアンジェロが言った。

「それから、鍵はお隣さんに預けて、毎日様子を見てもらった」

「それから、夜になると自動的に明かりとラジオがつく装置を買って、それを取り付けた。それで、彼らの家は不眠症の人間が十人ばかり住んでる家みたいになった」

「それなのに、泥棒にはいられた」とジーナは言った。

「チャーリーに電話して、警察の記録を調べてもらったんだけど、警察の捜査については特別気になるようなところはないそうよ。ただひとつ、いかにも泥棒に狙われそうな家とも思えないとは言ってたけど」

「隣家がすぐ近くにあって」とアンジェロは言った。「明かりも煌々とついていて、近隣の監視《ネイバーフッド・ウオッチ》もあった」

「常に機会を窺ってる泥棒は、暗い場所とか、人里離れた家とか、そういうところを狙うものよ」

「つまり、チャーリーは組織的な犯行じゃないかって言ってるの？」とロゼッタは言った。「それとも、留守だったことを知っていた者の仕業とか？　留守だって知ってた人は？」

「親しい友人や家族以外は誰もいない」とジーナは言った。

「その中に事件に関係がありそうな人はひとりもいない。その点については、ふたりとも絶対の自信を持っていたわね」

3

しかしながら、アンジェロが訊き込みを始めて最初に調べたのは、誰がスミス一家の留守を知っていたかということだった。火曜日の朝、彼は、スミス一家が旅行の手配を任せた旅行代理店〈アウル・アンド・プッシーキャット〉を訪ね、経営者のオフィスで店長自身から話を聞いた。

「社員には全幅の信頼を置いています」と女店長のノラ・ヘンリースンは言った。「うちは市で最高かつ、一番親身なサーヴィスを提供している会社です。お客さまおひとりおひとりに合ったプランをご提案できるよう、日々努めています。それから、わたしはうちの社員のことはよく知っています。自分のお金を安心して預けられないような社員はうちにはひとりもいません」

「いや、おたくの社員が泥棒のアルバイトをしているなどと思って来たわけじゃありません」とアンジェロは言った。「ただ、泥棒が利用しようと思えば利用できる情報をおたくの社員は握ってるわけですよね」

「実は、わたしのボーイフレンドがたまたまこの手のことに詳しいので、あれこれわたしに教えてくれるんです。ずる賢い泥棒はどんな手を使うか。そのおかげで、うちの社員にはむしろ、できるかぎりの対策をお客さまに講じていただくお手伝いができてるんです。そこまでしても、こういうことは起こるものです。誰にでも。でしょ? 警官でさえ泥棒にはいられたりするんですから」

「でも、旅行中、盗難被害にあうお客さんが最近増えていると思ったことはありませんか?」

ミズ・ヘンリースンはしばらく考えてから言った。「確かに。そう言えば、最近になってよく耳にしますね」

しかし、ルンギ家の知人の警察官チャーリーは、アンジェロやヘンリースンとまったく異なる考えを持っていた。アンジェロは事務所に戻り、ジーナからそのことを聞かされた。「チャーリーの話では、地元の警察は今年になって、盗難防止に力を入れてるんだそうよ。その甲斐あって、比較できる全国のどの市《まち》よりバースは安全なんだって。それが彼らの自慢みたい」

「面白い」とアンジェロは言った。

「チャーリーはこうも言ってた。スミス家の盗難事件には変わったところはまったく見られないって。盗まれたものが小さいものばかりだったということを除けば。つまり、持ち運びができるものばかりってことね。それと、貴重品の一部はうまく隠されていたというところ。スミス夫妻は金庫は持っていないようだけど、宝石の一部は中が空洞になっているベッドの支柱に隠してあったのよ。なのに、泥棒はそれを見つけた」

「持ち運びができるというのは？」

「高価な家具には、手がつけられていなかったということよ」

「それについてはチャーリーはなんて言ってた？」

「泥棒は車を遠くに停めてたんじゃないかって。シェラトン式のテーブルを運んでたりしたら人眼を引くほど遠くに」

「あるいは、高級テーブルとＭＦＩ（安価な組み立て式家具キットなどを販売する英国のチェーン店）のテーブルとのちがいが見分けられなかったか」

「それも考えられるわね」とジーナは言った。

「それじゃ、次はスミス夫妻の家と隣り近所を調べるとするか」

「それはもう進行中よ」

「ええ？」

「チャーリーと話したあと、サルヴァトーレに電話したのよ」

# 4

サルヴァトーレは訊き込みの成果を夕食の席で報告した。

「家のことから言えば」と彼は言った。「中が空洞のベッドポストを見つけたやつは、宝石が最初からそこに隠されてることがわかっていたか、あるいは徹底的に家《ゴー・オーヴァー・ウィズ・ア・ファ》捜し《イントゥウース・コーム》したか、そのどちらかだ」

「ベッドの支柱のことなど知ってるのは誰か」と親爺さんが訊いた。「この女性はいったい誰を寝室に誘ったりするのか」

サルヴァトーレは言った。「誰も知らないはずだっていうのが、夫妻の弁だ」

「となると、家捜し《コーム》のほうだ」親爺さんはそう言って、自分の皿を見た。「これはカレーじゃないか？　ラザーニャをつくるのがそんなに面倒なのか？」

「馬櫛《カレー・コーム》」とデイヴィッドが言った。マリーが弟に向かって舌を突き出した。どちらのパフォーマンスも誰の注意も惹かなかった。

「ベッドポストの中まで徹底して探そうと思ったら、半端な時間じゃできない」とサルヴァトーレは言った。

「つまり、この泥棒には時間がたっぷりあったということか」とアンジェロが言った。「ううん。ほかには、サル？」

サルヴァトーレはスミス家の近隣を探検した結果を説明した。「駐車した場所が遠かったという説には賛成できない。家の裏は路地になってるし、いずれにしろ、どの家にもとりあえず車庫がある。めだたないように車を停められる場所などいくらでもある。夜中に家具を運び出しても不審に思われないぐらい近くに。停めようと思えば」

「ということは、停めようと思わなかったということか」とアンジェロは言った。「なぜだろう？」

「おまえが言ってたテーブルは」とサルヴァトーレは言った。「安く見積もっても五千ポンドはするそうだ」

「その値打ちがわからなかったのかしら」とジーナが言った。

「あるいは、テーブルを売る相手がいなかったとか」とサルヴァトーレ。「チャーリーは、宝石の行方については何か言ってなかったかい?」

「盗難にあってもう一ヵ月も経つのに、まだひとつも見つかってないそうよ。そういう品が出まわりそうなところは、すべて手配ずみのようだけど」

「だとしたら」とアンジェロは言った。「この市《まち》の人間ではない故買屋が背後のいるのかな」

「だとしたら、組織が関わってるってことになるわね。つまりプロってことに」とロゼッタが言った。

「それなのに、高級テーブルは持っていかなかった」とジーナは言った。

「値の張りそうな家具はほかにもあった」とサルヴァトールは言った。「椅子とか、そこそこの絵とか。そういうのが全部運び出されていてもおかしくはなかった」

「物色する時間は充分あったんだものね」とジーナ。

「なのに、置いていった」とアンジェロが言った。「となると、組織じゃない。素人に近い、地元の人間ということになる。ううん」

そうなったあと、アンジェロは旅行代理店の店長と会ったときのことを話した。その彼の話から新たにいくつも疑問が生まれた。アンジェロは翌日もう一度ノラ・ヘンリースンに会いにいくことにした。

# 5

が、水曜日の朝一番にジーナはチャーリーに電話した。そして、休暇で留守中の家を狙った事件は、市で起きている盗難事件全体の中では増えていないかどうか、盗難撲滅キャンペーン担当の警察官に確かめてほしいと頼んだ。

チャーリーからは昼食まえに折り返しの電話がかかってきた。警察の主張は一貫していた。盗難事件は種類を問わず軒並み減少しているということだった。

この情報をたずさえ、アンジェロは〈アウル・アンド・プッシーキャット〉をもう一度訪ねた。ミズ・ヘンリースンは彼を見て一瞬びっくりしたような顔をしたが、それでもオフィスに招き入れ、今度は飲みものを勧めてくれた。

アンジェロは辞退した。

「こんなにすぐまたいらっしゃるとは、どんなご用件でしょう、ミスター・ルンギ？」

「あなたのボーイフレンドのことをもう少しお訊きしたくて」とアンジェロは言った。

「スティーヴのことを？　彼がどうかしました？」

「いくつかの事実をつなぎ合わせたらこういうことになったんです。昨日、あなたは言いましたね。休暇中の家を狙った盗難事件が増えてるという話をよく耳にすると。おたくの顧客はよく盗難にあっているということでしたよね」

「ええ」彼女は思案顔になって言った。「そうです。そのとおりです」

「だから、警察に訊いてみたんです。そうしたら、市の盗難事件は逆に減っていると言われた。増えてるのではなくて」ミズ・ヘンリースンは何事かを言いかけたが、アンジェロは片手をあげてそれを制した。彼女は肩をすくめた。アンジェロは言った。「しかし、あなたは社員を百パーセント信頼している」

「ええ」

「その一方で、あなたはこうも言った。あなたには盗難について特別な知識を持っているボーイフレンドがいると。私が知りたいのは、ミズ・ヘンリースン、そのボーイフレンドのことです。彼はどこでそんな知識を身につけたのか。いや、実際のところ、彼は今われわれが話してる事件となんらかの関わりがあるんじゃないのか」

「それはつまり、彼の立場がものすごく悪くなるかもしれないってことですよね。今やっと気づいたけれど。でも、あなた、まさか彼が——」

「関わりといっても、本人はそのことに気づいていないということも考えられますからね。何も彼を犯人扱いしてるんじゃないんです。それでも、私としては彼のことをもっと詳しく知らなきゃならない」

「でも、馬鹿げてます、そんなの」とミズ・ヘンリースンが言ったちょうどそのとき、オフィスの電話が鳴った。

「ちょっと失礼」

「どうぞ」

彼女は電話に出て言った。「今、取り込み中なんだけれど。誰？　あら。だったら通してちょうだい」

アンジェロはいささか困惑したが、すぐにドアが開けられ、皺だらけのスーツを着て、ネクタイをゆるくしめた大柄な男性が戸口に現われた。「ノラ？」と男は言った。「今朝職場に行くなり、真っ先に耳に飛び込んできたのがここ〈アウル・アンド・プッシーキャット〉の噂だ。どこの誰だか知らないが、盗難事件の被害者たちがきみのところでチケットを買っていないかどうか、被害者に会って調べようなんて、そんなすばらしい考えを持ったやつがいるようだ。いったいどういうことなんだ？」

「スティーヴ、こちらはミスター・ルンギ。ミスター・ルンギ、この人がスティーヴ・ネルスン。市の盗難事件撲滅キャンペーン担当の巡査部長」

# 6

「もう、あせったのなんのって」とアンジェロは言った。

「そのティーケーキ、きみはこれから食べるつもり?」ジーナは皿を差し出した。アンジェロは温めたスコーンの最後の一個をつまんだ。「彼のことをほとんど共犯者呼ばわりしていたら、チャーリーが問い合わせていた相手がほかでもないその彼だったことがわかったんだからね」

「つまり」とジーナは冷静に言った。「彼じゃないとしたら、別な誰かってことになるわね」

「そう思う?」

「チャーリーが電話をくれたの、あなたの留守のあいだに。一月に発生した休暇旅行中の盗難事件七件のうち、五件が〈アウル・アンド・プッシーキャット〉で旅行の手配をしてもらったお宅の被害だったそうよ」

木曜日の朝には、チャーリーがまた電話をよこし、続報を伝えてくれた。遅きに失した感はあるものの、警察は〈アウル・アンド・プッシーキャット〉がらみの五件の盗難事件の共通点をいくつか突き止めていた。もっぱら小さなものが盗まれている点と、犯人には時間が充分あった点、このふたつがとりわけ特徴的な共通点のようで、この五件についてはまとめて捜査が再開されるという。それはつまり、ルンギ一家としては、警察の捜査の邪魔にならないようしばらく調査を控えなくてはならない、ということだ。

ジーナとアンジェロが受話器を置くか置かないうちに——今後どうすればいいか考える間《ま》もないうちに——オフィスに通じる階段から足音が聞こえてきた。

ややあって、スティーヴ・ネルスン巡査部長がはいってきた。

「言わなくてもいい」とアンジェロが言った。「捜査を再開することは今聞いたから」

「いや、おたくに寄ったのは」とネルスンが言った。「昨日のことを詫びたかったからだ。あのときはおれもちょっと熱くなってしまった。事情が呑み込めてなかったんだ。でも、話は職場で全部聞いたよ。あんたたちはスミス夫妻に雇われてるんだってね」

「お茶でもいかが、巡査部長？」とジーナが言った。

紅茶を飲みながら、ネルスンが新設の盗難事件撲滅キャンペーン担当になってまだ二カ月にしかならないことと、ノラ・ヘンリースンとは知り合って一年たらずであることがわかった。「彼女はあの旅行代理店を個人経営では市のトップにまで育て上げた。そんな彼女が人生の中で男ごときを最優先させるとは思えない。でも、おれは希望を捨ててない。彼女に夢中なんだよ。ぞっこんなんだ」

## 7

木曜日の夜、家族が一堂に会すファミリー・ディナーの席で話題になったのは、ミズ・ヘンリースンへのネルスンの熱愛と、それがもたらす欲求不満だった。

「恋する男」とママが言った。「〝この人こそ〟と思える女性に出会い、そのことに気づいた男」サルヴァトーレを見ながら、彼女はつけ加えた。「そういう男はほとんどなんでもする、愛する伴侶を勝ち取るためなら」

「そして、残りの人生を棒に振る」と親爺さんがへそを曲げて言った。

「ということは、やっぱりその警察官が怪しいってこと？」とロゼッタが言った。

「誰かが犯人に情報を流してるわけでしょ？」とママは言った。「彼女の商売をほんの少し邪魔すれば、彼女からもっと頼りにしてもらえる。彼はそう思ったんじゃないかしら。恋愛にルールなし。それはあなたもよく知ってるだろうけど、ロゼッタ」

ロゼッタは顔を赤くした。

「でも、これでみんなの意見が一致したね」とアンジェロが言った。「犯人は、誰が休暇旅行中で、どれくらい留守なのか、その情報をまえもって手に入れていた。いったん家の中にはいってしまえば捕まる心配がないことも、隠されている現金や宝石を探す時間がたっぷりあることも知っていたのはそのためだった」

スミス家では現金被害はなかったが、ほかの被害者宅では小額ながら盗まれていて、ある家では、食品貯蔵室に置いて、小麦粉がはいっていると見せかけた袋の中から、二十ペンス硬貨が約百ポンドほど盗まれていた。

「それにしても、どうして小さいものばかりなのかしら？」とジーナが言った。「残していった絵の中には、楽に持ち運べるものもあったのに」

「絵だと！」と親爺さんが鼻を鳴らして言った。「絵の話はよしてくれ」

サルヴァトーレは、愛に関するさきほどの母親の考察同様、親爺さんのこのことばに対しても何も言わなかった。もっとも、そのときには誰もが考えごとをして、黙りこくっていたが。

デイヴィッドがその沈黙を破って言った。「情報は必ずしも誰かが流したものとはかぎらない」

「どういうことだ？」とアンジェロが訊いた。

マリーはデイヴィッドの頭を指して、人差し指をぐるぐると回した。馬鹿。いかれ頭。

「言って、デイヴィッド」とジーナが言った。「マリーのことなんか気にしないで」

「誰かが旅行代理店の顧客情報を泥棒に流したとはかぎらない」

「だったら、犯人には泥棒にはいる家がどうやってわかったの、この空気頭？」とマリーが言った。

「ぼくが言いたいのは、その情報は誰かが盗んだのかもしれないってことさ。社員やボーイフレンドじゃなくて、外部の人間が」

## 8

「あなたがこうして何度も足を運んでくることには、ただの仕事以上の意味があるんじゃないかって気がしてきたんだけど」とミズ・ヘンリースンは言った。「別に文句を言ってるんじゃないんだけど。コーヒー、ほんとに要りません？」

「ええ、けっこう」とアンジェロは言った。

「つまりあなたはわたしに会いたくて来た。ちがいます？」

「これは仕事です。安心してください」

ミズ・ヘンリースンはため息をついて言った。「男が出す信号って、ほんとにわかりにくいわね」

「こっちは、わかりにくいのは女のほうだとずっと思ってたけど」とアンジェロは笑みを浮かべて言った。

「そうなの？　だったら、わたしは男の人のことがまるでわかってないってことね」

「男の人というのは、つまりネルスン巡査部長のこととか？」

「そのとおり」と彼女は言った。「結婚の約束なんて、わたしにとってはただのジョークにすぎないのに、彼のほうはわたしと結婚するためにドアを押し破ろうとしている。そんな感じね。でも、わたしは結婚なんかしたくないのよ。スティーヴのことは好きだけど、わたしは彼がいなくても生きていける。素敵な家もあるし、仕事もうまくいってる。今のままで充分幸せなのよ」

「私には理想的な環境に聞こえる」とアンジェロは言った。

「スティーヴ・ネルスンにはそうじゃない」とミズ・ヘンリースンは言った。「男っていうのはまったく！」

アンジェロは相手のそのことばに敬意を表する間《ま》を少し置いてから言った。「今日来たのは、実はその〝ドアを押し破る〟ことについてお訊きしたかったからなんです」

〝ドア〟の件は、しかし、失敗に終わった。それでも、十一時を数分まわった頃、アンジェロは足取りも軽やかにオフィスに戻ってきた。サルヴァトーレとジーナ、それにポットの紅茶が彼を待っていた。

「おれにも一杯いれてくれ」とアンジェロは言った。「謎がやっと解けた」

ジーナは彼のために紅茶をいれたあと、兄弟ふたりにビスケットを差し出した。

「チョコレート・ビスケットはない？」とサルヴァトーレが訊いた。

「遠慮のない人ね」

アンジェロが言った。「ミルク・チョコレート味がなくても、ブレインがないとはかぎらない」

「不景気のせいで、こいつ、頭がおかしくなったんだろうか」とサルヴァトーレ。

アンジェロは言った。「旅行代理店は泥棒にはいられていなかった」

ジーナは眉をひそめた。泥棒は〈アウル・アンド・プッシーキャット〉に忍び込んで、顧客の休暇旅行に関する情報を盗んでいたというのが一家の暫定的な仮説だったからだ。

「でも」とアンジェロは言った。「旅行代理店を出る段になって、ひらめいたんだ」

「つまり?」

「彼女の旅行代理店はコンピューターでチケットの予約をしている。そのコンピューターは電話線で航空会社とつながっている。誰も会社には侵入してなかった。侵入されたのは会社のコンピューターだったのさ」

「続けて」とジーナは言った。

「ノラ・ヘンリースンにひととおり見せてもらったんだ。コンピューターには旅行に関する基本的な情報がすべて記録されていた。中でも肝心なのは、〈アウル・アンド・プッシーキャット〉の売り文句が個人サーヴィスということだ。顧客の名前を入力するだけで、会社が顧客との会話で知り得た個人データまで画面に出てくるんだよ。しかも、会社は旅行中に家が留守になるかどうかを必ず訊くようにしていた。そう、盗難撲滅キャンペーン用に警察が作成した特別なチラシの指示に忠実に従っていたのさ」

ジーナが言った。「ということは、あとはコンピューターに侵入したのが誰かを突き止めればいいってことね」

# 9

　夕食の席で、絶好調のデイヴィッドがその謎解きをした。

「子供だ」と彼は言った。

「なんだって？」とアンジェロが訊き返した。

「子供だよ。コンピューターのことをよく知ってるのは子供に決まってるもの。どうやったらシステムに不法侵入《ハック》できるか、学校でもよく話してる」

「〝ハック〟だなんて。なんて物騒なことばなの（〝ハック〟には〝めった切りにする〟などの意味もある）」とロゼッタが言った。ウォルターに映画の約束をキャンセルされて不機嫌なのだ。

「子供、子供、子供」とアンジェロは言った。

　デイヴィッドには、マリーがその場にいて、自分の勝利に嫉妬する姿を見られないことが何より残念だった。金曜日の夕食は、家族が外出しやすいようにいつも早めに始まる。マリーはその夕食の時間よりさらに早く出かけてしまっていた。ブライアンから電話があったのだ。ふたりは仲直りしつつあるようだった。

　ロゼッタが尋ねた。「子供の仕業だとしたら、盗品が出てこないのはどうして？　その子供には、この市《まち》の人間ではない故買屋がついてるなんて言うんじゃないでしょうね？」

「それはないだろう」とアンジェロは言った。

「だったら、スミス夫人の真珠や貴重品はどこに行っちゃったの？」

「わからない」とアンジェロ。

　デイヴィッドが言った。「その子供にはどうしたらいいのかわからないんじゃないかな」

「わからないって、何が？」とジーナが言った。

「子供がやったとするでしょ？　ぼくと同い年か、たぶん年上の。その子は、どうすればコンピューター・システムに不法侵入できるかということは知ってるかもしれない。泥棒をするのに自宅をこっそり抜け出すこともできるかもしれない。でも、警察に捕まらずに、盗品を売りさばく方法まで知ってると思う？　ぼくは知らない」

「確かにそうね」とロゼッタが言った。

「じゃあ、盗んだものはどうやって処分してるの？」とジーナが言った。「そこのところはどう思う？」

「好きな女の子に学校で配るとか？」とデイヴィッドは言った。「そうやって、好きな女の子の気を惹こうとするのさ。幼稚な連中のやりそうなことだよ」

## 10

アンジェロは、褒美の意味を込めて——その日は土曜日でもあったので——警察署にデイヴィッドを連れていき、受付でネルスン巡査部長に面会を申し込んだ。彼は出勤していた。今日はついている、とふたりは思った。

が、ネルスンにいざ会うと、その幸運に対する確信が揺らいだ。ネルスンはひどい顔をしていた。くたびれ、服装もだらしなかった。おまけに態度もぶっきらぼうで、こんなことを言った。「〈アウル・アンド・プッシーキャット〉とあの忌々しいノラのことだったら、もう勘弁してもらいたいんだがね」

アンジェロは驚いて言った。「あんたとミズ・ヘンリースンはうまくいってるとばかり思ってたけど」

「女というのは結婚の約束を求めるもんだ、だろ？　で、男は約束しようと申し出る。でも、ちがう。それだけじゃ、足りないのさ。それだけじゃ、女は満足しない。ある日突然、自由でいたいの、なんて言い出すのさ。女ってやつはまったく！」

「別れたのかい？」

「いろいろ話し合った結果、おれは自分のスタンスを改めることにした」とネルスンは言った。「で、ゆうべさっそく同僚と一緒に〈スター〉に繰り出すことから始めた。今夜は〈ハット・アンド・フェザー〉でまた改めてじっくり考えてみようと思ってる」

「なるほど」

「で、用件はなんなんだね、ミスター・ルンギ？」

「あなたの問題を解決してあげようと思ってきたんです」とデイヴィッドが言った。

「なんだって？」

「なんでもない」とアンジェロがかわって答えた。「ただ、事件の捜査に何か進展はないかと思ってね」

「進展？」とネルスンは言った。「おいおい、捜査は再開されたばかりなんだぜ」

「パパ、ちょっと思ったんだけど――」

「だったら、失礼」とアンジェロは言った。「邪魔して悪かったね。幸運を祈る」

ネルスン巡査部長はその場に立ったまま、髭の伸びた顎を掻き掻き、ふたりが出ていくのを見送った。

デイヴィッドも顎に剃刀はあてていなかったが、肌ははるかになめらかだった。ただ、当惑しているのはデイヴィッドもネルスンも変わらなかったが。それでも、デイヴィッドには父親が説明する気になるまで待つだけの分別はあった。

車に戻ると、アンジェロは言った。「あんな状態でミズ・ヘンリースンと仕事をさせるのは無理だ。また別な手を考えよう。以上」

## 11

その夜のうちに何か起こってほしい。そう思っていたのは、ルンギ家ではデイヴィッドぐらいのものだろう。しかし、ついているときにはついているものだ。デイヴィッドにしてみれば、事態は急転してくれなければならなかった。土曜日のあとの五日間は翌日に学校がある日だ。学校がある日の前夜に張り込みに出るなど、とても許してもらえそうになかったから。

デイヴィッドの期待どおり、〈アウル・アンド・プッシーキャット〉に詰めていたサルヴァトーレが、旅行代理店のコンピューターに今、不正アクセスがあったと電話をしてきた。一家はこの知らせに戦闘配置についた。ロゼッタを除いて。その夜はすでにウォルターと先約があったのだ。おかげで、彼女は有頂天になり、家族は一同ほっとした。

同じように仲が修復したマリーとブライアンは、家で電話番をすることになった。ママはふたりのお目付け役として家に残った。

デイヴィッドと同様、親爺さんも張り込みに加わることになった。そういうことをすれば、それがこのところあまり機嫌のよくない親爺さんの気分転換になるかもしれない。それに、張り込みと言っても、車の中にひとりでいるだけのことだ。どうすれば子供たちと悶着を起こせる？　アンジェロもひとりで車で出かけた。デイヴィッドはロゼッタの車で、ジーナと一緒に出陣した。

その同じ夜に、〈アウル・アンド・プッシーキャット〉のコンピューターに仕込んだばかりの住所の家に〝泥棒ハッカー〟が忍び込むとは、とてもありそうにない話に思われたが、二時十五分、ジーナがトランシーヴァーでやりとりしていた〝おばあちゃんのスーツケース〟（スーツケースに入れる品物をABC順に言っていくゲーム）を中断して言った。「通りをふたり、サイクリストがやってくる。どうぞ」

「サイクリスト」とアンジェロが言った。「それってオートバイに乗ってるやつってこと？　どうぞ」

「自転車よ」とジーナは言った。

「わしのところからも見える」と親爺さんが言った。「どうぞ。それから、ジーナ、さっき〝どうぞ〟って言うのを忘れてたぞ。どうぞ」

「どうぞ」とジーナは言った。

「大きさは？　サイクリストのことだけど。どうぞ」とアンジェロは言った。

「小さいわ」とジーナ。

「〝どうぞ〟だ」と親爺さんが言った。「そういう決まりなんだから。どうぞ」

「どうぞ」とジーナ。

「女たち《ガールズ》！」と親爺さんは言った。

「わたしはガールじゃありません」とジーナは言った。「それに、わたしのことをそんなふうに呼ぶんだったら、交信を停止しますからね。どうぞ」

「あんたのことじゃない」と親爺さんは言った。「連中のことだ。自転車には若い娘が乗っとる。ふたりとも若い娘だ」

「おじいちゃんも〝どうぞ〟って言わなかったね」とデイヴィッドが母親にそっと耳打ちした。

ジーナは首を振って言った。「サイクリストは女性。確認しました。どうぞ」

「なんと、なんと」とアンジェロが言った。「どうぞ」

そのとき突然、デイヴィッドが色めきたった。「ママ！」と言って、ジーナの袖を引っぱった。

「何？」とジーナは訊いた。

「ぼく、片方を知ってる」

「誰のこと？」

「あの女の子たちのひとりだよ。リサだ！」

# 12

「続けて」とママが眼を輝かせて言った。「それで、どうなったの？」

「夢にも思わなかったね」とサルヴァトーレが言った。「ふたりの十三歳の少女がガラスを割って、窓から忍び込もうとしてるところを取り押さえなくちゃならなくなるなんて。連中がガラスを割らなくてもいいように、われわれは窓にはわざと鍵をかけないでおいたんだからなおさらだ。鍵はかけなかったよね、ノラ？」

「ええ、かけなかった」ノラ・ヘンリースンはそう言って、サルヴァトーレのおおらかで親しみやすい笑みに笑みを返した。

「もっとフェトゥチーネを召し上がれ」とママが言った。

「とってもおいしい」とノラは言った。

「小さなリボン」と親爺さんが言った。

「え？」

「イタリア語だ。フェトゥチーネはイタリア語でそういう意味なんだよ。小さなリボン。小さなスライス」

「なるほど」

「お気に召したようだね」と親爺さん。

「ええ、ほんとに」とノラ。

「ねえ、続きを聞かせてちょうだい」とママが言った。

「あなたは、この若くてきれいで有能なお嬢さんのお宅で待ち伏せしていた。それはどれくらいのあいだ？」

「けっこう遅くまで」とサルヴァトーレは言った。

「すると、午前二時半に泥棒の女の子たちが窓を割った」

「そして、家の中に忍び込もうとした」

「すると、そのひとりがリサだった」とマリーが歌うように言った。「チビクソ・デイヴィッドのもと彼女。愛しい愛しい愛しいミス・コンピューター・オタク」

「うるさいんだよ、おまえは！」とデイヴィッドが言った。

勝利を祝う日曜日の昼食になるはずだったのに、彼は気が立っていた。いらいらして、孤独で、いつものウィットはすっかり影をひそめていた。

マリーはさも嬉しそうにくすくす笑った。

「あとのことはみんなも知ってのとおりだ」とアンジェロが言った。「盗品が小さいものばかりだったのは、自転車で運んでたからだ。警察は彼女たちの自宅の部屋から盗品を全部回収したそうだ」

「現金以外は」と親爺さんが言った。

「現金以外は」とジーナが同意して言った。「でも、これで明日、スミスさんにも報告ができる。先祖代々受け継がれてきた家宝を取り戻せるって。警察の手続きが終わり次第」

「よかった」とノラが言った。「みなさんのすばらしい仕事のおかげよ」

「ご存知かもしれないけれど」とママが言った。「わたしのサルヴァトーレの本職は画家なの。とても成功していて、この夏はアビーの近くで展示会を開くことになってるの」

「ええ、知ってます、ミセス・ルンギ」とノラは言った。「母さん、時間があるときにモデルになるってノラが言ってくれててね」とサルヴァトーレ。

「一度」と親爺さんが言った。

「え？」とノラが訊き返した。

「わしは一度、殺人事件を解決するために雇われたことがあってね。ノーマン・スタイルズというのが被害者だった。この話は聞いたことがあるかな？　どの新聞にも載ったもんだが」

アンジェロとジーナは互いに目配せをした。デイヴィッドとマリーはそもそも聞いていなかった。ノラは言った。

「読んだ覚えはありませんけど、ミスター・ルンギ、どんな事件だったんですか？」

「さて、どうかな」と親爺さんは意外な返事をした。「みんなもう聞いてるからな、この連中は」そう言って、彼は手で家族を示した。

しかし、何カ月ぶりかで人生に満足することができたママが言った。「続けて。この素敵なお嬢さんにノーマン・スタイルズの話をしてさしあげて、あなた。全部話してさしあげて」

〈探偵家族〉

# 共用電話

# Pay Phone

「それはもうこまかく説明してやったんです」とナイジェル・バートロームは言った。「わかりやすい英語で。請求書の拡大コピーまでつくって。問題の個所を三色のペンではっきりさせて」

アンジェロ・ルンギは妻のジーナを見やった。ジーナはうつむき、一心にメモを取っているように見えた。が、アンジェロのところからはほとんどまだ何も書かれていないのが見て取れた。

アンジェロは、依頼人になる見込みのある、見るかぎり朗らかな四十がらみの男にまた眼を戻した。バートロームは笑みを浮かべ、足取りも軽やかに〈ルンギ探偵事務所〉にやってきており、強迫観念にとらわれているようなところは特に見られなかった。「それでも警察はあなたが望んだような対応はしてくれなかった。そういうことですね？」とアンジェロは念を押した。

バートロームは無念そうにうなずいて言った。「れっきとした納税者が、犯罪がおこなわれたことを示す明々白々たる証拠を持ち込んだわけです。警察はそれ相当の関心を示すんじゃないかって誰だって思うんじゃありません？　わざわざこっちから出向いたんですよ、警察にエイリング・クローズ三番地を探してもらわなくてもいいように。あなた、信じられますか、バースの地図には私のところの袋小路が載ってないものがあるんです。観光案内で配ってる無料の地図もそうです。誰だってああいうところにこそ正確を期してもらいたいものだって思うんじゃありません？　でも、そんなこと思っても裏切られるだけです。嘘じゃありません。第二級に指定されてる私たちのコテージに、観光客にわんさか来てもらいたいわけじゃありませんが。でも、正しいことは正しいことです。それに、まちがっていたら、地図にどういう意味があるというんです？　私のことを旧式の人間と思われるなら、そう思ってくださってけっこうです」

「ちょっとすみません」とジーナが割ってはいって言った。「あなたはエイリング・クローズ三番地にひとりで住んでるんですか？」

「ひとり、ええ、そうです」バートロームは手を組んだ。「私以外にはその家に誰も住んでいないという意味ではね。少なくとも、もう七年が経ちます。家内を亡くして以来のことですから」

　アンジェロは、ジーナがナイジェル・バートロームの名前と住所と電話番号を書いた下に、〝ひとり〟〝妻、七年前〟と書くのを見やってから尋ねた。「でも、警官に会うには会ったんですね？」

「ちょっとだけね。ドロレス・パルミラ巡査に」とナイジェル・バートロームは言った。「つまり、制服警官に私を押しつけようとしたわけです。私はロンドン警視庁の犯罪捜査部から出向している刑事に会わせてほしいと訴えました。捜査の権限のあるのはそういう刑事なわけですから」

「そう訴えたら、正確なところ、パルミラ巡査はなんて言いました？」そう言ってすぐにアンジェロはつけ加えた。「いえ、要点だけでいいです。細かいところまではけっこうです」ジーナの肩がびくっと震えた。さらにもう一度。アンジェロはそれを見て思った――頼むから笑いだしたりしないでくれ。悪い女だ。今ここで噴き出したりしたら、少しもプロらしくなくなってしまう。親爺《オールド・マン》さんになんと言われるか。

「それで、金は払えそうなのか、そのナイジェルには？」と親爺さんは言った。

「ちゃんと前金を置いていきました、お義父《とう》さん」とジーナが答えた。

「ちゃんと金を払える男なら、そいつが誰と悶着を起こしていようと、そんなこと誰が気にする？」親爺さんは自分の皿からピクルスをつまみ上げると、仔細に眺めた。皿にピクルスを取ったことがどうしても思い出せないのだった。

なのに、どうして皿にのっていたのか。それはママがゲイブリエラと買いものにいって、ここにいないことと何かしら関係があることなのだろうか。こいつらはママがいないのをいいことにこっそりピクルスをのせたのか。「はっ！」と親爺さんは意味もなく大きな声をあげた。ピクルスはママの好物だったかどうかも思い出せない。ひとくち食べた。

「どう、お父さん？」とロゼッタが尋ねた。ロゼッタはアンジェロの妹で、〈ルンギ探偵事務所〉の経理をやっている。「市場に新しいピクルス屋ができたのよ。それで試してみようと思って」

みんなが親爺さんのほうを見て、ちょっとした間ができた。「確かにこれはピクルスだ」と言いながらも親爺さんは怪訝そうだった。チリの味がまだ口に残っていたのだ。それともこれは生姜の味か？「はっ！」と親爺さんはまた声を上げ、もうひとくちピクルスを食べた。

「ちょっと整理させてくれ」とアンジェロの兄のサルヴァトーレが言った。サルヴァトーレだけがひとり家族と一緒に住んでいなかった。が、時々家族の仕事を手伝い、ルンギ一家の食卓にもよく顔を出した。「そのバートロームという男は誰かが自分の電話を勝手に使ってると思ってる。で、うちにやってきた。それは警察に行っても相手にしてもらえなかったからだ。そうだな？」

「まあ、そういうことだ」とアンジェロ。

「その誰かはどんな電話をしてるんだ？ ピザを注文するとか？」

アンジェロのティーンエイジャーの娘、マリーが言った。「バートロームさんはどうして電話のコードを抜いて、電話機をどこかにしまっておかないの？ バートロームさんはそういうことは不道徳なことで、コミュニケーションという基本的人権を蹂躙する行為だと思ってるの？」マリーは得意そうな顔を母親に向けた。

その視線に応じて、ジーナは言った。「基本的人権の話は、あなたにも節度のある電話の使い方ができるようになったことが、パパにもママにも確信できてからにしましょう」

「こいつに節度なんてあるわけないじゃん」とマリーの弟、デイヴィッドが誰にともなく言った。「自分の食欲を満たすのに必要な金もな」

「ここであたしがやった仕事については、いくらか払ってもらってもいいはずだけど」とマリーは大皿からハムを三枚取って言った。

「ここでおまえがやった仕事？」とアンジェロは訊き返した。

「こいつに節度がないのは食べ方をみればわかる」とデイヴィッド。

「あなたも節度をわきまえなさい、デイヴィッド」とジーナ。

マリーはデイヴィッドの顔にハムをなすりつけた。デイヴィッドは顔をそむけ、何か言いかけた。それを制してマリーは言った。「おまえの言うとおりよ、このハム頭。あたしには節度なんてないの」

「マリー・ルンギ――」とアンジェロが業を煮やして言いかけた。

「もう行くわ、もう行く」とマリーは言って立ち上がった。「あたしは罰を受けなくちゃいけない。だから、部屋に閉じこもってる。電話のない部屋に」彼女はそう言ってキッチンを出ていった。

「いったいあの子、近頃どうしちゃったのかしら」とジーナがため息まじりに言った。

デイヴィッドは顔をナプキンで拭いた。親爺さんが言った。「このバートロームという依頼人の電話だが、どこかにしまい込めば、それですむんじゃないのか？」

「それは本人も試してみたそうだよ、父さん」とアンジェロは言った。「電話はふたつあって、ひとつは留守番電話につながってる親機、もうひとつはコードレスの子機。電話の不正使用が始まってから、彼はコードレスについては常に持ち歩くようにした。もうひとつのほうは、仕事に出かけるときには箱にしまうようにした。でも、効果はなかった」

「それは驚くにはあたらないわね」とジーナが言った。「電話機をしまっても、壁のプラグに何もしないんじゃ。

でしょ？　犯人は自分の電話を持ってきさえすればいいんだもの」

「あるいは誰かの」とアンジェロは言った。「でも、このことは誰もマリーには言わないように」

「バートロームの仕事は？」とサルヴァトーレが尋ねた。

「HTVのつなぎのアナウンサーだ。次の番組はどういう番組だとか言ったり、時々放送に何か不都合があったら謝ったりしてるやつがいるだろ。あの声の主だ」

「それで、その不正使用とやらはどれぐらい続いてるんだ？」

「今年からずっと」とアンジェロは答えた。「だから、半端な額じゃない。今年の一月からこの半年で、不正使用にあたる金額は八百ポンドを超えてる」

「八百ポンド」と親爺さんは言った。「はっ！」

「放っておくと、マリーがだいたい一週間でつから額だね」とデイヴィッドが言った。

夕食の皿が片づけられると、自分で自分を排除したマリーと、水曜日の夜はパヴィリオンでラインダンスの練習をしているロゼッタを除いて、ほかの者は居間に移った。

「母さんはいつ帰ってくるんだい？」とアンジェロが言った。

「明日だ」と親爺さん。「流しやオーヴンなんかのことでぺちゃくちゃぺちゃくちゃやっとるんだろう」ママは友達のゲイブリエラとロンドンに行ったのだった。ゲイブリエラの娘が近々カフェを始めることになり、台所用品を買いにいったのだ。

「今夜の予定は、父さん？」とサルヴァトーレが尋ねた。「猫がいないあいだにどこかに遊びに出かける？」

「猫だと？」と親爺さんは言った。「おまえは自分の母親を猫なんて呼ぶのか。それに遊ぶだと？　女房はロンドンに行ってしまい、息子は絵を描くことで暮らしていこうなんて思っているというのに、どうしたら遊ぶことなんぞできる？　はっ！」

「それは今度の件の調査にはおれも加われってことかい？　わかった。だったら、働こうじゃないの」そう言って、サルヴァトーレは弟と義理の妹のほうを向いた。「このナイジェルだが、請求書の額を自分が使ったのと、不正使用されたのをちゃんと整理してたのか？」

「ちゃんと分けて、拡大コピーして、三色、色まで塗ってた」とジーナ。

「不法使用された通話は黄色」とアンジェロが言った。

「自分がかけた電話はピンク、姉がかけた電話は緑にね」

「誰がどの電話をしたのか彼にはわかるわけだ」

「小切手帳を照合するのと同じことです」アンジェロは依頼人の活舌のよさと声音を真似て言った。「ほかにどうすれば、すでに儲けすぎてる電話会社が架空の通話をでっち上げて、さらに儲けようとしてないことが誰に確かめられます？」

「おまえはもっと依頼人に敬意を払わねばいかん」と親爺さんが言った。「それが支払い能力のある依頼人であるかぎりは」

「実際、電話会社が架空の通話をでっち上げてるんじゃないか」とサルヴァトーレ。

「バートロームは電話会社とそれはもうくたびれる話をしたそうよ」とジーナが言った。「で、そうではないことがわかったんだって、とても満足そうにそう言ってた」

「われわれは依頼人の判断にも常に敬意を払わねばいかん」とアンジェロ。

「はっ！」

デイヴィッドが言った。「ひとつ質問してもいい？」

「もちろんだ、デイヴィッド」とアンジェロ。

「ナイジェルのお姉さんは彼と一緒に住んでないんでしょ？　だったら、どうして電話を使うの？」

「いい質問だ」とアンジェロは息子を誉めて言った。「だからおれも尋ねた」

「彼のお姉さんは息子さんと隣の家に住んでて」とジーナが答えた。「ナイジェルの家の掃除なんかをして、そのかわりナイジェルの電話を使わせてもらってるのよ。中東で働いてるご主人にかけるのに」

　サルヴァトーレが首を振りながら言った。「すべてを勘定に入れると……」

「勘定するというのは、何か勘定するものがあればの話だ」と親爺さん。「それとも、子供のために勘定ばかりしてきたおれはここ何十年もまちがっていたということか」

やや間《ま》があって、デイヴィッドが言った。「不正使用された電話はどこにかけた電話だったのか、それはわかるよね？」

「もちろん」

「それは長距離電話なの？　それとも、別途に料金がかかるやつとか。テレフォンセックスって通常の通話料よりずっとお金がかかるんでしょ？」

みんながデイヴィッドを見た。

「ねえ、ちがうの？」とデイヴィッドは言った。またやや間があって、デイヴィッドの頬が明るいピンクに染まった。

「そういった特別料金の通話が最初の二カ月は何度もあった」とアンジェロが最後に答えた。

「テレビで見たんだよ」とデイヴィッド。「ほんとに」

「でも」とジーナが言った。「ナイジェルはそういう電話はできないようにした。だからあなたも変なことは考えないように」

「ママ！」

「それ以降、通話先はさまざまな外国の番号になった——その中にはセックス電話もあった——つい最近はインターネットに長い時間使うようになった」

アンジェロが言った。「ナイジェルは——電話会社も——通話先を調べた。でも、誰がかけてるのかわかるような手がかりは得られなかった」

「電話をかけるパターンみたいなものはないのか？」とサルヴァトーレ。

「あるとすれば、電話が不正使用されるのはいつもナイジェルが勤めに出ていて、家にいないとき、といったぐらいのことかな」

「その電話の密猟者にはどうしてナイジェルが家にいないことがわかるんだ？」

「たぶんそれはHTVを見ていればわかるんじゃないかな。テレビからナイジェルの声が聞こえたら、それはナイジェルがブリストル、少なくともバースから車で二十分離れたところにいることを意味するわけだから」

ジーナが言った。「ナイジェルは仕事先から自宅に電話をかけてみたりもしてみたんだって。それでお話し中だったら、隣の家のお姉さんに家の中を調べてもらおうとしたらしい」

「息子を裏口にまわらせて。でも、今までのところ成果はなかったみたいだ」

「もっとも、お姉さんはお姉さんで、食器戸棚の裏側にまわったり、ベッドの下を調べたりといったようなことはしなかったみたい。そこまでやってたら、捕まえられてたかもしれない。請求書を調べるのと、犯人が隠れてるかもしれない家の中を調べるのとでは話がちがう」

「賢い人だ」とサルヴァトーレは言った。「弟に比べるとずっと」

「で、ナイジェルとしては、仕事で家をあけてるあいだ、家を見張ってもらおうと警察に出向いた」

「でも、警察は彼の頼みを聞いてくれなかった」

「で、うちに来た」

「ねえ、わたしって落第しそうなの、知ってた？」とマリーが朝食の席で言った。

「そうなの？」とジーナ。

「確かに、電話のことではママにやられたわ。それは認める。でも、キャシーと電話できなくちゃ、あたしには合格の見込みなんて絶対ないの」

「それはそれは」

「それってママはあたしに落第してほしいわけ？ そうなの？ 自分は勉強ができなかったもんだから、あたしの成績がよくなったりしたら、もうママは耐えられないわけね」

わたしは勉強ができなかったのだろうか？ ジーナは少し考えた。それはおかしい。わたしの両親はいつも喜んでいたもの。彼女は立ち上がり、トースターにパンを入れた。

マリーは続けて言った。「あたしが望んでるのは、美術大学に行きながら、中途退学しちゃうような人生よりもちょっとましな人生なんだけど、それって望みすぎ？」

美大を退学してあなたのお父さんと結婚し、あなたを産んだ——それは確かだけれど。ジーナは言った。「人生というのはおそろしく不公平なものなのよ」そう言って彼女はキッチンテーブルについた。

「あたしにもトーストをもらえる？　それも望みすぎ？」

「ナイジェルの電話はあれからどうなった？」とデイヴィッドがキッチンにはいってきて言った。「盗聴《バグ》するの？」

ジーナが答えるまえに、ロゼッタが階段を降りてキッチンにやってきた。「おはよう、おはよう、みなみなさま」そう言って彼女は戸口を少しはいったところで立ち止まると、脚を交差させ、その場でくるりと一回転してみせた。

「これは〝アンワインド〟っていうやつ」

「すばらしい」とマリーが言った。「誰かひとりでもここに幸せな人がいるというのはいいことよ」

「虫《バグ》がどうしたの？」とロゼッタはマグを取ってティーポットから紅茶を注いで言った。「害虫駆除業者に頼まなきゃならないこと？」

「デイヴィッドは依頼人の電話に盗聴器《バグ》を仕掛けるのかどうかって訊いたのよ」とジーナは説明した。「でも、そういうことをするまえに、彼のお姉さんと話をするのがさきね」

「彼のお姉さん？」とロゼッタは椅子に腰かけて言った。「お姉さんが容疑者？」

「それはまずありえないわね。もっとも、ナイジェルの家の鍵を持ってるのはそのお姉さんだけだけど」

「わたしに何かできることは？」

「そうね。不正使用された電話の請求書を点検してくれる？　依頼人が見落としてるパターンのようなものが何かあるかもしれない」

「ぼくも手伝おうか？」とデイヴィッド。

「やらせてやったら、ママ？」とマリーが言った。「この低能は数字の親戚みたいなやつだから。数字は人間とはちがうからいいのよ、こいつには」


アンジェロがその朝最初に向かったさきは、エイリング・クローズ五番地にあるフィオーナ・カースル——ナイジェルの姉――の家だった。十時頃着くと、痩せぎすの背の高い女が戸口に現われた。「ミセス・カースル?」

「そちらは?」と女は言った。アンジェロは名を名乗り、手短に来意を説明した。ミセス・カースルには、アンジェロのことばがすぐには信じられないようだった。「ということは、ナイジェルはほんとうに電話の件で誰かを雇ったってこと?」

「そうです」

ミセス・カースルは不満げに鼻を鳴らした。「あなたもとんだ災難ですね。この一年ナイジェルの話ときたら、電話のことばかり。時々、壁に穴をあけてうちから内線電話を延ばしたくなります。そうすれば、ナイジェルは今の彼の電話のプラグを取り除くことができるわけだから」

「そうすればうまくいくと思います? 彼は番号も変えたんじゃなかったでしたっけ」

「ええ、二度もね」ミセス・カースルはアンジェロと向かい合うと、ため息まじりに言った。

アンジェロには、彼女は弟に同情しているというより、むしろ腹を立てているように見えた。

「弟さんから聞いたところだと、弟さんの家の鍵を持ってるのは、弟さん本人とあなただけということですが」

「そうです」

「あなたに内緒で何者かが合鍵をつくるというのは可能なことでしょうか?」

「わたしに内緒で?」ミセス・カースルは笑みを浮かべた。「もしそうなら、そんなことどうしてわたしにわかるんです?」

「すみません。ことばづかいをまちがえました」

フィオーナ・カースルは指を突き立てて言った。「でも、ルンギさん、ちょっといいかしら。わたしは弟とはちがいます。だから、不正確さはわたしにとっては罪でもなんでもありません。わたしたちの父親は、機会さえあれば、人が言ったことをこねくりまわしてことば遊びをするのが好きな人だったけれど。年じゅうそういうことをやられてると、自然とそういうことに意識的になるものです」

「私が訊いたのは、そう、鍵を入れたままハンドバッグをなくすとか……」

「おっしゃりたいことはわかりますが、ルンギさん、そういうことはなかったですね。だって、わたしはナイジェルの鍵を持ち歩いたりしませんから。いつも電話の横に置いたお皿の中に入れてあるんです。だから、わたしに内緒で合鍵をつくるには、うちに忍び込み、オリジナルを盗んだら、そのあとまたもとに戻しておかなくてはなりません。でも、ナイジェルの家にはいって、ただ電話を使うだけのためにそこまでやるなんて常識では考えられません。それに、ナイジェルは鍵も二度換えてるんです」

「あなたのおっしゃりたいことはよくわかります。でも、こちらのお宅によく見える人だったら……」

「うちによく見える人で、ナイジェルの鍵のことを知ってる人はひとりもいません。ロビーを除けば。わたしの息子の」

「息子さんが関わってる可能性は？」

「ロビーが自分からナイジェルの家に行くなんて、ちょっと考えられませんね。あの子はナイジェル叔父さんのことを気色悪いなんて言ってるんですから。学校が終わる頃にまたいらしたら、直接あの子と話ができると思いますけど」

「息子さんはおいくつですか？」

「あと二週間ほどで十七になります」

「ほう。それじゃまさに謎ですね。お察しします」

「いいえ、その必要はありません」とフィオーナ・カースルは笑って言った。「ロビーはとてもおとなしい子なんです、少なくとも家では。コンピューター世代というのは、わたしたちの世代がうるさかったのとは反対に静かな世代になるんじゃないかしら」

アンジェロは顎を掻きながら、デイヴィッドのことを思った。今のところ、デイヴィッドはマリーよりずっとコンピューター世代に似つかわしい。でも、おとなしいと言えるかどうか。

「ナイジェルこそうちの家族の悩みの種なんです」とフィオーナ・カースルは続けた。「真夜中に電話をかけてきて、家の様子を見てくれだなんて。見ず知らずの人間と鉢合わせするかもしれないのに。〝火掻き棒を持っていくといい〟なんて。うちには火掻き棒なんてないのに。ここ何年もうちはガスですから。そんなこと、ナイジェルもよく知ってるのに」

「それでも、彼の家にはいったんですか？」

「ロビーを連れてね。まるでバターみたいにひ弱な男の子ですけど、でも、六フィート六インチもあるんです。だから、見た目で威嚇できるかもしれないと思って」

「でも、誰もいなかった」

「ええ。物音もしませんでした。誰かがいた形跡もなかった」

「すぐに家にはいったのに？」

「ナイジェルから電話があって、数分と経ってなかったと思います。でも、一週間に三回もそんな真似をさせられて、最後に言ってやりました。もういい加減にしてって」

「彼の姉さんの家を出たあと、ナイジェルの家の中をざっと調べてみたんだ」昼食時、アンジェロはジーナに言った。

「電話線が引き込まれてる場所とかも見てみた。でも、すぐに依頼人の金を浪費してるだけなんじゃないかって気がしてきた。結局のところ、彼が昨日説明したとおりのものを見ただけだった。今日のスープは？」

「そう言われても別に驚かない。バジル入りトマトスープ。店で買ったやつだけど」

「悪くない」アンジェロは幸せそうにスープを音をたてて
すすった。「いや、全然悪くない。きみはバートロームが受話器から指紋まで採ろうとしてたこと、知ってたかい？勤めに出るときには受話器をきれいに拭いて、家に帰ると受話器に粉をかけてたんだ」

「逆に出るときに受話器を自分の指紋だらけにしておいて、家に帰ったときにそれが全部拭き取られてるかどうか調べればいいのに。犯人は自分の受話器を持ち込んではいない。そう考えるのがそれほど馬鹿げた考えでないとしたら」

「きみはゆうべもそのことを言ってたね。パンはまだある？」

「もちろん。ピクルスは？わたしは食べるけど」

「ロゼッタとピクルスはそのあとどうした？」

「それはロゼッタとピクルス売りはどうしたってこと？」

「不正確なことばづかいで悪かったな」アンジェロはそう言ってふと思った。「いや、ことばづかいは別に不正確じゃなかった。ただ、質問がまちがってた」

「それってわれらが依頼人にも言えることじゃない？ どこか外で電話線に何か細工されてるんじゃなくて、誰かが家の中にはいり込んできて電話を勝手に使ってるなんて考えるのはまちがいよ、やっぱり。彼は電話会社に外の電話線を調べさせたって言ってたけど、誰かがなんらかの方法で彼の電話線に細工をしてるのかもしれない。もう一度調べたほうがよくない？」

「そうだな」とアンジェロは言ってピクルスをかじった。「ううん、スパイシーだ。きみも食べる？」

「お帰り、ママ」その日の夕刻、家族の夕食の席でロゼッタは言った。

「すごい旅行だった」とママは言った。「今はすごい料理用の機械があるのね。片方から種を入れると、トマトソースができるみたいな。もちろんこんなソースはできないけど。おまえがつくってくれるこんなソースは」ママは舌鼓を打った。

「そういう機械はいくらぐらいするんだ？」と親爺さんが言った。「チップでできた驚異の品をテレビじゃよく宣伝しとるが、あいつら、絶対に値段を言おうとしない」

「チップなら、ポテトなんじゃないの？ トマトじゃなくて」とママ。

「わしが言っとるのは、細菌《マイクロビ》チップのことだ」

「マイクロビ・チップ？ あなたがおっしゃりたいことぐらいわかってますよ、こんなに長いこと一緒にいるんだから。それとも、わかっちゃいけないの？」

「はっ！」

「ということは、ゲイブリエラはたくさん台所用品を買ったんですね？ ニーナのために」とジーナが言った。

「ゲイブリエラがしたのはパンフレットを集めて、値段を計算すること。買うかどうかはニーナと彼女の旦那さんが決めて、あとで電話で注文するのよ。でも、ロンドンで……店だけじゃなくて通りでも――眼にしたことと言ったらなかったわ。髪のかわりに青い棘を頭に立てて、腕じゅうに馬の刺青をした若い女がいたの。そんな女が小さな子に呼びかけてるの、〝早くお祖母ちゃんのところに来なさい！〟なんて。あんなお祖母ちゃんがこの世にいるなんて。ロンドンにはもっと頻繁に行かないと」

「お祖母ちゃんも刺青をする？」とデイヴィッド。「髪もパンクヘアにする？」

「だったら、行ってこい」と親爺さん。「行って、頭をパンクさせてこい。誰が止める？」

ママは親爺さんに抱きついて言った。「このわたしのよぼよぼのベイビーが止めるんじゃないかしら」

「放せ、老婆」

「わたしのほかの子供たちはみんなどうしてた？　みんな淋しがってた？　それとも、忙しくて淋しがってなんかいられなかった？」

「みんな淋しがってたわ、お祖母ちゃん」とマリーが答えた。

「マリー、おまえはなんてやさしい子なの」

「こいつはお祖母ちゃんのところの電話を使いたいだけさ」とデイヴィッドが言った。

「わたしのところの電話？　いったいなんのこと？」

「なんでもない」とマリー。「このいかれ頭は電話に取り憑かれてるのよ、新しい事件がそういう事件だから」

「新しい事件？」ママはアンジェロに尋ねた。「サルヴァトーレは今夜はどこにいるの？」

「今夜は絵を描くって言ってたわ」とロゼッタが答えた。

「来られなくてごめんって」

「絵を描くということならしかたないわね。それが彼の仕事なんだから」ママは親爺さんのほうを見て言った。「あなた、何かおっしゃりたいんじゃないの？」

「何か言うとすれば、〝ピクルスを食べろ〟だ」

「ピクルス？」

「実際のところ、サルヴァトーレにはピクルスを描かせてこう言わせるといい、〝なんて可愛いピクルスなんだ！〟

とな」

「ピクルスがどうしたって言うんです？」

「おまえがロンドンに行ってるうちに、わが家にピクルスが侵入したんだ。しかし、そのピクルスが悪くない。もうひとつ食べよう。ほら」彼はピクルスを取り上げた。「ううん」

「依頼人の電話に関する事件なんだよ、母さん」とアンジェロが言った。「依頼人の許可なしに何者かが勝手に電話を使ってて、多額の請求書が依頼人に送られてきてるんだ。でも、今日調べたら、依頼人の電話線が細工されてるわけじゃなかった。それともうひとつの可能性、どうやれば不正使用者は依頼人の家に忍び込めるのか、それがまたよくわからないんだ」

「どうして依頼人の家に忍び込まなくちゃならないの？」とママは言った。「電車にだって通りにだって電話なんてどこにでもあるじゃないの。無線の電話も年がら年じゅう使われてる。みんな叫ばないと誰にも聞こえないみたいに大声でやってるじゃないの」

「それは携帯電話だ、母さん」とアンジェロは言った。が、そこでふと気づいてジーナを見やった。

「コードレス？」と彼とジーナは同時に言った。

夕食の食器を食器洗い機に入れたあと、アンジェロは依頼人に電話することにした。ナイジェルのコードレスフォンについて、メーカーにしろモデルにしろ、もっと詳しく聞いておこうと思ったのだ。が、かけてみると、話し中だった。

キッチンから居間に行くと、ロゼッタとジーナがママのことを話していた。アンジェロはテレビをつけ、チャンネルをHTVにした。

数分後、〈コロネーション・ストリート（イギリス北部の町に住む労働者階級の人人の生活を描いたイギリスの人気番組）〉の最後のテーマが終わり、ナイジェル・バートロームの声が視聴者に、チャンネルはそのまま、ヴィクトリア時代の警察ドラマ・シリーズ〈クリッブ〉をお愉しみください、と告げた。

アンジェロはテレビを消し、もう一度ナイジェルの家に電話してみた。まだ話し中だった。

「なんなの？」とロゼッタが尋ねた。

「今こうしてわれわれが話をしてるときにも、通話泥棒はわれらが依頼人の電話を使ってるようだ」

ジーナが言った。「行ってみる？」

「ああ。行ってみよう。今すぐ」

十七分後、アンジェロ、ジーナ、ロゼッタのルンギ家の三人は、エイリング・クローズ三番地にある家のまえに立っていた。家の中は暗かったが、アンジェロが携帯電話で試してみると、ナイジェル・バートロームの家の電話はまだ話し中だった。

「どうする？」とジーナが尋ねた。

「おれは路地伝いに裏口が見えるところまで行って、そこまで行ったら電話する。ふたりのうちどっちでもいいから、隣へ行って鍵をもらってきてくれ」

「気をつけて」とジーナは言った。「コードレスフォンを使ってるのだとしたら、不正使用者は外のどこかに隠れてるかもしれないんだから。藪の中とかに」

「相手はたかが通話泥棒だ」とアンジェロは言ったが、それでもうなずいた。けちな犯罪者でも不意を突かれると、いきなり凶暴にならないともかぎらない。不意を突くこと。それが彼らの目的だった。「そっちも気をつけてくれ」アンジェロはそう言って家の裏手に向かった。

ジーナはエイリング・クローズ五番地の家のベルを二度鳴らした。そこで、家の中から何やら物音が聞こえた。ドアチェーンが許す範囲でドアが開いた。「ミセス・カースルですね？」

「そちらは？」

名を名乗ってから、ジーナは言った。「弟さんの家の鍵をお借りしたいんです。弟さんはまだ仕事に出ておられるのに、電話が今使われてるんです」

ドアチェーンがはずされ、ドアが開けられた。「ほんとに？　中にはいるんですか？」

「主人が裏にまわってます。わたしは義理の妹と玄関からはいります」

「ロビーとわたしも行きましょうか？　万が一の場合……

「……」

「ええ、お願いします」

「中にはいって待っててください。鍵を取ってきます」

ジーナは家の中にはいった。ミセス・カースルは電話の脇に置いた皿から鍵を取ると、階上《うえ》に向かって呼ばわった。

「ロビー！　ロビー！」

ミセス・カースルが三度呼んだところで、階上《うえ》でドアの開いた音がジーナにも聞こえた。「なんだよ、ママ？」と少年の声がした。「今、電話中なんだけど」

ジーナはミセス・カースルが説明しようとしたのを制し、ミセス・カースルの腕に手を置いて言った。「二階に上がらせてもらってもいいですか？」

マリーは自分の部屋を出た。居間にもキッチンにも誰もいなかった。ちょっと意外な気がした。どこに行くにしろ、いつ出ていつ帰るにしろ、彼女の両親は彼女にいつも知らせているわけではない。そう、そういうことをさせられるのは子供だけだ。一方通行。こっちの言うとおりにしろ、こっちのするとおりにするな。人生とはなんと不公平なことか。

彼女はキャシーの家に行く許可を得たかったのだが、誰もいないとなれば、電話を使っても、それは誰にも知られないということだ。マリーは電話をかけるまえに念のためにロゼッタの部屋をのぞき、彼女もいないことを確かめようとした。が、ロゼッタ叔母さんのかわりにデイヴィッドがいた。叔母さんの机に向かい、さまざまな色の印のついた書類を見ていた。「言いつけるぞ」とマリーは言った。

デイヴィッドはびくっとして体を起こした。「勝手に言いつけろ。許可はちゃんともらってあるんだ」

もしデイヴィッドが嘘をついているなら、とマリーは思った。電話を使っているところをデイヴィッドに見られても、それを理由に口止めができる。「パパとママはどこへ行ったの、息臭ザウルス？」

マリーの悪態と書類の両方に気を取られ、デイヴィッドにはただ否定的なうめき声をあげることしかできなかった。

「ありがと、シェイクスピア」とマリーは言って、自分のウィットにひとり悦に入った。そして、ロゼッタの部屋を出て、キッチンの電話のところまで走った。でも、できるだけ短く切り上げよう。見つかるのはやっぱりまずい。

「どこまで行ってたの？」ジーナがエイリング・クローズ三番地のまえまで戻ると、ロゼッタは言った。

「少しだけ作戦が変更になったの。こちらはミセス・カースル、依頼人のお姉さん、それに息子さんのロビー」

「こんばんは」とミセス・カースルがジーナのうしろから声をひそめて言った。ミセス・カースルのさらにうしろに長身痩軀の少年が立っていた――うつむき加減で、見るからにいやいや駆り出されたといった風情だった。ロゼッタは思った、通話泥棒を捕まえる任務を押しつけられたミセス・カースルが一緒に連れていったというのがこの子だろうか？

ジーナが言った。「鍵を開けるわ」さらにドアが開けられ、四人全員が中にはいった。「ミセス・カースル、裏口まで案内してくれます？　あなたたちはここにいて、逃げ道をふさいでて」

「わかった」とロゼッタが答え、ふたりが奥に向かうのを見送ると、少年に向かって言った。「わたしはロゼッタ・ルンギ」そう言って、手を差し出した。ロビーは力のない握手を返し、どことなく不満そうに鼻を鳴らした。

マリーはキャシーと五分も話をしていなかっただろう。玄関のドアが開いた音がした。「ちぇっ。帰ってきちゃった」

「それじゃ、明日学校で」とキャシーは言った。

マリーは受話器を置いた。ひとりの足音しか聞こえてこなかった。お祖父ちゃんか、お祖母ちゃんだったら、またすぐキャシーにかけ直そう。耳をすましながら、マリーはため息をついた。時々、家族で自分のことを愛してくれているのは祖父母だけではないかと思うことがある。

マリーはテーブルにつくと、悲しげながらもどこか毅然としたふうを取り繕った。が、中にはいってきたのはサルヴァトーレ伯父だった。

「誰もいないのか？」とサルヴァトーレは言った。

「わたしとデイヴィッドだけ。でも、電話を使いたいのなら、どうぞご自由に」

「ああ、そうするけど」とサルヴァトーレは怪訝な顔で答えた。「アンジェロたちはすぐに帰ってくるのかな？」彼は冷蔵庫のドアを開けた。

が、マリーが答えるまえにデイヴィッドがキッチンにやってきた。「ママとパパはどこ？　不正使用された電話の請求書に関することで、ちょっとした発見をしたんだけど」

「何、それ？」とマリーが言った。「数字マニアのおまえが数字を見て垂らした涎じゃないの？」

アンジェロは、裏口からナイジェル・バートロームの家の中にはいると、すぐに電話機と留守番電話機が置かれたところまで行った。そして、自分の携帯電話でナイジェルの番号をまた試してみた。まだ話し中だった。「誰かがまだ使ってる。でも、この電話じゃない」彼は三人の女のうしろに塔のようにそそり立っている少年を見やった。「きみが……」

「ロビー。息子です」とミセス・カースルが答えた。

「ハイ」とアンジェロは若者たちのアメリカ式の挨拶を真似て言った。

「ロー」とロビーは言って眼を床にやった。〝ハ〟が聞こえなかった。

「念のため確かめてみよう」アンジェロは受話器を取り上げ、耳に押し当てた。怪訝な顔になった。ただ〝雑音〟しか聞こえないのだ――テレビをつけていて、番組をやっていない局にチャンネルを合わせたときに聞こえるような〝雑音〟しか。「わけがわからない」アンジェロはそう言って受話器をジーナに手渡した。ジーナはさらに次に。

ロビーには一秒でわかった。「インターネットだ」と彼は言った。

「ほらね」とデイヴィッドは言った。「不正使用の電話で午後一番早いのは四時三十二分だ」

「そうなの、ミスター・明細書？」とマリーは言って、黄色いマークがついている午後一時十三分にかけられている電話を指摘した。「だったら、これは何？」

「その日は日曜日だ」

サルヴァトーレが言った。「不正使用されてる電話は全部ナイジェルが外出中にかけられてる。そういうことが言いたいのか？」

「その答はイエスでもあり、ノーでもある」とデイヴィッドは椅子の背にもたれ、得意げに言った。「依頼人が外出中というのは、いわゆる記号論理学でいうところの〝必要だが充分ではない〟条件だね」

「そうなのか？」とサルヴァトーレ。

「バートローム氏が外出するということは必要なことだけど、それだけじゃ駄目なんだ。通話泥棒には時間的制約があるんだよ。たとえば、バートローム氏は時々土曜日の午後にも仕事をすることがあるけど、そのときには不正使用されてない。たった一度だけ例外があるけど。でも、土曜日の夜に彼が仕事をしたときには、何度も不正使用されてる。どうして夜なのか。どうして朝や昼じゃないのか」

「つまり、そいつは不正使用しようと思ったときにいつでもできる状況にいるわけじゃないってことか？」

「あるいは、その時間には何か別のことをしてるか」

「つまり、おまえは、不正使用されてる時間から通話泥棒の行動パターンが何かわかるかもしれないって言いたいわけだ」

ルンギ家の三人とロビーは、ナイジェル・バートローム の家のキッチンのテーブルについた。ミセス・カースルが紅茶をいれた。

アンジェロが言った。「これで、不正使用者は何も家の中にはいらなくても不正使用できることがわかった。さらに、外の電話線から不正に電話線を引っぱって利用してるわけでもないとなれば、ただひとつ残された可能性は、ミスター・バートロームがどこへ行くにも持ち歩いてるにもかかわらず、何者かがコードレスフォンから侵入してきてるということになる」

「同じメーカーの同じ機種のコードレスをもうひとつ買ったら、それもこの電話の番号で使えるようになるの？」とジーナが尋ねた。

「使えない」とロゼッタが答えた。「コードレスはみんなそういうことができないようにつくられてるのよ。そうね、六万四千ぐらいの暗号を使って。もちろん、ひとつの電話線でふたつのコードレスフォンを利用することはできるわよ。でも、そうしたければ、親機のほうもそれに合わせないと」

「でも、そういうことは、ミスター・バートロームに気づかれずにやることはできない。ただ……」

「ただ？」とアンジェロ。

「電話が壊れて、修理に出したら、修理した人がふたつ目のコードレスの子機も使えるようにしてしまった。そういうことは考えられなくないわね」

「でも、たとえそうだったとしても」とロゼッタが言った。「そのコードレスを使うときにはこの家の近くに来なければならない。だいたい親機から百フィート以内のところにいなきゃ、子機は使えないんだから。それに、ミスター・バートロームの電話線からインターネットに接続するとなると、コードレスフォンとコンピューターとアダプターを全部用意して、どこかに隠れなきゃならないわけでしょ？」

「ありえない。そのとおりだ」とアンジェロは言った。

「ほんとうに」とフィオーナ・カースルが言った。「今度のことの原因がろくでもないコードレスフォンにあるんだとしたら、ほんとうに、あんなもの、ナイジェルにプレゼントするんじゃなかったわ」

ルンギ家の三人全員の視線がミセス・カースルに向けられた。


不正使用された電話の請求書をキッチンテーブルの上に広げ、デイヴィッドは自分が発見したことをサルヴァトーレとマリーに説明した。「不正使用された電話の時間を調べて曜日ごとに整理したんだ」

サルヴァトーレが眉をひそめて言った。「百パーセントというわけじゃないんだな。月曜日の朝に二度かけたりもしてるからな。でも、そう、全体としてはおまえの言うとおりだ。おおむね四時三十二分よりまえには使われてない」

「ほらね」とデイヴィッド。

デイヴィッドは笑みを浮かべていた。そういうとき、デイヴィッドはまだ何かを隠している。マリーにはそれがわかった。「まだ何かあるのよ、サルヴァトーレ叔父さん」

「そうなのか？」とサルヴァトーレは甥に尋ねた。「誰が不正使用してるのか、おまえには見当がつくのか？」

「学校がある時間帯には不正使用されてない。それがぼくの仮説だ、サル叔父さん」

サルヴァトーレはちょっと考えてから言った。「だったら、月曜日の朝のは？」

デイヴィッドの顔にさらに笑みが広がった。「これはいわゆる科学の問題だね——例外が規則の証明となるってやつ。つまり、一見セオリーに反するように見えるものが実際にはぴたりと一致してるってこと」

「この件ではその科学の問題とやらはどういうことになる？」とサルヴァトーレはため息まじりに尋ねた。

「不正使用されたその月曜日は祭日だった」そのことの意味がサルヴァトーレにわからないといけないと思い、デイヴィッドはつけ加えた。「つまり学校は休みってこと」

「ということは、通話泥棒は学校の生徒だっておまえは言いたいわけか」

「そう、そう思う」

「だったら、どうして土曜日の午後にはかけてないの？」とマリーが意に反してデイヴィッドの推理に感心しながらも言った。

「それはそいつが土曜日には何かアルバイトでもしてるからじゃないかな」

「一度だけ土曜日にも不正使用してるのは？」

「その日は病気で休んだとか」

「クリスマス・プレゼントだったんです」とフィオーナ・カースルは言った。「ナイジェルに何が欲しいって訊いたら、彼がそう言ったんです。メーカーと機種まで指定して。どれにしようか探してたところで、値段も手頃だって」

「どこで買いました？」とジーナが尋ねた。

「〈アーゴス〉で。それはあくまで〈アーゴス〉で買ったということで、わたしが買いにいったわけじゃありませんけど」彼女は息子を見た。

ロビーは、誰にもわかるようなわかりやすいことばはそれまでにまだたったの一度も発していなかった。二度咳払いをして、今もただひとこと「アッジ」とだけ言った。

「なんですって？」

「息子の友達です」とミセス・カースルは言った。「ビリー・バジェット。それでアッジ」

「そのアッジ・バジェットがどうしたんです？」とアンジェロが尋ねた。

「アッジは土曜日に〈アーゴス〉でアルバイトをしてるんです。それで、従業員割引が受けられるんで、彼に頼んだんです」

ジーナとアンジェロは互いに顔を見合わせた。

「どうやらそのアッジと話をしたほうがよさそうね」とジーナが言った。「彼の住まいは？」

「隣です」とミセス・カースルは言った。「エイリング・クローズ一番地」


「言っていい、キャシー？」翌日の夕方、マリーは電話で言った。「まさに祈りが通じたってところね」

「それってその電話のやつが捕まったから？」

「それもある。でも、わたしが脅したのよ」マリーは窓敷居に足をのせ、あいている手で髪を払った。これだわ、これ！　また甘い人生が甦った！

「どうやって？」

「いい、キャシー、そもそもことの起こりは、土曜日に〈アーゴス〉でアルバイトをしてるその子が、隣の家の人からコードレスフォンを調達してくれって頼まれたことから始まったわけよ」

「うん……」

「でも、そいつはコードレスの子機を二個調達して、両方ともひとつの親機から使えるようにした」

「うん……」

「で、隣の人がその電話を使いはじめると、そいつは壁越しにただで二番目の子機を使いはじめた！　それって天国？　じゃなかったら、何よ」

「すごい！」

「いずれにしろ、うちのあのトロいデイヴィッドが馬鹿みたいにがんばっちゃって、どうにか謎の不正使用者は学校の生徒だって突き止めたときには、パパとママとローズ叔母さんが実際にそいつを捕まえちゃってたってわけ。つまり、あの馬鹿がやった数的思考は無駄な努力に終わったってことよ」

「あなたって相当意地悪ね」

「今度のことでは、そこのところがあたしとしてはもうオーガズムを覚えるくらい嬉しいところよ」

「でも、まだよくわからないんだけど、それでどうしてあなたの〝電話特権〟がまた回復したわけ？」

「個人的には、〝電話特権〟じゃなくて、〝電話コミュニケーション〟なんじゃないかと思うけど」

「それってマジ正しい」

マリーは声をあげて笑った。誰かが彼女の部屋のドアをノックしていた。「今、電話中なの」とマリーはドアの外に向けて言った。

廊下からアンジェロの声がした。「やっていて、馬鹿みたいな笑い声が出てしまう宿題というのはどんな宿題なんだ？」

「演劇の宿題よ、パパ。今はちょうどユーモアの章で、その練習をしてるの。笑わないでそういう勉強ができると思う？」

「あんまり図に乗るんじゃないぞ、マリー」

「もう行って、パパ。集中しなきゃならないんだから」キャシーのくすくす笑いが受話器の向こうから聞こえた。

「聞こえてた？」

「でも、マリー、あなたはさっき脅したって言わなかった？」

「そうよ。こう言ってやったの、あたしの電話代がそんなに高いのなら、あたしもアルバイトをやらなくちゃならないって。そして、そのあとつけ加えたの、〝〈アーゴス〉で土曜日のアルバイトにあきができそうだって聞いたんだけど〟って」

〈探偵家族〉

# 銃で脅されて

Gunpoint

　アンジェロはウォルコット・ストリートを歩きながら、なんとも自分がまぬけに思えてならなかった。まぬけというよりさらに悪い。無能な気がした。あるいは、去勢されたような。なんというか——いや、もうまぬけとしかほかに言いようがない。

　これから家に帰っても、みんながベッドに向かう時間にはまだ早すぎた。今、アンジェロが何より望むのは、眠っているジーナの横にそっとすべり込み、夜具の下にこっそりと隠れて現実を遮断することだった。

　実際には、ジーナはキッチンにいた。ひとりで。困ったことに。テーブルについて、何かのカタログを見ていた。

「どうやらさまよいびとのご帰還のようね」と彼女は眼を上げて言った。

「すまん、遅くなった。引き止められた《ヘルド・アップ》んだ」

　ジーナは写真を指差した。彼女が見ていたのは監視装置のカタログだった。「これ、どう思う？」と彼女は言った。「これを手首につけてくれれば、衛星とCD-ROMのコンピューター・マップで、世界じゅうどこにいようと、わたしにはあなたの居所がわかるのよ」

「まさか」

「これにはそう書いてあるけど。お得な二十四回払いで、それが可能になるって」

「きみにわかるのは」とアンジェロは言った。「世界のどこにおれの手首があるか、だ。残りの部分については誰にわかる？」

「それはまた心躍るような意見ね」

「紅茶をいれるけど、きみも飲む？」

　アンジェロはマグをテーブルに置いた。ジーナはカタログを閉じ、リサイクル向け古紙用の容器に放った。そして、そもそもどうしてそんなカタログを読む気になったのか自分を訝った。そのカタログは、そもそも探偵業界のハイテク機器市場向けのものではなかったし、それに、そういう機材を購入するのは彼女の義理の妹、ロゼッタの仕事だった。「ありがとう」と言って彼女はマグに息を吹きかけ、紅茶を冷ました。「それで、どこにいたの？」

「言っただろ？　引き止められた《ホールド・アップ》んだ」

「どこで？」

「グリーン・ストリートのATM設置所から二十ヤードばかり離れたところで」

「そこには何があるの？」どうやらアンジェロには、いつもより遅くなった帰還のわけをそうすんなりと話すつもりはないようだった。確か、グリーン・ストリートにはパブが一軒あったけれども、とジーナは思った。〈グリーン・ツリー〉だったか？　要するに、一杯飲みにそこに寄ったということなのだろうか。

「店の戸口以外何もない」とアンジェロは言った。「で、何回も言ってるように、引き止められたんだ」

「引き止められた《ホールド・アップ》？」

「そう、ホールド・アップされたんだよ。そして、汗水垂らして稼いだ金の一部を奪われちまったんだ」

「なんですって？　怪我をしたりは？」

「しなかった、体のほうは」

ジーナはまじまじと彼の顔を見て、いくらか青ざめているのにそこで初めて気づいた。「でも、いったい……何があったの？」

「おれが警察に話したようなことがあったのさ」とアンジェロは言った。

バースの警察にアンジェロの知り合いは何人もいたが、犯罪捜査課で彼の相手をしたのは彼の知らない刑事だった。その刑事、ベイントンはバースに赴任してまだ間がなく、そのことはすぐにわかった。「ウォルコット・ストリートというと……」アンジェロが住所を告げると、ベイントンは言った。「いや、言わないで。知ってます。ええ、知ってます」
実際には知らなかったとしても、いずれすぐに知ることになるはずだった――町で一番うまいハンバーガーを食べたくなって、それを〈シュウォーツ・ブラザーズ〉で見つけたときに。あるいは、中古の建具を〈ウォルコット再生工房〉で見つけたときに。または、革のジャケット、古本、自転車、YMCAを見つけたくなったときに。ウォルコットはもともとは村だったのだが、バースに取り込まれ、市を代表する一帯となってすでに久しい。六〇年代からしばらくは、芸術家気取りのヒッピーの居住区だったが、町の中心地に近いという利点から、今はファッショナブルな一帯に変貌を遂げていた。そして、ほかでもない、一九四七年創業の〈ルンギ探偵事務所〉があるのがその通りだった。それ以上の栄誉を必要とする通りがどこにあろう?

「わかります、わかります」とペイントンは言った。「〈キャディラックス・ナイトクラブ〉のあるところでしょ?」

最初の書類仕事が終わると、何があったのか、ペイントンはアンジェロに詳しい説明を求めた。が、アンジェロがATM設置所から二、三十ヤード離れたところで、銃を見せられ、五十ポンド奪われたと話しはじめるや、大きな声をあげた。「なんとなんと。また同じやつじゃないでしょうな」

「同じやつ?」

「この二週間で、同じような被害がすでに四件出てるんです。届け出があったものだけでそれですから、実際の被害はもっと多いんじゃないでしょうか」

「ということは」とアンジェロは言った。「あの銃は本物だった?」

「こう言ってよければ、それが本物かどうか確かめた愚か者はまだいません。それで、そいつは男でしたか、それとも女でした?」

「男です。でも、ということは女の辻強盗もいるということですか?」

「少なくとも、一件はそうでした。いったい何人の人間が関わっているのか、実はまだつかめてないんです」

「でも、ふたり以上で、全員が銃を持っている？」それはにわかには信じがたいことだった。もちろん、ここバースでも銃による犯罪がたまに起こることはある。誘拐も。さらには殺人も。

「しかし、どの件でも被害者は銃で脅されています。その点は共通してるんです。ルンギさん、どんな男だったか、特徴を言ってください」

「そう、背は五フィート十インチぐらい。歳は三十五歳前後。体型は普通か、いくらか痩せ気味といったところかな。ネイヴィ・ブルーの厚手のジャケットにジーンズ。ブルーの――デニムの色の――トレーナー。ブランドまではわからなかったけれど。新品じゃなかったな。顔は――そう、角ばった感じじゃなくて、顎に向けてなだらかに細くなってる卵型の顔でした。髭は何日か剃っていないみたいで、薄茶色の口髭が鼻の下をおおってたけれど、髭そのものは長くはなくて、よく手入れしてるか、それとも生やしはじめて間もないのかといった感じでした。髪も茶色だったと思います。やはりネイヴィの――色のことです――ニットの帽子をかぶってた。眼は見なかったんで、わからない。残念ながら」

「いやいや、どうして。よく覚えておられます」

「どうも」

「これぞ職業訓練のたまものというやつですね」

「実は、私は人物観察というのがこういう商売のわりには得意じゃありませんでね。それで、この七カ月、モデルを描く絵画教室にかよってるんです。それが役に立ちました。実際、今夜もその教室に出てたんです」

ベイントンはメモを取った。「犯人にことばの訛りはありませんでしたか？」

「タイン川（イングランド北部を流れる川）流域の訛りがありました。ニューカースルか、ゲーツヘッドか、ダラムか特定することはできないけれど。でも、北東部の訛りにまちがいはない。私のことを〝ペット〟なんて呼んだりもしてた」

ベイントンはにやっと笑った。

「わかりました？」とアンジェロは言った。「ほかの件の犯人も同じ男ですか？」

「さあ、それはなんとも言えない」

アンジェロは怪訝な顔をした。「どうして？」

「豆にマスタードが要る？」ショッキングな経験のあと、ジーナの哀れなアンジェロは心が和むような食べものを食べたがった。それで、彼女は彼の豆をトーストにのせているのだった。

「ああ、頼む」とアンジェロは答えた。

「でも、どうしてペイントンには同じ男かどうかわからなかったの？」

「おれが伝えた犯人の特徴は、ほかの被害者のどの証言ともちがってたからだ」

「ほかの事件のひとつの犯人は女だった。それがほんとうなら、まあ、当然ね」

「男の犯人の特徴もみなそれぞれちがってるみたいなんだ。被害者の証言によれば、犯人の背は五フィート七インチから〝六フィート〟。それだけ幅がある。体格もさまざま、髪の色もさまざま。服装も――そのスタイルも――その都度ちがうんだ。ネクタイにスーツという恰好から、ジョギングでもやろうと外に出たようなスタイル、〝しゃれたカジュアルな〟ズボンにポロシャツ。ウェールズ訛りがあったという証言もある」

アンジェロは豆のあとは何か甘いものを食べたがるだろう、とジーナは思った。でも、何がいいか。彼女は冷蔵庫を開けて言った。「女の犯人のほうは？」

「背は五フィート八インチ、髪はカールしたブロンド。それにベレー帽」

「五フィート八インチというのは女にしては大きいわね」

「昔はそうだった」とアンジェロは言った。「でも、今はどうかな」

「チョコレートケーキがあるけど」

「どうしようかな」

「食べたほうがいいわ」とジーナは言って冷蔵庫から取り出した。

「きみがそう言うなら。訛りもそれぞれちがってる――少なくとも、タイン川流域の訛りじゃない。どこの訛りなのかはわからないけれど、なんだか〝上流階級風〟のしゃべり方だった、と言ってる被害者もいる」

「でも、あなたを襲った犯人はそうじゃなかった。あなたのことを〝ペット〟なんて呼んだんでしょ？」ジーナは一切れ大きく切って皿にのせた。そして、自分も食べようかと思った。

「ああ。そいつはどう考えても上流階級じゃない。話し方だけじゃなくて。そいつの立ち居振舞いがね、わかるだろ？　これまで多くの重労働をしてきたような男だった。その点については賭けてもいい」

「それはすばらしい観察力ね。絵画教室にかよってる効果てきめんね」

「ただこれまでより眼をよく使うようになっただけのことさ」

「眼をより上手に使うようになったのよ」そういったアンジェロの変化については、ジーナは少なからず自慢したかった。彼が絵画教室にかようようになったのは彼女の発案だった。


が、チョコレートケーキは、自分の分は切らなかった。彼女の母親の友人のひとりに、亡夫についてよくこんなふうに話す未亡人がいた。「主人がわたしに買ってくれたドレスはどれもサイズが小さすぎた。そうなのよ。主人はわたしを見てなかったのよ」アンジェロはものをちゃんと〝見る〟ようになった。それが事実なら、ジーナにとって今は、食べたいかどうかはっきりしないようなケーキをどうしても食べなければならないときではなかった。

「〝わかりました、旦那さま、どうぞこのお金を持っていってください〟なんて言うんじゃなくて」とアンジェロは言っていた。「刃向かうことができていたらって、つくづく思わずにはいられない」

「銃を持ってる相手に刃向かう？　たった五十ポンドのために？」

「だったら、いくらだったらいいんだ？」

「少なくとも、六十九ポンド九十五ペンスぐらいでないと」豆の準備ができて、ジーナはそれをトーストの上に盛った。

「考えれば考えただけ、それが本物の銃だったような気がしないんだよ」

「そう?」

「ありがとう、ジーナ」豆の皿をまえに置いてもらい、アンジェロは言った。「本物らしく見えなかったというわけじゃない。実際、本物らしかった。撃鉄を起こした音もおれには本物らしく聞こえた。だけど、それが本物ということがありうるだろうか。ATM設置所に寄ったあとの人を襲う犯罪が続いていて、それらすべてに共通するのが銃だという場合は特に。本物の銃がそんなにたくさんあるだろうか。それもみな続けて、どちらかと言えばけちな犯罪に使われてるわけだ。ほんとうに本物の銃を持っていたら、五十ポンドめあての武装強盗なんかにわざわざ使ったりするだろうか?」アンジェロはフォークで豆をすくった。

「うううん、うまい」

「よかった」ジーナはアンジェロのために切ったケーキをテーブルに置き、誘惑のもとは冷蔵庫に戻した。

「おれには」とアンジェロは言った。「誰かが町に持ち込んで、パブかどこかで客に売りつけた、よくできたモデル・ガンという気がしてならない」

「お買い上げいただいた方には、サーヴィスで、〝辻強盗のやり方――カリフォルニア・スタイル〟という指導書をおつけします」

「そう、それそれ」とアンジェロはくすくす笑いながら言った。

　しかし、ジーナには、誰かがバースのパブで、〝すばらしいモデル・ガン。さあ、買った、買った!〟と呼ばわっている図はちょっと思い描きにくかった。

　朝食の席でデイヴィッドが尋ねた。「正確にはそいつはなんてパパに言ったの? 〝やれるなら《メイク》、やって《マイ》みろ《デイ》〟とか?」

「おまえはアクション・ビデオを見すぎなのよ」と彼の姉のマリーが言った。「ママ、こいつは十八になんかまだまだ手が届かないのに、わたしには見られない十八禁のビデオがどうして見られるわけ?」そのことは、マリーとマリーの友達のキャシーがそういうビデオを見ているところをジーナに見つかって以来、ルンギ家の今日的議題になっていた。

「だったら、そこのごみ顔女、教えてくれ」とデイヴィッドは言った。「なんでそれが十八禁のビデオだってわかるんだ？　おまえの十八歳の誕生日を最近祝った記憶はぼくにはないんだけどね」

「無理して頭を使うのはやめることね」とマリーは言った。「おまえ程度の頭の人間は大人になっても庭師程度にしかなれないんだから。それもあくまで大人になれたらの話だけど。ママ、体を曲げなくてもテーブルの下を歩けるようなちびでも庭師になれるの？」

「もうやめなさい、ふたりとも」とジーナは言った。「あなたたちのお父さんはショッキングで、屈辱的な体験をしたのよ。そういうことを少しは気づかう気持ちがあなたたちにはないの？」

「でも、それはゆうべのことじゃないの」とマリーが言った。「今はもう朝よ」

「それはそうだが」とアンジェロが言った。「歳をとると、おまえたち若い人間のようにすばやくショックからも屈辱からも――よくぞ言ってくれた、ジーナ――立ち直れないんだよ」

　そのことばは、階上《うえ》から親爺《オールド・マン》さんが降りてくるきっかけになってもいいようなことばだった。が、今朝は降りてこなかった。かわりにママがキッチンにはいってきて言った。

「誰が屈辱を受けたの？　またマリーが面倒を起こしたんじゃないでしょうね」

「ちがうわよ、お祖母ちゃん」とマリー。

「パパだ」とデイヴィッドが答えた。「パパに銃を突きつけて、パパのお金を全部奪ったとき、男はなんと言ったか。今、パパがその台詞を言おうとしてたんだ」

　ママは怪訝な顔をした。「男？　銃？」

「本物かどうかはわからないけど」とアンジェロが答えた。

「いや、むしろおれは偽物だったと思ってる」

「紅茶、飲みます、お義母《かあ》さん？」とジーナが尋ねた。

「ポットにまだ少し残ってますけど」

「ありがとう、ジーナ。そういうことなら、聞かせてもらわなくちゃ」ママは椅子を引いてその上にどっかと腰をおろした。「ふう」

「ねえ、そいつはなんて言ったの、パパ?」とデイヴィッド。「正確には?」

「なんでそんなことを気にするの、この穴だらけの軽石頭?」とマリー。

「学校のためだ」とデイヴィッドはマリーに囁いた。「あとで言うよ」そこでまた父親のほうに向き直って言った。

「パパ?」

「そいつが言ったことばは正確には、〝へえ、おめえ、おめえの顎さ狙ってるこいつが眼にへえんねえか?〟だ」

「ダサい訛り」とマリー。

「お義父《とう》さんももう降りてきます?」とジーナがママに尋ねた。

「へえ、おめえ、すぐ降りてくるだ」とママは答え、ひとりで笑った。

「お祖母ちゃんのほうがうまいみたい、パパ」とマリー。

「おれたちはみんな、演劇が必修科目にある中等学校に行けるほど恵まれちゃいなかったもんでね」とアンジェロは言った。「でも、行けなくてむしろよかったと思ってる」

「あなたたちはパパの話を聞きたいの、聞きたくないの?」とジーナ。

マリーはデイヴィッドのほうに上体を傾げ、耳元で囁いた。「おまえは今自分がつくってるお芝居に利用できると思ってるんでしょ?」

「そう、ヴァイオレンス・ドラマだからな」とデイヴィッドはほとんど聞き取れないほど小さな声で答え、軽くうなずいた。「話してよ、パパ。パパはなんて言ったの?」

「そう、おれはこう言った、〝それは銃か?〟って。すると、そいつは言った、〝こう言っておこうか、おめえ、こいつは食うことのできねえソーセージだ〟。おれは言った、〝ああ、確かに〟。そいつは言った、〝こいつが銃みてえに見えて、銃みてえな音がしても〟——そいつはそう言って撃鉄を起こした。すると、それらしいかちっという音がした。——〝それでも、銃かどうかまだ試す値打ちがあると思うか、ペット？　おれがおめえの立場なら、金さ渡して、とっくにもう苛々してるおっかねえお兄さんをこれ以上苛々させたりはしねえがな〟」

「すごい」とデイヴィッドは言って、すごい勢いでノートに書き取った。

「で、金を渡したら、そいつはただ立ち去った」

「渡すことなんかなかったのに」とママが言った。

「母さんは五十ポンドぽっちの金のためにおれの命を危険にさらしたいのかい？」

「危険ですって？」とママは言った。「そんな拳銃、本物のわけがないでしょうが。ここイギリスでは。ここバースでは。ここは毎日銃で人が殺されてるようなところとはちがうのよ。ほかの国とはちがうのよ」

　ちょうどそこへ親爺さんがはいってきた。「人が殺されてる？　殺人事件でもあったのか？」

「いいえ、殺人事件なんかありません」とジーナが言った。「紅茶ならありますけど」

「わしが唯一知っとる殺人事件と言えば、ノーマン・スタイルズ殺人事件だが」

　キッチンにいた誰もが一斉に不満の声をあげた。ことあるごとに親爺さんは、彼らの探偵事務所がこれまでに唯一手がけた殺人事件の思い出話をしたがった。それはもはやルンギ家の伝統みたいになっていた。

　その日、エイヴォンとサマセットの警察からはなんの連絡もなかった。お定まりの仕事をこなすだけで半日が過ぎ、アンジェロがその〝ショッキングで屈辱的な〟体験をもう一度話すことになったのは、ルンギ一家が全員、夕食の席についたときのことだった。ルンギ家では週に三回、たいていはアンジェロの妹、ロゼッタも、兄のサルヴァトーレも加わって、一家全員が食卓を囲むことになっている。

　ロゼッタは、ウォルコット・ストリートに面して建つ、ルンギ家の建物に自分の部屋を持っていて、そこで寝泊まりをしているのだが、長年の恋人をお払い箱にしたあとは、その次を探すのに忙しく、外出することが多い。それでも、午後はルンギ探偵事務所の経理の仕事をしており、また、家族の食事会にも欠席することは少なかった。

　サルヴァトーレのほうは、すでに独立してフラットに住んでいる。本職は画家だが、必要に迫られると、時折ルンギ探偵事務所の手伝いもしている。が、ルンギ一家の料理はうまくて、ヴォリュームもあるので――それはつまり、彼が絵のモデルと一緒に食べたり、モデルに食べさせてもらったりする料理とはきわめて異なる料理ということだ――彼もまたあまり欠席することはなかった。火曜日と木曜日の夕食と土曜日の昼食が一家の食事会だが、ゲストは常に歓迎された。が、この木曜日の夕食に集まったのは、ルンギ一族だけだった。

「その銃はリヴォルヴァーか、オートマティックか、どっちだったんだ？」とサルヴァトーレが尋ねた。

　アンジェロは記憶をたどるような顔をしてから答えた。

「リヴォルヴァーだ」

「弾丸《たま》は見たのか？」

「ああ」と親爺さんが声をあげた。「リヴォルヴァーだからな。本物のリヴォルヴァーなら、弾丸《たま》が込められてたら、それが見えるはずだ。ここにいるわしのサルヴァトーレは、可愛い顔が好みのただの絵描きというわけでもなさそうだ」

「顔は一番些細な問題なのよね、サルヴァトーレ」とジーナが言った。「そういうスタイルはもう変えたというなら話は別だけど」

「実を言うと、今は顔に入れこんでてね」とサルヴァトーレは言った。

「撃鉄を起こすと」とデイヴィッドが言った。「弾倉がまわる。そうでしょ、お祖父ちゃん？」

「ああ、それで弾倉がまわる」と親爺さん。「そのとおりだ、デイヴィッド」

「もうマニコッティ（ハムのぶつ切りとチーズをつめた筒状のパスタ）はお食べにならないの？」とママが親爺さんに言って、親爺さんの皿を下げかけた。

「なんだ、おれの皿には急にストップウォッチが要るようになったのか」と親爺さん。「はっ！」

「おまえがそんなに銃に詳しいのは、おもちゃのピストルでよく遊んでるから?」とマリー。

「マリー、ことばには注意したほうがいいぞ」とサルヴァトーレが言った。「おまえが話しかけてる相手はデイヴィ・ザ・キッドなんだから。デイヴィッド、まだ小さい頃、おまえはよくガンマンの正装をしてたよな。覚えてるか?」

「やめてよ、サル伯父さん」

アンジェロが言った。「暗かったから、弾丸《たま》までは見えなかった」

「これってすごくショックなことよ」とロゼッタ。「自分の兄さんが銃口を向けられ、強盗に襲われるなんて。しかもここバースで!」

「だったら、銃口はどうだ。本物だったか」と親爺さん。

「それとも、プラスティックだったか?」

「プラスティックじゃなかった」とアンジェロは答えた。

「撃鉄を起こしたときに金属音がした」

「外はプラスティックで、中だけ金属だったたってことも考えられる」とサルヴァトーレ。

「確かに」

「ぼくたち、そいつを捕まえるの、パパ?」

「そういうのは警察の仕事よ」とジーナ。

「でも、助けが必要になったときには」とマリーが言った。

「警察はいつでもデイヴィ・ザ・キッドに電話すればいいのよ」

「うるさい、このヘドロ頭」とデイヴィッドはぼそっと言った。

ロゼッタが言った。「やむをえず、銃を持った男と相対するのと、こっちのほうからその男を探すのでは、全然話がちがうわ」

「おまえはその男を探すつもりなのか?」と親爺さんがアンジェロに言った。「それにかかる費用は誰が出すんだ? 誰が依頼人なんだ? 自分で自分を雇うのか? そんなことをしてたら、わしらはすぐに飢え死にしてしまう」

「あなたがマニコッティを食べるか、お皿を下げさせてくれるかしてくれなければ、ほんとにみんな飢え死にしてしまう」とママ。「みんなあなたがそれを片づけてくれるのを待ってるんだから。ジーナがつくってくれたおいしいカノーリ（クリーム状の詰め物をパイ生地で包んで油で揚げたもの）を次に食べるのに」

「今日はつくれなかったの」とジーナが言った。「忙しくて。それで〈ウェイトローズ〉で買ってきたんです。おいしいかどうかわからないんだけど」

「いずれにしろ、それはここにいるお爺さんが決断をしてくれないとわからない」

「だったら、もう下げてくれ。わしが犠牲になればすむことだ、家族のために。いつものように」

ママは即座に親爺さんの皿を下げて言った。「でも、このカノーリ、おいしそうじゃないの」

「犯人を捕まえようだなんて思いもしなかったけど」とアンジェロが言った。「そう言われてみると……」

「すでに五十ポンド盗まれてるんだから、パパ」とデイヴィッド。「犯人を捕まえれば、それが返ってくるかもしれないわけでしょ？」

「わたしなら五十ポンドもらえるなら、犯人を探すけど。わたしなら」とマリー。

「いいえ、あなたはそういうことはしないでいいの」とジーナ。

「どこから始めればいいのかもわからないんだからな」とデイヴィッド。「頭がヘドロの場合、そういうことがよくあるんだよ。悲しい事実だけど、それはほんとうのことだ」

「でも」とママがカノーリに手を伸ばしながら言った。「わたしとしては、わたしの息子からお金を取ったそのゴーディを捕まえたいけど」

「ゴーディじゃないよ、母さん、ジョーディ（タイン川沿い生まれの人々）だ」とアンジェロ。

「なんであれ、わたしにはその男にひとことふたこと言いたいことがある」とママはカノーリを咀嚼しながら言った。「悪くないわ、これ。そんなに悪くない」

「忙しかったんです」とジーナ。

「どこから始めるかと訊かれたら」とマリー。「そりゃ警察からよ。まずチャーリーのところへ行って、警察にはこれまでのところどれくらいわかってるか確かめる」

「こいつらは絶対捕まえなくちゃいけない」とロゼッタが言った。「誰かに銃を突きつけられるなんて、考えただけでもぞっとする。その刑事――」

「ベイントンだ」とアンジェロ。

「ベイントンは被害者の中には女性もいたかどうか言わなかった？」

「訊かなかった。彼が言ったのは、逆に強盗《ロバー》のひとりは女だったということだ」

「つまり〝ロベス〟だったわけだ」とサルヴァトーレ。彼の女性語尾《フェミニン・エンディング》に対する関心は今にはじまったことではなかった。

「チャーリーならコンピューターで調べられるでしょ？」とマリーが言った。「ほかの犯行現場はどこだったか。それがわかるだけでも手がかりになる」

「もし」とサルヴァトーレが言った。「弟のための報復戦ってことなら、おいらも一枚嚙ませてくれ。おいらの弟をこけにしやがったってこたあ、おいらがこけにされたってことだに。おいらの一家がこけにされたってことだに」

「げげっ。ダサい訛り」とマリーが言った。

翌朝、実際に警察に出向いたのは、マリーではなくてロゼッタだった。また、彼女が面会を求めたのも、ルンギ家の友人で、警察ではコンピューターによる捜査を担当しているチャーリーではなく、ベイントン刑事だった。

ベイントンは勤務に就いていて、面会には喜んで応じてくれたが、すでにアンジェロが報告した以上の情報を彼から得ることはできなかった。「ただ」と彼は言った。「ゆうべも一件被害が出ましてね。時刻は……」彼は手帳を見た。「十時十五分前頃。駅に設置されてるATMでお金を引き出して、バスに乗ろうと、バス停まで歩きかけたところで、彼女は――」

「女の人？」とロゼッタは尋ねた。

「そう」とベイントンは答えた。「女性の被害者はこれが初めてです」

「なんて恐ろしい」

「恐ろしく、恥ずかしいことです。われわれがこうして坐っているところからほんの数メートルと離れていないところで、事件が起こってることを考えると」

「ゆうべの被害者の証言では犯人はどんな人物でした？」

「男性、アフリカ系カリブ人、身長は五フィート九インチ、年齢は二十五歳から三十五歳で、がっしりとした体格。〝ラグビー選手のような体型〟ということでした」

ロゼッタは首を振った。アンジェロが襲われた相手とは似ても似つかない。

「ただひとつ奇妙なのは」とベイントンは言った。「彼女がATMから引き出したばかりの七十ポンドを差し出すと、相手は三十ポンド返してきたということです」

「なんですって？」

「必要なのは四十ポンドだったようで、〝でも、ありがとう〟とそいつは言ったそうです」

「それはまたぞろ辻強盗の新手だわね」ロゼッタが午《ひる》まえに事務所に戻ってくると、ジーナは言った。「そういう話を聞いたら、アンジェロは払い戻しを要求しそうね」

「銃は本物ではなかったかもしれないという点に関しては、ビルもわたしたちと同じ意見だった」

「ビル？」

「ビル、ベイントン刑事」

「どんな人？」

「そう、ちょっと可愛かった。でも、わたしより若そうだった。それって重要なことだと思う？」

「もし彼がそういうことを重要なことだと思ってるとすれば」とジーナは言った。「そのとおり、彼はまだ小学生並みということよ」

「そうね。中学生の下まで手を伸ばす気はこっちにだってないわ」言ってから、彼女は顔を赤らめた。

その頬の赤みが如実に物語っていた、ロゼッタがベイントンに興味を覚えたことを。義理の姉はそのことを鋭敏に察知して尋ねた。「彼はまだ独身なの？」

「と思うけど。バースに来てまだ数週間しか経ってないのよ。彼、誰かに市内案内をしてもらいたがってると思う？」

アンジェロは昼食を家で食べることはできなかったが、夕暮れまえには事務所に戻ることができた。ジーナがロゼッタから仕入れた情報を彼に提供した。

「確かにベイントンはここに来てまだ間がないかもしれないが」とアンジェロは言った。「それでも、〈キャディラック・ナイトクラブ〉への行き方はもう知ってた」

「ロゼッタは、そういう類いの市内観光を彼にさせるバスガイドになりたがってるわけじゃないと思う」

アンジェロは紅茶をいれようと、やかんに水を入れた。

「いずれにしろ、これでわれわれは事件の調査に乗り出してしまったわけだ」

「ロゼッタはやりたがってる。実際、六件すべての詳しい情報を仕入れてきたわ」

「つまり調査にあたってるのはロゼッタというわけだ。マリーじゃなくて――」

「デイヴィッドでもなくて」とジーナは言った。「今のところは」

しかし、デイヴィッドが学校から帰ると、ロゼッタがキッチンで彼を待っていた。それはロゼッタがあまりやらないことだった。「何かあったの、ローズ叔母さん？」

「わたし、あの連続強盗を調べることにしたわ」

「ほんとに？」

「それで、今朝、警察に行ってあれこれ訊いてきたんだけど、得られた情報を今ちょうどコンピューターに入力したところ。見たい？」

コンピューターと探偵仕事のミックスというのは、デイヴィ・ザ・キッドにとってはおよそ抗うことのできない誘惑だった。いくら宿題があろうと。人に尋ねなければならないどんなにむずかしい質問を抱えていようと。

しかし、そのむずかしい質問の答えを知っているのが、ほかでもないロゼッタ叔母さんだった。マリーが学校のあと、あの性格の悪いブスの友達たち――マリーは高く評価しているようだが――とおしゃべりをしていて、家にまだ帰ってこないうちは特に。「実は、ローズ叔母さん」とデイヴィッドは言った。「ちょっと訊きたいことがあるんだ」

「何?」ロゼッタは彼女のオフィス兼寝室になっている部屋へ向かいながら言った。

「ぼくに合う服を持ってない? その、古着でいいんだ。ぼくに貸してもいいって思えるようなドレスはないかな?」

　水曜日の夕食は、たいてい残りものがそのままか、あるいは、温められるかして出される。しかし、その週の水曜日、ジーナとアンジェロが食べられそうなものの最後の一品をテーブルにのせても、そのときテーブルについていたのはマリーだけだった。

「何時だ?」とアンジェロが言った。「むしろ遅れてしまったと思ってたんだが。早すぎたのかな」

「マリー」とジーナは言った。「あなたの弟とあなたの叔母《アント》さんを呼んできてくれない?」

「わたしにとっては弟もまたありんこ《アント》だけど」マリーは立ち上がった。が、キッチンを出るまえに言った。「パパ、強盗はなんと言ったか。パパの最愛のひとり息子はどうしてあんなにそれを知りたがったか、知りたくない?」

　アンジェロにとってはその質問自体が意外だった。どんな理由があるというのか。デイヴィッドはただ純然たる興味を持っているのである。いつものことだ。「何かわけがあったのか?」

「あのちびの毛虫はヴァイオレンス・ドラマを制作中なのよ」

「ヴァイオレンス・ドラマ?」

「最初の演劇の授業でよくやらされるの」とマリーは言った。「特に男子に。男子には演劇的なニュアンスなんて理解できないでしょ? だから、先生は、男子には殴ったり叫んだりっていうお芝居をやらせるのよ。哀れな彼らに理解できるのはそれだけだから」マリーは頭を振って髪をわざと揺らした。「それで、デイヴィッドは——デイヴィ・ザ・キッドは、ちびの仲間と一緒になって、パパとほかの犠牲者の身に起きたことをドラマに再現しようとしてるのよ。でも、自分じゃ台詞ひとつ書けないもんだから、パパにそれをやらせたわけ。あいつがメモを取ってるの、見なかった？」

「でも、なんであなたはそういうことを知ってるの？」とジーナ。

「わたしが取ってる——上級の——演劇クラスに、弟がデイヴィッドと同じクラスという人がいるのよ。わたしのクラスでは〝繊細さ〟がドラマツルギーになるんだけど。あいつらはまだ青いから」

そう言って、マリーは家のどこかにいる少年を探しにいった。

しかし、ふたつの建物をつないでいる廊下に足を二、三歩踏み入れたところで、デイヴィッドに出会い、すれちがいざま、廊下に押しつけられた。が、それより驚いたのは、ロゼッタがまるでデイヴィッドに従うようにして、急ぎ足でそのあとについていたことだ。

「ママ、パパ」とデイヴィッドは叫んだ。「ぼくたち——事件を解決できた《ゴット・イット》みたいだ、ぼくと叔母さんとで」

「理解はもうできてた《ゴット・イット》んじゃないのか、今朝のうちに」とアンジェロは言った。「あんなにメモを取ってたんだから」アンジェロはちょうどトマトを切っていて、デイヴィッドのほうを見てはいなかった。

ジーナはオリーヴオイルとパンをテーブルに並べていた。だから、息子がゆったりしたスカートと民族服のようなブラウスを着ているのをとくと眺めることができた。「デイヴィッド」

「ローズ叔母さんとぼくとで話し合ったんだ」とデイヴィッドは言った。「すべての銃、それにすべての犯人について」

「男、女、ジョーディ、ウェールズ人、カリブ人」とロゼッタが言った。彼女もデイヴィッドと同じくらい興奮して、息を切らしていた。

「デイヴィッド、どうしてあなたはローズ叔母さんのフォークダンスの衣裳を着たりなんかしてるの？」とジーナ。

アンジェロが首をめぐらせて言った。「デイヴィッドがなんだって？」

「試しに着てたんだ」とデイヴィッドは答えた。「そんなことより、そんなにたくさんの銃がバースにあるというのはどう考えても不自然だ」

「で、わたしたちは論理的に推理したのよ」とロゼッタが言った。「そんなにたくさんの銃があるわけないってことは、もしかしたら、実際には銃はただひとつしかないんじゃないかって」

「すごく似合ってる、デイヴィ」とキッチンに戻ってきたマリーが言った。「デイヴィ・ザ・エウェ（アフリカの一部族）」

「銃はただひとつ？」とアンジェロ。

「そう、ただひとつ」とデイヴィッドが答えた。「それを何人もの犯人が使いまわししてるんじゃないかな。たぶんそいつらは仲間か何かなんだよ。あるいは、コミューンか何かで、その中のひとりにお金を必要としてるやつがいて、その男のために――」

「あるいは、その女のために」とロゼッタがつけ加えた。

「誰にしろ、そいつのために誰かが銃を調達して、そいつが必要としてる分だけ盗もうと強盗を始めた」

「それで、ゆうべの強盗がお金を返したことの説明はつくでしょ？」

「うううん」とジーナがテーブルについてうなった。

「それはなかなか説得力があるわね。コミューンか……うううん」

「でも、そこで……」とロゼッタが言った。

「ローズ叔母さんのドレスを試着してて気づいたんだ」とデイヴィッド。「叔母さんのそのドレスはちょっと長すぎたけど」

「ああ」とアンジェロ。「でも、それはいったいなんのためなんだ？」

「演劇クラスの彼のグループは全員男子なのよ」とロゼッタが答えた。

「その話はさっき聞いた」

「だから、登場人物のひとりが女の場合には、誰かが女のふりをしなきゃならないわけ」とデイヴィッド。

「普通はそのことを〝演技〟っていうわけだけど」とマリ

ー。「素人の演劇でも生徒がハイレヴェルに達したら」

「演技。そう、そのとおり」とデイヴィッドは答えた。

「というのも」とロゼッタが説明した。「銃を使いまわししたりするのは、いったいどういう仲間なのか、集まりなのかということについて話し合って、被害者の証言からわかってるいくつもの犯人像を詳しく考えていったら、そこで辻褄が合わなくなってしまったのよ」

「つまり、人がグループをつくるのは」とアンジェロはあとで、何か仕事はないかと事務所に顔を出したサルヴァトーレに伝えた。「どこかしら共通点が互いにあるから、というのがふたりの論点だ。同じ土地の出身にしろ、同じ仕事にしろ、みんな同じようなホームレスにしろ」

「あるいは、同じ一族にしろ」

「でも、被害者たちが証言した犯人像はヴァラエティに富みすぎてる」とジーナ。「アンジェロのジョーディ、上品な紳士、ジョギングの最中のような男、女、カリブ人。それに〝しゃれたカジュアルな〟ウェールズ人までいるんだから」

「つまりそいつらをひとつの集団とみなすのはむずかしいというわけだ」とサルヴァトーレ。

「そう、そういうグループがあるとすれば、いったいどういうグループだろうと思わざるをえない」とアンジェロは言った。

「そいつらが人の鼻先に銃を突きつけて、金をよこせというグループとなるとなおさらだ」

「ということは、結局のところ、ロゼッタとデイヴィッドの説は正しいということに……そう言えば、ふたりはどこに？」

「ロゼッタは着替えをしてるわ、彼女の好きなお巡りさんが見えるから」とジーナが言った。「デイヴィッドは階上《うえ》に行ったわ。階上《うえ》で、お義父さんとお義母さんに得意になって説明してるはずよ」

「彼のその説明というのは」とサルヴァトーレは言った。「もう一度確認すると、そんなにたくさんの銃があるわけがない。だから、何人もの人間がひとつの銃を共同で使ってるはずだ。一方、犯人たちの特徴があまりに互いにちがいすぎる。だから、銃を共有するグループで、そんなにさまざまな人種が混じるグループなんて考えられない——ということだな」

「そう、まさにそのとおり」とアンジェロは答えた。


ルンギ家を訪ねてきたビル・ベイントンを出迎え、居間まで案内したのは、もちろんロゼッタだった。居間では、ジーナ、アンジェロ、サルヴァトーレ、マリー、デイヴィッドが彼を待っていた。「ご家族みんなで探偵事務所をやっておられるんですね」とベイントンは言った。「はじめまして。どうぞよろしく」

「あとお祖母ちゃんとお祖父ちゃんが階上《うえ》にいるんです」とデイヴィッドが言った。「もうすぐ降りてくると思います」

デイヴィッドがそう言っていくらも経たないうちに、老ルンギ夫妻が階段を降りてくる音がした。しゃべりながら、まず親爺さんが居間にはいってきた。「それで、カモの話は誰が警官にするんだ?」

「それはもうデイヴィッドでしょうよ」とママは答えていた。

「あら、見て、あなた。もうお見えになってる」

「カモ?」とベイントン刑事は言った。

「三段論法のことです」とデイヴィッドが言った。「学校で習ったんです、数学の時間に」

「ええ」とベイントンは言った。

「こういうやつです。すべてのカモが鳴き、マリーは鳴かないことがわかっていたら——」

「おまえの三段論法にわたしを巻き込まないでくれる?」とマリー。

「すべてのカモが鳴き、マリーの友達のキャシーは鳴かないとします。それから何が推理できます?」

ベイントン刑事は見るからに居心地が悪そうだった。ロゼッタが言った。「結論は、キャシーはカモではない、でしょ、ビル?」

「そういうことは、キャシー本人を見ればわかるんじゃないかな?」とペイントンは言った。

「今回の事件にもその三段論法を生かしたのよ」とロゼッタは言った。「銃がたったひとつしかなく、それを分かち合うのにこれほど多様な人間の集団というものも現実的にありえないとすれば……」そう言って彼女は、ペイントン以外は誰もが知っている結論、あるいは推論を促し、彼のほうに手を広げてみせた。

ペイントンはただ待っていた。

ロゼッタは言った。「結論は、ただひとりの人間が使っている、よ」

「ひとりの人間?」

「ひとりの人間がいろんな衣裳を身にまとってるってこと。ひとりの人間がいろんな訛りを使ってみせてるってことよ」

「それにいろんな身のこなし方もね」とアンジェロが言った。

「おれを襲ったやつは、ああいうしゃべり方をしそうなやつがいかにもしそうな身のこなしだった」

「ということは」とペイントンは言った。「犯人は役者ってことか?」

ロゼッタとデイヴィッドの大推理があっても、それで必ずしも警察の捜査の方向性が決まるものでもなかった。市のATM設置所のすべてを昼も夜も見張るなど、それは警察の動員力からも予算からも不可能なことだった。また、バースでただひとりの役者を見つけるというのも、気の遠くなるような仕事だった。バースにはそれこそ役者があふれ返っているのだから。アマチュア演劇の関係者、学生、なんでもかんでも自然と芝居にしてしまうバースの住人も数えればなおさら。

「でも、おまえを襲ったやつは演技がうまかった。だろ?」ペイントンが帰っていったあと、紅茶を飲もうと、みんながキッチンにまた集まり直したところで、サルヴァトーレが言った。

「まあ、こっちはそう思い込まされたわけだからね」

「それに、ほかの被害者の中で、〝わざと訛ってしゃべってるような気がした〟なんて言ってるやつも誰ひとりいないわけだからな。そうだろ、ロゼッタ？」

ロゼッタは別なことを考えていた。が、二度同じ質問をされて請け合った、犯人の外見に疑念を抱いた被害者はひとりもいなかった、と。

「ということは、そいつはプロってことにならないかな？」とサルヴァトーレは言った。

「なるほどね」とジーナ。「つまりあなたは、とりあえず警察は舞台俳優労働組合に問い合わせて、バース在住の俳優の名前を訊き出せばいいって言ってるわけ？」

「もしこれがわれわれの事件なら、次のステップとして当然そうするんじゃないか？」

「何がわれわれの事件だ？」と親爺さん。「依頼人が急に地面から生えてきたのか？」

「わたしは俳優をおびき寄せるのがいいと思う」とマリーが言った。「ママ、ビスケットはない？」

「あるわよ」とジーナは言ってビスケットの缶をテーブルに置いた。

「〝おびき寄せる〟ってどうやってだ、マリー？」とアンジェロ。

「真の演劇芸術《セスピアン・アート》に関心のある人間は、あんまり自分の芸を見せびらかしたりはしないけど、ヴァイオレンス・ドラマに興味のあるような輩にはめだちたがり屋が多い」マリーはデイヴィッドをじっと見た。

「なんなの、セスピアン・アートって？」とママ。「なんだかちっともわからない」そう言って彼女は、ジーナがみんなのカップに紅茶を注ぎはじめるのを見て、ビスケットの缶を開けた。

マリーは続けて言った。「警察が新聞に広告を出すのよ。『クライム・ウォッチ』（BBC製作の犯人捜し番組。警察と協力し、実際に犯人が捕まった事件もある）の再現ドラマに出る俳優を募集するとかなんとか呼びかけるの。バースに住んでて、いろんな訛りを使い分けることのできる俳優のオーディションをやるって。この俳優は絶対こういう誘惑には逆らえないと思う。わたしたちを騙せるって自信があるからよけいにね」

「どうして〝わたしたち〟なんだ？」と親爺さん。「誰が金を出すんだ？　わしが知りたいのはそのことだ」

「いや、それはなかなか悪くないアイディアだよ」とサルヴァトーレ。「少なくとも、われらが新しき友、ベイントンに伝えるだけの価値はある」

「それはわたしがやるわ」とロゼッタが口早に言った。「明日の朝、一番に」

「それで犯人が捕まったら」とマリーは言った。「五十ポンドはわたしのものってこと？」


しかし、結局のところ、警察がその俳優を捕まえたのはそれとは異なる方法でだった。土曜日、ラグビーの試合のあと、犯人はハーレクインズのサポーターの衣裳で、グラウンドの近くにいた若い女性の鼻先に銃を突きつけたのだが、その若い女性は、バース・ラグビー・フットボール・クラブのファンだっただけではなく、地元で最強の女性チームのフランカー（ラグビーのフォワードの一ポジション）でもあった。役者は逃げたが、彼女の敵ではなかった。実際、彼女はその役者をひとりで警察に突き出したのだった。


その知らせは、その日のうちに、ビル・ベイントンによってルンギ家に伝えられた。そして当然のごとく、彼はロゼッタに日曜日のルンギ家の昼食に誘われた。今回はルンギ家の面々に囲まれても、前回よりずっとリラックスしているように見えた。「ほんとうにおいしいですね、これは、ミセス・ルンギ」と彼は言った。「なんて言いましたっけ？」

「ラザーニャの一種ですよ」とママは言った。「ただ、ソースが特別なの。わたしが生まれた村でしかつくってないのよ。母から娘に伝えられるソースね。レシピを書いたものなんかなくて。だから、このソースを味わいたければ、結婚するしかないんですよ。彼みたいにね」彼女は顎で親爺さんを示した。


親爺さんは料理を口いっぱいにほおばっていたが、それでも何か言いかけた。

「静かに」とママはたしなめた。「ここにいる素敵な男性はあなたの口の中の音なんか聞きたがっていらっしゃらないから」そう言って、にっこりとベイントンに笑ってみせた。

「いずれにしろ、俳優だったわけだ」とアンジェロが言った。

「そう、まさに」とベイントンは言った。「聞いて安心すると思いますけど、やっぱり銃はモデル・ガンでした。非常によくできた代物ではあったけれど、でも、本物じゃなかった。どうやら出演した映画の制作会社の小道具部から持ち出したようです」

「その人、映画に出てたの？」とマリー。

「そう、何本もじゃないけどね。一番いい部類でラジオドラマとか、コマーシャルのナレーターとか。でも、いろんな訛りを真似られたのはそういうわけだ」

「しかし、そこそこ成功してたのなら」とサルヴァトーレが言った。「どうして強盗なんかしたんだろう？」

「去年のクリスマスに酔っぱらい運転で捕まって、あいつは免許を取り上げられた」とベイントンは言った。「運転ができないというのは、彼にとっては経済的にけっこうきついことだった。もちろん、それでもロンドンには行けるけれど、電車に乗らなければならない、オートバイのかわりに」

「オートバイを持ってるの？」とマリー。

「電車代も馬鹿にならない。で、仕事に出るたびに損をすることになった。少なくとも、彼はそう言ってる。まあ、話を聞くかぎりじゃ、彼にとって今年は大変な年だったようですね」

「いくら大変でも強盗をするようなやつに同情はできない」とアンジェロ。

「もちろん。酒を飲んで運転をするようなやつにもね」とベイントン。「いずれにしろ、彼は犯行のたびに別な人物になりすませば、警察に手口を見破られることはないだろうと思ったわけです」

「実際、おれなんかまんまと騙されたわけだからね」

「まあ、刑務所にはいったら、練習する時間がいくらでも持てるでしょう」とベイントンは言った。「実は、私のフィアンセが保護観察官をしてましてね。国じゅうほとんどどこの刑務所でも演劇グループが組織されてるって言ってました」

「あなたのフィアンセ?」とロゼッタとママが同時に尋ねた。

「ええ、ベリルっていいます」とベイントンは言った。

「転属が決まり次第、こっちに来ることになってるんですが、こういうことってどんなに早くても早すぎるってことはないですね。ひとり暮らしというのは、正直言って、ほんと、つらいです」

一呼吸とため息のあと、ママが言った。「ラザーニャ、もっといかが、ミスター・ビル・ベイントン? この味の記憶がそれまでの一時しのぎになるくらい、もっとたくさんお食べなさいな、ミスター・ビル・ベイントン」

ミスター・ハード・マン
Mr. Hard Man

仕事に関するインタヴューを受けたら……おれが尊敬してる誰かから。たとえば……そう、歌手のドリー・パートンとか。ドリーがトーク番組を持っていたとして、最近のおれの仕事について彼女に訊かれたら、おれはきっとこんなふうに答えるだろう。〝ドリー、最近のその仕事には、いかにもおれらしいところもあったけど、おれらしくないところもあったな〟と。

　まずそのひとつ。それは地元で仕事を請け負うことはめったにないのだが、その女とはバースのパブで会うことにしたことだ。おれはバースに住んでいる。その女——名前はトリシア——はどうやっておれのサイトのひとつにアクセスする方法を知ったのか。それは今も定かではない。もちろん、そのことについて彼女が言ったことはちゃんと覚えてる。でも——とおれはドリーに言うだろう——人の言うことなど信じた日にゃ、まさにその日のうちに棺桶を注文しなきゃならなくなる。

　いずれにしろ、トリシアは〈スター〉のテーブルについて坐っているおれを見つけると言った。「助けが要るの」

　坐るまえからそう言った。

　おれは言った。「人助けか。たまにはしないでもない」

「要るのはお酒もね」

　ドリーが実際にインタヴューをしていたら、パブというのは仕事の話をするにはちょっと危険すぎるんじゃない？　なんてコメントをはさむかもしれない。ところが、これがそうでもないんだ。〈スター〉みたいな古いパブは小部屋がいくつもつながっていて、おれが育った土地のあちこちでよく見かけた、排水路沿いの土手に掘られた兎の穴を思い出させる。だから、金曜日や土曜日の夜を避ければ、けっこうプライヴァシーが保証されるんだ。実際、トリシアがワイングラスを片手に戻ってきたときにも、部屋にはおれたちしかいなかった。おれは彼女に尋ねた。「掛け値のないところ、どんな助けが要るんだ？」

彼女は坐ると、深く息を吸って言った。「ある男がいるんだけど」

決まって男だ。おれはグラスを取り上げた。「野郎どもに乾杯！」しかし、飲みはしなかった。ただにおいを嗅いだだけだ。今のおれのお気に入りはモルト・ウィスキー。においが好きなんだ。

「あんなろくでなしのために乾杯なんかしないで」とトリシアは言った。「あいつ、わたしを探してるのよ。見つかったら、わたし、子供を取られちゃうのよ」

ドリーは歌手の耳を持っているから、おれがアメリカ人だってことにはすぐに気づくだろう。トリシアもアメリカ人。だから、おれたちがいるのがインディアナ州のバースなら別に驚くにはあたらない。しかし、ここはイギリスのバースだ。古風で型にはまったイギリスらしさが売りものの——そういうのが好きなら——いかにも古風で型にはまったイギリスを目一杯詰め込んだ町だ。おれみたいな男がなんでそんな町にいるのか、わけを話せば長くなるが、いずれにしろ、トリシアもおれも通りすがりの旅行者ではないということだ。

で、彼女のほうには彼女の子供を取り上げようとしている男がいる。なんとも胸の痛む話じゃないか。歌のひとつもつくれそうだ。「小切手は受け取らない」とおれは言った。「つけもクレジットカードもお断わりだ」金がからむと、胸が痛むじゃすまなくなることがある。こういうことは最初にはっきりさせておくのが双方にとって大切なことなのだ。

「キャッシュでも払える。妥当な額なら」

「よし、話を聞こう。男があんたの子供を狙ってるなんて、なんであんたはそう思うんだね？」

「わたしが泊まってたロンドンの友達のアパートメントにそいつが現われたからよ」

「それで？」

「娘のジャニーンとわたしはその場にいなかった。不幸中の幸いというやつね。ロンドン動物園にいたの。でも、アパートメントに戻ったら、外に救急車が見えた。近所の人が悲鳴を聞いて、警察に通報したのよ」

「悲鳴？　そいつはあんたの友達を殺したのか？」

「そいつはレイフを病院送りにして、サリーを死ぬほど恐がらせた。でも、ふたりともジャニーンとわたしがどこへ行ったかも、いつ戻ってくるかも、知らなかった。わたしたちが動物園に行くのを決めたのは、ふたりが仕事に出かけたあとだったから」

「アパートメントに戻ると救急車が停まってた。で、あんたはそのあとどうしたんだね？」

「荷物をまとめ、ただひとつ名前を知ってる駅までタクシーを飛ばした」

「でも、どうしてバースなんだ？　バースにも知り合いがいるのか？」

「バースに来たのは知り合いが誰もいないから」

そこがなんとも興味深いところだ、とでもおれはドリーに言うことだろう。「それはつまりあんたを探してるやつはあんたの知り合いがいるところはすべて知ってる。そういうことか？」

「知ってるのはそいつのお兄さん。そいつのお兄さん、ティム。つまりわたしの主人」

ほほう。「で、ティムはどこにいるんだね？」

「セントルイス」

「あんたはそこに住んでた」

彼女は黙ってうなずいた。

「いつまで？」

「つい最近まで」彼女は深く息を吸い込んで言った。「ねえ、ラリーを始末してくれるの、してくれないの？」

「始末。それはどういう意味……？」

「つきまとうのをやめさせるって意味。そうしてもらえれば、わたしには心のやすらぎが得られる。そして、人生をやり直して、子供を育てられる」

「心のやすらぎ？」つい笑ってしまった。

「悪かったわね。心のやすらぎなんてあなたにはジョークみたいなものよね」

「いや、心のやすらぎに異を唱えるつもりはないよ」おれはグラスを掲げた。「その心のやすらぎに乾杯だ。それがどんなものにしろ、どこへ行けば見つかるにしろ」おれはモルトの香りをもう一度確かめた。マッカランから立ちのぼる香りは、おれが知るかぎり最もクリーンな香りだ。

「引き受けてくれないのね？ そうなのね？」彼女は立ち上がった。「そういうことならあなたなんかに用はないわ、ミスター・ハード・マン。あなたが湿気た導火線みたいな人じゃなければいいんだけどって思ってたけど、やっぱりね。案の定ってやつね」

　時々――とおれはドリーに言うだろう――こんなことになることがある。みんなが助けを求めておれのところにやってくるのは、それはつまり自分では二進《にっち》も三進《さっち》もいかなくなったからだ。そのくせ、おれを巻き込むことがまるで自分たちのお情けか何かみたいに振る舞うやつらがいる。男にしろ女にしろ、そいつらには、結局のところ、助けてもらうことに対する心の準備ができていないのだ。おれは彼女に言った。「それじゃ、せいぜいいい人生を送るんだね、奥さん。でもって、まだ心があるうちにやすらぎが見つけられたら、あんたはおれより上等な人間だったって思えばいい」彼女に向けてグラスを掲げ、今度は飲んだ。うまかった。が、眼を上げると、彼女はまだそこにいた。おれは言った。「金を見せてくれ」

　彼女が腰につけたベルトをまさぐっているあいだ、この女を裸にしたらどんな感じだろう、と想像した。薄茶色の髪はたぶんほんもののようだった。が、胸のほうはそうでもないように思われた。だからといって、別にそれを咎めようとは思わないが。顔の造作はおれの好みから言うと、ちょっと〝くせ〟がありすぎた。それまたどうこう言うつもりはないが。仕事は仕事、遊びは遊びだ。といって、仕事から喜びは得られないなどと言うつもりはないが。ただ、仕事から得られる喜びというのは、その手のお愉しみではなく、むしろ仕事をやり遂げたことに対する満足感とともにあるものだ。

　それに、その日のおれの好みは派手な赤い口紅とお巡りの制服だった。そう、それならころっといかれてただろう。あるいは、パーキング・メーターの女監視員でも。スカートがすごく短ければ。

男とはそういうものだ。ドリーなら先刻承知だろう。男の頭にはそれぞれ好みというものがある。それは日々異なるにしても――まあ、黒い髪で、ヒッピー・タイプで、浅黒い尻に真っ赤な刺青をしている女とか。

そのとき、犬を連れた爺さんが一パイントのジョッキを手に、おれたちのいる小部屋にはいってきた。「失礼。ここには誰かいるのかね？」そう言って、爺さんはもうひとつのテーブルを指さした。

「いや」とおれは答えた。「だけど、今からこのレディとそのテーブルの上で寝るつもりなんだよ。彼女がコンドームを見つけたらすぐ」

「何だって？」

「そのとおり。これから何《ナニ》しようってわけだ。だけど、おれはのぞき専門の変態が大嫌いでね」

「それは、つまり……」と爺さんは言ってことばにつまった。何か言い返すことばを探しているようだった。が、犬のほうが賢かった。ドアをめざし、引き綱を引っぱって爺さんを連れ戻そうとした。

トリシアに眼を戻すと、札束を手に持っていた。

彼女の亭主のティムは異常者で、それがトリシアの身の上話の哀れなところだ――人に助けを求める世の女房の話を聞いて驚かされるのは、この世に異常者の亭主がいかに多いかということだ。ティムは彼女を殴るだけでなく、もっとひどいこともするらしい。そのあたりのことは、みんなも彼女がすでに話したことから察するといい。それでも彼女は耐え、赦しもし、さらに耐えた。なんとも泣かせる話じゃないか。しかし、人でなしのティムは、娘のジャニーンにまで手を上げるようになった。それはあまりにあんまりだ。で、ある日の午後、トリシアはジャニーンを学校から連れ出し、彼から逃げた。

逃げる日の朝、ティムの銀行口座からありたけの金を引き出したことについても、そのまえの日に自分で持ち運べるものはすべて売り払ったことについても、彼女はひとことも言わなかったが、それぐらいは彼女の話を聞いてさえいれば、おのずとわかろうというものだ。いずれにしろ、トリシアとジャニーンはそのあと空港に急ぎ、飛行機で逃げたわけだ。セントルイスから逃げ出すとなれば、おれなら蒸気船でミシシッピ川を下るところだが、それはたぶんおれがロマンティストだからだろう。

ティムにしてみれば、女房と娘に逃げられて面白いわけがない。ふたりを探して、トリシアのアメリカの友人宅をあちこち訪ねてまわった。そして、デンヴァーではあと一歩というところにまで迫り、トリシアを震え上がらせた。彼女は、しかし、より遠くへ、より巧みに逃げた。それでも、ティムの前科者の弟ラリーを出し抜くことはできなかった。

ロンドンの友人宅を見つけると、国民健康保険局の仕事を増やした。

それがトリシアがおれにした話だ。そういう話題になったら、ドリーにも話すつもりだが、こういう話の重要な部分は案外ほんとうであることが多い。でも、完璧な真実などおれにはどうでもいいことだ。愉しい計画を立てるのに必要なことさえ聞ければ、それでもう充分だ。

いずれにしろ、トリシアはまったくの偶然から――実際、そう言うほかはない――バースにたどり着いて思った、毎日うしろを振り返らなくてもいい暮らしを送るには、誰かに助けてもらわなければならない、と。その点、彼女はまちがってはいなかった。しかし、見知らぬ町でどうすれば百戦錬磨の手練《てだれ》の助けが得られるか。

彼女の話では、まず職業別電話帳《イエローページ》で探偵社を探してみたということだった。しかし、バースのいわゆる〝探偵〟は、どこから手をつければいいのかもわからないような腰抜けばかりだった。で、何軒かパブをめぐり、人に訊いてまわったところ、どこだかのパブで、ある男に、ネットで検索してみたら、と言われたのだそうだ。おれのサイトも見つからないわけではない、一生懸命探しさえすれば。

どういう探し方をするにしろ。

トリシアが差し出したのは十ポンド札ばかりの札束だっ

た。それを数えながら、おれはそのときにはもうすでにもっと稼ぐための計画を練り上げていた。

トリシアは自分の運命をおれの手の中に残して、バーを出ていった。おれは自分でわが家と呼んでいる、一階にある小さなアパートメント（そのアパートメントにはどの部屋にもおれがちょうどくぐり抜けられる程度の大きさの窓がある）に戻った。そして、何個かある電話のひとつを使って、夫のティムに電話した。

セントルイスはバースとの時差が六時間遅れだから、彼はまだ仕事中だった。彼の秘書に、トリシアとジャニーンに関する情報があるんだが、と持ちかけると、すんなりと彼につないでくれた。

「あなたの名前は？」電話に出たティムの話しぶりはいたってまともなものだった。女の文句というのはどうしても大袈裟なものになりがちだ。

「トリシアとジャニーンの居場所を知っている。そのことに興味はあるかい、ティム？」

息を呑む音がした。よろしい。

「どこにいる？」

「ある建物の中だ。一万ドル出せば、そのまえでおれと会うことができる」

「一万ドルとはどういうことだ？」

「おれは情報を持ってて、あんたはそれを欲しがってる。取引きの原則に基づいた話だ。おれは、そう、取引きの世界の人間なんだよ。それと、これは信じてもらうしかないが、ティミー、ほかからはこの情報は得られない」そう言って間を置き、次のようにつけ加えて、取引きにけりをつけた。「ラリーにも得られない」

ドリーにも説明するつもりだが、おれの商売では、こっちは何から何までお見通しと思わせることが話を進める上で大いに役立つ。これはきわめて重要なことだ。まるで神さまみたいに思われる相手を出し抜こうだなんて、そんなことを考えるやつはめったにいないからだ。

おれは言った。「ラリーがロンドンのカップルにどんなことをしたのかもおれはちゃんと知ってるんだよ、ティミが無事だって証拠が欲しいって気持はわからないでもない。母親と子供の写真を撮って、Eメールで送ってやるよ」

次の日の朝、写真を撮った。どうしてそんなことをしたのか。わけは一切説明しなかった。トリシアにはそれが気に入らないみたいだったが、〝おれのことが信用できないのなら、自分の面倒は自分でみるんだな〟ということで押し通した。場所は町の中心にあるパレード・ガーデンズ。川を見渡せるところだ。おれを出し抜いて、金をケチろうなどという考えをティムが持ったとしても、どこの水辺の風景か、場所を特定するなんてできやしない。

子供は七歳くらいに見えた。カメラに向かって笑いかけようともしなかった。日付を示すための新聞を掲げようとも。その役は母親にやらせた。笑っていようが、笑っていまいが、そんなこと誰が気にする？

撮影にはデジタルカメラを使った——ドリーには〝男の子のおもちゃってわけね〟なんてからかわれるかもしれないが、そこのところは白状しなきゃならないだろう。おれ

——」

「どこから電話をかけてる？」

「イギリスのあるところだ」

彼の頭の中で徐々に断片が合わさり、ひとつ合わさるたびに、おれに対する信用が増していくのがわかった。彼は質問を続けたが、その口調には敬意さえ感じられた。「結局のところ、あんたは何者なんだ？」

「あんたがこれから一万ドル払う相手だ。つまり一万ドルであんたは女房に直接会って、すじの通った話し合いができるってわけだ——彼女の将来について、あるいは、将来のないことについて。それから、ジャニーンの将来についてもな」

「ジャニーンは無事なのか？」

「ジャニーンには会ってない。おれが会ったのはトリシアだけだ」

「あの女は子供をひとりにしてしまってるのか？」

「子守りを頼んだかどうかまでは訊かなかったが、ティミー」とおれは言った。「こっちへ来るまえに、ジャニーン

はハイテクやニューテクに目がないんだ——あとはもうトリシアと子供の好きにその日を過ごさせた。どんなふうに毎日過ごしていようと、そんなことはおれの知ったことじゃない。家に帰り、ティムにEメールを送ってから、電話をかけた。どうやら寝ているところを起こしてしまったようだった。「悪かった」とおれは言った。「時差があるのを忘れてた」

ああ、それはほんとうだ。

ティムが写真をチェックしているあいだに、メールで次の指示を出した。

今晩ロンドンに来い。着いたら、ホテルを探して休め。夕方になったらパディントン駅に行き、二十時発トルーロ行きの列車の切符を買え。イギリスの列車にはアルファベットが書かれているが、おまえが乗るのはB車両だ。

駅に着いたら、必ず列車を降りてプラットフォームに立て。ひとつ言っておくと、イギリスのインターシティ（都市間を結ぶ快速列車）の列車から降りるときには、ドアの窓を開け、列車の外側にあるハンドルをまわさなきゃならない。そこで、みんな思うわけだ、どうしてイギリスは大英帝国でなくなってしまったのか……

ロンドン‐トルーロ間のどこかでおまえに声をかける。そうしたら、持ってきた現金をおれに見せろ——使い古しのアメリカドルで、二十ドル札と五十ドル札。次の段階に進むのは、おまえが一万ドルを持ってきたことが確認できてからだ。

確認できたら、ふたりで公衆電話のあるところまで行って、ホテルに電話する。おれがかける。おまえにも相手の声が聞こえるようにしてから、おまえの女房がちゃんとそのホテルに滞在してるかどうか、フロント係に確かめる。そのとき——ぐずぐずしてたら電話を切るからな——現金をおれに渡せ。おれはおまえに受話器を渡す。あとはホテルの所在地を訊くなり、女房の部屋に電話をつないでもらうなり――まあ、好きにしてくれ。

　必ずひとりで来い。ラリーは連れてくるな。それが条件だ。連絡はこれが最後だ。もう二度としない。

　もちろん穴はいくらもあった。たとえば、おれの友達が〝ホテルのフロント係〟を演じていてもいいわけだ。ドリーなら真っ先にそう思うだろう、彼女自身、芝居はあれこれやってるんだから。ただ、これはドリーやティミーには知るすべもないことだが、おれにはそこまで信用できる友達はひとりもいない。

　それでも、だ。この〝取引き〟がどれほどスイスチーズみたいに穴だらけだろうと、町でただひとつのチーズであることに変わりはなかった。

　正念場を迎えるまでまだ二十四時間以上も時間があった。それはティミーとラリーにとっても同じことで、〝ホテルを見つけて、一万ドルを節約しよう〟作戦でもって、前者が後者に、パディントン－トルーロ沿線のホテルに片っ端から電話をかけさせるだろうことは容易に察しがついた。しかし、ラリーに正しいホテルが見つけられるとはまず思えなかった。バースはパディントン－トルーロ間にはないからだ。おれたちが取引きをするのはウェストベリー。バースからはほんの二十マイルほどの距離だが、路線は別だった。

　ラリーはそれで一日を無駄にするかもしれないが、こっちはそんなことはしていられない。イギリスというのはふにゃらふにゃらしたなんともヤワな国で、そのおかげでハードな人間はけっこう毛だらけの暮らしができるわけだが、こっちの警察にしても眼のまえで事件を起こされたら、〝一労働者〟にうんざりするほど長ったらしい面倒を背負い込ませるだろう。おれはこれからさきもなんの障害も支障もなく、刑務所《ムショ》に入れられるようなこともなく、このミルクと金の恵みの地《ランド・オヴ・ミルク・アンド・マネー》で暮らしていこうと思っているので、計画はいつも念には念を入れて立てることにしている。

翌朝、トリシアに電話したのもそのためだ。「今夜ラリーに会うことになった」とおれは彼女に言った。

ティムではなくて、すでにこっちに来ているラリーがしゃしゃり出てくるに決まっていた。一万ドル賭けてもいい。実は、ラリーはティムのパスポートで入国しているというほうに賭けてもいい。なぜといって、それで父親のふりをしてジャニーンを連れ帰ることができるのだから。娘が抵抗しても、そういうことは二、三錠の睡眠薬が面倒をみてくれる。少なくとも、おれならそうする。ティムがおれの依頼人なら。

「ラリーに会う?」とトリシアは訊き返した。電話の向こうでトリシアの眼が灰皿ほどにも大きく見開かれたのがほとんど眼に浮かんだ。「どこで?」

「バースじゃない」

「でも、どうして? なんのために会うの?」

「あんたとジャニーンを自由にして、新たな暮らしを始めさせるのが一番だってことを彼にわからせるには、きっちりとすじの通った対話《ディスコース》をするのがただひとつ、まっとう方法だと思ったからだ」

「対話《ディスコース》? あの男は四つん這いにならずに歩くだけで精一杯という男なのよ」

「ほう? 地面に手をついたりしてちゃ、踏まれたりもするだろうに」依頼人はこういう強面の物言いが好きなのだ。ドリーの商売でも同じようなことがあるんじゃないかな。

「ラリーは危険な男よ」とトリシアは言った。

「ロンドンじゃあんたの友達のカップルを痛めつけた。知ってるよ」

「それだけじゃない。あいつはほんとに危険な男なのよ。人を殺してるのよ。それで刑務所にはいってたのよ」

「謀殺だったのか?」

「故殺だけど」

「そんなのは人殺しのうちにはいらない。初めから殺すつもりじゃないんだから」

九時二十二分、男がひとりB車両のまえのほうから降りてきて、ドアのそばに立った。思ったよりでかい男だった。

まあ、いい。

おれはそいつに近づいて言った。「ティム？」

「そうだ」

「金を見せろ」

「十フィート離れてくれ」

「スポットライトは持ってこなかったんでね。この眼で見られないなら、あんたにはまた列車に乗ってもらって、コーンウォールの景色でも愉しんでもらったほうがいいって話になるが」

そこへナップサックを背負った子供が通りかかった。

「ちょっと、きみ」〝ティム〟が声をかけた。「ちょっと頼まれてくれないか？」

子供は立ち止まった。「はい《サー》？」

〝サー〟――いやはや、愛すべきはヤワな国だ。

〝ティム〟は封筒を取り出した。「この中のお金を数えてくれないか？」

子供の視線が〝ティム〟からおれに移り、また〝ティム〟に戻った。「いいですよ」その子は封筒を受け取ると、金を数えて言った。「アメリカ紙幣で一万ドル」

〝ティム〟が言った。「適当に一枚取り出して、そのおじさんに渡してくれないか？」

その子はおれに五十ドル札をよこして言った。「なんなんです、これは？」

「ちょっとしたゲームだ」と〝ティム〟は答え、ポケットからなにやら取り出して子供に与えて言った。「ありがとう。それでホットドッグでも買いなさい」そう言って、おれのほうに向き直った。「これでいいか？」

子供もグルだということももちろん考えられなくはない。しかし、五十ドル札は見かけも手ざわりも本物に思えた。

「いいとも。じゃ、行こうか」

公衆電話はウェストペリー駅の階段を昇りきったところにあった。おれはダイヤルする番号を読まれないように、電話機の仕切りの横に〝ティム〟を立たせ、呼び出し音が鳴るのを聞きながら〝ティム〟に言った。「あんまり時差ボケにはならないほうなんだな」

「まあな」

ホテルのフロント係が電話に出た。おれはトリシアにつないでくれるように言い、部屋の電話を呼び出すコール音が聞こえはじめたところで、〝ティム〟に受話器を渡した。

「女房の声はわかるよな？　声を聞いたら受話器を返せ」

彼は受話器を受け取って、耳にあてた。そのホテルの電話は宿泊客が留守番電話の応対を自分の声で残せるようになっていた。おれが見守る中、〝ティム〟は電話の向こうの声に聞き入ってから、受話器を返してよこした。おれは電話を切った。

「女房だっただろ？」

「ああ」

「それじゃ、金を渡してもらおうか。贋札にすり換えられたりしてないことが確認できたら、場所を入れ替わるから、リダイヤルして、フロント係にホテルの場所を訊けばいい」

〝ティム〟はためらった。

おれは言った。「ホテルまでの行き方がちゃんとわかって、おまえが満足するまで、おれはどこにも行かないよ」

〝ティム〟はおれに人差し指を突きつけた。「階段から離れてろ」

おいおい、おれを脅そうっていうのか、と思いはしたが、笑みを浮かべてうなずいた。彼は封筒をよこした。贋札にすり換えられたりはしていなかった。おれは受話器を彼に渡した。おれの好意がわかるほどには、彼にはイギリスの電話のかけ方がわかっていないだろうと思ったが、おれはすぐに電話をかけられるよう、テレホンカードを差したままにしておいた。

〝ティム〟はフロント係と話して、ホテルまでの行き方を書きとめた。それからトリシアの部屋につなぐようフロント係に言った。留守番電話の応答メッセージで、もう一度トリシアの声を確かめたのが見ていてわかった。

「満足か？」〝ティム〟が電話を切ると、おれは言った。

「バースへの行き方は？」

「二十分も待てば、ここから列車で行ける。あるいは、階下《した》でタクシーを拾うか」

「おまえはどこへ行く？」

「おまえと一緒には行かない」おれは銃の銃把が見えるまで上着のジッパーを十分下げてから、その場を立ち去った。

一万ドル。そこがどんな国であれ、二、三日の仕事にしては申し分のない稼ぎだ。

四十五分後、おれはバースに戻り、くつろいでテレビを見ていた。

トリシアに一万ドル出させるというのは論外だった――見当を言えば、それぐらいの金はまず間違いなく持っているだろうとは思ったが。ドリーみたいな心のやさしい人が聞いたら、どのみち一万ドル手に入るのに、阿漕《あこぎ》なことをするものだと思うかもしれない。でも、おれには説明できる。トリシアにはおれに金を払う必要があったのだ。おれに裏切られたりなんかしないと彼女だって思いたかっただろうから。だから、実際の話、おれは心の安らぎが彼女に得られるようにと思って、その金を受け取ったのだ。それこそ彼女が求めていたものじゃないか、だろ？

いずれにしろ、おれはこれまでのなりゆきにおおむね満足していた。唯一がっかりしたのは、テレビが面白い番組をやってなかったことだ。バースでもケーブルテレビは見られるのだが、見たくなるような番組は一つもやってなかった。もっとも、ほかに何かすることがあったわけでもないが。

〝ティム〟と別れてから二時間半後、ドアをノックする音が聞こえた。おれはドアのところまで行き、わざと声を高くして返事をした。二時間半一言も発していなかったので、ネズミの泣き声みたいな声になってしまった。「はい？」

「失礼します、奥様、ベルボーイです。階下《した》にセーターの置き忘れがありまして、お嬢様のものかどうか、確認していただけませんでしょうか」

こんな真夜中に？　ああ、もちろん。

「ちょっと待って」とおれは高い声のまま言った。

そして、ドアが開く反対側の壁に背をつけて構えた。ノブを回せば、ラリーが勢い込んで飛び込んでくるはずだ。

おれはノブをまわした。

トーク番組で本当にインタヴューを受けているとすれば、ドリー・パートンは〝人を殺すってどんな感じ？〟なんて訊いて来るかもしれない。そうしたら、おれはこう答えるつもりだ。〝ドリー、どんな感じかなんて考えやしない。頭にあるのは、どういうふうにやるかだ。現場を汚しちゃまずいかとか、目撃者はいないかとか、その件に関してはいっさい口を閉ざしてなきゃいけないかとか、そういったようなことだ。ラリーの場合はこんなふうだった〟

そう言って、おれはドリーに説明する――どんなふうに足を突き出して、部屋に飛び込んできたラリーをつまずかせたか。そして、実はそこのところがいかに大切だったか。なぜなら、ラリーはただよろめくだけかもしれないからだ。あるいは、転んだ拍子に部屋の備品を壊して、隣の部屋に聞こえてしまうほど派手な音をたてるかもしれない。その場合は、フロントに通報されてしまうことだってありうる。

〝だけど、こういうときこそ経験がものを言うんだよ、ドリー〟とおれは続ける。〝きみの仕事だってそうだろ？〟

今回の場合、まずさきにベッドからマットレスを持ってきておいた。ラリーはまるでせっかちな淫売みたいにそのマットレスに倒れ込んだ。おれはドアを蹴って閉めると、ラリーが仰向きになるまえに馬乗りになった。そして、その一秒後にはやつの後頭部に銃を押しつけ、枕をかぶせた。一発で片がついた。

ラリーが死んだことがはっきりとわかるまでその部屋にとどまり、それから昼間のうちにトリシアが予約したその部屋をあとにした。指紋を拭いたりといった面倒なことは必要なかった。山羊革の手袋を一度もはずしたりはしなかったから。

家に帰ったりもしなかった。未熟な同業者はそうしたかもしれないが、それはただホテルを出るところを誰かに見られてしまう可能性を増やすだけのことにしかならない。階段を上って自分が予約した部屋に行き、赤ん坊のように眠った。

おれの指示にちゃんと従っていれば、トリシアが疑われることはまずないはずだ。ホテルの部屋を予約するときに、あとから男友達が来ることになっている、とひとことつけ加えることにしろ……そのあと、ホテルを出る自分とジャニーンの姿を人に印象づけるようにすることにしろ……バスに乗るときにも同じように自分たちの姿が誰かの記憶にとどまるようにすることにしろ……そういった指示に従っているかぎり。

翌日、地元の警察は、泣き叫ぶ掃除婦の通報を受けて、死体を調べにいく。そうしたらどうなるか。バースの警察がいくらヤワでも、殺しがプロの手によるものだということぐらいわかるだろう。しかし、部屋の予約をした女には、ホテルを出た時間とバスに乗った時間から、確固たるアリバイがある。となると、彼らの単純な頭では、あとは死体に眼を向けるしかない。その結果、身分証明書からラリーとティムとを結ぶ線ができあがる。弟のラリーがここにいるのは、自分の兄の妻と一緒に逃げるためだったのか？ ティムはそんな弟に報いを与えたのか？ それとも、ふたりには何か目的があったのか？

なんでもいい。これでトリシアは自由になるのだから。もう肩越しにうしろを振り返る必要はなくなるのだから。

〝だから〟とおれはドリーに言うだろう――〝どんな感じなんてのはあとから考えることなんだよ〟。だったら、ラリーのときはどんな感じだった？ そうだな、ドリー、どんな感じかと言われれば、いい仕事をした、それに尽きるね。

# ストーリー・ノート

『探偵をやってみたら』

この短篇は、私自身の税金対策――私の職業は断じて作家などではなく、あくまでもささやかな事業主である――が原型になっている。フレディー・ヘリングにとっての探偵という職業がその事実の変形であることは、物語を読めばすぐにおわかりいただけるだろう。特に珍しい話というわけでもない。ローレンス・シェイムズも、最新作『ネイキッド・ディテクティヴ』でその方法を明らかにしているが。

しかし、この作品にはもうひとつ別のソースがある。フレディー・ヘリングなる人物は、こうしてミステリに登場する以前に、バスケットボール雑誌に登場している。一九八〇年のイギリスのバスケットボール雑誌に掲載された、〝私はいかにして優勝杯を手にし、フルームでバスケットボールの殿堂入りを果たしたか〟という記事に（作家というのはどうしてこう廃品回収が好きなのだろう……）。だからといってエドガー賞を返上することはないかと思うのだが、いかがなものか。

『イギリスは嫌だ』

これも『探偵をやってみたら』と同じ頃に書いたもので、（その昔、私が住んでいた）フルームという街に住むアメリカ人をネタにした作品のひとつだ。レイニーの話を書いてよかったと思うことのひとつは、イギリス暮らしに対して愛情のこもった不平が言えるキャラクターを得たことだ。ただし、ふたりのアメリカ男が揃いも揃ってドアの枠に頭をぶつけていることに意味はない。ぶつけるとすれば、むしろダニーではないだろうか。

ダニーのシリーズ二篇

一九九〇年、私はピーター・ラヴゼイ（とリサ・コディとポーラ・ゴスリング）とともに、アメリカ・ツアーをおこなった。一九九〇年を覚えておいでだろうか？　一九九〇年の合衆国副大統領といえば？

そのツアーで、ピーターは、ヴィクトリア女王の息子バーティーを題材にした自作の小説（『殿下と騎手』ハヤカワミステリ文庫）を熱心に売り込んでいた。必ずしも賢明とはいえない探偵というがその役どころだった。私は思った。彼が愚かな王子を書けるのであれば、私にも書ける、と。何しろダン・クエイルはインディアナ州の出身であり、私には彼のことを書く資格があった。

『ダニーのお手柄』と『ダニー、職分を果たす』は、そういった思いの所産として、未発表の――純然たるミステリではない――野心作数篇とともに書かれた作品だ。おかげで私は、しばらくのあいだ、ちょっとしたダニー・マニアの境地を味わうことになった。何を隠そう、インディアナ州ハンティントンにあるダン・クエイル・センター&ミュージアムにも出かけている。ピーターより一週間も早く。

『旅行者』

王室ものといえば、王室もののミステリを書かないかと言われて困り果てたことがある。そのとき、何年かまえに読んだ新聞記事のことを思い出した。私がまだ若かった頃、テレビで《西部のパラディン》というウェスタンをやっていた。リチャード・ブーンという無骨な俳優の出世作だ。私が思い出した記事というのは、そのブーン氏になりすまして、辺鄙な土地を旅した男の話だった。切り取って保管してある新聞記事の中には、長い時間を経て、その役目を果たすものもある。

『夜勤』

ミステリ作家の予定表は、ミステリがらみのコンヴェンションでかなりの部分が埋められていく。その最大のものが、年に一度、場所を変えて開催されるバウチャーコンといわれるもので、ミステリ好きで知られる前世紀の偉大な作家兼評論家、アンソニー・バウチャーにちなんだ催しである。バウチャーコン——ほかのコンヴェンションもそうだが——は、ありとあらゆるミステリ関係者——出版人、エージェント、編集者、書籍販売業者、研究者、マニアックなファン——が一同に会して交流する機会を提供している。

こういった商売上の接触が、時として、企画につながることがある。実を言うと、最初にこの短篇集の話が出たのも、マリス・ドメスティック・コンヴェンションでのことだった。さらに、この『夜勤』という短篇も、日本最大のミステリ雑誌、《ミステリマガジン》（早川書房）で編集長を務めていた千田宏之氏とのやりとりがきっかけで生まれたものだ。一九九八年、フィラデルフィアで開催されたバウチャーコンでのことだ。というか、バウチャーコンが開催されていたフィラデルフィアのホテルのまえの路上でのことだった。たいしたちがいではないが。

嬉しいことに、私の本は日本でよく売れているという。フィラデルフィアの路上で持ち上がった話は、《ミステリマガジン》に短篇を書き下ろすというものだった。それがこの「夜勤」。インディアナポリスにやってきた日本人が登場する話だ。

ちなみに、その日本人女性の名前には、私の作品の翻訳者の夫人の名前を使わせてもらった。短篇にしろ、長篇にしろ、作品のディテイルは、このようにして決められることが少なくない。タ一ク警部補として登場する警察官にはモデルがいる。私がインディアナポリス警察を取材したときに知り合ったシェリルという友人で、この話の中でパウダーが手がけている仕事は、彼女がインディアナポリス警察で最後に手がけた仕事の話がもとになっている。

そのほかのディテイルについては、当時、数年にわたって文通を続けていた神戸在住のファンに助言を求めながら決めていった。手紙のやりとりを通じて、私を含むアメリカやイギリスの人間が日本人の実生活についていかに何も知らないか、ということに気づかされた。思えば、その文通相手と出会ったのもバウチャーコンである。

『女が求めるもの』

パトカーに一般市民が同乗する話がまたしても登場したことで、読者のみなさんはインディアナポリスではこういったことがほんとうにおこなわれているのではないかと思われるかもしれない。そのとおり。私自身、昔から何度かその機会に恵まれ、インディアナポリスを舞台にミステリを書くにあたっては、今もその経験に助けられている。大抵は背景に使う程度だが、このカトラス泥棒は実際にあった話だ。といっても、登場する警官は架空の人物、ハロウィーンの晩というのも架空の設定だ。私がシェリルのパトカーに同乗した夜、彼女のチームはそのろくでなしを逮捕している。

『ボス』
一九六八年にノーベル文学賞を受賞した川端康成の著作に、『掌の小説』という連作短篇集がある。短いながらも、含蓄に富む作品が揃っている。それを読んだあと、私もミステリ風のものでそういうスタイルに挑戦してみたくなった。書いてみるとこれがまたむずかしくて……

『まちがい電話』
この短篇がミステリになった経緯については、序文で紹介したとおり。単純な話だが、『ボス』ほど短くはない。会話を使って物語を進めるという手法で書いた、初期の道標となる作品である。

『恩人の手』
これもまた短い。問題解決犬ローヴァーを描いた、『のら犬ローヴァー町を行く』という短篇集の中では、最もミステリ色の強い作品である。ローヴァー誕生のきっかけは、イギリス推理作家協会（CWA）が年一回発行しているアンソロジーの共同編集人を務めたことにある。一九九二年と九三年にはリザ・コディとともに、九四年にはピーター・ラヴゼイとともにその任にあたった。新しい編集人のひとりに名を連ねて以来、それまでになかった批判的な視点で、より多くの短篇を読むようになった。その姿勢は自らの短篇の手法にも刺激を与え、九二年の春には、一ダースほどの作品——その多くはこの短編集に収録されている——を書き上げた。その年の夏は芝居の仕事で劇場にかよっていて、ローヴァーの話に取りかかるのは、夜、帰宅してからのことだった。

『ヒット』
『偶然が重なるときは』
『少女と老人のおはなし』
『風変わりな遺言』

本人は気づいていないようだが、ローヴァーがさすらっているのは（私が生まれ育った街にして、私がしばしばミステリの舞台に使う街）インディアナポリスだ。イギリスに移住してすでに三十年になるので、当然、イギリスを舞台にした作品もいくつか書いている。『ヒット』、『偶然が重なるときは』、『少女と老人のおはなし』、『風変わりな遺言』もそれに含まれる。細かい点に触れるつもりはないが、ほかの多くの短篇と同じように、どの作品にも鍵となるイメージやきまり文句、状況設定があり、それを基点にふくらませていった話だということは言っておきたい。『風変わりな遺言』が発表されたとき、《アーチャー・ディテクティヴ》の編集者から過分な誉めことばをもらった。《アーチャー・ディテクティヴ》は、その次の号で、フィクションの掲載を中止したようだが……

ルンギ家のシリーズ六篇

この一家の物語が生まれた経緯については序文で紹介したので、『銃で脅されて』に限った解説を。この話は、俳優をしている友人が一年半にわたって運転免許を取り消されたときに思いついたものだ。苦境が役に立つこともある、ということを友人に知ってもらういい機会になったと信じているが……

『ミスター・ハード・マン』

これは本書への書き下ろし作品。最新作ということで、ぜひ収録したかった。ハード・マンもルンギ家と同じバースに住んでいる——それも、ウォルコット・ストリートに——が、家は同じ通りの離れたところにあり、暮らしぶりも対照的だ。私が家庭とは無縁の男を描くと、このハード・マンになる。人間味に欠ける？ 確かに。しかし……。ひょっとするとこの新シリーズの第一作には、〝しかし〟ということばがあまり使われていないかもしれない。しかし、彼が登場する短篇は、少なくともあと九篇書くことになっており、彼を取り巻く状況についても、おいおい明らかになっていくはずだ。

# 訳者あとがき

本書はマイクル・Z・リューインの初めての短篇集で、探偵家族シリーズが全体の三分の一近くを占めているものの、なかなかヴァラエティに富んだ、面白い作品集になっている。

全作に共通して言えるのは、やはりリューイン一流の知的なユーモアだろう。これは、貧乏探偵アルバート・サムスンを引っさげ、いわゆるネオ・ハードボイルド全盛の七〇年代アメリカのミステリ・シーンにデビューしたとき以来、彼の作品を何より特徴づけているものだが、近作になるにつれ、その傾向がより強まっているように思われる。ただ、知的なだけに（？）ややわかりにくいユーモアもあり、そのあたり、読者を選ぶようなところがあるかもしれない。風聞だが、リューインは本国よりむしろ日本で人気があるという。それがほんとうなら、〝選ばれた読者〟ということで、日本のリューイン・ファンはそのことを大いに誇りに思っていいのではないだろうか。

ここで卒爾ながら、ひとことお断りをば。

パウダーものの『夜勤』に登場する日本人女性の名前、原著では訳者の恐妻、じゃなかった、愚妻、でもない、なんといったか、そうそう、愛妻の〝タグチ・レイコ〟ではなく〝ヤマグチ・レイコ〟になっている。

このことについてはリューイン自身ストーリー・ノートで触れているが、一九九九年八月号の《ミステリ・マガジン》に訳載したときに、実は私のほうからリューインさんにお願いして、日本語版については変えさせてもらったというのが正確な経緯である。〝山〟と〝田〟で、一字ちがい。そうでなければ私もわざわざそんなことは思わなかっただろう。が、これも一興と思い、お願いしたら、快諾を得たという次第。公私混同するな、というお叱りの声もあろうかと思うが、まあ、洒落ということで大目に見ていただければ幸いである。

二〇〇三年九月号の《ミステリマガジン》所載で、本書の掉尾を飾る『ミスター・ハード・マン』。都会のフォークロア、あるいは大人の童話、といった雰囲気をかもす秀作だが、ストーリー・ノートに書かれているとおり、続篇がすでに九篇書かれ、その中にはこの謎の殺し屋〝ハード・マン〟の生い立ちが描かれているものもあり、合わせて十篇、軽妙洒脱な連作短篇集になっている。これもおいおいご紹介できればと思っている。

リューインが現在バース在住というのは、今年一月刊の『探偵家族／冬の事件簿』のあとがきでお知らせしたとおりだが、現在はそのバースが舞台の探偵家族シリーズの長篇第三弾を執筆中ということだ。完成が待たれる。

今年の《ジャーロ》夏号では、リューインの巻頭特集が組まれていて、久しぶりに彼の近影を見た。実におだやかで、こんなことを言うのはかえって失礼かもしれないが、好々爺然としたご尊顔である。リューインにはもっと〝エッジ〟の利いたものを書いてほしい、というオールド・ファンもおられようが、このお顔と現在のほのぼの路線はいかにもマッチしている。もちろん作家の風貌とその作風は必ずしも一致するものではない。が、どこかしらつながりを感じたり、見いだしたりするのも事実だ。古いことばながら、〝男の顔は履歴書〟などともいう。そんなことを思わせる近影ではあった。

二〇〇四年六月

HAYAKAWA POCKET MYSTERY BOOKS No. 1754

この本の型は，縦18.4センチ，横10.6センチのポケット・ブック判です．

検印
廃止

〔探偵学入門《たんていがくにゅうもん》〕

2004年7月10日印刷　2004年7月15日発行

著者　マイクル・Z・リューイン
訳者　田口俊樹・他
発行者　早川浩
印刷所　星野精版印刷株式会社
表紙印刷　大平舎美術印刷
製本所　株式会社川島製本所

発行所　株式会社　早川書房
東京都千代田区神田多町2ノ2
電話　03-3252-3111（大代表）
振替　00160-3-47799
http://www.hayakawa-online.co.jp

〔乱丁・落丁本は小社制作部宛お送り下さい
送料小社負担にてお取りかえいたします〕

ISBN4-15-001754-9 C0297
Printed and bound in Japan

ハヤカワ・ミステリ〈話題作〉

1743 刑事マディガン　リチャード・ドハティー　真崎義博訳

〈ポケミス名画座〉紛失した拳銃を必死に追う鬼刑事と、苦悩する市警本部長――ドン・シーゲル監督が映画化した白熱の警察ドラマ

1744 観月の宴　R・V・ヒューリック　和爾桃子訳

中秋節の宴席で若い舞妓が無残に殺された。友人に請われて事件を調査するディー判事ははるか昔にさかのぼる因縁を掘り当てる……

1745 男の争い　A・ル・ブルトン　野口雄司訳

〈ポケミス名画座〉血で血を洗う宝石争奪戦の行方は……パリ暗黒街を活写しJ・ダッシン監督で映画化されたノワールの古典的名作

1746 探偵家族／冬の事件簿　M・Z・リューイン　田口俊樹訳

謎のホームレス集団、美女ポケベル脅迫、そして発掘された白骨などなど……親子三代で探偵業を営むルンギ一家のユーモラスな活躍

1747 白い恐怖　F・ビーディング　山本俊子訳

〈ポケミス名画座〉人里離れた精神病院に着任した若き女医。だが次々に怪事件が！　巨匠ヒッチコック監督が映画化したサスペンス